BESTSELLER

Robin Cook estudió medicina en la Universidad de Columbia y efectuó sus prácticas profesionales en Harvard. Como escritor, está considerado el creador y más brillante autor de literatura de terror inspirada en la ciencia médica. Sus novelas, traducidas a más de cuarenta idiomas, se convierten invariablemente en best sellers mundiales y muchas de ellas han sido adaptadas al cine. En sus libros explora la implicación ética de los desarrollos médicos y biotécnicos más actuales. Entretiene a sus lectores y a la vez les descubre cómo los adelantos de la medicina están en manos de grandes empresas cuya prioridad será siempre sacar el máximo beneficio. Es autor de éxitos como *Miedo mortal, Signos vitales, Cromosoma 6, Toxina, Vector, Abducción, ADN, Crisis, Cuerpo extraño, Intervención, La cura, Polonio 210, Nano, Infección, Anestesia total* e *Impostores*, entre otros. Actualmente vive y trabaja entre Florida, New Hampshire y Boston.

Para más información, visita la página web del autor:
www.robincook.com

Además, puedes seguir a Robin Cook en Facebook:
❋ Robin Cook

Biblioteca

ROBIN COOK

Toxina

Traducción de
Gemma Moral

DEBOLS!LLO

Papel certificado por el Forest Stewardship Council®

Penguin
Random House
Grupo Editorial

Título original: *Toxin*

Primera edición con esta portada: agosto de 2011
Segunda reimpresión: febrero de 2021

© 1998, Robin Cook
© 1998, Penguin Random House Grupo Editorial, S. A. U.
Travessera de Gràcia, 47-49. 08021 Barcelona
© Gemma Moral Bartolomé, por la traducción
Diseño de la cubierta: Penguin Random House Grupo Editorial / Berta González
Fotografía de la cubierta: © Comstock / Thinkstock

Printed in Spain – Impreso en España

ISBN: 978-84-9759-508-7
Depósito legal: B-29.556-2011

Compuesto en Lozano Faisano, S. L.

Impreso en QP Print

P89508B

*Este libro está dedicado
a aquellas familias
que han padecido
el azote del E. coeli O157:H7
y otras enfermedades
producidas por alimentos contaminados*

PRÓLOGO

Viernes 9 de enero

El cielo era una inmensa bóveda de grises nubarrones que abarcaban todo el horizonte. Era el cielo que solía verse en el Medio Oeste estadounidense. En verano, una alfombra de maíz y soja cubría la tierra. Pero ahora, en pleno invierno, ésta no era más que un campo de rastrojos con montones de nieve sucia y unos cuantos árboles solitarios, sin hojas, convertidos en esqueletos.

Las nubes plomizas habían dejado caer una fina llovizna durante todo el día, más parecida a la niebla que a la lluvia, pero las precipitaciones habían cesado a las dos, y aunque seguía funcionando, el limpiaparabrisas de la vieja furgoneta de correos reciclada ya no era necesario mientras el vehículo avanzaba con dificultad por un camino de tierra lleno de baches.

—¿Qué ha dicho el viejo Oakly? —preguntó Bart Winslow, el conductor de la camioneta. Él y su socio Willy Brown, que iba a su lado, andaban por los cincuenta y tantos y podían tomarse por hermanos. Sus rostros curtidos, llenos de arrugas, daban fe de toda una vida de trabajo en la granja. Ambos vestían monos sucios y raídos sobre varias capas de sudaderas, y ambos mascaban tabaco.

—Benton Oakly no ha dicho gran cosa —respondió Willy tras secarse el mentón con el dorso de la mano—. Sólo ha dicho que una de sus vacas ha enfermado.

—¿Cuánto de enferma? —preguntó Bart.

—Supongo que lo suficiente como para morirse —dijo Willy—. Tiene una mala diarrea.

A lo largo de los años, Bart y Willy habían dejado de ser meros peones de granja para convertirse en lo que los granjeros de la zona llamaban hombres 4-D. Su trabajo consistía en recoger los animales muertos, moribundos, enfermos y discapacitados,[1] sobre todo vacas, y llevarlos a la planta de procesamiento de desechos.[2] No era un trabajo envidiado, pero a ellos les iba muy bien.

La furgoneta giró hacia la derecha al llegar a un buzón oxidado y siguió por un camino enfangado que discurría entre sendas alambradas. Un kilómetro y medio más adelante se abría al claro donde se hallaba una pequeña granja. Bart llevó la camioneta hasta el establo, hizo un giro y dio marcha atrás para situarla ante la puerta. Benton Oakly apareció cuando Bart y Willy se apearon.

—Buenas tardes —dijo Benton, tan lacónico como Bart y Willy. El paisaje tenía algo que quitaba a la gente las ganas de hablar. Benton era un hombre alto y delgado con los dientes estropeados. Se mantuvo a distancia de los otros dos, igual que su perro *Shep*, que no dejó de ladrar hasta que Bart y Willy bajaron de la camioneta. El perro se ocultó entonces tras su amo; el olor de la muerte le picaba en el hocico.

—En el establo —dijo Benton. Hizo un ademán

1. Los equivalentes en inglés de estos cuatro términos empiezan por *d*, lo que explica el nombre de «4-D». *(N. de la T.)*
2. Planta industrial donde se convierten los desperdicios caseros y las reses muertas en grasas y aceites de uso industrial y otros productos, como fertilizantes. *(N. de la T.)*

antes de conducir a sus visitantes al interior de la oscura construcción. Se detuvo ante un compartimiento y señaló el interior.

Bart y Willy se acercaron para mirar y fruncieron la nariz. Apestaba a excrementos recientes. Dentro había una vaca, enferma a todas luces, tumbada sobre sus propias diarreas. El animal alzó la cabeza bamboleante para mirar a los dos hombres. Una de sus pupilas era gris.

—¿Qué le pasa en el ojo? —preguntó Willy.

—Lo ha tenido así desde que era una ternera —dijo Benton—. Se le clavaría alguna cosa, o algo parecido.

—¿Se ha puesto enferma esta mañana? —preguntó Bart.

—Así es —dijo Benton—. Pero hace casi un mes que no da leche. Quiero sacarla de aquí antes de que contagie la diarrea a las demás vacas.

—De acuerdo, nos la llevaremos —dijo Bart.

—¿Siguen siendo veinticinco pavos por llevarla a la planta? —preguntó Benton.

—Sí —contestó Willy—. ¿Podemos regarla con la manguera antes de meterla en la furgoneta?

—Como queráis —dijo Benton—. Ahí tenéis una manguera, contra la pared.

Willy fue a cogerla mientras Bart abría la puerta del compartimiento. Eligiendo con cuidado dónde ponía los pies, dio unos golpes a la vaca en la grupa, que se levantó a regañadientes y se tambaleó.

Willy volvió con la manguera y regó a la vaca hasta dejarla relativamente limpia. Luego Bart y él se pusieron detrás y la azuzaron para que saliera del establo. Con ayuda de Benton consiguieron meterla en la furgoneta, y Willy cerró la portezuela trasera.

—¿Qué lleváis ahí dentro, cuatro reses? —quiso saber Benton.

—Sí —contestó Willy—. Todas muertas esta mañana. En la granja Silverton tienen no sé qué infección.

—¡Demonios! —exclamó Benton, alarmado. Entregó unos billetes arrugados a Bart—. Sacadlas ahora mismo de mi propiedad.

Bart y Willy soltaron un escupitajo y se dirigieron a sus respectivos lados de la furgoneta. El cansado motor soltó un eructo de humo negro antes de arrancar.

Como de costumbre, Bart y Willy no volvieron a hablar hasta que la furgoneta enfiló la asfaltada carretera del condado. Bart aceleró.

—¿Estás pensando lo mismo que yo? —preguntó.

—Supongo —dijo Willy—. Esa vaca no parecía tan mal después de limpiarla con la manguera. Demonios, tiene mejor aspecto que la que vendimos al matadero la semana pasada.

—Y puede levantarse e incluso caminar un poco —apuntó Bart.

—Y además es la hora justa —dijo Willy, mirando su reloj.

Los hombres 4-D no volvieron a hablar hasta que abandonaron la carretera para adentrarse en el camino que rodeaba un gran edificio achaparrado y prácticamente sin ventanas. Un enorme letrero rezaba: HIGGINS Y HANCOCK. En la parte posterior del edificio había un corral de ganado vacío, convertido en un campo de fango pisoteado.

—Tú espera aquí —dijo Bart, deteniéndose cerca de la rampa que llevaba del corral de ganado al interior de la factoría.

Bart se apeó de la furgoneta y bajó por la rampa. Willy salió a su vez y se apoyó contra la portezuela posterior. Cinco minutos más tarde reaparecía Bart acompañado de dos hombres fornidos con sendas batas blancas manchadas de sangre, cascos de plástico amarillo y botas de goma de media caña del mismo color. Ambos llevaban etiquetas con su nombre. La del más corpulento decía «Jed Street. Supervisor», la del otro,

«Salvatore Morano. Control de calidad». Jed llevaba una carpeta de clip.

Bart hizo un gesto a Willy para que éste abriera la furgoneta. Salvatore y Jed se taparon la nariz y se asomaron al interior. La vaca enferma alzó la cabeza.

—¿Puede ponerse de pie? —preguntó Jed, volviéndose hacia Bart.

—Desde luego. Incluso puede caminar un poco.

—¿Qué opinas, Sal? —preguntó Jed.

—¿Dónde está el inspector de Sanidad? —preguntó Salvatore.

—¿Dónde crees tú? —dijo Jed—. Está en los vestuarios, donde se mete en cuanto cree que ha pasado el último animal.

Salvatore se levantó el faldón de la bata para sacar un radioteléfono que llevaba sujeto al cinturón. Lo encendió.

—Gary, ¿se ha llenado el último contenedor para Carnes Mercer?

—Casi —fue la respuesta, acompañada de interferencias.

—De acuerdo. Vamos a enviaros otro animal. Con eso se llenará del todo.

Salvatore apagó el aparato y miró a Jed.

—Hagámoslo.

Jed asintió y se volvió hacia Bart.

—Bueno, parece que hay trato, pero como os he dicho, sólo pagaremos cincuenta pavos.

—De acuerdo —dijo Bart, asintiendo.

Mientras Bart y Willy subían a la parte posterior de la furgoneta, Salvatore volvió a bajar por la rampa. Sacó unos pequeños auriculares del bolsillo y se los puso en las orejas. Cuando entró en el matadero, había olvidado ya a la vaca enferma, preocupado por los numerosos formularios que aún tenía que rellenar antes de pensar siquiera en regresar a casa.

13

Con los auriculares puestos, a Salvatore no le molestó el ruido del área de sacrificio del matadero cuando la atravesó. Se acercó a Mark Watson, el supervisor de línea.

—¡Va a entrar otro animal! —aulló Salvatore para hacerse oír por encima del estrépito—. Pero es sólo para carne sin hueso. No habrá carcasa. ¿Entendido?

Mark formó un círculo con el pulgar y el dedo índice para indicar que lo entendía.

Salvatore cruzó la puerta insonorizada que conducía al área de administración. Entró en su despacho, colgó la bata ensangrentada y el casco. Se sentó en su mesa y volvió a sus formularios cotidianos.

Dada su concentración, Salvatore no pudo decir cuánto tiempo había pasado cuando Jed apareció en su puerta.

—Tenemos un pequeño problema —dijo éste.

—¿Cuál?

—La cabeza de esa vaca moribunda se ha caído del riel.

—¿Lo ha visto algún inspector? —preguntó Sal.

—No. Están todos de palique en el vestuario con el de Sanidad, como todos los días.

—Entonces vuelve a poner la cabeza en el riel y límpiala con la manguera.

—De acuerdo. He pensado que deberías saberlo.

—Desde luego —dijo Salvatore—. Para cubrirnos las espaldas rellenaré incluso un informe de deficiencia en el proceso. ¿Cuál es el lote y el número de cabeza de ese animal?

—Lote treinta y seis, cabeza cincuenta y siete —dijo Jed, consultando su carpeta.

—Lo tengo.

Jed salió del despacho y regresó al área de sacrificio. Dio unos golpecitos a José en el hombro. El trabajo de José consistía en barrer toda la porquería y dejarla caer por una de las muchas rejillas del suelo. Hacía poco tiempo que trabajaba allí. Encontrar barrenderos era un problema crónico, debido a la naturaleza de su trabajo.

José no hablaba apenas inglés y el español de Jed no era mucho mejor, de modo que éste tenía que limitarse a comunicarse con él mediante gestos. Jed le indicó por señas que ayudara a Manuel, uno de los desolladores, a colgar la cabeza de vaca caída de uno de los ganchos del raíl que avanzaba por encima de ellos.

Por fin José lo comprendió. Por suerte José y Manuel podían comunicarse perfectamente, porque el trabajo requería dos pasos y un considerable esfuerzo. Primero tenían que subir la cabeza de más de cuarenta y cinco kilos hasta la pasarela metálica. Luego, tras subir allí ellos mismos, tenían que alzarla y colgarla de uno de los ganchos móviles.

Jed alzó el pulgar para felicitar a los dos hombres que, jadeantes, habían estado a punto de dejar caer su resbaladiza carga en el último segundo. Después lanzó un chorro de agua a presión sobre la sucia cabeza, a medida que se movía en el raíl. Incluso a un hombre endurecido como él, le pareció que el aspecto del ojo con cataratas le daba a la cabeza desollada una espantosa aura. Pero le satisfizo ver que el agua a presión eliminaba gran parte de la suciedad. Cuando la cabeza pasó por el hueco de la pared del área de sacrificio de camino al área de deshuesamiento de cabezas, estaba relativamente limpia.

1

Viernes 16 de enero

El centro comercial de Sterling Place resplandecía por el reflejo del mármol, el cobre brillante y la madera pulida de sus tiendas de lujo. Tiffany competía con Cartier y Nieman Marcus con Saks. A través de unos altavoces ocultos se oía el concierto para piano número 23 de Mozart. Gentes elegantes con zapatos Gucci y abrigos de Armani deambulaban por allí aquella tarde, echando un vistazo a las ofertas de enero.

En circunstancias normales, a Kelly Anderson no le hubiera importado pasar parte de la tarde en el centro comercial. Como periodista de televisión, aquel reportaje se alejaba mucho de los que solían asignarle, sucesos en cualquier parte de la ciudad para las noticias de las seis y de las once, pero aquel viernes en particular el centro comercial no había proporcionado a Kelly lo que ella quería.

—Esto es increíble —dijo con irritación. Miró en busca de un posible candidato a ser entrevistado, pero no halló ninguno prometedor.

—Creo que ya tenemos bastante —dijo Brian Washington, un hombre negro, larguirucho y apacible, que era el cámara elegido por ella. En opinión de Kelly, era el mejor cámara de la WENE, y había tenido que mover muchos hilos, engatusar e incluso amenazar para conseguir que se lo asignaran.

Ella hinchó las mejillas y soltó el aire con exasperación.

—Y una mierda —dijo—. No tenemos nada de nada.

A sus treinta y cuatro años de edad, Kelly Anderson era una mujer inteligente, seria, agresiva y ambiciosa, que pretendía dar el salto a los noticieros de nivel nacional. Sus colegas creían que tendría una buena oportunidad si tropezaba con una historia que la catapultara a la fama. Kelly encajaba muy bien en su papel, con sus rasgos angulosos y sus vivaces ojos enmarcados por rizos rubios. Complementaba su imagen vistiendo con elegancia, a la moda, y mostrando siempre un aspecto impecable.

Se pasó el micrófono a la mano derecha para consultar su reloj.

—Y para colmo de males vamos con el tiempo justo. Tendré que ir a recoger a mi hija. Su clase de patinaje habrá terminado ya.

—Estupendo —dijo Brian. Se bajó la cámara del hombro y desconectó la corriente—. Yo también debería ir a buscar a mi hija a la guardería.

Kelly se agachó para meter el micrófono en su bolso y luego ayudó a Brian a guardar el equipo. Después lo cargaron todo al hombro, como un par de botones experimentados, y echaron a andar hacia el centro de las galerías comerciales.

—Lo que ha quedado claro —dijo Kelly— es que a la gente le importa un comino la fusión del hospital Samaritan y el University Medical Center realizada por AmeriCare, a menos que hayan tenido que ir al hospital en los últimos seis meses.

—No es fácil que la gente se indigne por cosas así —dijo Brian—. No son delictivas, ni escandalosas, no tienen nada que ver con el sexo ni hay famosos involucrados.

—Debería preocuparles —insistió ella, disgustada.

—Oye, lo que la gente debería hacer y lo que hace nunca ha tenido nada que ver. Lo sabes de sobra.

—Todo lo que sé es que no debería haber programado este reportaje para las noticias de las once de esta noche —se quejó Kelly—. Estoy desesperada. Dime cómo hacer que parezca sexy.

—Si lo supiera, sería yo el talento en lugar del cámara —repuso Brian con una carcajada.

Emergieron del pasillo radial y llegaron al epicentro del Sterling Place Mall. En el centro de esta amplia zona y bajo una claraboya de tres pisos de altura había una pista de hielo oval. Su helada superficie resplandecía bajo intensas luces.

En la pista había una docena de niños y varios adultos patinando en todas direcciones. El caos aparente era el resultado del final de la clase de nivel intermedio y del comienzo inminente de la de nivel avanzado.

Al ver el traje rojo de su hija, Kelly agitó la mano y la llamó. Caroline Anderson le devolvió el saludo, pero se tomó su tiempo para acercarse patinando. Caroline era muy parecida su madre: brillante, atlética y voluntariosa.

—Date prisa, cariño —dijo Kelly—. Tengo que llevarte a casa. Mamá tiene un trabajo que cumplir y está metida en un lío.

Caroline salió de la pista, caminó sobre las puntas de los patines hasta el banco y se sentó.

—Quiero ir al Onion Ring a comer una hamburguesa. Estoy muerta de hambre.

—Eso tendrás que decírselo a tu padre, cariño. ¡Venga, corre! —Se agachó y sacó los zapatos de Caroline de su mochila y los colocó sobre el banco.

—Vaya, eso sí es patinar —comentó Brian.

Kelly se irguió, protegiéndose los ojos de los brillantes focos con una mano.

—¿Dónde?

—En el centro —dijo él, señalando—. La del traje rosa.

Kelly miró y adivinó inmediatamente a quién se refería. Una chica, más o menos de la edad de Caroline, realizaba unos ejercicios de calentamiento que habían hecho detenerse a algunos clientes del centro comercial para mirarla.

—¡Caramba! —exclamó Kelly—. Es buena. Casi parece una profesional.

—No es tan buena —dijo Caroline, y apretó los dientes en su esfuerzo por quitarse uno de los patines.

—A mí me lo parece —dijo su madre—. ¿Quién es?

—Se llama Becky Reggis. —Caroline aflojó un poco más los cordones—. Fue campeona juvenil del estado el año pasado.

Como si percibiera que estaba siendo observaba, la chica ejecutó dos *axles* dobles antes de dar una vuelta a la pista con los pies juntos, talón con talón. Una parte de los que se habían detenido para admirarla prorrumpió en espontáneos aplausos.

—Es fantástica —dijo Kelly.

—Sí, bueno, la han invitado a participar en los campeonatos nacionales de este año —añadió Caroline a regañadientes.

—Mmm —musitó Kelly, y miró a Brian—. Podría haber una historia ahí.

—Quizá para las noticias de las seis —dijo el cámara encogiéndose de hombros—. Desde luego no para las noticias de las once.

—¿Dices que se apellida Reggis? —preguntó Kelly, volviendo a fijar su atención en la patinadora.

—Sí —contestó Caroline, que se había sacado ya

ambos patines y hurgaba en su mochila buscando los zapatos.

—¿No será la hija del doctor Kim Reggis? —preguntó Kelly.

—Sé que su padre es médico —dijo Caroline.

—¿Cómo lo sabes?

—Porque va a mi escuela. Es un año mayor que yo.

—¡Bingo! —musitó Kelly—. Ésa sí es suerte.

—Conozco esa mirada brillante en tus ojos —dijo Brian—. Eres como un gato a punto de saltar. Estás tramando algo.

—No encuentro mis zapatos —se quejó Caroline.

—Acabo de tener una idea —dijo Kelly, cogiendo los zapatos del banco para ponerlos sobre el regazo de su hija—. El doctor Kim Reggis sería perfecto para el reportaje de la fusión. Era cirujano jefe de cardiología en el Samaritan antes de la fusión y luego, de repente, se pasa a los malos. Seguro que tiene algo sabroso que decir.

—Sin duda —dijo Brian—. Pero ¿querrá contártelo a ti? No salió muy bien parado en aquel reportaje sobre los «pobres niños ricos» que le hiciste.

—Oh, eso es agua pasada —dijo Kelly, desechando la idea con un ademán.

—Eso crees tú —dijo Brian—, pero dudo de que él piense lo mismo.

—Tuvo su merecido. Estoy segura de que ya se habrá dado cuenta. Por más vueltas que le dé, te aseguro que no entiendo por qué los cirujanos del corazón como él no se dan cuenta de que sus quejas sobre las cuotas de Medicare[1] no pueden hallar eco en el público, cuando resulta que ganan cifras de seis números. Deberían ser más espabilados.

1. Programa desarrollado por la Seguridad Social para proporcionar asistencia médica a las personas de la tercera edad. *(N. de la T.)*

—Merecido o no, me resulta difícil creer que no se cabreara —insistió Brian—. No creo que quiera hablar contigo.

—Olvidas que los cirujanos como Kin Reggis adoran la publicidad. De cualquier manera, creo que vale la pena correr el riesgo. ¿Qué podemos perder?

—El tiempo.

—Pues precisamente no nos queda mucho. —E inclinándose hacia Caroline añadió—: Cariño, ¿conoces a la madre de Becky?

—Claro —dijo la niña señalando con el dedo—. Es aquélla, la del suéter rojo.

—Qué bien —dijo Kelly, irguiéndose para mirar hacia el otro lado de la pista de hielo—. Realmente es cosa de suerte. Oye, cariño, termina de ponerte los zapatos. Vuelvo enseguida. —Se volvió hacia Brian—. Tú quédate y vigila.

—A por ella, colega —dijo Brian con una sonrisa.

Kelly rodeó la pista y se acercó a la madre de Becky, que aparentaba tener su misma edad. Era una mujer atractiva y bien arreglada, pero vestía ropas de estilo muy conservador. Kelly no había visto un suéter de cuello redondo sobre una camisa blanca en una mujer desde su época universitaria. La madre de Becky estaba absorta en un libro que no podía ser de ficción, puesto que lo subrayaba a veces con un rotulador amarillo.

—Disculpe —dijo Kelly—. Espero no molestarla.

La mujer alzó la vista. Tenía cabello oscuro con reflejos castaños. Sus facciones eran duras, como cinceladas, pero tenía un porte amable y mostró rápidamente un carácter afable.

—En absoluto —dijo—. ¿En qué puedo ayudarla?

—¿Es usted la señora Reggis?

—Llámeme Tracy, por favor.

—Gracias. Ese libro parece muy serio para venir con él a la pista de patinaje.

—Tengo que aprovechar el poco tiempo de que dispongo —explicó Tracy.

—Parece un libro de texto.

—Me temo que lo es. He vuelto a estudiar en la madurez.

—Eso es digno de elogio.

—Es todo un reto.

—¿Cómo se titula?

—*Evaluación de la personalidad infantil y adolescente* —dijo Tracy, cerrando el libro para mostrar la tapa.

—¡Vaya! Eso suena muy pesado —dijo Kelly.

—No tanto. En realidad es interesante.

—Yo tengo una hija de nueve años. Seguramente debería leer algo sobre el comportamiento adolescente antes de que me caiga encima.

—No le hará daño —dijo Tracy—. Los padres necesitan toda la ayuda que puedan obtener. La adolescencia es una época muy difícil, y por mi experiencia puedo decir que, cuando se esperan dificultades, las habrá.

—Parece saber mucho sobre ese tema —comentó Kelly.

—Bastante —admitió Tracy—. Pero no hay que dormirse en los laureles. Antes de volver a estudiar el semestre pasado, realizaba tareas relacionadas con terapia infantil y adolescente.

—¿Es psicóloga?

—Asistenta social.

—Interesante —dijo Kelly para cambiar de tema—. En realidad, la he abordado porque quería presentarme. Soy Kelly Anderson, de las noticias de la WENE.

—Sé quién es —dijo Tracy con cierto tono despectivo.

—¡Oh, oh! Tengo la desagradable sensación de que mi reputación me ha precedido. Espero que no me guarde rencor por aquel reportaje sobre cirujanos del corazón y Medicare.

—Creo que fue poco riguroso. Kim tenía la impresión de que usted estaba a su favor cuando accedió a ser entrevistado.

—Lo estaba hasta cierto punto —replicó Kelly—. Al fin y al cabo ofrecí a las dos partes la oportunidad de explicarse.

—Sólo con referencia a la bajada de los ingresos profesionales, que usted convirtió en motivo principal del reportaje, cuando en realidad no es más que uno de los problemas que afectan a los cirujanos del corazón.

Una fugaz figura rosa pasó por delante de las dos mujeres, atrayendo su atención hacia la pista de hielo. Becky había aumentado su velocidad y tensaba el cuerpo al volver a pasar como un rayo. Luego, para deleite del improvisado público, ejecutó un triple *axle* perfecto, arrancando nuevos aplausos.

—Su hija es una extraordinaria patinadora —dijo Kelly, dejando escapar un débil silbido.

—Gracias. Nosotros creemos que es una persona extraordinaria.

Kelly observó a Tracy en un esfuerzo por interpretar su comentario, incapaz de decidir si había pretendido ser desdeñoso o simplemente informativo, pero el rostro de Tracy no dejó traslucir nada. Tracy tenía un rostro expresivo pero inescrutable.

—¿Ha heredado de usted el talento para patinar? —preguntó.

Tracy se echó a reír, echando la cabeza hacia atrás.

—Oh, no. Jamás me he puesto unos patines en mis torpes pies. No sabemos de dónde ha sacado su talento. Un día dijo que quería patinar, y el resto es historia.

—Mi hija dice que Becky participará en los campeonatos nacionales de este año. Ésa podría ser una buena historia para la WENE.

—No lo creo —dijo Tracy—. Fue invitada a participar, pero Becky ha decidido no ir.

—Lo siento. Usted y el doctor deben de haber sufrido una gran decepción.

—Su padre no está muy contento, pero si he de serle sincera, para mí ha sido un alivio.

—¿Por qué?

—Ese nivel de competición exige un alto precio de una niña como Becky, que ni siquiera ha alcanzado la adolescencia. No es saludable para la mente. Supone un gran riesgo a cambio de bien poco.

—Mmmm. Tendré que pensar en lo que ha dicho, pero mientras tanto tengo un problema más acuciante. Intento hacer un reportaje para las noticias de las once, dado que hoy se cumplen seis meses de la fusión del Samaritan con el University Medical Center. Quería tomar el pulso a la opinión de la comunidad, pero me he encontrado con bastante apatía. De modo que me encantaría conocer la opinión de su marido, puesto que estoy segura de que él sí tendrá una opinión. ¿Por casualidad no vendrá esta tarde a la pista de hielo?

—No —contestó Tracy con una risita, como si Kelly hubiera sugerido algo absurdo—. Jamás sale del hospital antes de las seis o las siete de la tarde los fines de semana. ¡Jamás!

—Qué pena —dijo Kelly, al tiempo que sopesaba diversas contingencias—. Dígame, ¿cree que su marido estaría dispuesto a hablar conmigo?

—No tengo la menor idea —contestó Tracy—. Lo cierto es que nos divorciamos hace unos meses, de modo que no sabría decirle qué piensa de usted en este momento.

—Lo siento —dijo Kelly con sinceridad—. No lo sabía.

—No lo sienta. Me temo que fue lo mejor para todos. Fue una víctima más de los tiempos y un choque de personalidades.

—Bueno, imagino que estar casada con un cirujano,

sobre todo del corazón, no es ninguna perita en dulce. Quiero decir que creen que todo lo demás es insignificante en comparación con lo que ellos hacen.

—Mmmm —dijo Tracy, eludiendo responder.

—Yo no podría soportarlo —añadió Kelly—. Las personalidades egocéntricas y egoístas como la de su ex marido y yo no hacemos buenas migas.

—Quizá eso diga también algo sobre usted —sugirió Tracy.

—¿Eso cree? —Hizo una pausa, reconociendo que se enfrentaba con una personalidad amable pero ingeniosa—. Tal vez tenga razón. En cualquier caso, permítame una pregunta. ¿Tiene idea de dónde podría encontrar a su ex marido ahora? Me gustaría entrevistarlo.

—Puedo adivinar dónde está: seguramente en cirugía. Después de todo lo que se ha luchado por un horario para los quirófanos en el centro médico, ahora tiene que atender a sus tres casos semanales el viernes.

—Gracias. Creo que iré allí ahora mismo y veré si puedo hablar con él.

—Como guste —dijo Tracy. Agitó la mano para responder al saludo de Kelly y luego la contempló rodear la pista de hielo con paso vivo—. Buena suerte —murmuró para sí.

2

Viernes 16 de enero

Los veinticinco quirófanos del University Medical Center eran idénticos y se habían puesto al día en todos los sentidos, tras haber sido reformados y reequipados. Los suelos eran de granito blanco y las paredes de color gris. Las luces y los apliques eran de acero inoxidable o reluciente níquel.

El número 20 era uno de los dos quirófanos destinados a la cirugía a corazón abierto y a las cuatro y cuarto de la tarde funcionaba aún a pleno rendimiento. Entre enfermeras perfusionistas,[1] anestesistas, enfermeras instrumentistas y circulantes, cirujanos y todo el equipo de alta tecnología, la habitación estaba completamente atestada. En aquel momento, el corazón inmóvil del paciente se hallaba a la vista, rodeado por numerosas gasas ensangrentadas, un reguero de suturas, retractores metálicos y telas de color verde claro.

—De acuerdo, ya está —dijo el doctor Kim Reggis, tendiendo el portaagujas a la enfermera, y se irguió para aliviar la rigidez de la espalda. No había dejado de ope-

1. Encargadas de supervisar la circulación extracorpórea en operaciones del corazón. *(N. de la T.)*

rar desde las siete y media de la mañana. Aquél era el tercer y último caso—. Cortemos la solución de cardioplejia y pongamos en marcha el corazón.

La orden de Kim produjo un pequeño revuelo ante la consola de mandos de la máquina de *bypass*. Se accionaron los interruptores.

—Calentando —dijo la perfusionista.

La anestesista se levantó y observó la pantalla del éter.

—¿Cuánto tiempo más calcula? —preguntó.

—Cerraremos dentro de cinco minutos —dijo Kim—. Siempre que el corazón responda, y parece que lo hará.

Tras unos cuantos latidos erráticos, el corazón adquirió su ritmo normal.

—Muy bien —dijo Kim—. Cerremos.

En los veinte minutos siguientes no se habló. Todos los del equipo conocían su trabajo, por lo que no les era necesario comunicarse. Tras cerrar el esternón con alambre, Kim y el doctor Tom Bridges se apartaron del paciente envuelto en telas y empezaron a quitarse las batas, guantes y mascarillas de plástico esterilizados. Al mismo tiempo, los residentes de cirugía torácica ocupaban sus puestos.

—Quiero que se le haga la plástica a esa incisión —dijo Kim a los residentes—. ¿Queda claro?

—Eso está hecho, doctor Reggis —dijo Tom Harkly, jefe de residentes de cirugía torácica.

—Pero no hace falta un trabajo de artesanía —bromeó Kim—. El paciente ya ha soportado bastante.

Kim y Tom salieron del quirófano y se lavaron las manos. El doctor Tom Bridges era cirujano cardíaco como Kim. Hacía años que trabajaban juntos y se habían hecho amigos, aunque su relación seguía siendo principalmente profesional. También solían ayudarse el uno al otro con las guardias, sobre todo los fines de semana.

—Has hecho un trabajo muy hábil —comentó Tom—. No sé cómo has conseguido encajar esas válvulas de modo tan perfecto y que pareciera tan fácil.

A lo largo de los años, el trabajo de Kim se había centrado en la sustitución de válvulas dañadas, mientras que el de Tom se había decantado hacia el proceso del *bypass*.

—Del mismo modo que yo no sé cómo puedes coser esas diminutas arterias coronarias —replicó Kim.

Kim se alejó del lavamanos, entrelazó los dedos y los estiró por encima de su metro noventa de estatura. Luego se agachó y puso las palmas de las manos en el suelo, manteniendo las piernas rectas para estirar la zona lumbar. Kim era un hombre atlético, esbelto y vigoroso que había jugado al fútbol americano, baloncesto y béisbol en Dartmouth cuando era estudiante universitario. A causa de su apretado horario, había reducido el ejercicio físico a algún que otro partido de tenis y a algunas horas de bicicleta estática en casa.

Por su parte, Tom había abandonado. También él había jugado al fútbol americano en la universidad, pero tras muchos años sin hacer ejercicio, la masa de músculos que no había perdido se había convertido mayoritariamente en grasa. A diferencia de Kim, tenía una barriga pronunciada, pese a que apenas bebía cerveza.

Los dos hombres echaron a andar por el corredor alicatado, en el que a aquella hora del día se respiraba una relativa tranquilidad. Sólo nueve de los quirófanos estaban siendo utilizados, y había dos más disponibles para las urgencias. Era lo normal en el turno de las tres de la tarde a las once de la noche.

Kim se frotó el rostro anguloso y la barba incipiente. Siguiendo su rutina cotidiana, se había afeitado a las cinco y media de la mañana, y doce horas más tarde tenía el proverbial sombreado de las cinco de la tarde. Se pasó una mano por los largos cabellos castaños.

Cuando era adolescente, a principios de los setenta, llevaba melena. A los cuarenta y tres, sus cabellos seguían pareciendo demasiado largos para alguien de su posición.

Kim miró el reloj que llevaba sujeto a los pantalones del pijama de quirófano.

—Joder, son las cinco y media y aún no he pasado visita. Ojalá no tuviera que operar los viernes. Siempre acaba estropeándome los planes del fin de semana.

—Al menos puedes tratar tus casos de manera consecutiva —dijo Tom—. Seguro que las cosas no eran así cuando dirigías el departamento en el Samaritan.

—Y que lo digas —reconoció Kim—. Con AmeriCare a cargo de todo y el estado actual de la profesión, dudo mucho que estudiara medicina si tuviera que volver a empezar.

—A mí me pasa lo mismo —dijo Tom—. Sobre todo con las nuevas cuotas de Medicare. Anoche me quedé levantado haciendo cuentas. Me temo que no me quedará nada después de pagar gastos. ¿Qué significa esto? Las cosas se están poniendo tan mal que Nancy y yo estamos pensando en vender la casa.

—Buena suerte —le deseó Kim—. La mía hace cinco meses que está a la venta y no he tenido ni una sola oferta seria.

—Primero tuve que sacar a mis hijos del colegio privado —dijo Tom—. Aunque, qué demonios, también yo fui a una escuela pública.

—¿Cómo os va a Nancy y a ti? —preguntó Kim.

—No demasiado bien. Ha habido muchos resquemores.

—Lo siento. Te comprendo muy bien; yo he pasado por lo mismo. Es una situación estresante.

—No es así como esperaba que fueran las cosas en esta etapa de mi vida —dijo Tom con un suspiro.

—Tampoco yo.

Los dos hombres se detuvieron junto al control de enfermería a la entrada de la sala de reanimación.

—Oye, ¿vas a estar por aquí este fin de semana? —preguntó Tom.

—Claro. ¿Por qué? ¿Qué pasa?

—Quizá tenga que volver a operar en aquel caso con el que me ayudaste el martes —explicó—. Se han producido hemorragias residuales y, a menos que se detengan, me veré obligado a operar. Me iría bien que me ayudaras.

—Sólo tienes que llamarme —dijo Kim—. Estoy libre. Mi ex quería que me quedara con la niña el fin de semana. Creo que sale con alguien. En cualquier caso, Becky y yo estaremos juntos.

—¿Qué tal le va a Becky después del divorcio? —preguntó Tom.

—Estupendamente. Desde luego mejor que a mí. Ahora mismo es la única alegría que tengo en mi vida.

—Supongo que los niños son más duros de lo que pensamos —dijo Tom.

—Eso parece. Oye, gracias por ayudarme hoy. Siento que el segundo caso haya durado tanto.

—No te preocupes. Lo has llevado como un virtuoso. Ha sido una experiencia enriquecedora. Nos vemos en el vestuario de cirugía.

Kim entró en la sala de reanimación. Vaciló un instante junto a la puerta, buscando las camas de sus pacientes. Vio a Sheila Donlon, su segundo caso del día, que había resultado especialmente difícil, puesto que había precisado de dos válvulas en lugar de una, como estaba previsto.

Kim se acercó a la cama. Una enfermera estaba cambiando la botella de suero casi vacía por otra llena. El ojo experto de Kim comprobó primero el color de la paciente y luego miró los monitores. El ritmo cardíaco era normal, como también la presión sanguínea y la oxigenación arterial.

—¿Todo bien? —preguntó, cogiendo la gráfica correspondiente para echar un vistazo.

—Ningún problema —dijo la enfermera sin interrumpir su tarea—. Todo está estable y la paciente parece contenta.

Kim volvió a poner la gráfica en su lugar y se situó a un lado de la cama. Alzó la sábana para examinar el vendaje. Siempre daba instrucciones a sus residentes de que utilizaran el menor vendaje posible. Si se producía una hemorragia inesperada, quería saberlo cuanto antes.

Satisfecho, bajó la sábana y se dirigió en busca de otro paciente. Sólo estaban ocupadas la mitad de las camas, por lo que no tardó mucho en comprobarlas todas.

—¿Dónde está el señor Glick? —preguntó. Ralph Glick había sido su primer caso del día.

—Pregúnteselo a la señora Benson en el control de enfermería —respondió la enfermera, que estaba ocupada con el estetoscopio y en inflar el brazalete del tensiómetro para medir la presión sanguínea de Sheila Donlon.

Levemente irritado por la falta de cooperación, Kim se dirigió al control central de enfermería, pero encontró a la señora Benson, la enfermera jefe, ocupada y preocupada, dando instrucciones a varios trabajadores de mantenimiento que debían desmontar, limpiar y cambiar una de las camas.

—Perdone —dijo Kim—. Busco...

La señora Benson hizo un gesto para indicar que estaba ocupada. Kim pensó en quejarse de que su tiempo era más valioso que el de los trabajadores de mantenimiento, pero se abstuvo, y se puso de puntillas para buscar a su paciente una vez más.

—¿Qué puedo hacer por usted, doctor Reggis? —preguntó la señora Benson cuando los encargados de mantenimiento se dirigieron a la cama que acababa de ser desocupada.

—No veo al señor Glick —dijo Kim, recorriendo aún la sala con la vista, convencido de que la cama que buscaba le había pasado por alto.

—El señor Glick ha sido trasladado a su planta —fue la lacónica respuesta de la señora Benson. Luego sacó el diario de control de medicamentos y lo abrió.

Kim la miró, parpadeando.

—Pero si yo he solicitado que lo mantuvieran aquí hasta que terminara con mi último caso.

—La situación del paciente era estable —repuso ella con aspereza—. No había necesidad de que se quedara aquí ocupando una cama.

—Pero si tiene un montón de camas libres —protestó Kim con un suspiro—. Era una cuestión de...

—Perdóneme, doctor Reggis. La cuestión es que, clínicamente, el señor Glick estaba listo para pasar a su planta.

—Pero yo había pedido que se quedara aquí —insistió Kim—. Me hubiera ahorrado mucho tiempo.

—Doctor Reggis —dijo la señora Benson lentamente—. Con el debido respeto, el personal de la sala de reanimación no trabaja para usted. Tenemos normas. Trabajamos para AmeriCare. Si tiene algún problema en ese sentido, sugiero que hable con uno de los administradores.

Kim enrojeció. Fue a hablar del concepto de trabajo en equipo, pero rápidamente cambió de opinión. La señora Benson había desviado ya su atención hacia el cuaderno que tenía ante sí.

Kim abandonó la sala de reanimación mascullando epítetos. Añoraba los viejos tiempos en el hospital Samaritan. Se acercó al control de enfermería de quirófanos que había al otro lado del corredor y por el interfono, preguntó por la evolución de su último paciente. La voz de Tom Harkly le aseguró que estaban cerrando con toda normalidad.

Tras abandonar la zona de quirófanos, enfiló el pasillo que conducía a la nueva sala de espera de construcción reciente. Era una de las pocas innovaciones instituidas por AmeriCare que agradaba a Kim y que había surgido de la preocupación de AmeriCare por las formalidades. La sala estaba destinada exclusivamente a los familiares de los pacientes que se hallaban en quirófanos o en salas de parto. Antes de que AmeriCare comprara el University Medical Center no existía un lugar específico para los familiares.

A aquella hora del día estaba medio vacía. Sólo había unos cuantos de los omnipresentes padres que se paseaban u hojeaban revistas con nerviosismo en espera de que se les hiciera la cesárea a sus mujeres. En un rincón alejado había un sacerdote sentado junto a una afligida pareja.

Kim miró en derredor buscando a la señora Gertrude Arnold, la mujer del último paciente. No es que tuviera ganas de hablar con ella, pues le resultaba incómoda su personalidad irascible y agresiva, pero era consciente de sus responsabilidades. Halló a la mujer de sesenta y tantos años en el rincón opuesto al de la pareja y el sacerdote. Leía una revista.

—Señora Arnold —dijo Kim, esforzándose por sonreír.

Gertrude alzó la vista, sobresaltada. Durante una fracción de segundo su rostro expresó sorpresa, pero al reconocer a Kim ésta se volvió irritación.

—¡Bueno, ya era hora! —exclamó—. ¿Qué ha ocurrido? ¿Hay algún problema?

—Ninguno en absoluto —dijo Kim con ánimo de tranquilizarla—. Todo lo contrario. Su marido ha sobrellevado la operación perfectamente. Está...

—¡Pero son casi las seis de la tarde! Me aseguró que habría terminado a las tres.

—Calculé mal, señora Arnold —dijo Kim, procurando hablar con tono normal a pesar de la irritación que sentía él. Contaba con una reacción extraña, pero aquello era más de lo que esperaba—. Desgraciadamente la operación anterior duró más de lo previsto.

—Entonces debería haber operado a mi marido primero —le espetó Gertrude—. Me han tenido aquí todo el día sin saber qué ocurría. Estoy hecha un manojo de nervios.

Kim perdió el dominio y, pese a un último y valiente esfuerzo, su rostro se demudó en una irónica sonrisa de incredulidad.

—No sonría de esa forma, jovencito —le reprendió ella—. Si quiere saberlo, ustedes los médicos se dan demasiados humos haciendo que la gente corriente como yo tenga que esperar y esperar.

—Siento que mi horario le haya causado molestias. Lo hacemos lo mejor que podemos.

—Ya, bueno, déjeme que le diga qué más ha ocurrido. Uno de los administradores de AmeriCare me ha dicho que no piensan pagar el primer día de hospital de mi marido. Dicen que debía ser ingresado esta mañana, el día de la operación, y no ayer. ¿Qué tiene que decir a eso?

—Se trata de un problema que intento resolver con la administración —dijo Kim—. En el caso de alguien tan enfermo como su marido, no podía dejar que lo ingresaran el mismo día de la operación.

—Bueno, pues ellos dicen que no piensan pagar —afirmó Gertrude—. Y nosotros no podemos hacerlo.

—Si AmeriCare persiste en su negativa, pagaré yo —dijo Kim.

—¿En serio? —repuso ella, boquiabierta.

—Ya ha sucedido antes. Bien, ahora hablemos de su marido. Pronto lo llevarán a la sala de reanimación. Lo tendrán allí hasta que se estabilice y luego pasará a la planta de cardiología. Allí podrá verlo.

Kim se alejó, fingiendo no oír a la señora Arnold llamándole por su nombre. Salió al pasillo y de allí se dirigió a la sala de descanso de cirugía, lo que los cirujanos llamaban «el relax», donde encontró unas cuantas enfermeras de quirófano, además de algunos anestesistas. Kim saludó con la cabeza a los conocidos. Dado que sólo hacía seis meses que trabajaba en el University Medical Center, desde la fusión, no conocía a todo el personal, sobre todo a los de los turnos de tarde y noche.

Entró en el vestuario de cirugía, se quitó la camisa del pijama de quirófano y la arrojó al cesto. Luego se sentó en el banco frente a la hilera de taquillas para quitarse el reloj de la cintura de los pantalones. Tom, que se había dado una ducha, estaba vistiéndose.

—Antes, cuando terminaba con una operación, solía sentir cierta euforia —comentó Kim—. Ahora siento una vaga y desagradable ansiedad.

—Conozco esa sensación —le aseguró Tom.

—Corrígeme si me equivoco. ¿Todo esto no solía ser mucho más gratificante?

Tom dio la espalda al espejo y rió entre dientes.

—Perdona por reírme, pero lo dices como si fuera un descubrimiento repentino.

—No hablo de la cuestión económica, sino de las pequeñas cosas, como el respeto del personal y el reconocimiento de los pacientes. Hoy en día no se puede dar nada por supuesto.

—Los tiempos cambian —convino Tom—. Sobre todo con los gestores de la sanidad y el gobierno aunados para convertir la vida de los especialistas en un infierno. Algunas veces imagino a uno de los burócratas responsables de todo esto acudiendo a mí para que le haga un *bypass* y yo pasándoselo a un médico de cabecera.

—Lo irónico del caso, y lo triste también, es que todo esto ocurre cuando más tenemos los cirujanos cardiovasculares para ofrecer al público —dijo Kim, levantándose y quitándose los pantalones. Estaba a punto de lanzarlos al cesto que había junto a la puerta, cuando ésta se abrió y una de las anestesistas, la doctora Jane Flanagan, asomó la cabeza. Al ver a Kim en ropa interior, emitió un silbido.

—Has estado a punto de recibir unos pantalones empapados de sudor en plena cara —le advirtió Kim.

—Por semejante visión habría valido la pena —bromeó Jane—. Bueno, vengo a informarte de que tu público te aguarda aquí fuera.

La puerta se cerró y el rostro vivaz de Jane desapareció. Kim miró a Tom.

—¿Público? ¿De qué coño está hablando?

—Supongo que se refiere a una visita. Y algo me lleva a pensar que es femenina.

Kim se acercó a uno de los pequeños armarios llenos de ropa de cirujano y cogió un pijama de quirófano limpio.

—¿De qué se tratará ahora? —dijo con irritación. Se detuvo junto a la puerta—. Si es la señora Arnold, la mujer de mi último paciente, me pondré a gritar.

Kim entró en la salita. Al instante comprobó que no se trataba de Gertrude Arnold. Kelly Anderson se hallaba junto a la cafetera, sirviéndose una taza. A unos cuantos pasos vio al cámara con su aparato sobre el hombro derecho.

—Ah, doctor Reggis —exclamó Kelly, viendo al sorprendido, y no demasiado complacido, Kim—. Qué amable ha sido aceptando hablar con nosotros.

—¿Cómo demonios ha entrado aquí? —preguntó él, indignado—. ¿Y cómo sabía dónde estaba? —La sala de descanso de cirugía era como un santuario que ni siquiera los médicos que no eran cirujanos vacilaban en violar. Para Kim, la idea de tener que enfrentarse allí con alguien, sobre todo si era Kelly Anderson, resultaba intolerable.

—Brian y yo hemos sabido que estaba aquí gracias a su ex mujer —dijo Kelly—. En cuanto a cómo hemos entrado aquí, me alegra poder decir que el señor Lindsey Noyes nos ha invitado e incluso acompañado. —Hizo un gesto hacia un hombre de traje gris que se hallaba en la puerta, pues no se había atrevido a entrar—. Es del departamento de relaciones públicas de AmeriCare-University Medical Center.

—Buenas noches, doctor Reggis —dijo Lindsey con nerviosismo—. No le robaremos mucho tiempo. La señorita Anderson ha tenido la amabilidad de pensar en hacer un reportaje para conmemorar los seis meses transcurridos desde la fusión de nuestro hospital. Naturalmente nos encantará ayudarla en todo lo posible.

Durante unos instantes, los negros ojos de Kim se movieron rápidamente entre Kelly y Lindsey. En ese momento no sabía quién le irritaba más, si la reportera sensacionalista o el administrador entrometido. Finalmente decidió que no le importaba.

—Si quiere ayudarla, hable usted con ella —dijo, y se volvió hacia el vestuario.

—¡Doctor Reggis, espere! —espetó Kelly—. Ya he oído la versión preparada por AmeriCare. Nos interesa su opinión personal desde las trincheras, por así decirlo.

Con la puerta entreabierta, Kim se detuvo y reflexionó. Miró a Kelly Anderson.

—Después de aquel reportaje que hizo sobre cirugía del corazón, juré no volver a hablar con usted.

—¿Y eso por qué? —preguntó Kelly—. Fue una entrevista. Yo no puse las palabras en su boca.

—Me citó fuera de contexto, eliminando algunas de sus preguntas —replicó Kim, encolerizado—. Y con ellas eliminó la mayor parte de las cuestiones que para mí tenían mayor importancia.

—Las entrevistas siempre se editan —se justificó Kelly—. Es una realidad de la vida.

—Búsquese otra víctima —espetó Kim y se dispuso a cerrar la puerta, pero Kelly volvió a llamarle.

—¡Doctor Reggis! Conteste sólo a una pregunta. ¿La fusión ha sido tan buena para la comunidad como sostiene AmeriCare? Dicen que actuaron por motivos puramente altruistas. Insisten en que es lo mejor que ha ocurrido en la sanidad de esta ciudad desde el descubrimiento de la penicilina.

Kim volvió a vacilar. El comentario era tan absurdo que no pudo evitar la tentación de contestar. Se volvió hacia Kelly.

—No acabo de entender cómo alguien puede hacer una afirmación tan ridícula y dormir después con la conciencia tranquila. Lo cierto es que la fusión se realizó únicamente para aumentar los beneficios de AmeriCare. Cualquier otra cosa que puedan decir no es más que una excusa y meras sandeces.

Kim cerró la puerta. Kelly miró a Brian, que sonrió y levantó el pulgar en señal de triunfo.

—Lo tengo —dijo.

—¡Perfecto! —exclamó ella, también con una sonrisa—. Eso era exactamente lo que el doctor tenía que decir.

Lindsey emitió una educada tosecilla, tapándose la boca con el puño.

—Obviamente —dijo—, el doctor Reggis ha expresado su opinión personal, que no es compartida por otros miembros del equipo, se lo aseguro.

—¿En serio? —dijo Kelly. Paseó la mirada por la habitación—. ¿Alguno de los presentes desea hacer algún comentario sobre la declaración del doctor Reggis?

Todos se quedaron inmóviles.

—¿A favor o en contra? —insistió Kelly.

Nadie se movió. En aquel súbito silencio, los avisos

por megafonía del hospital se oían como el fondo de un serial televisivo.

—Bueno —dijo Kelly animadamente—, gracias por las molestias.

Tom se puso su larga bata blanca de hospital y ordenó la colección de bolígrafos y lápices que ocupaban su bolsillo superior, junto con la linterna de médico. Kim había entrado en el vestuario y se había metido en la ducha, tras quitarse la ropa y arrojarla con furia en el cesto, sin decir palabra.

—¿No vas a decirme quién te esperaba fuera? —preguntó Tom.

—Era Kelly Anderson, de las noticias de la WENE —contestó Kim desde la ducha.

—¿En el relax?

—¿Qué te parece? La ha traído uno de los tipos de administración de AmeriCare. Al parecer mi ex le ha dicho dónde encontrarme.

—Espero que le hayas dejado claro lo que piensas de ese reportaje que hizo sobre cirugía cardíaca —comentó Tom—. Juraría que mi mecánico subió las tarifas después de verlo. Por si antes nos quejábamos, ahora que mis ingresos descienden en picado todos los servicios aumentan de precio.

—Le he dicho lo mínimo —dijo Kim.

—Oye, ¿a qué hora tenías que recoger a Becky?

—A las seis. ¿Qué hora es?

—Será mejor que empieces a correr —dijo Tom—. Son casi las seis y media.

—Joder. Y aún no he pasado las visitas. ¡Vaya vida!

3

Viernes 16 de enero

Kim terminó con la ronda de visitas y comprobó el estado del señor Arnold en la sala de reanimación antes de abandonar el hospital. Forzó su Mercedes que ya tenía diez años y llegó a la casa de su ex mujer, ubicada en la zona universitaria, en un tiempo récord, pero aun así eran casi las ocho cuando aparcó detrás de un Lamborghini amarillo frente al domicilio de Tracy.

Bajó del coche apresuradamente y corrió por el sendero hacia la puerta principal. La casa, sin pretensiones, había sido construida alrededor de principios de siglo, y tenía varios toques góticos de estilo victoriano, como las ventanas ojivales de las buhardillas del segundo piso. Kim subió los peldaños de entrada de dos en dos hasta el porche con columnas y pulsó al timbre. En medio del frío invernal, su aliento se convertía en pequeñas nubes de vapor. Mientras esperaba, agitó los brazos para conservar el calor; no llevaba abrigo.

Tracy abrió la puerta e inmediatamente puso los brazos en jarras. Su ansiedad e irritación eran evidentes.

—Kim, son casi las ocho. Me dijiste que llegarías a las seis como mucho.

—Lo siento —se disculpó él—. Ha sido inevitable.

La segunda operación ha durado más de lo previsto. Ha surgido un problema inesperado.

—Supongo que debería estar acostumbrada —dijo Tracy, apartándose para dejarlo pasar. Luego cerró la puerta.

Kim echó un vistazo a la sala de estar y vio a un hombre de cuarenta y tantos años con atuendo informal: chaqueta de ante con flecos y botas camperas de piel de avestruz. Estaba sentado en el sofá con una bebida en una mano y un sombrero de vaquero en la otra.

—De haber sabido que llegarías tan tarde, hubiera dado de cenar a Becky —dijo Tracy—. Está muerta de hambre.

—Eso tiene fácil solución —dijo Kim—. Pensábamos ir a cenar fuera.

—Al menos podrías haber llamado —insistió ella.

—No he salido del quirófano hasta la cinco y media —explicó él—. No es que estuviera jugando al golf.

—Lo sé —dijo Tracy con tono resignado—. Tu trabajo es muy noble, pero fuiste tú el que eligió la hora, no yo. Es una cuestión de consideración hacia los demás. Mientras esperaba, no dejaba de pensar que llegarías en cualquier momento. Por suerte, no viajamos en vuelo de línea.

—¿Vuelo? —se extrañó Kim—. ¿Adónde vas?

—A Aspen. Becky tiene el número en el que podéis localizarme.

—¿A Aspen para dos días?

—Creo que ya es hora de que me divierta un poco. Claro que tú no sabes qué es eso, fuera de la cirugía, por supuesto.

—Bueno, ya que estamos en plan desagradable y sarcástico —dijo Kim—, gracias por enviarme a Kelly Anderson al hospital. ¡Eso sí ha sido una agradable sorpresa!

—Yo no la envié —afirmó Tracy.

—Lo dijo ella.

—Yo me limité a decirle que creía que estabas operando —dijo Tracy.

—Bueno, es lo mismo.

Por encima del hombro de Kim, Tracy vio que su invitado se ponía en pie y, percibiendo su incomodidad tras haber oído la conversación, hizo señas a su ex marido de que entrara con ella en la sala de estar.

—Basta de discusiones —dijo—. Kim, quiero presentarte a un amigo, Carl Stahl.

Los hombres se estrecharon la mano, mirándose con cautela.

—Quedaos aquí charlando —sugirió ella—. Voy arriba para asegurarme de que Becky lleva todo lo que necesita. Luego cada uno podrá irse por su lado.

Kim observó a Tracy subir las escaleras. Luego volvió su atención al que aparentemente era su nuevo novio. La situación era embarazosa, y Kim no pudo evitar sentir celos, aunque le alivió comprobar que Carl era unos centímetros más bajo que él y ostentaba una calvicie incipiente. Pero lucía un espléndido bronceado a pesar de ser pleno invierno y también parecía hallarse en buena forma.

—¿Le apetece una copa? —preguntó Carl, señalando la botella de bourbon que había sobre una mesita.

—No me importaría —contestó Kim. Nunca había sido un gran bebedor, pero en los últimos seis meses había adquirido la costumbre de tomar un copa por la noche.

Carl dejó su sombrero de vaquero y se dirigió al aparador. Kim se fijó en que sus maneras aparentaban cierto sentido de la propiedad.

—Vi esa entrevista que le hizo Kelly Anderson hace un mes —comentó Carl, echando cubitos en un vaso de estilo anticuado.

—Lo siento. Esperaba que la mayoría de la audiencia se la hubiera perdido.

Carl sirvió una generosa ración sobre el hielo y le tendió el vaso. Luego volvió a sentarse en el sofá junto a su sombrero. Kim se sentó en el butacón que había frente a él.

—Tiene todo el derecho a estar enfadado —dijo Carl con tono condescendiente—. No fue justo. Los noticiarios de televisión tienen una irritante manera de tergiversar las cosas.

—Triste pero cierto —dijo Kim. Bebió un sorbo del fuerte whisky y aspiró aire antes de tragar. Un agradable calor le recorrió el cuerpo.

—Yo desde luego no me tragué sus premisas —dijo Carl—. Los médicos se merecen hasta el último dólar que ganan. Personalmente siento un gran respeto hacia ustedes.

—Gracias. Eso me tranquiliza.

—En serio. De hecho, estudié medicina un par de semestres en la universidad.

—¿De verdad? ¿Qué pasó? ¿No le gustó?

—Yo no le gusté a la medicina —dijo Carl con una carcajada que terminó en un peculiar resoplido—. Era demasiado absorbente y empezaba a estorbar mi vida social. —Volvió a reír como si acabara de contar un chiste.

Kim empezó a preguntarse qué había visto Tracy en aquel tipo.

—¿A qué se dedica ahora? —preguntó. Considerando que se hallaban en un barrio de clase media baja, el Lamborghini amarillo tenía que pertenecer a Carl. Pensaba también que Tracy había dicho que no viajarían en vuelo de línea, lo que resultaba aún más preocupante.

—Soy director ejecutivo de Foodsmart. Estoy seguro de que habrá oído hablar de nosotros.

—Me temo que no.

—Es una importante empresa agrícola —explicó Carl—, o más bien un *holding*. De hecho, es uno de los más importantes del estado.

44

—¿Mayoristas o minoristas? —preguntó Kim, aunque no sabía mucho sobre economía y finanzas.

—Ambas cosas, pero sobre todo exportamos grano y carne de vacuno. Aunque también somos los principales accionistas de la cadena de hamburgueserías Onion Ring.

—La conozco —dijo Kim—. Incluso tengo algunas acciones.

—Buena elección. —Se inclinó hacia Kim y tras mirar a un lado y otro con gesto furtivo como si temiera que alguien pudiese escucharles, susurró—: Compre más acciones de Onion Ring. La cadena está a punto de expandirse a nivel nacional. Considérelo una información confidencial. Pero no hable de ello con nadie.

—Gracias —dijo Kim, y añadió sarcásticamente—: Precisamente me preguntaba qué hacer con el sobrante de mis ingresos.

—Y mucho que me lo agradecerá —continuó Carl, insensible al tono de Kim—. Las acciones se van a poner por las nubes. Dentro de un año, la Onion Ring rivalizará con McDonald's, Burger King y Wendy's.

—Tracy ha comentado que se van a Aspen en avión privado —dijo Kim, cambiando de tema—. ¿Qué tipo de avión pilota?

¿Yo? No piloto nada. ¡Joder, no! Sería la última persona que subiera a un avión conmigo mismo a los mandos.

Carl se echó a reír de aquella manera suya tan peculiar, haciendo que Kim se preguntara si roncaba al dormir.

—Tengo un reactor Lear —prosiguió Carl—. Bueno, técnicamente es de Foodsmart, al menos según Hacienda. En cualquier caso, como usted sin duda sabe, el Consejo Federal de Aviación establece que un avión de ese tipo ha de llevar dos pilotos cualificados.

—Por supuesto —replicó Kim, como si conociera la reglamentación de dicho organismo. Lo último que quería era demostrar su ignorancia en tales asuntos. Tampoco quería poner de manifiesto la ira que sentía al ver que un vulgar hombre de negocios que no hacía más que mover papeleo disfrutaba de semejantes privilegios, mientras que él, que trabajaba doce horas al día salvando vidas, tenía problemas para mantener un viejo Mercedes.

El ruido de pies que bajaban presurosos las escaleras anunció la llegada de Becky. Llevaba una bolsa y los patines colgados del hombro. Dejó caer ambas cosas en una silla del vestíbulo antes de entrar corriendo en la sala de estar.

Kim no veía a su hija desde el domingo anterior, cuando habían pasado un feliz día en una zona de esquí cercana, y Becky actuó en consecuencia, lanzándose en brazos de su padre para darle un abrazo entusiasta haciéndole trastabillar. Con el rostro apretado contra la cabeza de Becky, Kim notó la humedad de una ducha reciente en los cabellos oscuros; olían como manzanas maduras de una huerta.

Becky se echó hacia atrás sin soltar a su padre y adoptó una fingida expresión de reproche.

—Llegas tarde, papá.

Toda la exasperación acumulada durante el día se diluyó cuando Kim contempló a su querida y precoz hija de diez años, que a sus ojos resplandecía de gracia, juventud y energía. Becky tenía la piel inmaculada, y los ojos grandes y expresivos.

—Lo siento, cachorrito —dijo—. Creo que tienes hambre.

—Me muero de hambre —confirmó Becky—. ¡Pero mira! —Volvió la cabeza de un lado a otro—. ¿Ves mis nuevos pendientes de diamantes? ¿No son fabulosos? Me los ha regalado Carl.

—Son poca cosa —dijo Carl con embarazo—. Un regalo de Navidad con retraso por prestarme a su madre este fin de semana.

Kim tragó saliva, estupefacto.

—Impresionantes —consiguió decir.

Becky lo soltó y fue al vestíbulo para recoger sus cosas y sacar el abrigo del armario de la entrada. Kim la siguió y se dirigió a la puerta.

—Bueno, jovencita, quiero que te acuestes a tu hora habitual —dijo Tracy—. ¿Entendido? Hay mucha gripe ahora.

—¡Oh, mamá! —se quejó la niña.

—Hablo en serio. No quiero que pierdas días de colegio.

—Tranquila, mamá —dijo Becky—. Diviértete y no te pongas tan nerviosa por…

—Me divertiré mucho —se apresuró a decir Tracy, interrumpiendo a su hija antes de que pudiera decir algo embarazoso—. Pero me lo pasaré aún mejor si no tengo que preocuparme por ti. ¿Tienes el número de teléfono que te he dado?

—Sí, sí —contestó Becky con hastío. Luego se animó y añadió—: Baja el Big Burn por mí.

—De acuerdo, te lo prometo —dijo Tracy, cogiéndole el abrigo del brazo—. Quiero que te lo pongas.

—Pero si voy a meterme en el coche…

—Da igual —dijo Tracy, ayudándola a ponérselo.

Becky corrió hacia Carl, que estaba en el umbral de la sala de estar, le dio un abrazo y acercó la boca a su oreja.

—Está muy nerviosa, pero todo irá bien. Y gracias por los pendientes. Me encantan.

—De nada, Becky —dijo Carl, anonadado.

Becky corrió hacia Tracy y le dio un breve abrazo antes de salir por la puerta que Kim mantenía abierta.

Una vez fuera, Becky bajó corriendo los escalones e hizo señas a su padre de que se diera prisa. Kim se apresuró a seguirla.

—¡Llama si hay algún problema! —gritó Tracy desde el porche.

Kim y Becky se despidieron con la mano antes de meterse en el coche.

—Se preocupa demasiado —dijo Becky mientras Kim ponía el coche en marcha, y señaló a través del parabrisas—. Eso es un Lamborghini. Es el coche de Carl y es increíble.

—Seguro que sí —dijo Kim, intentando restarle importancia.

—Deberías comprarte uno, papá —dijo Becky, volviendo la cabeza para mirar el otro coche al pasar.

—Hablemos de comida. Había pensado recoger a Ginger y luego ir los tres a cenar a Chez Jean.

—No quiero cenar con Ginger —dijo Becky, poniendo mala cara.

Kim tamborileó sobre el volante. Tenía los nervios de punta a causa del estrés de la jornada, incluyendo la conversación con Carl. Deseó tener más tiempo para jugar al tenis. Necesitaba alguna forma de desahogo físico. Desde luego, lo último que quería en aquel momento era un problema entre Becky y Ginger.

—Becky, ya hemos hablado de esto antes. A Ginger le gusta mucho tu compañía.

—Quiero estar contigo, no con tu recepcionista —se quejó ella.

—Pero si estarás conmigo. Estaremos todos juntos, y Ginger es algo más que mi recepcionista.

—Y tampoco quiero cenar en ese restaurante viejo y aburrido —añadió Becky—. Lo detesto.

—De acuerdo, de acuerdo —dijo él, esforzándose por dominarse—. ¿Qué tal si vamos al Onion Ring de la Prairie Highway? Solos tú y yo. Estamos cerca.

—¡Fabuloso! —Becky se estiró y, pese a llevar puesto el cinturón, consiguió darle un leve beso en la mejilla.

Kim se maravilló de la habilidad con que su hija podía manipularlo, y se sintió mejor al ver que Becky recuperaba su habitual viveza. Sin embargo, al cabo de unos kilómetros, su comentario volvió a molestarle.

—Por más que lo intento —dijo—, no puedo comprender por qué le tienes manía a Ginger.

—Porque hizo que mamá y tú os separarais.

—¡Por Dios! ¿Es eso lo que dice tu madre?

—No. Ella dice que eso sólo fue una parte. Pero yo creo que fue culpa de Ginger. Vosotros casi nunca discutíais hasta que apareció ella.

Kim volvió a tamborilear sobre el volante. Pese a lo que afirmaba su hija, estaba seguro de que Tracy le había metido aquellas ideas en la cabeza.

Cuando entraron en el aparcamiento del Onion Ring, Kim miró a su hija. El enorme letrero de neón del restaurante teñía su rostro de color. Becky sonría pensando ya en su cena de hamburguesas.

—La razón por la que tu madre y yo nos divorciamos fue muy compleja —dijo él—, y Ginger tuvo muy poco...

—¡Cuidado! —exclamó la niña.

Kim desvió la mirada y a través del parabrisas vio la imagen borrosa de un chico en monopatín delante del coche. Pisó el freno y dio un volantazo. El coche se detuvo con una sacudida, no sin antes dar por detrás a un coche aparcado. Se oyó el ruido inconfundible de cristales rotos.

—¡Has chocado con ese coche! —gritó Becky como si fuera una pregunta.

—¡Ya lo sé! —dijo Kim, también a gritos.

—Bueno, no es culpa mía —dijo Becky, indignada—. ¡No me grites!

El chico del monopatín, que se había detenido momentáneamente, pasó por delante del coche. Kim lo miró y el chico, sin mostrar el menor respeto, formó con los labios la palabra «idiota». Kim cerró los ojos para dominarse.

—Lo siento —dijo—. Claro que no ha sido culpa tuya. Debería haber prestado más atención, y desde luego no debí gritarte.

—¿Qué vamos a hacer? —preguntó ella, recorriendo el aparcamiento con una mirada inquieta, aterrada ante la idea de encontrarse con uno de sus compañeros de clase en aquellas circunstancias.

—Iré a ver qué ha ocurrido —contestó su padre, abriendo la puerta del coche.

Al cabo de unos segundos pidió a Becky que le entregara los papeles del seguro que guardaba en la guantera.

—¿Qué se ha roto? —preguntó ella, al tiempo que le tendía los papeles.

—Nuestro faro y su piloto. Dejaré una nota.

Una vez dentro del restaurante, la niña olvidó el accidente. Como era habitual en un viernes por la noche, el local estaba atestado de adolescentes vestidos con una ridícula colección de ropas holgadas y peinados al estilo punk. Pero también había unas cuantas familias con niños, e incluso bebés. El nivel de ruido era considerable debido a los llantos de estos últimos y los aparatos estéreo portátiles que les hacían la competencia.

Los restaurantes de la cadena Onion Ring eran especialmente populares entre los niños, sobre todo porque las hamburguesas podían aderezarse con una inverosímil variedad de condimentos. También podían prepararse sus propias copas de helado con un número de aderezos igualmente increíble.

—¿No es fantástico este lugar? —comentó Becky cuando se incorporaron a una de las colas para pedir.

—Encantador —dijo Kim con tono burlón—. Sobre todo con esta tranquila música clásica de fondo.

—¡Papá! —exclamó Becky poniendo los ojos en blanco.

—¿Has venido aquí alguna vez con Carl? —En realidad no quería oír la respuesta, que ya sospechaba.

—Claro —contestó ella—. Nos ha traído a mamá y a mí un par de veces. Fue estupendo. Es el dueño de este sitio.

—No exactamente —dijo Kim con cierta satisfacción—. En realidad la Onion Ring es una sociedad anónima. ¿Sabes lo que eso significa?

—Más o menos.

—Significa que muchas personas tienen acciones. Incluso yo tengo algunas, así que también soy uno de los dueños.

—Ya, bueno, cuando vengo con Carl no tenemos que hacer cola —dijo Becky.

Kim suspiró.

—Hablemos de otra cosa. ¿Has vuelto a pensar en los campeonatos nacionales? Se acerca el final del plazo para inscribirse.

—No voy a hacerlo —dijo Becky sin vacilar.

—¿Ah, no? ¿Por qué, cariño? Tienes un talento natural para patinar, y ganaste el campeonato juvenil del estado con facilidad.

—Me gusta patinar —dijo Becky—. No quiero estropearlo.

—Pero podrías ser la mejor.

—No quiero ser la mejor en competición.

—Caray, Becky. Para mí es una pequeña decepción. No puedo evitarlo. Estaría muy orgulloso de ti.

—Mamá me dijo que me dirías algo así —comentó Becky.

—¡Fantástico! Tu madre, la psicóloga y sabelotodo.

—También me dijo que debía hacer lo que yo considere mejor para mí.

Habían llegado a la caja. Un aburrido adolescente los miró con ojos vidriosos y preguntó qué querían.

Becky alzó la vista hacia el menú que mostraba un

cartel sobre la hilera de cajas registradoras. Frunció los labios y hundió un dedo en la mejilla.

—Mmmm... No sé qué quiero.

—Pide una hamburguesa —sugirió Kim—. Creía que era tu comida favorita.

—De acuerdo. Tomaré hamburguesa, patatas fritas y batido de vainilla.

—¿Normal o gigante? —preguntó el cajero con voz cansina.

—Normal —contestó Becky.

—¿Y usted, señor?

—Demonios, no sé. Déjame ver —dijo Kim, y también alzó la vista hacia el menú—. Creo que sopa del día y ensalada. Y té frío.

—Serán siete con noventa en total —dijo el cajero.

Kim pagó y el joven le tendió un tícket.

—Su número es el veintisiete.

Dieron media vuelta para buscar asientos libres. Tardaron, pero finalmente encontraron dos asientos vacíos en una de las mesas junto a la ventana. Becky se sentó, pero Kim le tendió el tícket y le dijo que tenía que ir al lavabo. La niña asintió distraídamente, con los ojos puestos en uno de los chicos guapos de su escuela, que casualmente se hallaba en la mesa contigua.

A Kim le costó atravesar el restaurante para llegar a la salita que conducía a los lavabos. Allí había dos teléfonos, pero en los dos había cola. Kim sacó su teléfono móvil y marcó, se apoyó contra la pared y se llevó el teléfono al oído.

—Ginger, soy yo —dijo.

—¿Dónde coño estás? —preguntó Ginger—. ¿Te has olvidado de que teníamos mesa reservada en Chez Jean para las siete y media?

—No vamos a ir —dijo Kim—. Cambio de planes. Becky y yo vamos a comer en el Onion Ring de la Prairie Highway.

Ginger no replicó.

—¿Sigues ahí? —dijo Kim.

—Sí, sigo aquí —dijo Ginger.

—¿Has oído lo que acabo de decirte?

—Pues claro que sí. No he cenado por esperarte. No has llamado, y además me prometiste que esta noche cenaríamos en Chez Jean.

—Escucha —dijo él, enfadado—. No me hagas una escena tú también. No puedo complacer a todo el mundo. He llegado tarde a recoger a Becky y estaba muerta de hambre.

—Mira qué bien —exclamó Ginger—. Pues que os lo paséis bien tú y tu hija.

—¡Me estás haciendo enfadar, Ginger!

—Bueno, ¿y qué esperabas? Durante todo un año tu mujer fue la excusa perfecta. Ahora supongo que será tu hija.

—Ya basta, Ginger. No voy a discutir. Becky y yo cenaremos aquí y luego pasaremos a recogerte.

—Quizá me encuentres o quizá no —repuso Ginger—. Estoy cansada de que no me tengas en cuenta.

—Muy bien. Como quieras.

Kim colgó haciendo rechinar los dientes y mascullando una imprecación. No se podía decir que la noche transcurriera como a él le hubiera gustado. Involuntariamente, su mirada se posó en el rostro de una adolescente que hacía cola para llamar por teléfono. Llevaba los labios pintados de un rojo tan subido que parecía marrón y le hacía parecer una víctima del Everest.

La chica captó su mirada y dejó de mascar chicle lo suficiente para sacarle la lengua. Kim se incorporó y entró en el lavabo de caballeros para refrescarse la cara y lavarse las manos.

El nivel de actividad en la cocina y la zona de servicio era proporcional al número de clientes que ocupaban el restaurante en aquel momento. Era un caos controlado. Roger Polo, el gerente que solía trabajar doble turno los viernes y los sábados, los dos días más ajetreados del Onion Ring, era un hombre nervioso, cerca de los cuarenta, que dirigía a los empleados con la misma dureza que se aplicaba a sí mismo.

Cuando el restaurante estaba tan lleno como ahora, Roger se incorporaba a la cadena. Fue él quien pidió la hamburguesa y las patatas fritas al cocinero Paul, la sopa y la ensalada a Julia, que trabajaba en el mostrador de platos calientes y ensaladas, y las bebidas a Claudia. El pinche Skip se encargaba de reponer alimentos y de las tareas de limpieza.

—Veintisiete —vociferó Roger—. Sopa y ensalada.

—Sopa y ensalada —repitió Julia.

—Té helado y batido de vainilla —prosiguió Roger.

—Marchando —dijo Claudia.

—Hamburguesa normal y patatas fritas —terminó Roger.

—Hecho —dijo Paul.

Paul era mucho mayor que Roger. Tenía un rostro curtido lleno de arrugas, lo que le daba un aire de granjero más que de cocinero. Se había pasado veinte años como cocinero en una plataforma petrolífera del Golfo. En el antebrazo derecho llevaba tatuado un pozo de petróleo con la palabra «¡Eureka!».

Paul se hallaba de pie junto a la parrilla empotrada en una isla central detrás de las cajas registradoras. En todo momento, tenía numerosas hamburguesas friéndose, correspondientes a otros tantos pedidos. Había establecido un sistema de rotación, de modo que todas las hamburguesas se hallaban el mismo tiempo en la parrilla. En respuesta a la nueva oleada de hamburguesas solicitadas, se dio la vuelta y abrió el refrigerador que tenía a su espalda.

—¡Skip! —gritó, al ver que la caja de hamburguesas estaba vacía—. Tráeme una caja de hamburguesas de la cámara.

—¡Marchando! —exclamó Skip, dejando apoyada a un lado la fregona.

La cámara frigorífica estaba en el fondo de la cocina, frente al almacén. Skip, que llevaba sólo una semana trabajando en el Onion Ring, había descubierto que una parte significativa de su trabajo consistía en llevar diversos suministros desde las cámaras o el almacén a la zona de preparación.

Abrió la pesada puerta de la cámara frigorífica y entró. La puerta tenía un grueso muelle, por lo que se cerró tras él. El interior estaba iluminado por una simple bombilla en una jaula de alambre. Las paredes estaban revestidas de un material metálico que parecía papel de aluminio y el suelo era una rejilla de madera.

Todo el espacio, salvo el pasillo central, estaba prácticamente ocupado por cajas de cartón: a la izquierda, las más grandes, llenas de hamburguesas congeladas; a la derecha, las de patatas, pescado y pollo congelados.

Skip se palmeó los brazos para contrarrestar la temperatura bajo cero. Su aliento formaba pequeñas nubes heladas. Deseoso de volver al calor de la cocina, raspó la escarcha de la etiqueta de la primera caja que tenía a su izquierda para asegurarse de que era carne picada. La etiqueta rezaba: «Carnes Mercer. Reg.0.I LB hamburguesas, extra magras. Lote 6 partida 9-14. Producción: 12 enero. Caducidad: 12 abril.»

Skip rompió el cartón y sacó una de las cajas que contenía quince docenas de hamburguesas crudas. La llevó al refrigerador que Paul tenía a su espalda.

—Ahí lo tienes —dijo.

Paul no respondió. Estaba demasiado ocupado colocando las hamburguesas ya hechas, mientras llevaba la cuenta de los nuevos pedidos que acababa de darle Roger. Tran pronto le fue posible, se volvió hacia el refrigerador, abrió la caja y sacó las hamburguesas que necesitaba, pero cuando estaba a punto de cerrar la puerta, vio la etiqueta.

—¡Skip! —aulló—. ¡Vuelve aquí ahora mismo!

—¿Qué pasa? —preguntó Skip, que no se había ido pero estaba agachado, ocupado en cambiar la bolsa de basura que había bajo la abertura para basuras de la isla central.

—Estas jodidas hamburguesas no son las que quiero —dijo Paul—. Éstas han llegado hoy.

—¿Y qué diferencia hay?

—Mucha. Te lo demostraré. —Se volvió hacia el otro lado—. Roger —llamó—, ¿cuántas hamburguesas me has pedido después del número veintiséis?

—Una para el veintisiete —contestó Roger, consultando sus notas—, cuatro para el veintiocho y tres para el veintinueve. Un total de ocho.

—Eso pensaba —dijo Paul. Echó en la parrilla las ocho hamburguesas que tenía en la mano y se volvió para sacar otra caja del refrigerador. Preocupado como estaba, no se dio cuenta de que la primera hamburguesa que había echado había cubierto parcialmente a otra que ya estaba en la parrilla.

Paul indicó a Skip que lo siguiera y se explicó mientras caminaban.

—Nos envían hamburguesas congeladas cada dos semanas, pero antes tenemos que gastar las que han llegado primero.

Abrió la puerta de la cámara frigorífica e inmediatamente vio la caja de cartón que había abierto Skip. Paul metió la caja que llevaba en su interior y cerró la tapa.

—¿Ves la fecha? —preguntó, señalando la etiqueta.

—Sí, claro —dijo Skip.

—Esas otras cajas de ahí detrás tienen fecha anterior. Deben usarse primero.

—Alguien debería habérmelo dicho —se quejó Skip.

—Te lo digo yo ahora. Vamos, ayúdame a poner éstas más recientes al fondo y las otras aquí delante.

Kim había vuelto del lavabo para encajar su metro noventa en el asiento junto a Becky. Había otras seis personas en la misma mesa, incluyendo un niño de dos años con la cara manchada de ketchup y muy atareado intentando acabar su hamburguesa con una cuchara de plástico.

—Becky, por favor, sé razonable —dijo Kim, intentando no mirar al niño de dos años—. Le he dicho a Ginger que pasaríamos a recogerla después de cenar.

Becky respiró hondo y suspiró, dejando caer los hombros. Se mostraba enfurruñada, cosa poco habitual en ella.

—Porque hemos hecho lo que tú querías —continuó Kim—. Estamos cenando solos tú y yo y esto no es Chez Jean.

—Bueno, pero no me has preguntado si quería recoger a Ginger —protestó Becky—. Cuando has dicho que veníamos aquí, creía que querías decir que no tendríamos que verla en toda la noche.

Kim desvió la mirada y apretó los dientes. Quería a su hija con locura, pero también sabía que su obstinación podía ser insufrible. Como cirujano, estaba acostumbrado a que los miembros de su equipo obedecieran sus órdenes.

Paul regresó a la parrilla tras reordenar la cámara frigorífica y se encontró con un exasperado Roger.

—¿Dónde estabas? —preguntó—. Vamos muy retrasados.

—No te preocupes —dijo Paul—. Todo está bajo control.

Paul cogió la espátula y empezó a colocar las hamburguesas en sus correspondientes panecillos. Apartó la hamburguesa que había quedado encima de otra para sacar ésta de debajo.

—¡Treinta! —gritó Roger—. Dos hamburguesas normales y una gigante.

—Marchando —dijo Paul, metiendo mano a la nevera para sacar la carne. Se dio la vuelta y echó las hamburguesas en la parrilla. Luego usó la espátula para recoger la que había estado encima de otra y darle la vuelta. Al caer, aterrizó de nuevo sobre otra hamburguesa. Paul estaba a punto de colocarla bien cuando Roger llamó su atención.

—¡Paul, la has metido hasta el fondo! —le espetó—. ¿Qué te pasa esta noche?

Paul alzó la vista con la espátula suspedida en el aire sobre la parrilla.

—El veinticinco eran dos hamburguesas gigantes, no normales.

—¡Mierda, lo siento! —exclamó Paul, y se volvió hacia la nevera para sacar dos hamburguesas gigantes. Tras echarlas sobre la parrilla, las apretó con la espátula. Las gigantes tardaban el doble en hacerse que las normales.

—Y también tenía que llevar patatas fritas —dijo Roger, irritado, agitando la nota como si amenazara a Paul con ella.

—Hecho —dijo Paul, y se apresuró a llenar un cono de papel con patatas fritas.

Roger las cogió, las colocó sobre la bandeja del número veinticinco y la empujó hacia el mostrador de reparto.

—De acuerdo —dijo a Paul—. Todo lo demás del veintisiete está listo. ¿Dónde están la hamburguesa y las patatas? Venga, Paul, a ver si estamos más atentos.

—De acuerdo, ya está —dijo Paul, y con la espátula recogió la hamburguesa que se había pasado casi todo el tiempo sobre otras dos hamburgesas. La metió en un panecillo, que a su vez colocó sobre el plato de papel que Roger había puesto en el mostrador delante de él. Metió luego en el panecillo unos aros de cebolla frita, y llenó otro cono de papel de patatas fritas.

Al cabo de unos segundos, el adolescente que se ocupaba del mostrador de reparto se inclinó sobre el micrófono y dijo:

—Pasen a recoger los números veinticinco y veintisiete.

Kim se puso en pie.

—Ésos somos nosotros —dijo—. Yo iré a buscarlo. Pero después de cenar iremos a recoger a Ginger, y no hay más que hablar. Y espero que seas agradable con ella. ¿Entendido?

—De acuerdo —dijo Becky a regañadientes, levantándose.

—Yo traeré la comida. Tú quédate aquí.

—Pero quiero arreglar yo la hamburguesa —protestó Becky.

—Ah, sí. Lo olvidaba.

Mientras la niña aderezaba su hamburguesa con una impresionante cantidad de condimentos, Kim eligió lo que esperaba que fuera el aliño menos repugnante para ensaladas. Luego padre e hija regresaron a sus asientos. Kim se alegró de ver que el niño manchado de ketchup y su familia se habían ido.

Becky se animó cuando su compañero de escuela le pidió unas patatas fritas. Kim cogió la cuchara y estaba a punto de probar la sopa, cuando el teléfono móvil le sonó en el pecho. Se lo llevó a la oreja.

—Doctor Reggis —dijo.

—Soy Nancy Warren —dijo la enfermera—. Le llamo porque la señora Arnold quiere que venga a ver a su marido.

—¿Por qué razón?

Becky usó ambas manos para coger la hamburguesa. Aun así, cayeron un par de trozos de pepinillo. Impertérrita, se metió el panecillo en la boca y dio un mordisco. Masticó el bocado unos instantes y luego examinó la superficie mordida.

—La señora Arnold está muy preocupada —explicó Nancy—. Y él dice que los calmantes no le hacen efecto. Le han tomado la presión venosa central.

Becky tiró a su padre de la manga, intentando hacerle mirar la parte mordida de su hamburguesa. Kim le hizo señas de que esperara.

—¿Le han tomado muchas veces la PVC?

—No, no muchas —contestó Nancy—. Pero lo bastante para que le molesten.

—Que le hagan un análisis del potasio y le doblen los calmantes. ¿Está ahí la jefa de cuidados intensivos?

—Sí, la doctora Silver está en el hospital. Pero creo que debería venir usted. La señora Arnold es muy persistente.

—Ya —dijo Kim—. Pero primero esperemos a ver cómo evoluciona el nivel de potasio. Comprueben también si se ha producido una distensión abdominal significativa.

Kim apagó el aparato. La señora Arnold se estaba convirtiendo en una molestia mayor de lo que había imaginado.

—Fíjate en mi hamburguesa —dijo Becky.

Kim le echó una ojeada y vio la franja rosada de la parte media casi cruda, pero estaba preocupado por la llamada que acababa de recibir del hospital.

—Mmmm —musitó—. Así comía yo las hamburguesas cuando tenía tu edad.

—¿En serio? ¡Qué asco!

Kim decidió que era mejor hablar personalmente con la jefa de cuidados intensivos y marcó el número del sistema de búsqueda del hospital.

—Sólo las comía así —dijo a su hija, mientras esperaba a que contestaran—. Poco hechas con un aro de cebolla cruda, no con esos aros de cebolla deshidratados y pasados por la parrilla, y desde luego sin toda esa bazofia.

La operadora del sistema de búsqueda contestó, Kim pidió hablar con la doctora Alice Silver, y dijo que esperaría.

Becky miró de nuevo su hamburguesa, se encogió de hombros y dio un nuevo mordisco. Tuvo que admitir que le sabía bien.

4

Sábado 17 de enero

Kim hizo girar el coche al llegar a su calle. Su casa era grande, de estilo Tudor, situada en un terreno poblado de árboles en una agradable zona residencial de la ciudad. En otro tiempo había sido una casa admirable. Ahora tenía un aspecto descuidado. En otoño nadie se había ocupado de barrer las hojas caídas, que ahora formaban una húmeda capa marrón de detritus sobre el césped. La pintura de la casa se desconchaba a marchas forzadas y algunos de los postigos estaban torcidos. En el tejado se habían desprendido algunas tablillas, que habían caído en los canalones.

Eran las nueve de un sábado por la mañana, plomizo e invernal, y el barrio estaba desierto. No había signos de vida cuando Kim enfiló el sendero de entrada a su casa y se detuvo en la puerta del garaje. Los vecinos de la casa contigua aún no habían recogido el periódico.

El interior de la casa de Kim reflejaba el exterior. Había sido parcialmente despojada de alfombras, accesorios y muebles desde que Tracy se había llevado cuanto quería para mudarse. Además, hacía meses que no se limpiaba. La sala de estar, en particular, parecía una pista de baile, con su única silla, una pequeña alfombra, la mesita del teléfono y una lámpara de pie.

Kim arrojó las llaves sobre la mesa consola del vestíbulo antes de pasar por el comedor para entrar en lo que era una combinación de cocina y cuarto de estar. Llamó a Becky en voz alta, pero ella no respondió. Miró el fregadero. No había platos sucios.

Kim se había despertado poco después de las cinco de la mañana, como era su costumbre, y había ido al hospital para hacer sus visitas. Al llegar a casa, esperaba hallar a Becky despierta y preparada para salir.

—Becky, holgazana, ¿dónde estás? —llamó mientras subía las escaleras.

Al llegar al final, oyó que la puerta del dormitorio de su hija se abría, e instantes después ella aparecía en el umbral, todavía en camisón de franela, con los rizos morenos convertidos en una maraña y los ojos soñolientos.

—¿Qué pasa? —preguntó Kim—. Pensaba que estarías impaciente por llegar a tu clase de patinaje. Deprisa, vamos.

—No me encuentro bien —dijo ella, frotándose un ojo con los nudillos.

—¿Cómo es eso? ¿Qué te pasa?

—Me duele el estómago.

—Bueno, seguro que no es nada. ¿El dolor viene y va o es constante?

—Viene y va.

—¿Dónde lo notas exactamente?

Becky hizo unos movimientos vagos con la mano alrededor del abdomen.

—¿Escalofríos? —preguntó su padre, y le puso la mano en la frente.

Ella negó con la cabeza.

—No son más que unos retortijones —dijo Kim—. Seguramente es tu pobre estómago quejándose de la comida basura de anoche. Dúchate y vístete mientras te preparo el desayuno. Pero date prisa; no quiero que tu madre se queje de que llegas tarde a la clase de patinaje.

—No tengo hambre —aseguró Becky.

—Seguro que la tendrás después de la ducha. Te espero abajo.

De vuelta en la cocina, Kim preparó cereales, leche y zumo. Se acercó al pie de la escalera y estaba a punto de llamar a Becky, cuando oyó el sonido de la ducha. Volvió a la cocina y llamó a Ginger desde el teléfono de pared.

—Todos están bien en el hospital —le dijo—. Los tres posoperatorios van viento en popa, aunque los Arnold, sobre todo ella, me están volviendo loco.

—Me alegro —fue la cáustica réplica de Ginger.

—¿Qué pasa ahora? —dijo Kim, que había vuelto a tener otro encontronazo con una de las enfermeras durante las visitas de la mañana, y esperaba poder disfrutar del resto del día sin incidentes.

—Quería pasar la noche en tu casa —explicó Ginger—. No creo que sea justo…

—¡Alto ahí! —le espetó él—. No volvamos otra vez a lo mismo, por favor. Estoy harto de esas tonterías. Además, Becky no se encuentra demasiado bien esta mañana.

—¿Qué le pasa? —preguntó Ginger con preocupación.

—Sólo es un dolor de estómago. —Estaba a punto de ampliar la información, cuando oyó a Becky bajar las escaleras—. Oh, ahí viene. Ven a recogernos a la pista de patinaje del centro comercial. ¡Adiós!

Becky entró en la cocina cuando él colgaba. Llevaba el albornoz de Kim, que era tan grande que le arrastraba por el suelo y las mangas le llegaban hasta la mitad de la pantorrilla.

—Encima de la mesa hay cereales, leche y zumo —dijo él—. ¿Te encuentras mejor?

Ella sacudió la cabeza.

—¿Qué quieres desayunar?

—Nada.

—Bueno, tienes que comer algo. ¿Quieres un traguito de jarabe?

Becky torció el gesto con repugnancia.

—Tomaré un poco de zumo —dijo.

Las tiendas del centro comercial levantaban sus persianas metálicas cuando Kim y Becky caminaban por el corredor en dirección a la pista de hielo. Kim no había vuelto a preguntar, pero estaba seguro de que Becky se sentía mejor, puesto que había acabado comiendo algo de cereales y en el coche se había mostrado tan parlanchina como siempre.

—¿Te quedarás durante la clase? —preguntó Becky.

—Ése es el plan —dijo él—. Estoy impaciente por ver ese triple *axle* del que me has hablado.

Cuando se acercaban a la pista, Kim tendió a su hija los patines. En ese momento sonó un silbato para indicar el final de la clase de nivel intermedio.

—Justo a tiempo —dijo Kim.

Becky se sentó y empezó a desatarse las zapatillas de deporte. Su padre echó un vistazo a los demás acompañantes, en su mayoría madres. De repente se encontró con la mirada de Kelly Anderson. Pese a lo temprano de la hora, Kelly vestía como si estuviera a punto de asistir a un pase de modelos, y parecía recién salida de la peluquería. Ella sonrió y Kim desvió la mirada.

Una niña, aproximadamente de la misma edad de Becky, se acercó patinando, salió de la pista y se sentó junto a ella.

—Hola —dijo.

Becky le devolvió el saludo.

—¡Ah, mi cirujano predilecto!

Kim se dio la vuelta y, para su consternación, se encontró cara a cara con Kelly.

—¿Conoce a mi hija? —preguntó ella.

Él negó con la cabeza.

—Caroline, saluda al doctor Reggis.

Pese a su reticencia a sostener una conversación con la periodista, Kim saludó a la niña y luego presentó a Becky a su madre.

—Qué maravillosa coincidencia volver a tropezar con usted —dijo Kelly tras estrechar la mano de Becky—. ¿Vio mi reportaje de anoche en las noticias de las once sobre el aniversario de la fusión del hospital?

—No, no lo vi.

—¡Lástima! Hubiera disfrutado con él. Le concedieron un amplio espacio, y existe la opinión unánime de que su declaración sobre «los beneficios» fue la estrella del programa. Hizo que se colapsara la centralita, y eso al director de la cadena le encanta.

—Recuérdeme que no vuelva a hablar con usted —dijo Kim.

—Tenga cuidado, doctor Reggis —repuso Kelly alegremente—. Herirá mis sentimientos.

—¡Kim! —llamó una voz desde el otro lado de la pista—. ¡Kim, aquí!

Ginger acababa de llegar y agitaba una mano con entusiasmo mientras rodeaba la pista de hielo en dirección a Kim y Kelly. Ginger era una veinteañera con facciones de duende, ondulante melena rubia y piernas como palillos. Cuando no estaba trabajando, se empeñaba en vestir según su interpretación personal de un estilo desenfadado y sexy. Aquella mañana llevaba tejanos ajustados y una camiseta que dejaba al descubierto su firme cintura de avispa, además de una cinta deportiva al pelo y muñequeras para poner de manifiesto su afición al aeróbic. Calzaba zapatillas de deporte profesionales. No llevaba abrigo.

—¡Oh, Dios mío! —susurró Kelly, observando a Ginger—. ¿Qué tenemos aquí? Huelo a prensa del corazón: el conocido cirujano del corazón y la monitora de aeróbic.

—Es mi recepcionista —dijo Kim en un esfuerzo por minimizar el encuentro inminente.

—No lo dudo —dijo Kelly—. Pero fíjese en ese cuerpo y en ese entusiasmo juvenil. Tengo la impresión de que es usted un dios para ella.

—Le digo que trabaja para mí —dijo Kim con aspereza.

—Oiga, le creo, y eso es lo que más me interesa. Incluso mi médico y mi oftalmólogo se divorciaron para casarse con sus recepcionistas. Huelo una historia. ¿De qué se trata, de la típica situación de crisis del médico de mediana edad?

—Manténgase alejada de ella —dijo él con un bufido.

—Oh, vamos, doctor Reggis. Ustedes los cirujanos se consideran a sí mismos celebridades, y eso conlleva este tipo de cosas, sobre todo cuando salen con chicas a las que doblan la edad.

Becky se inclinó hacia Caroline.

—Hasta luego —le susurró—. Ahí viene la tonta de la novia de mi padre. —Se levantó, entró en la pista de hielo y se alejó patinando rápidamente.

Ginger se dirigió a Kim y antes de que él se diera cuenta consiguió plantarle un sonoro beso en la mejilla.

—Lo siento, cariño —dijo—. Ya sé que esta mañana he estado antipática por teléfono. Es que te echaba de menos.

—Muy poco profesional —comentó Kelly—. Y el carmín le delata.

Kim se limpió la mejilla con el dorso de la mano.

—¡Oh, oh! —exclamó Ginger al ver la marca roja de sus labios—. Deja que te lo quite yo.

Ginger se lamió dos dedos y, antes de que Kim pudiera reaccionar, le limpió el carmín con ellos.

—Esto es perfecto —comentó Kelly.

Ginger se volvió hacia ella y la reconoció.

—¡Kelly Anderson! —exclamó con efusividad—. Es un placer. Me encanta su trabajo en las noticias.

—Bueno, gracias. Y usted es...

—Ginger Powers.

—Encantada de conocerla, Ginger. Deje que le dé una tarjeta. Quizá podríamos vernos un día de éstos.

—Desde luego —dijo Ginger, cogiendo la tarjeta y sonriendo con júbilo—. Me encantaría.

—Bien —dijo Kelly—. Estoy trabajando en unos reportajes relacionados con la sanidad y me interesan las opiniones de cuantos trabajan en ella.

—¿Quiere usted entrevistarme? —preguntó Ginger, sorprendida y halagada.

—¿Por qué no?

—Es a él a quien debería entrevistar, no a mí —dijo Ginger, señalando a Kim—. Él sabe todo lo que hay que saber sobre medicina.

—Parece tener una elevada opinión del doctor dijo Kelly—. ¿Me equivoco?

—Como si pudiera existir alguna duda —dijo Ginger, fingiendo indignarse—. Es el mejor cirujano cardíaco del mundo. Y también el más guapo. —Intentó pellizcar a Kim en la mejilla, pero esta vez él consiguió esquivarla.

—Creo que será mejor que me despida —dijo Kelly—. Vamos, Caroline. Recojamos tu abrigo y salgamos de aquí. ¡Ginger, llámeme! Quiero hablar con usted, se lo digo en serio. Kim, ahora comprendo por qué ha elegido a Ginger como recepcionista y compañera.

—Es muy simpática —dijo Ginger, contemplándola mientras ésta se alejaba.

—Es un tiburón —dijo él—, y no quiero que hables con ella.

—¿Por qué no?

—No me ha causado más que problemas.

—Pero podría ser divertido —protestó Ginger.

—Escucha —espetó Kim—. Habla con ella y te quedas sin trabajo y fuera de mi vida. ¿Entendido?

—¡Está bien! Joder, qué gruñón eres. ¿Qué te pasa?

Becky, que había estado realizando ejercicios de calentamiento, patinó hacia donde se hallaba su padre con Ginger.

—No puedo seguir —dijo. Salió de la pista, se sentó y empezó a quitarse los patines.

—¿Por qué no? —preguntó Kim.

—Mi estómago está peor —contestó—. Y necesito ir al lavabo ¡ya!

5

Domingo 18 de enero

Kim cogió la gráfica de Harvey Arnold y la abrió. Aún no eran las ocho de la mañana y las enfermeras del turno de día estaban ocupadas en recibir los informes de la noche. En consecuencia, Kim tenía el control de enfermería para él solo, aparte de la recepcionista de la sala.

Volvió a fijar su atención en las notas de las enfermeras para leer lo que había ocurrido durante el día y la noche anteriores, y tuvo que reprimir una sonrisa. Por lo que decían algunas notas, era evidente que la señora Arnold resultaba tan molesta para las enfermeras como para él. También lo era que el señor Arnold evolucionaba favorablemente. Esta impresión quedaba confirmada por los gráficos de sus signos vitales, la hoja de balance de fluidos y los análisis del día anterior. Satisfecho, Kim volvió a colocar la gráfica en su sitio y se dirigió a la habitación de su paciente.

Arnold estaba sentado en la cama, desayunando y viendo la televisión. Kim se maravilló de los avances de la cirugía cardiovascular en los últimos veinte años, que hacía patentes aquel individuo. Tenía delante a un hombre de setenta años que hacía menos de cuarenta y ocho horas había estado gravemente enfermo y afrontado una operación a corazón abierto. Literalmente, le habían detenido el corazón, se lo habían abierto y reparado. Sin embargo, se hallaba bastante contento, prácticamente libre de dolor y disfrutando de una mejora significativa en su calidad de vida. A Kim le decepcionaba ver cómo se depreciaba semejante milagro en el entorno económico de los tiempos que corrían.

—¿Qué tal se encuentra, señor Arnold? —preguntó.

—Bastante bien. —Se limpió el mentón con la servilleta. Cuando estaba solo, era un agradable caballero. Sólo cuando el marido estaba con su mujer empezaban a despedir chispas.

Kim interrumpió el desayuno de su paciente el tiempo justo para comprobar el vendaje y la cantidad de drenaje. Todo marchaba según lo previsto.

—¿Está seguro de que podré jugar al golf? —preguntó Arnold.

—Desde luego. Podrá hacer cuanto le apetezca.

Tras unos minutos de charla distendida, Kim se despidió. Tuvo la mala suerte de tropezar con la señora Arnold cuando ésta entraba.

—Así que está aquí, doctor —dijo ella—. Me alegro de haberle pillado antes de que se fuera. Quiero una enfermera privada en la habitación las veinticuatro horas del día, ¿me oye?

—¿Cuál es el problema? —preguntó Kim.

—¿El problema? Le diré cuál es el problema. Las enfermeras de esta planta nunca están disponibles. A veces pasan horas hasta dejarse ver. Y cuando Harvey utiliza el timbre se toman su tiempo para acudir.

—Supongo que eso es porque creen que el señor Arnold evoluciona con normalidad —explicó Kim—, y porque dedican su tiempo a pacientes cuya evolución no es tan buena.

—No empiece a buscarles excusas —dijo ella—. Quiero una enfermera aquí las veinticuatro horas.

—Haré que venga alguien a hablar con usted.

La mujer asintió, momentáneamente apaciguada.

—No me haga esperar demasiado —dijo.

—Veré lo que puedo hacer —le aseguró Kim.

De vuelta en el control de enfermería, pidió a la recepcionista que llamara al administrador de AmeriCare y le dijera que fuera a hablar con la señora Arnold. No pudo evitar sonreír mientras esperaba el ascensor. Le hubiera encantado oír la conversación que seguiría. La idea de causar cierta molestia a los administradores de AmeriCare era increíblemente divertida.

El ascensor llegó y Kim tuvo que apretujarse para entrar, puesto que iba inusualmente lleno para un domingo por la mañana. Kim se encontró pegado contra un residente alto y flaco que llevaba el atuendo blanco típico y cuya identificación rezaba: «Dr. John Markham, Pediatría.»

—Disculpe —dijo Kim—. ¿Hay algún brote de virus intestinales entre los niños en edad escolar en estos días?

—No que yo sepa —contestó John—. Hemos tenido una cepa bastante virulenta de gripe, pero de tipo respiratorio. ¿Por qué lo pregunta?

—Mi hija tiene trastornos gastrointestinales.

—¿Cuáles son los síntomas?

—Empezó con retortijones ayer por la mañana. Luego ha tenido diarrea. Le he dado los antidiarreicos comunes.

—¿Le han servido de algo? —preguntó John.

—Al principio creía que sí, pero anoche volvieron los síntomas.

—¿Ha tenido náuseas o vómitos?

—Algo de náuseas, pero no ha vomitado. Tampoco ha tenido demasiado apetito.

—¿Fiebre?

—Nada en absoluto.

—¿A quién tiene de pediatra?

—Tenía a George Turner, pero se vio obligado a abandonar la ciudad tras la fusión.

—Lo recuerdo —dijo John—. Yo también estuve en el Samaritan. Era un buen hombre.

—Desde luego —dijo Kim—. Ahora ha vuelto a Boston. Está en el Hospital Infantil.

—Una gran pérdida para nosotros. Bien, con respecto a su hija, yo diría que lo que tiene es una intoxicación alimentaria y no un virus.

—¿En serio? Yo creía que las intoxicaciones solían tener un origen más evidente. Ya sabe, la típica salmonella.

—No necesariamente —dijo John—. La intoxicación alimentaria puede producirse de múltiples maneras, pero sea cual sea el cuadro de síntomas, si su hija ha tenido diarreas agudas desde el principio, lo más seguro es que se trate de una intoxicación. Estadísticamente es la causa más probable. Para darle una idea de su frecuencia, el Centro de Control de Enfermedades calcula que se producen entre doscientos y trescientos millones de casos al año.

El ascensor se detuvo y John bajó en aquella planta.

—Espero que su hija mejore —dijo cuando las puertas se cerraban.

Kim meneó la cabeza. Luego se volvió hacia otro residente.

—¿Ha oído eso? ¡De doscientos a trescientos millones de casos de intoxicación alimentaria al año! ¡Qué barbaridad!

—Eso significaría que más o menos todos y cada uno de los ciudadanos de este país la sufren cada año —dijo el residente.

—No puede ser cierto —dijo una enfermera que se marchaba a casa.

—Creo que lo es —dijo otro residente—. La mayoría de la gente confunde los síntomas y lo atribuyen a una gripe estomacal, cuando en realidad no existe tal cosa.

—Es asombroso —dijo Kim—. Con cosas así acabas pensándotelo dos veces antes de comer fuera de casa.

—La gente se intoxica en su propia casa con la misma facilidad —comentó una mujer desde el fondo del ascensor—. Sobre todo si se comen sobras, pero otra de las causas principales es la manipulación inadecuada del pollo crudo.

Kim asintió. Tenía la incómoda sensación de que todos los ocupantes del ascensor sabían más que él sobre el tema.

En la planta baja, Kim salió del ascensor y abandonó el hospital. De camino hacia casa en el coche, no pudo por menos que sopesar la idea de que su hija hubiera sufrido una intoxicación. Seguía asombrado por el descubrimiento de que había millones de casos al año en Estados Unidos. Si las estadísticas no mentían, le parecía increíble no haber tropezado antes con semejante dato en sus lecturas médicas.

Kim seguía dándole vueltas al asunto cuando entró en casa y arrojó las llaves sobre la mesa consola del vestíbulo. Pensó en entrar en Internet para buscar la estadística sobre intoxicaciones, cuando oyó el sonido de la televisión en la cocina, y hacia allí encaminó sus pasos.

Ginger estaba en la cocina, peleándose con el abrelatas eléctrico. Llevaba un conjunto de aeróbic ceñido que dejaba poco a la imaginación. Sábados y domingos hacía aeróbic religiosamente. Becky estaba tumbada en el sofá del cuarto de estar, viendo dibujos animados en la televisión, con una manta hasta el cuello. Se la veía pálida.

No habían salido la noche anterior a causa del estado de Becky. Ginger había hecho pollo para cenar, que la niña apenas había probado, y se había quedado a dormir, dado que Becky se había acostado temprano. Kim esperaba que no hubiera habido fricciones entre ellas mientras él estaba en el hospital haciendo su ronda de visitas. De hecho, hubiera preferido encontrarlas durmiendo todavía.

—Hola a todo el mundo —dijo—. Ya estoy en casa.

Ni Ginger ni Becky respondieron.

—¡Mierda! —exclamó Ginger—. Este trasto no sirve para nada.

—¿Qué pasa? —preguntó Kim acercándose.

Ginger había cejado en su empeño y miraba el abrelatas con los brazos en jarras y expresión exasperada.

—No puedo abrir esta lata —dijo con malhumor.

—Déjame a mí —dijo él. Cogió la lata, pero antes de ponerla bajo el abrelatas sujeto a la pared, miró la etiqueta—. ¿Qué es?

—Caldo de pollo, tal como dice ahí —contestó Ginger.

—¿Para qué quieres caldo de pollo a las nueve de la mañana?

—Es para Becky. Mi madre siempre me daba caldo de pollo cuando tenía diarrea.

—Ya le he dicho que no tengo hambre —dijo la niña desde el sofá.

—Mi madre sabía lo que se hacía —replicó Ginger.

Kim volvió a dejar la lata y salió de la cocina al cuarto de estar. Cuando llegó al sofá, puso la mano sobre la frente de Becky, que movió la cabeza para que no le tapara la televisión.

—¿Te encuentras mejor? —preguntó su padre. La frente estaba caliente, pero le pareció que porque él tenía la mano fría.

—Más o menos igual. Y no quiero comer nada. Luego tengo más retortijones.

—Tiene que comer —dijo Ginger—. Anoche no cenó casi nada.

—Si su cuerpo le dice que no coma, no debe comer —replicó Kim.

—Pero ha vomitado —añadió Ginger.

—¿Es cierto, Becky? —preguntó él. Los vómitos eran un síntoma nuevo.

—Un poco —admitió la niña.

—Quizá debería verla un médico —sugirió Ginger.

—¿Y qué crees que soy yo? —replicó Kim.

—Ya sabes a lo que me refiero. Eres el mejor cirujano cardiovascular del mundo, pero no tienes demasiadas oportunidades de tratar estómagos infantiles.

—¿Por qué no vas arriba y me bajas un termómetro?

—¿Dónde está? —preguntó Ginger.

—En el cuarto de baño grande. En el cajón superior derecho. —Se volvió hacia su hija—. ¿Qué tal los retortijones?

—Todavía los tengo.

—¿Son peores?

—Más o menos iguales. Vienen y van.

—¿Y la diarrea?

—¿Tenemos que hablar de esto? —protestó Becky—. Es un poco embarazoso.

—Muy bien, cachorrito —dijo él—. Estoy seguro de que volverás a encontrarte bien en unas horas. ¿Qué te parece si comes algo?

—No tengo hambre.

—De acuerdo. Si quieres algo, me lo pides.

Era de noche cuando Kim enfiló la calle donde vivía Tracy y aparcó el coche frente a la casa. Salió del coche y lo rodeó para abrir la puerta del otro lado. Becky iba envuelta en una manta que formaba una capucha sobre su cabeza.

Él la ayudó a bajar del coche y a subir por el sendero hasta la puerta. Becky se había pasado el día en el sofá delante del televisor. Kim llamó al timbre y esperó. Tracy abrió la puerta, e iba a saludar a su hija cuando se detuvo a mitad de frase y frunció el entrecejo.

—¿Para qué es esa manta? —preguntó mirando a Kim en busca de una explicación. Luego volvió a mirar a Becky—. Entra.

La niña traspasó el umbral seguida por su padre, y Tracy cerró la puerta.

—¿Qué ha pasado? —preguntó Tracy, apartando la manta de la cara de su hija para mirarla—. Estás pálida. ¿Estás enferma?

Sendas lágrimas asomaron a los ojos de Becky. Tracy las vio y rodeó a su hija en un abrazo protector, al tiempo que miraba a Kim.

—Está un poco enferma —admitió Kim, poniéndose a la defensiva.

Tracy apartó a Becky para mirarla de nuevo, y la niña se secó los ojos.

—Estás muy pálida —dijo Tracy—. ¿Qué te pasa?

—No es más que un leve trastorno gastrointestinal —explicó él—. Seguramente una pequeña intoxicación alimentaria. Al menos eso opina un residente de pediatría con el que hablé.

—Si es leve, ¿por qué está tan pálida? —repuso Tracy, poniendo la mano sobre la frente de su hija.

—No tiene fiebre —dijo Kim—. Sólo retortijones y diarrea.

—¿Le has dado algo?

—Claro. Ha tomado un antidiarreico, y al ver que no funcionaba he probado con otro.

—¿Le ha ido bien?

—Más o menos.

—Tengo que ir al lavabo —dijo Becky.

—De acuerdo, cariño —dijo Tracy—. Sube. Ahora mismo voy.

Becky subió por las escaleras. Tracy se volvió hacia Kim con el rostro encendido.

—¡Por Dios santo! No ha estado contigo más que cuarenta y ocho horas y se ha puesto enferma. ¿Qué habéis hecho?

—Nada fuera de lo normal.

—No debería haberme ido de la ciudad.

—Por favor, no me vengas con ésas —dijo Kim, que empezaba a enfadarse a su vez—. Becky podría haber enfermado estando contigo. De hecho, si lo que tiene es un virus, seguramente lo contrajo antes del fin de semana, cuando aún no te habías ido.

—¿No decías que es una intoxicación?

—Eso no es más que la suposición de un residente de pediatría basada en una estadística —explicó Kim.

—¿Ha cocinado Ginger este fin de semana? —quiso saber Tracy.

—Pues sí. Anoche preparó un pollo delicioso.

—¡Pollo! Debería haberlo adivinado. Seguro que fue eso.

—Así que ya has decidido que la culpa es de Ginger —ironizó Kim—. ¿Tanta antipatía le tienes?

—No —dijo Tracy—, ya no. Ahora me es indiferente. Pero no puedes negar que es joven y sin duda carece de experiencia con el pollo. Las que tenemos esa experiencia sabemos que se ha de tener mucho cuidado.

—Crees que lo sabes todo. Bueno, pues para tu información, Becky apenas probó el pollo. Además, se encuentra mal desde el sábado por la mañana. Eso significa que si tiene una leve intoxicación, la pilló en el Onion Ring de la Prairie Highway, el lugar del que es dueño tu nuevo novio, según él mismo alardeó delante de Becky.

Tracy abrió la puerta.

—¡Buenas noches, Kim! —dijo con aspereza.

—Quiero decirte una cosa más —espetó él—. Me

ofende que le des a entender a Becky que soy una especie de ogro por animarla a competir en los campeonatos nacionales.

—Jamás he emitido juicio de valor sobre tus deseos para nuestra hija —dijo Tracy—. Cuando ella me comunicó su reticencia a enfrentarse con ese tipo de competición, me limité a apoyarla. También le dije que quizá tú intentarías hacerle cambiar de opinión. Eso fue todo.

Kim fulminó a su ex mujer con la mirada. Le encolerizaba el aire de superioridad psicológica que adoptaba ella siempre que discutían, sobre todo en aquel caso, en el que se había creído obligada a advertir a su hija sobre lo que él pudiera decirle.

—¡Buenas noches, Kim! —repitió ella, sosteniendo aún la puerta abierta.

Él giró sobre sus talones y se fue.

6

Lunes 19 de enero

El despertador de Kim estaba puesto para sonar a las cinco y cuarto de la mañana, pero eran pocas las veces que lo necesitaba. Solía despertarse justo antes de que sonara, lo que le permitía apagarlo y evitar así que destrozara la paz de las primeras horas de la mañana. Kim se levantaba antes del amanecer desde su primer año como residente en cirugía, y aquella mañana en concreto no fue una excepción. Se levantó de la cama en medio de las tinieblas y se apresuró a entrar en el cuarto de baño.

Siguiendo una rutina, abrió la pesada mampara de cristal de la ducha y luego abrió el grifo. El cuarto de baño era la única estancia de la casa que él y Tracy habían reformado cuando la compraron diez años atrás. Siempre habían preferido la ducha al baño, de modo que habían reemplazado la bañera por una amplia ducha. Tres de sus lados eran de mármol. La cabina era de cristal de un centímetro de espesor, incluyendo la puerta corredera, que tenía asas de reluciente latón, orientadas verticalmente y montadas como si atravesaran el grueso cristal templado. En opinión de Kim, era una extravagancia digna de una doble página en una revista de decoración.

El desayuno consistió en un donut y una taza de café con leche que compró en un Dunkin's Donuts cercano a su casa. Comió mientras conducía con las primeras luces del alba. También ocupó ese tiempo en escuchar cintas médicas. A las seis se hallaba en el despacho de su consulta dictando cartas y extendiendo cheques para gastos generales. A las seis cuarenta y cinco se hallaba en el hospital para la ronda de visitas de aprendizaje con los residentes de cirugía torácica, momento que él utilizaba para ver a sus propios pacientes. A las siete y media estaba en la sala de conferencias para la inevitable reunión diaria del hospital. Aquella mañana la reunión trató el tema de las credenciales del hospital y los privilegios de admisión.

Tras la reunión administrativa, Kim se reunió con los especialistas en cirugía torácica cuyas investigaciones supervisaba, además de participar en ellas. Después, llegó unos minutos tarde a la ronda de visitas normal, donde tuvo ocasión de presentar un caso de sustitución de tres válvulas.

A las diez de la mañana se hallaba de vuelta en su consulta, pero con retraso. Descubrió entonces que Ginger había citado a pacientes urgentes a las nueve y media y las diez menos cuarto. Cheryl Constantine, la enfermera de Kim, tenía ya a los pacientes preparados en las dos habitaciones donde examinaba a los enfermos.

La mañana transcurrió sin que se interrumpiera el flujo de pacientes. La comida consistió en un bocadillo que Ginger pidió por teléfono y que él tomó mientras examinaba resultados de endoscopias y radiografías. También encontró tiempo para devolver una llamada de emergencia a Salt Lake City con respecto a un paciente que un cardiólogo de allí quería que Kim operase.

La tarde fue un reflejo de la mañana, visitando paciente tras paciente, incluyendo unas cuantas urgencias que Ginger intercaló entre las citas previas. A las cuatro hizo un descanso para correr al hospital y atender un problema menor de uno de sus pacientes. Mientras estaba allí, hizo rápidamente la ronda de visitas de la tarde.

De vuelta en la consulta, intentó en vano recuperar el tiempo perdido. Varias horas más tarde, después de ver a unos cuantos pacientes, hizo una breve pausa antes de volver a entrar en la sala de examen A, que aprovechó para echar un vistazo al gráfico. Le alivió ver que se trataba de una mera revisión posoperatoria de rutina, lo que prometía que la visita sería rápida. El paciente se llamaba Phil Norton, y cuando Kim entró en la habitación había tenido el detalle de quitarse ya la camisa y esperarle sentado en la camilla.

—Felicidades, señor Norton —dijo Kim, alzando los ojos del gráfico—. Su prueba de esfuerzo es normal.

—¡Gracias a Dios!

Y gracias a la cirugía cardiovascular moderna, pensó Kim. Se inclinó sobre Norton y examinó la incisión que le recorría el centro del pecho. Palpó suavemente con los dedos el borde prominente del tejido en proceso de cicatrización. Mediante la observación y el tacto, podía determinar con precisión el estado interno de la herida.

—Y la incisión está perfecta —añadió, enderezándose—. Bueno, en lo que a mí concierne, puede usted empezar a entrenarse para la maratón de Boston.

—No creo que me presente —bromeó Phil—, pero desde luego, en cuanto llegue la primavera podrá encontrarme en el campo de golf.

Kim le dio una palmada en el hombro y le estrechó la mano.

—Disfrútelo —dijo—. Pero recuerde mantener el cambio que hemos hecho en su estilo de vida.

—No se preocupe. He leído todo el material que me

entregó cuando me dio el alta, y me lo he aprendido de memoria. No más tabaco para mí.

—Y no se olvide de la dieta y el ejercicio.

—No se preocupe —repitió Phil—. No quiero volver a pasar por esto.

—Bueno, no fue tan malo —bromeó Kim.

—No, pero estaba muy asustado.

Kim volvió a darle una palmada en el hombro, apuntó una breve nota en el gráfico y abandonó la habitación para entrar en la sala de examen B del otro lado del pasillo, donde no había ningún gráfico en el soporte de la puerta.

—El señor Norton era el último paciente —dijo Cheryl a su espalda.

Kim se dio la vuelta y sonrió a su enfermera. Con gesto cansado, se mesó los cabellos alborotados.

—Bien —dijo—. ¿Qué hora es?

—Más de las siete.

—Gracias por quedarse.

—De nada.

—Espero que este retraso habitual en su hora de salida no le cause trastornos en casa —dijo Kim.

—Descuide. Ya estoy acostumbrada, y también mi marido. Ahora se encarga él de ir a la guardería a recoger a nuestro hijo.

Kim se dirigió a su despacho. Se dejó caer en su silla y repasó los mensajes telefónicos que tenía que responder antes de marcharse. Se frotó los ojos. Estaba agotado y nervioso, como de costumbre, por la tensión acumulada durante el día. Sentía deseos de jugar un poco al tenis, de hacer ejercicio, y pensó vagamente en pasar por el club atlético de camino a casa. Quizá podría hacer un rato de bicicleta.

La puerta del despacho se abrió y Ginger asomó la cabeza.

—Acaba de llamar Tracy —dijo con malhumor.

—¿Qué quería? —preguntó Kim.

—No ha querido decírmelo. Sólo ha insistido en que te diga que la llames.

—¿Por qué estás tan alterada?

Ginger suspiró y entró en la habitación.

—Es que ha sido muy grosera. Yo intenté mostrarme amable. Incluso le pregunté cómo está Becky.

—¿Y qué te contestó?

—Que te dijera que la llames.

—De acuerdo, gracias —dijo Kim. Cogió el teléfono y empezó a marcar.

—Me voy a mi clase de aeróbic —dijo Ginger.

Kim asintió.

—Llámame luego —pidió Ginger, salió y cerró la puerta.

—¿Qué ocurre? —preguntó Kim sin más preámbulos cuando Tracy contestó.

—Becky está peor.

—¿Qué le pasa?

—Tiene unos retortijones tan fuertes que se le saltan las lágrimas y ha sangrado con la diarrea.

—¿De qué color? —preguntó Kim.

—Por amor de Dios, ¿qué quieres decir?

—La sangre, ¿rojo brillante u oscuro?

—Amarillo verdoso —dijo Tracy, exasperada.

—Hablo en serio —dijo Kim—. ¿Era rojo brillante, rojo oscuro o casi marrón?

—Rojo brillante.

—¿Cuánta?

—¿Cómo voy a saberlo? —replicó ella, irritada—. Es sangre y es roja y estoy asustada. ¿No es suficiente?

—No es tan raro que haya un poco de sangre en la diarrea —dijo Kim.

—No me gusta nada.

—¿Qué quieres hacer?

—¿Me lo preguntas a mí? —repuso Tracy con incredulidad—. ¡Oye, tú eres el médico!

—Quizá debería llamar a Boston e intentar hablar con George Turner.

—¿Y qué va a hacer él a mil quinientos kilómetros de distancia? —se quejó Tracy—. ¡Quiero que la examinen esta misma noche!

—De acuerdo, de acuerdo. ¡Tranquilízate!

Kim reflexionó. Desde la marcha de George no tenía contacto alguno en pediatría. Pensó en pedir a uno de sus conocidos de medicina interna que le echara un vistazo a Becky, pero la idea no le hizo gracia. Le parecía una exageración llamar a alguien por la noche a causa de una diarrea de dos días, aunque estuviera acompañada de una pequeña hemorragia rojo brillante.

—Te diré lo que haremos —dijo finalmente—. Reúnete conmigo en las urgencias del University Medical Center.

—¿Cuándo?

—¿Cuánto tardarás en llegar?

—Una media hora.

—Nos vemos allí —dijo Kim.

Dado que él tardaría sólo diez minutos en llegar al hospital, Kim utilizó los veinte minutos restantes para devolver unas cuantas llamadas. Cuando llegó a urgencias, descubrió que se había adelantado a Tracy, de modo que la esperó fuera. Mientras estaba allí, llegaron varias ambulancias con las sirenas apagándose. Rápidamente, los sanitarios sacaron a un par de personas, una de ellas con respiración asistida. Kim siguió las camillas con la mirada hasta que desaparecieron en el interior de urgencias, recordando con nostalgia sus tiempos de residente en cirugía, cuando su duro trabajo se había visto recompensado con alabanzas, cuando todos afirmaban que era uno de los mejores residentes que había pasado por el programa de estudios. Había sido una época vertiginosa y, en muchos sentidos, más gratificante que la actual.

Estaba a punto de sacar el teléfono móvil para llamar a Tracy, cuando vio aparecer su Volvo por la esquina y detenerse. Kim se acercó al coche, dirigiéndose directamente al lado de Becky para ayudarla a salir. La niña le sonrió débilmente.

—¿Estás bien, cachorrito? —preguntó él.

—Los retortijones son más fuertes —contestó ella.

—Bueno, ahora nos ocuparemos de que te los quiten. —Miró de reojo a Tracy, que se había acercado, y se dio cuenta de que estaba tan irritada como la víspera.

Kim encabezó la marcha hacia la entrada, subió la media docena de escalones y empujó la puerta giratoria para que entraran.

Dado que era el servicio de urgencias más importante de una gran ciudad del Medio Oeste en expansión, se hallaba tan atestado como una estación de autobuses en pleno centro urbano. Las noches de los lunes solían ser especialmente problemáticas, porque sufrían los efectos del fin de semana.

Rodeándola con el brazo, Kim condujo a su hija a través de la multitud que se agolpaba ante recepción y la atestada sala de espera. Habían pasado casi el control de enfermería cuando una corpulenta enfermera con aspecto de valquiria salió desde detrás del control y cerró el paso a Kim con su cuerpo. Su identificación rezaba: «Molly MacFadden.» Molly lo miró a los ojos.

—Lo siento —dijo—. No puede entrar ahí. Tiene que pasar primero por recepción.

Kim intentó apartarla, pero Molly se mantuvo firme.

—Perdone —dijo Kim—. Soy el doctor Reggis. Pertenezco al personal médico del hospital y he traído a mi hija para que la examinen.

—Como si es el Papa en persona —repuso Molly—. Todo el mundo, y eso quiere decir todo el mundo, tiene que pasar primero por recepción, a menos que lo traigan en ambulancia.

La sorpresa hizo enmudecer a Kim momentáneamente. No podía creer que, no sólo le negaran la entrada, sino que le desafiaran abiertamente. Incrédulo, miró a la mujer que le devolvió una mirada desafiante. Parecía un luchador de sumo vestido de blanco, y no se daba por enterada de la identidad de Kim.

—Cuanto antes pase por recepción, doctor —añadió Molly—, antes examinarán a su hija.

—¿Es que no me ha oído? Soy uno de los especialistas del departamento de cirugía cardiovascular.

—Le he oído perfectamente, doctor. La cuestión es si me ha oído usted.

Kim la miró con ira, pero la enfermera no se amilanó

Viendo que no había solución posible, y conociendo demasiado bien el genio de su ex marido, Tracy decidió intervenir.

—Vamos, querida —dijo a Becky—. Sigamos las normas y pasemos primero por recepción. —Se alejó con la niña.

Kim lanzó una última mirada colérica a Molly y alcanzó a Tracy y a su hija. Juntos se incorporaron a la fila, más o menos regular, de personas que aguardaban ser admitidas, pero él seguía furioso.

—Voy a presentar una queja contra esa mujer —dijo—. Si cree que puede comportarse con esa insolencia y salirse con la suya, está muy equivocada. ¡Qué desfachatez! Es increíble.

—No hacía más que su trabajo —replicó Tracy, dispuesta a olvidar el incidente, y aliviada porque Kim no había montado una escena.

—¿Ah, sí? —dijo Kim—. No me digas que encima la defiendes.

—Tranquilízate. Sin duda sólo cumple las órdenes recibidas. No creerás que es ella quien impone las reglas, ¿no?

Él meneó la cabeza. La cola se movió unos centímetros. En aquel momento sólo había una persona atendiendo en recepción. La mujer tenía que rellenar la hoja de admisión con los datos pertinentes, entre ellos los del seguro médico si el enfermo no estaba acogido al plan sanitario de AmeriCare.

Las facciones de Becky se contorsionaron de repente en una mueca de dolor, y gimoteó apretándose el abdomen con la mano.

—¿Qué pasa? —preguntó Kim.

—¿Tú que crees? —dijo Tracy—. Son los retortijones.

La frente de Becky se perló de sudor y se puso pálida. La niña miró a su madre con ojos suplicantes.

—Pasará igual que los otros, cariño —dijo ella, acariciándole la cabeza, y luego le enjugó el sudor de la cara con la mano—. ¿Quieres sentarte?

Becky asintió.

—Quédate en la cola —dijo a su ex marido.

Él contempló cómo Tracy conducía a su hija a una de las sillas de plástico alineadas contra la pared. Becky se sentó. Su madre le hablaba y ella asentía con la cabeza. Finalmente, la niña empezó a recobrar el color, y unos minutos después Tracy volvía junto a Kim.

—¿Cómo está? —preguntó él.

—Se encuentra mejor. —Tracy observó lo poco que había avanzado la cola desde que se habían incorporado a la misma—. ¿Se te ocurre alguna alternativa a esto?

—Es lunes. Será una noche difícil en cualquier parte.

—Desde luego, echo de menos al doctor Turner —dijo Tracy tras un hondo suspiro.

Kim asintió y se puso de puntillas para ver por qué la cola no se movía, pero no pudo.

—¡Esto es ridículo! —exclamó—. Ahora vuelvo.

Con las mandíbulas apretadas y gesto torvo, Kim se dirigió al mostrador, y allí comprendió por qué la cola no se movía: un hombre ebrio que vestía un traje sucio y arrugado cumplía con dificultad los trámites. Se le habían caído todas las tarjetas de crédito de la cartera. En la nuca ostentaba un serio desagarro del cuero cabelludo.

—¡Oiga! —exclamó Kim, intentando llamar la atención de la recepcionista, una mujer negra de veintitantos años—. Soy el doctor Reggis, del departamento de cirugía cardiovascular. Tengo a mi...

—Perdone —dijo la recepcionista, interrumpiéndolo—. Sólo puedo atender a una persona a la vez.

—¡Escuche! —ordenó Kim—. Formo parte del cuadro médico del hospital...

—Eso no importa —dijo la mujer—. Somos un servicio igualitario. Todas las urgencias de rutina son atendidas por orden de llegada.

—¿Urgencias de rutina? —exclamó Kim, atónito ante aquella ridícula paradoja. De repente, la idea de intentar convencer a aquella recepcionista le recordó la frustración de tratar con profanos cuando llamaba a las compañías de seguros a fin de obtener autorizaciones para sus pacientes. Aquella tarea se había convertido en uno de los problemas más exasperantes de la práctica médica moderna.

—Por favor, espere su turno —le indicó la recepcionista—. Cuanto antes me permita concentrarme en los que van delante de usted, antes podré atenderle. —La mujer dirigió su atención al borracho que, en el ínterin, se las había arreglado para recoger del suelo el contenido de su cartera.

Kim iba a protestar, pero era obvio que sería una pérdida de tiempo. Se le ocurrió que ella quizá no supiera siquiera lo que significaba el término «cuadro médico». Con frustración creciente, humillado e irritado, regresó a donde aguardaba Tracy.

—No sé dónde encuentran a esa gente —se quejó—. Son como autómatas.

—Estoy impresionada por el trato que hemos conseguido gracias a tu encumbrada posición en este hospital.

—Tus sarcasmos no ayudan en nada —espetó Kim—. Todo esto se debe a la fusión. Aquí abajo no me conocen. De hecho, ni siquiera recuerdo haber estado aquí antes.

—Si te hubieras tomado en serio las quejas de Becky durante el fin de semana, seguramente no tendríamos que estar aquí ahora.

—Me las tomé en serio —replicó Kim, poniéndose a la defensiva.

—Oh, claro. Por eso le diste unos antidiarreicos. ¡Eso sí es un tratamiento! Pues, ¿sabes una cosa?, no me sorprende que no hicieras nada más. Jamás te has tomado en serio ningún síntoma de Becky. Ni los míos tampoco, si vamos a eso.

—Eso no es cierto —replicó él acaloradamente.

—Oh, sí lo es. Sólo otra mujer casada con un cirujano sabría de qué hablo. Desde tu perspectiva, cualquier síntoma que no revele la necesidad inmediata de una operación a corazón abierto no es más que una exageración.

—Me ofendes —dijo Kim.

—Ya, bueno, tú a mí también.

—Muy bien, señorita sabelotodo. Según tú, ¿qué debí hacer con Becky durante el fin de semana?

—Deberías haber hecho que la viera un médico —dijo Tracy—. Uno de tus muchos colegas. Debes de tener cientos de amigos médicos. No hubiera sido mucho pedir.

—Espera un momento —dijo Kim, esforzándose por dominarse—. Todo lo que tenía Becky era una sencilla diarrea con retortijones, ambas cosas de corta duración, y era fin de semana. No iba a molestar a nadie con semejantes síntomas.

—¡Mamá! —llamó Becky, que se había acercado a sus padres por la espalda—. ¡Tengo que ir al lavabo!

Tracy se dio la vuelta.

—Lo siento, cariño —dijo, rodeándola con el brazo—. Ahora mismo buscamos un lavabo.

—Espera —dijo Kim—. Esto podría servirnos. Necesitamos una muestra. Iré a buscar un frasco para muestras de deposiciones.

—¿Bromeas? —dijo Tracy—. La niña no puede esperar.

—Aguanta, Becky —dijo él—. Volveré enseguida.

Entró con paso rápido y decidido en las urgencias. Sin Becky ni Tracy, nadie le dijo nada al pasar por el control de enfermería. La valquiria Molly McFadden no se hallaba a la vista.

El interior de urgencias consistía en una serie de salas amplias divididas en cubículos por cortinas que colgaban de raíles. Además, había habitaciones individuales de traumatología provistas del más avanzado equipamiento. También había habitaciones para examinar a los enfermos, que se usaban principalmente para casos de psiquiatría.

Al igual que la sala de espera, el lugar estaba atestado y sumido en el caos. Todas las habitaciones de traumatología estaban ocupadas, y médicos, residentes, enfermeras y celadores entraban y salían sin cesar.

Kim siguió caminando a la búsqueda de un rostro conocido. Pero no encontró ninguno. Obligó a un celador a detenerse.

—Perdone. Necesito un frasco para muestras de deposiciones inmediatamente.

El celador le echó una ojeada de arriba abajo.

—¿Quién es usted? —preguntó.

—El doctor Reggis.

—¿Puede identificarse?

Kim le mostró su identificación del hospital.

—De acuerdo —dijo el celador—. Ahora vuelvo.

Kim lo vio desaparecer por una puerta sin distintivos que aparentemente era un almacén de suministros.

—¡Paso! —exclamó una voz.

Kim se volvió a tiempo de ver una unidad portátil de rayos X que se abalanzaba sobre él. Se hizo un lado para que pasara la pesada máquina, empujada con dificultad por un técnico de rayos X. Instantes después volvió el celador y le entregó dos bolsas de plástico con sendos frascos en su interior.

—Gracias.

Kim volvió rápidamente sobre sus pasos. Tracy y Becky seguían en la cola, pero se habían movido unos centímetros. La niña tenía los ojos cerrados y las lágrimas le resbalaban por las mejillas. Kim entregó una bolsa a su ex mujer.

—¿Retortijones? —preguntó.

—Pues claro, so bobo —dijo Tracy. Cogió a su hija de la mano y se la llevó a los lavabos.

Kim siguió en la cola, que avanzó un puesto más. Ahora había dos recepcionistas. Al parecer la otra se había tomado un descanso.

A las nueve y cuarto, la sala de espera de urgencias estaba llena a rebosar. Todas las sillas de plástico estaban ocupadas, y los que no tenían silla, se apoyaban contra las paredes o se sentaban en el suelo. Se hablaba poco. En una esquina había un televisor colgado del techo sintonizado en la CNN, pero varios bebés descontentos ahogaban la voz del locutor. En la calle había empezado a llover, y el olor de lana mojada impregnaba el aire.

Kim, Tracy y Becky habían conseguido sentarse juntos y no se habían movido de su asiento, salvo Bec-

ky, que había hecho unos cuantos viajes más al lavabo.
Kim sostenía el frasco de muestras lleno. Aunque en un
principio había unas gotas de sangre muy roja, el contenido había acabado por adquirir un tono marrón claro
uniforme. Becky se sentía fatal y muy mortificada. Tracy era presa de la exasperación y Kim seguía bufando de
cólera.

—Esto es increíble —dijo—. Realmente increíble.
Me parece que nos llamarán en cualquier momento,
pero nunca nos llaman a nosotros. —Miró su reloj—.
Llevamos hora y media esperando.

—Bienvenido al mundo real —dijo Tracy.

—Esto es lo que debería haber tratado Kelly Anderson en su reportaje sobre la fusión —dijo Kim—. Es
ridículo. AmeriCare cerró las urgencias del Samaritan
obligando a todo el mundo a venir aquí, y todo para
aumentar beneficios.

—Y también los inconvenientes —añadió Tracy.

—Es cierto —convino él—. Está claro que Ameri-
Care quiere disuadir a la gente de que utilice las urgencias.

—Pues no se me ocurre un modo mejor —dijo Tracy.

—No puedo creer que ningún miembro del personal me haya reconocido. Es increíble. Joder, seguramente soy el cirujano cardíaco más conocido en el departamento.

—¿No puedes hacer nada? —rogó Tracy—. Becky
está muy mal.

—De acuerdo —dijo él, poniéndose en pie—. Lo
intentaré.

—Pero no pierdas los nervios. No harías más que
empeorar las cosas.

—¿Cómo podrían ser peores? —replicó él.

Kim salió de la sala de espera en dirección al control
de enfermería. Había dado unos pasos cuando la sirena
de una ambulancia resonó a través de las puertas de ba-

tiente que quedaban a su izquierda. Instantes después se veía una luz roja intermitente a través de los cristales. La sirena se apagó y las puertas se abrieron. Rápidamente entraron varias camillas con varias personas ensangrentadas, víctimas, al parecer, de un accidente de coche.

Kim no pudo evitar preguntarse si aquellas nuevas llegadas alargarían la espera de Becky. Cuando llegó al control de enfermería, buscó de nuevo a Molly McFadden, pero no la vio. Sólo encontró a una administrativa ocupada en transcribir valores de laboratorio y a una solitaria enfermera que tramitaba papeles mientras tomaba café. En su identificación se leía: «Monica Hoskins. Enfermera de Urgencias.»

Esforzándose por ser amable, Kim llamó su atención dando unos golpecitos en el mostrador.

—Buenas noches —dijo cuando ella alzó la vista—. ¿Me reconoce?

Monica entrecerró los ojos para examinarlo.

—No, creo que no —dijo—. ¿Debería?

—Soy cirujano del hospital —explicó Kim—, pero ahora estoy aquí con mi hija y llevamos esperando más de una hora y media. ¿Podría decirme cuándo la examinarán?

—Tenemos una noche muy ajetreada, sobre todo por los accidentes de coche —explicó Monica—. ¿Cómo se llama?

—Doctor Reggis —dijo Kim, cuadrándose.

—No; el nombre de la enferma —dijo ella.

—Rebecca Reggis.

Monica cogió unos impresos de admisión y los repasó rápidamente.

—Muy bien —dijo, retirando uno de los impresos—. Aquí está. —Leyó el apartado destinado a los síntomas y alzó el rostro hacia Kim, arqueando las cejas.

—Diarrea, dos días de duración —comentó—. No es exactamente una emergencia.

Kim le enseñó el recipiente con la muestra de deposición.

—Ha hecho un poco de sangre esta tarde —dijo.

—Eso no parece sangre —dijo Monica, inclinándose hacia el recipiente.

—Lo parecía cuando lo hizo. Y su madre está muy preocupada.

—Bueno, la atenderemos lo antes posible —dijo ella con tono evasivo—. Eso es todo lo que puedo decirle. —Volvió a colocar la hoja de admisión de Becky en el lugar que ocupaba antes en el montón.

—Escuche —dijo Kim, procurando dominarse—. Como miembro del personal de este hospital, espero cierta consideración, y después de haber esperado tanto tiempo quiero que examinen a mi hija inmediatamente. Espero haberme expresado con claridad. Mi hija sufre fuertes molestias.

—Como acabo de decirle —repuso Monica, tras obsequiarle con una falsa sonrisa—, la atenderemos lo antes posible. Nuestros recursos son limitados. Si lleva aquí una hora y media, estoy segura de que habrá visto las víctimas de accidentes de tráfico que han llegado, y ahora la policía nos ha avisado que un herido de bala viene de camino.

En ese momento se oyó la sirena de ambulancia que llegaba.

—De hecho, apostaría a que ya está aquí —dijo Monica poniéndose en pie. Se acercó a un interfono y apretó un botón para informar al personal de traumatología que debían prepararse. Luego se alejó presurosa.

Kim volvió a la sala de espera. Cuando pasó por delante de las puertas principales, vio a un equipo de sanitarios que entraban apresuradamente con el herido de bala en una camilla. El hombre llevaba mascarilla de oxígeno y le habían conectado una botella de suero. Tenía un color ceniciento.

—¿Y bien? —preguntó Tracy.

—Dicen que la atenderán lo antes posible. —Kim calló el resto de la conversación. Becky se había acurrucado en su asiento lo mejor posible con los ojos cerrados.

—Eso es muy vago —dijo Tracy—. ¿Qué significa? ¿Quince minutos, una hora, mañana por la mañana?

—Quiere decir exactamente lo antes posible —replicó Kim—. Acaban de traer un herido de bala y hace unos minutos traían a unos accidentados. Es una noche difícil.

Tracy suspiró y meneó la cabeza con frustración.

—¿Cómo está Becky? —preguntó él.

—Acaba de tener nuevos retortijones —contestó Tracy—. Tú eres el médico.

Kim desvió la mirada, apretando los dientes. Tenía que hacer grandes esfuerzos para no perder los estribos, y además estaba hambriento.

Durante la hora siguiente, Kim permaneció callado con expresión hosca, ocupado en darle vueltas a aquella ridícula experiencia y deseoso de quejarse a sus colegas sobre ella. Ellos lo comprenderían. Tracy y Becky parecían más resignadas a esperar.

Cada vez que una enfermera o un residente aparecía en el umbral de la sala de espera para llamar por un nombre, Kim esperaba oír el de su hija, pero no ocurría. Finalmente, miró su reloj.

—Llevamos aquí dos horas y media. —Se levantó—. Esto es increíble. Si fuera un poco paranoico, pensaría que se trata de una conspiración. Esta vez voy a actuar de verdad. Vuelvo enseguida.

Tracy miró a su ex marido. En circunstancias normales le hubiera inquietado el mal carácter de Kim, pero tras haber esperado tanto ya no le importaba. Quería que examinaran a su hija. No hizo ningún comentario cuando él se alejó.

Se encaminó directamente al control de enfermería. Había por allí varios miembros del personal de urgencias, enzarzados en una conversación informal salpicada de risas.

Kim buscó un rostro conocido en el grupo de personas, pero ninguno le resultó familiar y nadie parecía conocerle. De hecho, la única persona que se fijó en él fue el administrativo, un joven que, por su aspecto, seguramente era un estudiante universitario.

—Soy el doctor Reggis —dijo—. ¿Qué ocurre? —Señaló a los demás.

—Se han tomado un descanso —contestó el chico—. El herido de bala y los últimos accidentados acaban de pasar a quirófanos.

—¿Quién es el jefe de urgencias durante el turno de noche? —preguntó Kim.

—El doctor David Washington.

—¿Está aquí?

—No —dijo el administrativo, mirando a un lado y a otro para asegurarse—. Creo que ha vuelto a entrar para ocuparse de un caso de ortopedia.

—¿Y la enfermera jefe? —preguntó Kim.

—Es Nora Labat. Ahora mismo está con un paciente de psiquiatría.

—Entiendo. Gracias.

Kim avanzó hacia el centro del control de enfermería.

—¡Disculpen! —gritó alzando una mano—. ¡Hola! Nadie le hizo caso.

Por unos instnates miró insistentemente al grupo, intentando hacer verse. Fue imposible. Finalmente, se inclinó para coger una bandeja metálica que había sobre la mesa del otro lado y, sosteniéndola sobre la cabeza unos segundos, pensó que alguien se fijaría en él, pero no.

Así pues, estrelló la bandeja metálica contra el mostrador de formica del control de enfermería, y repitió el movimiento dos veces, cada vez con mayor fuerza, hasta que la sufrida bandeja adquirió una forma retorcida.

Con eso sí consiguió llamar la atención. Las conversaciones se interrumpieron bruscamente. Residentes, enfermeras y celadores se quedaron mirándolo. Un miembro del cuerpo de seguridad que montaba guardia cerca de los ascensores echó a correr hacia él, sujetando con una mano el manojo de llaves que llevaba colgado del cinto.

—Sé que están muy ocupados —dijo Kim con voz temblorosa a causa del arrebato—, pero desde luego en este momento no lo parece. Hace dos horas y media que estoy aquí esperando con mi hija. Como profesional de la medicina, podría disponer de mi tiempo de una manera más provechosa.

—Disculpe, señor —dijo el guardia de seguridad, aferrándolo por el brazo.

Kim se desasió con brusquedad y se volvió hacia el hombre.

—No me toque —gruñó. El guardia se apartó al tiempo que buscaba a tientas su radiotransmisor, pues Kim no sólo era quince centímetros más alto que él, sino también bastante más musculoso.

—No es necesario que llame a nadie —dijo Kim. Sacó su identificación del hospital y la sostuvo ante sus narices—. Pertenezco al personal del hospital, aunque nadie en urgencias parece dispuesto a reconocerlo.

El guardia de seguridad leyó la identificación de Kim con los ojos entrecerrados.

—Lo siento, doctor —dijo.

—No importa —dijo Kim, dominándose. Se volvió hacia el grupo del control de enfermería. Monica Hoskins se acercó.

—Quiero hablar con el doctor David Washington —pidió Kim.

—Siento que tenga que esperar —dijo Monica—. Lo hacemos lo mejor que podemos.

—Aun así quiero hablar con el jefe del departamento.

—El doctor Washington está ocupado con un neumotórax.

—Quiero verlo ahora —insistió Kim—. Estoy seguro de que hay al menos un residente competente que pueda ocuparse de un neumotórax.

—Un momento —dijo ella, alejándose. Cuando Kim ya no podía oírla, consultó con Molly y otros miembros del personal. Volvió a acercarse a Kim, mientras una de las enfermeras con las que había estado hablando llamaba por teléfono.

—Llamaremos a una persona con autoridad para que hable con usted —dijo Monica.

—Ya era hora.

La pataleta de Kim había desconcertado al personal y la mayoría de ellos volvió a entrar en urgencias. Monica cogió la bandeja que Kim había retorcido e intentó enderezarla.

A Kim se le había acelerado el pulso. Un súbito revuelo a su espalda le hizo darse la vuelta. Escoltada por una vanguardia de sanitarios, entraba en urgencias una adolescente que sollozaba y llevaba las muñecas vendadas con sendos trapos de cocina ensangrentados; era evidente que se trataba de un intento de suicidio, sin duda un desesperado grito de socorro.

Kim se quedó mirando el interior de la sala de urgencias una vez introdujeron en ella a la adolescente, esperando ver aparecer al médico jefe, cuando alguien le dio un golpecito en el hombro. Se dio la vuelta, y se sorprendió al ver a Tracy.

—¿Dónde está Becky? —preguntó.

—En el lavabo. Sólo he venido a rogarte que no te lances a uno de tus narcisistas ataques de furia. Cuando te levantaste para venir aquí, pensaba que ya no me importaba, pero la verdad es que sí. Con eso no mejorarías una situación que ya es bastante mala. De hecho, tal vez harías que Becky tuviera que esperar aún más.

—No me vengas con psicologías —le espetó Kim—. Lo único que pienso hacer es mantener una conversación educada pero firme con el médico jefe. Porque esto es totalmente inaceptable. Así de sencillo.

—Sólo te pido que intentes dominarte —dijo ella con tono glacial—. Cuando termines, ya sabes dónde estamos. —Dio media vuelta y regresó a la sala de espera.

Kim tamborileó sobre el mostrador del control de enfermería con los dedos. Consultó su reloj. Habían transcurrido cinco minutos más. De nuevo se asomó al pasillo para escudriñar el interior de las urgencias. Vio a muchos miembros del personal, pero ninguno se dirigía hacia él. Sus ojos se encontraron con los del administrativo, que inmediatamente desvió la mirada. El resto de los que se hallaban por allí evitaban mirarlo y se afanaban con el papeleo.

El sonido amortiguado de un timbre anunció la llegada de un ascensor. Kim vio salir a un hombre robusto de traje gris. Sorprendido, vio también que se dirigía hacia él.

—¿Doctor Reggis? —inquirió el hombre con voz autoritaria.

—Sí, soy yo.

—Soy Barclay Bradford —dijo el hombre con tono envarado—. Soy uno de los vicedirectores del hospital y el administrador jefe durante el turno de noche.

—Qué oportuno —dijo Kim—. Pues le aconsejo que entre en urgencias, localice al idiota que hace de jefe y lo traiga aquí. Él y yo tenemos que hablar. Hace dos horas y media que espero para que examinen a mi hija.

—Doctor Reggis —dijo Barclay, como si Kim ni

siquiera hubiera hablado—, como miembro de nuestro personal médico, y sobre todo siendo cirujano, usted mejor que nadie debería saber que es necesario hacer una selección en unas urgencias abarrotadas. Los casos de vida o muerte tienen preferencia sobre una simple diarrea infantil.

—Por supuesto que comprendo la necesidad de la selección. Trabajé en urgencias durante todo mi aprendizaje, pero déjeme decirle algo. Cuando llegué aquí hace diez minutos, había una docena de personas del servicio de urgencias en el control de enfermería, tomando café y charlando.

—Las apariencias engañan —comentó Barclay con tono condescendiente—. Seguramente comentaban casos especialmente difíciles. Aun así, su comportamiento infantil de golpear el mostrador con una bandeja es intolerable, y es totalmente impropio que exija un tratamiento especial.

—¡Tratamiento especial! —farfulló Kim—. ¡Comportamiento infantil! —Enrojeció y miró a Barclay con ojos desorbitados.

El administrador pasó a encarnar de repente toda la frustración producida por aquella experiencia en urgencias, así como la fusión del hospital, AmeriCare, y la medicina moderna en general. Con un repentino acceso de ira, perdida toda compostura, le dio un puñetazo en el mentón.

Sacudió la mano y se la apretó con la otra para aliviar el dolor de los nudillos. Barclay se tambaleó y cayó al suelo aparatosamente. Kim lo miró, atónito por su propia y violenta acción, sintiendo el impulso de ayudarle a levantarse.

Los que se hallaban en el control de enfermería dejaron escapar un gemido ahogado. El guardia de seguridad llegó corriendo. El administrativo cogió el interfono para anunciar:

—Emergencia en el control de enfermería.

Residentes, enfermeras y celadores llegaron en tropel desde el interior de las urgencias. Incluso Tracy se acercó tras oír el anuncio. Una multitud se congregó en torno a Kim y Barclay. El vicedirector se incorporó y se llevó una mano al labio. Le sangraba.

—¡Maldita sea, Kim! —exclamó Tracy—. ¡Te lo advertí!

—Esto es inaceptable —dijo Monica. Se volvió hacia el administrativo—. ¡Llama a la policía!

—¡Un momento, no llame a nadie! —dijo una voz estentórea. La multitud se apartó para dar paso a un hombre negro, fornido y apuesto, que se quitó los guantes de látex al tiempo que caminaba hacia el centro del círculo de personas. La identificación que llevaba en el pijama de quirófano rezaba: «Dr. David Washington. Jefe en funciones del departamento de urgencias.» David observó a Kim y luego a Barclay—. ¿Qué ocurre aquí?

—Este hombre acaba de golpear al señor Bradford —dijo Monica, señalando a Kim—. Y antes ha destrozado una bandeja golpeándola contra el mostrador.

—Tanto si se lo cree como si no —añadió Molly—, es uno de los médicos del hospital.

David ayudó a Barclay a levantarse. Vio que el administrador tenía el labio partido y le palpó la mandíbula.

—¿Se encuentra bien? —preguntó.

—Creo que sí —dijo Barclay. Sacó un pañuelo y se secó el labio ensangrentado.

—Llévese al señor Barclay para que le limpien la herida y dígale al doctor Krugger que le eche un vistazo por si es necesaria una radiografía.

—Muy bien —dijo Monica. Cogió a Barclay del brazo por encima del codo para guiarlo a través de la multitud. Barclay lanzó una mirada furiosa a Kim antes de dejarse llevar.

—Todos los demás vuelvan a su trabajo —ordenó David, despidiéndolos con un gesto de mano. Luego se volvió hacia Kim, que se había recuperado ya de la impresión—. ¿Quién es usted?

—El doctor Kim Reggis.

—¿Es cierto que ha golpeado al señor Barclay? —inquirió David con incredulidad.

—Me temo que sí.

—¿Por qué coño lo ha hecho?

Kim respiró hondo antes de contestar.

—Ese estúpido pedante me ha acusado de exigir un tratamiento especial, cuando mi hija enferma lleva esperando aquí dos horas y media.

David lo contempló unos instantes, atónito ante semejante comportamiento en un colega.

—¿Cómo se llama la niña?

—Rebecca Reggis.

David se volvió hacia el administrativo y pidió la hoja de admisión de Rebecca. El administrativo buscó afanosamente en las hojas de admisión.

—¿Pertenece usted realmente al personal del University Medical Center? —preguntó David, mientras esperaba a que le dieran la hoja.

—Desde la fusión —dijo Kim—. Soy cirujano cardiovascular, aunque nadie lo diría por el modo en que me han tratado en urgencias.

—Hacemos cuanto podemos.

—Ya, he oído esa excusa varias veces esta noche.

David volvió a observarle.

—Sabe perfectamente que debería avergonzarse de sí mismo —dijo—. Dar puñetazos a la gente y destrozar bandejas... Se comporta usted como un adolescente rebelde.

—Váyase al infierno —dijo Kim.

—De momento atribuiré ese comentario a la tensión —repuso David.

—No sea condescendiente.

—Aquí está —dijo el administrativo, tendiendo la hoja a David. Éste le echó un vistazo y luego miró su reloj.

—Al menos en lo del tiempo tiene razón. Hace casi tres horas que esperan. Desde luego eso no justifica su comportamiento, pero es una espera excesiva. —Miró a Tracy—. ¿Es usted la señora Reggis?

—Soy la madre de Rebecca Reggis —contestó ella.

—Vaya a buscar a la jovencita. Me ocuparé de que la examinen de inmediato.

—Gracias —dijo Tracy, y se apresuró a ir a la sala de espera en busca de su hija.

David entró al control de enfermería a fin de coger una carpeta de clip para la hoja de admisión. También usó el interfono para llamar a una enfermera. Cuando salió, Tracy regresaba seguida de Becky. Instantes después apareció una enfermera cuya identificación rezaba «Nicole Michaels».

—¿Qué tal te encuentras, jovencita? —preguntó David a Becky.

—No muy bien. Quiero irme a casa.

—Estoy seguro —dijo David—. Pero primero vamos a examinarte. ¿Por qué no acompañas a Nicole? Ella te instalará en uno de los cubículos.

Tracy, Becky y Kim echaron a andar, pero David retuvo a Kim.

—Preferiría que usted esperara fuera, si no le importa —dijo.

—Yo voy con mi hija.

—No, no va. Ha demostrado hallarse bajo una gran tensión emocional.

Kim vaciló. Por mucho que le costara admitirlo, David tenía razón, aunque no por ello era menos irritante ni le humillaba menos.

—Vamos, doctor —dijo David—. Seguro que lo comprende.

Kim echó una mirada a Becky y Tracy, que se alejaban, y volvió a mirar a David, que no iba a dejarse intimidar, ni físicamente ni de ninguna otra manera.

—Pero...

—No hay pero que valga —dijo David—. No me obligue a llamar a la policía, cosa que haré si no coopera.

Kim regresó a regañadientes a la sala de espera. No había asientos libres, de modo que se apoyó contra la pared junto a la entrada e intentó ver la televisión, pero no pudo concentrarse. Las manos le temblaban.

Media hora más tarde, Tracy y Becky salieron. Kim las vio por casualidad cuando empujaban ya la puerta de la calle. Se marchaban sin siquiera buscarle.

Se apresuró a recoger guantes y abrigo y corrió tras ellas. Las alcanzó justo cuando Tracy ayudaba a la niña a subir al coche.

—¿Qué vas a hacer? —preguntó Kim—. ¿Comportarte como si yo no existiera?

Ella no contestó. Cerró la portezuela de Becky y se dirigió hacia el lado del conductor. Kim la siguió y apoyó la mano en la portezuela para impedir que la abriera.

—Por favor, no me causes más problemas —dijo Tracy—. Ya nos has avergonzado bastante a las dos.

Asombrado por aquella nueva e inesperada afrenta, Kim apartó la mano. Tracy entró en el coche y fue a cerrar la portezuela, pero se detuvo. Alzó la vista hacia el rostro sorprendido y dolido de Kim.

—Vete a casa y duerme un poco —le dijo—. Eso es lo que vamos a hacer nosotras.

—¿Qué ha pasado? ¿Qué te han dicho?

—No gran cosa. Al parecer el recuento de glóbulos y los electrolitos, sean lo que sean, son correctos. Tengo que darle caldo y líquidos y evitar los productos lácteos.

—¿Eso es todo?

—Así es. A propósito, dicen que es muy posible que

la culpa la tuviera el pollo de Ginger. Se dan muchos casos de intoxicación alimentaria causada por el pollo.

—No fue el pollo —replicó Kim—. ¡Ni hablar! ¡Pregúntale a Becky! Ya se encontraba mal por la mañana, antes del pollo. —Se inclinó para hablar con su hija—. ¿No es verdad, cachorrito?

—Quiero irme a casa —dijo ella, con la vista fija en el parabrisas.

—Buenas noches, Kim —dijo Tracy. Puso el coche en marcha y se alejó.

Kim contempló el coche hasta que desapareció tras la esquina del hospital. Sólo entonces echó a andar hacia el aparcamiento para los médicos. Se sentía solo, más solo que nunca.

7

Martes 20 de enero

La puerta del quirófano se abrió y Kim y Tom salieron a la zona de lavado del quirófano 20, sacándose las mascarillas y dejando que les cayeran sobre el pecho. Luego se lavaron las manos.

—Oye, gracias por echarme una mano después de avisarte con tan poco tiempo —dijo Tom.

—Ha sido un placer poder ayudarte —respondió Kim sin darle importancia.

Ambos echaron a andar por el pasillo hacia la sala de reanimación.

—Pareces deprimido —dijo Tom—. ¿Qué ha ocurrido? ¿Te ha llamado tu contable para hablarte del balance de tus cuentas en respuesta a las nuevas cuotas de Medicare?

Kim no reaccionó en modo alguno.

—¿Estás bien? —insistió Tom, en serio esta vez.

—Supongo que sí. Sólo estoy irritado —dijo Kim sin emoción en la voz, y pasó a explicarle lo ocurrido la víspera en urgencias.

—¡Vaya! —exclamó Tom—. ¡Menuda experiencia! Pero no te mortifiques por haberle dado un puñetazo a ese gandul. Yo también tuve un pequeño encontronazo con él. ¡Administradores! ¿Sabes?, anoche leí en un periódico que en Estados Unidos hay actualmente un administrador por cada uno coma cinco médicos o enfermeras. ¿Puedes creerlo?

—Desde luego —dijo Kim—. Ése es uno de los motivos principales de que los costes del sistema sanitario sean tan elevados.

—Ésa era la tesis del artículo. En cualquier caso, comprendo tus motivos para golpear a ese capullo. Yo en tu caso me hubiera comportado como un gilipollas. ¡Tres horas! Joder, darle un puñetazo era lo mínimo.

—Gracias, Tom. Agradezco tu apoyo, pero lo peor del episodio es que, después de tanto esperar y tantas vejaciones, no tuve la menor oportunidad de hablar con el médico que examinó a Becky.

—¿Cómo se encuentra?

—Aún no lo sé —contestó Kim—. Cuando me levanté era demasiado temprano para llamar, y Tracy no me ha llamado. Pero tiene que haber mejorado. Los análisis eran normales y no ha tenido fiebre.

—¡Doctor Reggis! —llamó una voz.

Kim vio a Deborah Silverman, la enfermera jefe de quirófanos, haciéndole señas de que se acercara.

—Le ha llamado el doctor Biddle mientras usted estaba operando —dijo Deborah—. Ha dejado el mensaje de que pasara por su despacho tan pronto saliera del quirófano.

Kim cogió el papel con el mensaje, que llevaba varios signos de exclamación. Al parecer se trataba de un asunto grave.

—¡Oh, oh! —comentó Tom por encima de su hombro—. Me parece que el jefe piensa añadir un nuevo motivo de irritación a tu lista.

Kim y Tom se separaron en la puerta de la sala de reanimación. Kim se dirigió al vestuario de cirugía, y allí se tomó su tiempo, pese a la urgencia implícita del mensaje de Biddle. No era difícil adivinar por qué quería verlo. El problema era que Kim no estaba seguro de comprender su propio comportamiento.

Fue a ducharse y mientras lo hacía no dejó de pensar en la experiencia de la noche anterior. No llegó a ninguna respuesta, salvo que se hallaba bajo una tensión extrema. Tras ponerse un pijama de quirófano limpio, usó el teléfono de la sala de descanso para llamar a la consulta de Ginger y comentarle el horario de visitas de la tarde. Cuando acabó, finalmente se dirigió a la oficina del jefe del departamento en el ala administrativa.

El doctor Forrester Biddle era la quintaesencia del conservador de Nueva Inglaterra. Tenía la fiera expresión de un predicador puritano y el carácter agrio que la complementaba. Sólo una cualidad servía de atenuante: era un excelente cirujano.

—Entre y cierre la puerta —dijo Forrester cuando Kim se presentó en su despacho atestado—. Siéntese.

Kim lo hizo. Forrester le hizo esperar mientras terminaba cierto papeleo. Kim paseó la mirada por el despacho; como jefe del departamento en el Samaritan, había tenido un despacho mucho mejor. Forrester dejó bruscamente el bolígrafo sobre su mesa, que sonó como una detonación distante.

—Iré derecho al grano —dijo, y parecía más serio que de costumbre—. Su comportamiento de anoche en urgencias es una vergüenza para este departamento, así como para todo el personal médico.

—Mi hija tenía fuertes dolores —replicó Kim. Era una explicación, no una excusa. No estaba dispuesto a dar la impresión de que sentía remordimientos.

—No hay excusa para la violencia. El señor Barclay está pensando en presentar una demanda, y yo no le culparía si lo hiciera.

—Si demandan a alguien, debería ser a AmeriCare —dijo Kim—. Estuve esperando más de tres horas, sobre todo para que AmeriCare pudiera aumentar sus beneficios.

—Agredir a un administrador no es el modo de hacer justicia social. Ni tampoco, debo añadir, recurrir directamente a los medios de comunicación. No iba a decirle nada sobre lo que Kelly Anderson citó como declaraciones suyas en las noticias del viernes por la noche hasta este inexcusable episodio, pero decir públicamente que la razón última para la fusión del University Medical Center y el Samaritan era aumentar los beneficios de AmeriCare perjudica la reputación de este hospital.

Kim se levantó. Aquella entrevista no iba a ser una conversación y desde luego él no pensaba quedarse allí para recibir una reprimenda como un delincuente juvenil.

—Si eso es todo, tengo pacientes a los que atender.

Forrester apartó la silla y se levantó a su vez.

—Creo, doctor Reggis, que debe usted recordar una cosa. Antes de la fusión, este departamento pensó seriamente en contratar a un cirujano a tiempo completo para cubrir la especialidad de sustitución de válvulas del corazón. Últimamente, su comportamiento nos ha llevado a reconsiderar esa posibilidad.

Kim abandonó el despacho sin replicar. No pensaba conceder el menor valor a aquel comentario. En realidad, la amenaza de Forrester resultaba inocua, puesto que varios departamentos de prestigio de todo el país se habían interesado repetidas veces por sus servicios. La única razón por la que seguía allí era que compartía la custodia de Becky con Tracy, y ésta no podía cambiar de ciudad porque se había matriculado en la universidad.

No obstante, Kim estaba furioso, lo que parecía haberse convertido en su estado natural. Cuando salía del área administrativa con paso airado, prácticamente se dio de bruces con Kelly Anderson y su cámara Brian.

—¡Ah! —exclamó Kelly con aparente deleite—. ¡Doctor Reggis! Justo el hombre que esperaba ver.

Kim lanzó una mirada de odio a la periodista de la televisión y siguió andando por el pasillo con paso vivo. Ella corrió tras él y Brian consiguió mantenerse a su altura a pesar del pesado equipo que acarreaba.

—Dios mío, doctor Reggis —dijo Kelly jadeante—. ¿Se está entrenando para la maratón? Pare un poco. Necesito hablar con usted.

—No tengo la menor intención de hablar con usted.

—Pero yo quiero oír su versión de lo ocurrido anoche en urgencias —dijo ella.

Kim se detuvo en seco, provocando que Brian chocara con él. El cámara se disculpó profusamente, pero Kim no le hizo caso y miró a Kelly con perplejidad.

—¿Cómo coño se ha enterado de eso y tan pronto?

—Sorprendido, ¿eh? —comentó Kelly con una maliciosa sonrisa de suficiencia—. Comprenderá que no puedo revelar mis fuentes. Mire, hago tantos reportajes relacionados con la sanidad que he creado una especie de quinta columna aquí, en el centro médico. Le sorprendería oír los chismes que llegan a mis oídos. Desgraciadamente suelen ser cosas tan prosaicas como quién folla con quién. Pero de vez en cuando me pasan una auténtica información, como ésa de su incidente de anoche en las urgencias. Cirujano cardiovascular derriba a administrador de un puñetazo; ¡eso sí es una noticia!

—No tengo nada que comentar —replicó Kim, y reanudó su camino.

—Pues yo creo que sí —dijo Kelly, volviendo a alcanzarle—. Esperar tres horas en urgencias con una niña enferma debió de ser una grave molestia de la que me encantaría hablar con usted.

—Lo lamento —dijo Kim—. Entre otras cosas, acaban de reconvenirme por hacer aquella declaración sobre los beneficios de AmeriCare. No pienso volver a hablar con usted.

—De modo que la administración detesta oír la verdad —dijo Kelly—. Eso es ya de por sí interesante.

—No pienso volver a hablar con usted —repitió él—. Más vale que no malgaste saliva.

—¡Oh, vamos! —dijo Kelly—. Eso de tener que esperar varias horas en urgencias despertará las simpatías de los espectadores, sobre todo teniendo en cuenta lo irónico de que fuera un médico quien hubo de esperar. Ni siquiera tenemos por qué hablar de la parte de la agresión, si no quiere.

—Claro, como si pudiera confiar en usted —dijo Kim.

—Puede —le aseguró Kelly—. Mire, creo que esas esperas tan largas están relacionadas con la fusión. Creo que tiene algo que ver con el interés de AmeriCare por aumentar los beneficios. ¿Qué cree usted?

Kim la miró mientras caminaban. Los ojos verdiazules de la periodista centelleaban. Él tuvo que admitir que, aun siendo molesta, también era muy lista.

—Usted lo ha dicho, no yo —dijo—. Así que, nada de citarme. Mi vida está ya bastante jodida como para que venga usted a empeorarla. Adiós, señorita Anderson.

Kim traspasó las puertas de batiente que conducían a los quirófanos y Kelly se detuvo, para alivio de su cámara. Una y otro se hallaban sin resuello.

—Bueno, lo hemos intentado —dijo ella—. Lo triste es que esta vez estaba realmente de su lado. Hace un mes tuve que esperar casi lo mismo con mi hija.

Kim entró en su consultorio por la puerta de atrás, lo que le permitió acceder a su despacho sin pasar por la sala de espera. Una vez allí, cogió el teléfono al tiempo que intentaba quitarse la chaqueta del traje para hablar con recepción.

—He vuelto —dijo a Ginger. Con el auricular sujeto entre el cuello y el hombro, caminó hacia el armario. El cable del teléfono tenía la longitud justa para llegar hasta allí.

—Tienes la sala de espera llena —dijo ella—. Gracias a la operación urgente de Tom, llevas unas dos horas de retraso.

—¿Alguna llamada importante? —preguntó Kim. Colgó la chaqueta en el armario y sacó la bata corta y blanca de médico.

—Nada que no pueda esperar —dijo Ginger.

—¿No ha llamado Tracy?

—No.

—De acuerdo, dile a Cheryl que empiece a llevar pacientes a las salas de examen.

Tras ponerse la bata y recoger los bolígrafos y otros utensilios que llevaba en los bolsillos, Kim marcó el número de Tracy. Mientras esperaba a que contestara, se colocó el estetoscopio al cuello.

Tracy contestó a la primera llamada como si estuviera justo al lado del teléfono.

—Bueno, ¿qué tal está la enferma? —preguntó Kim, intentando parecer optimista.

—Más o menos igual —dijo Tracy.

—¿Fiebre?

—No.

—¿Y los retortijones?

—De vez en cuando —dijo ella—. Pero he conseguido que tomara un poco de caldo de pollo.

Kim sintió la tentación de decirle que Ginger había intentado hacerle tomar caldo de pollo el domingo, pero se lo pensó mejor.

—Parece que progresa. Seguro que volverá a ser la Becky de siempre en poco tiempo.

—Eso espero —dijo Tracy.

—Es indudable. Dado que no hay fiebre y que no

han aumentado los glóbulos blancos, es evidente que su cuerpo ha vencido a la infección. Pero manténme al corriente, ¿de acuerdo?

—Lo haré —le aseguró Tracy. Luego añadió—: Siento haber sido tan antipática anoche.

—No tienes por qué disculparte.

—Creo que dije cosas muy desagradables. Estaba muy alterada.

—Por favor, fui yo el que se comportó como un salvaje, no tú.

—Te llamaré si se produce algún cambio —dijo Tracy.

—Estaré aquí o en casa.

Kim colgó. Por primera vez en todo el día se sintió relativamente contento. Cuando salió al pasillo, sonrió a Cheryl y cogió el primer gráfico.

Cuando Kim apagó las luces del coche delante de su garaje, se sumió en la más absoluta oscuridad. Sólo eran las ocho, pero podría haber sido medianoche. No había luna, y la única luz era un manchón en el horizonte, hacia el este, donde las luces de la ciudad se reflejaban en la baja capa de nubes. La casa estaba tan oscura que parecía una roca.

Kim abrió la portezuela y se encendió la luz interior. Recogió las cajas de comida china que había comprado de camino a casa desde el consultorio. Su último paciente se había marchado a las siete y cuarto de la tarde.

Con los brazos llenos de recipientes de comida y papeles que esperaba tener listos al día siguiente, Kim echó a andar hacia la puerta de su casa. Tuvo que moverse a tientas por el sendero de losetas. En medio de aquella oscuridad, resultaba difícil creer que en verano, a aquella misma hora, el sol se viera todavía en lo alto del cielo.

Kim oyó el teléfono antes incluso de llegar a la puerta, pues sonaba con insistencia. Sin saber por qué, Kim sintió una punzada de pánico. Cuando intentaba sacar las llaves, se le cayeron los papeles, luego no encontraba la llave correcta, lo que le obligó a dejar los recipientes de comida para usar las dos manos. Finalmente consiguió abrir la puerta y entró en la casa.

Con ayuda de la luz del vestíbulo, irrumpió en la cavernosa sala de estar y descolgó el auricular del teléfono, presa del terror irracional a que, quienquiera que llamara, fuera a colgar. Pero eso no sucedió. Era Tracy.

—Está peor —le soltó sin más. Parecía desesperada y al borde de las lágrimas.

—¿Qué ha ocurrido? —preguntó él con el corazón en un puño.

—Ha tenido una hemorragia. El lavabo está lleno de sangre.

—¿Está lúcida?

—Sí —contestó Tracy—. Está más tranquila que yo. Se ha tumbado en el sofá.

—¿Puede andar? ¿Está mareada?

—Puede andar. Me alegro de que hayas contestado. Estaba a punto de llamar al 911.

—Métela en el coche y llévala a urgencias —dijo Kim—, si puedes conducir. Si no, llamamos al 911 para que vaya a buscaros una ambulancia.

—Puedo conducir perfectamente —dijo Tracy.

—Nos encontraremos allí. —Kim colgó.

Luego corrió hacia la biblioteca, abrió el cajón central de su mesa y rebuscó su agenda de direcciones. Cuando la encontró, la abrió por la T y la recorrió con el dedo hasta llegar a George Turner. Sacó su teléfono móvil y marcó el número.

Con el teléfono apretado contra la oreja, volvió al coche. Pasó por encima de las cajas de comida china, que dejó junto a los papeles desparramados sobre la estera de la entrada.

La señora Turner contestó justo cuando Kim abría la puerta del coche. Sin preámbulos, Kim pidió por George. Cuando éste se puso al teléfono, Kim salía ya marcha atrás hacia la calle.

—Siento molestarle —dijo Kim.

—No es molestia. ¿Qué ocurre? Espero que no sea grave.

—Me temo que sí. Es decir, no es una cuestión de vida o muerte. Sencillamente Becky está enferma, con síntomas de disentería: retortijones, diarrea, y ahora hemorragia, pero sin fiebre.

—Lo lamento —dijo George.

—No hemos buscado otro pediatra desde que usted se fue —explicó Kim con tono de culpabilidad—. Y los pocos que yo conocía, incluyéndole a usted, se fueron de la ciudad. Anoche la llevamos a las urgencias del University Medical Center y tuvimos que esperar tres horas.

—¡Dios mío! —dijo George.

—Me avergüenza tener que decir que le di un puñetazo a uno de los administradores de AmeriCare por ese motivo. En cualquier caso, enviaron a casa a Becky sin más. No le recetaron ningún medicamento. Tracy acaba de decirme que la niña ha tenido una hemorragia. No sé de qué cuantía habrá sido, pero Tracy está un poco histérica. Voy de camino para reunirme con ellas en urgencias. ¿A quién debería pedir que la examine?

—Mmmm... —George reflexionó—. No creo que un pediatra sea lo mejor. Yo recomendaría un especialista en enfermedades infecciosas o en trastornos gastrointestinales.

—Bueno, ¿cuál de los dos? —preguntó Kim—. ¿Podría darme algún nombre? Los que yo conozco no suelen atender niños.

—Tiene a un par de médicos excelentes —dijo George—. Yo recomendaría un especialista en enfermedades infecciosas, al menos para empezar. Intente ponerse en contacto con Claude Faraday. No encontrará otro mejor.

—Gracias, George.

—Descuide. Siento no estar ahí para atenderla personalmente.

—Yo también —dijo Kim.

—Manténgame informado —pidió George.

—Lo haré.

Kim desconectó y luego usó la memoria para marcar el número del hospital. El operador del hospital le puso con el domicilio de Claude Faraday que, por suerte, se hallaba en casa.

Kim le explicó la situación de forma parecida a como se la había explicado a George. Claude escuchó, hizo unas preguntas pertinentes y luego tuvo la amabilidad de acceder a acudir a las urgencias de inmediato.

Kim entró en el hospital. En esta ocasión, lo rodeó para dirigirse al aparcamiento reservado a las urgencias. Buscó el Volvo de Tracy con una rápida mirada, pero no lo vio. Subió las escaleras hacia la entrada de urgencias y entró.

Le pareció que había tanta gente como la víspera, aunque quedaban algunos asientos libres en la sala de espera. Pasó por delante de recepción y se dirigió al control de enfermería. Molly y Monica se hallaban allí. Las dos mujeres intercambiaron una mirada de nerviosismo.

—¿Ha venido mi hija esta noche? —preguntó Kim.

—No la he visto —contestó Molly. Parecía indiferente y cautelosa a la vez.

—Yo tampoco —dijo Monica—. ¿Es que va a venir otra vez?

Kim no se molestó en contestar. Entró en la sala de urgencias propiamente dicha.

—¡Eh!, ¿adónde va? —exclamó Molly. Se levantó para cerrarle el paso como la noche anterior, pero Kim ya se había ido. Molly corrió tras él.

Monica chasqueó los dedos para llamar la atención del guardia de seguridad y luego señaló frenéticamente la figura de Kim que se alejaba. El guardia asintió y fue en su busca, mientras sacaba su radiotransmisor de la funda.

Kim recorrió la primera sala, asomando la cabeza en todos los cubículos a su paso. Molly lo alcanzó.

—¿Qué cree que está haciendo? —preguntó.

Kim hizo caso omiso de la mujer, a la que se agregó el guardia. Ambos siguieron los pasos de Kim.

—¿Qué debo hacer? —preguntó el guardia a Molly—. Quiero decir que es un médico.

—No tengo la menor idea —dijo ella.

Kim acabó con todos los cubículos de un lado y empezó con los del otro. Por fin halló a David Washington suturando un desgarro en la mano de un niño con la ayuda de una enfermera. David llevaba gafas de aumento, y miró a Kim por encima de ellas.

—Mi hija viene hacia aquí —anunció Kim—. Tiene una hemorragia.

—Lo lamento. ¿Cómo está de presión y de pulso?

—Eso no lo sé. La trae mi ex mujer. Aún no la he visto.

David ordenó a Molly que prepara una habitación con un carro de paros y expansores de plasma por si se necesitaban. Ella asintió.

—Quiero que examinen a mi hija inmediatamente —exigió Kim—. Y que lo haga un especialista en enfermedades infecciosas.

—Doctor Reggis —dijo David—, intentemos llevarnos bien. Sería de gran ayuda que admitiera que yo soy quien manda aquí.

—He hablado con el doctor Claude Faraday —dijo

Kim, como si no le hubiera oído—. Viene de camino. Supongo que lo conoce.

—Por supuesto—dijo David—. Pero ésa no es la cuestión. El procedimiento habitual dice que debemos pedir la consulta si el enfermo no está siendo atendido por un médico de AmeriCare. Las normas de Ameri-Care son muy claras a ese respecto.

—Quiero que la examine el doctor Faraday —insistió Kim.

—De acuerdo —cedió David—. Pero al menos entienda que le hacemos un favor. Ésta no es la manera en que solemos hacer las cosas por aquí.

—Gracias —dijo Kim, y volvió sobre sus pasos.

Una vez en recepción, la recorrió con la mirada, y al ver que Tracy y su hija no habían llegado, salió a esperarlas, igual que había hecho la noche anterior.

No tuvo que esperar mucho. El coche familiar de Tracy apareció al cabo de unos minutos y se detuvo en la misma entrada. Kim bajó corriendo las escaleras y llegó a la portezuela trasera cuando Tracy ponía el freno de mano.

Kim la abrió y se inclinó hacia el interior. Becky estaba tumbada en el asiento de atrás; le vio la cara gracias a los focos de la entrada de urgencias. Aunque estaba pálida, sonrió al ver a su padre, y éste se sintió aliviado.

—¿Qué tal estás, cachorrito?

—Ahora mejor —dijo Becky—. Los retortijones han pasado.

—Me alegro. Vamos, te llevaré.

—Puedo andar,

—Es igual.

Kim metió el brazo derecho por debajo de las rodillas de la niña y la deslizó hacia fuera para pasar el brazo izquierdo por debajo del tronco. Luego la izó. Becky le rodeó el cuello con los brazos y hundió el rostro bajo su mentón.

—Muy bien —dijo él con tono tranquilizador—. Ahora estás con papá.

—¿No pesa mucho? —preguntó Tracy.

—En absoluto.

Kim abrió la marcha, subió las escaleras y traspuso las puertas de batiente. Cuando pasó por recepción con Tracy pegada a él, uno de los administrativos le dijo que tenía que registrarse en la entrada. Kim no le hizo caso, y aunque Tracy se sintió violenta, no dijo nada.

Monica estaba sentada en el control de enfermería cuando oyó al administrativo. Alzó la vista y vio acercarse a Kim. Se puso en pie y salió al pasillo para impedirle el paso, pero ella no era Molly.

—No entrará —dijo—. No va a meter a la niña sin una hoja de admisión.

Kim siguió avanzando. Monica retrocedió unos pasos.

—No puede hacer esto —protestó.

—No hagamos una escena —pidió Tracy a su ex marido, tirándole del brazo.

Kim siguió avanzando, implacable como una apisonadora. Monica tuvo que echarse a un lado.

—Puede sacar la información de la hoja de admisión de anoche —dijo Kim por encima del hombro.

Monica se apresuró a volver al control para llamar a David Washington.

Kim metió a Becky en el primer cubículo disponible que encontró y la depositó sobre la camilla. Tracy se colocó del otro lado y cogió la mano de su hija. Kim envolvió el otro brazo con el brazalete del tensiómetro. Monica reapareció tras hacer su llamada e intentó hacerse cargo de todo, pero Kim no lo permitió. Se llevó el estetoscopio a los oídos y empezó a inflar el brazalete.

Llegaron David Washington y Molly McFadden. David llevaba una bata blanca sobre el pijama de quirófano. Inclinó la cabeza para saludar a Tracy y esperó a que Kim acabara de tomar la presión a su hija. Hizo señas a Monica de que se fuera.

—No respeta usted el protocolo —comentó David cuando Kim se sacó el estetoscopio de las orejas.

—Nueve y cinco de presión —dijo Kim—. Que le pongan suero. Quiero que determinen su grupo sanguíneo y hagan pruebas cruzadas por si acaso. Además...

—¡Alto ahí! —exclamó David, alzando las manos para enfatizar sus palabras. Luego, con voz calmada, añadió—: Doctor Reggis, con el debido respeto, no es usted quien dirige todo esto.

—No hago más que ocuparme de los primeros pasos básicos —dijo Kim—. Señorita McFadden, por favor traiga un catéter de calibre veintiuno, y también necesitaré un torniquete y esparadrapo.

David indicó a Molly que no se moviera. Aferró a Kim por el antebrazo con una de sus manazas.

—Sólo se lo pediré una vez —dijo con su tono sereno pero autoritario—. Quiero que salga de aquí y espere fuera. Es en interés de su hija. Si se detiene a reflexionar por un momento, lo comprenderá.

Kim lo miró con ojos entreabiertos. Lentamente, bajó la vista hacia la mano que le sujetaba el brazo. Durante unos instantes nadie dijo nada. Sólo se oía el sonido de un monitor cardíaco en otro cubículo.

Tracy percibió la electricidad en el aire. Era como la calma antes de una tormenta de verano. Para evitar una escena desagradable, se acercó a Kim, le rodeó los hombros con un brazo y tiró de él.

—¡Por favor, Kim! —rogó—. Déjale hacer su trabajo.

Poco a poco Kim reaccionó a la súplica de Tracy y se relajó. David lo soltó.

—Muy bien —dijo Kim, mirando a Tracy y asintiendo. Luego se volvió hacia Becky y aferró su pequeño brazo—. Papá estará aquí fuera, cachorrillo.

—No quiero que me pinchen —dijo Becky con tono lastimero.

—Sólo será una aguja. Todo terminará enseguida. Sé que no es divertido, pero tienes que ser fuerte para recuperarte del todo. ¿De acuerdo?

—De acuerdo —dijo Becky a regañadientes.

Tracy apretó la mano de Becky y le dijo que volverían a verla enseguida. Becky asintió, pero se la veía asustada.

Tracy siguió a Kim y ambos salieron de la cortina que rodeaba la camilla de Becky. Tracy oía la respiración agitada de su ex marido, pero no dijo nada hasta que se alejaron.

—Kim, tienes que tranquilizarte —dijo entonces, poniendo una mano suavemente sobre su brazo—. Estás demasiado tenso.

—Ese David Washington me saca de quicio.

—Está haciendo su trabajo. Si la situación fuera la inversa y tú tuvieras que ocuparte de su hija, actuarías del mismo modo que él. No querrías que él diera las órdenes.

Kim sopesó estas palabras. Cuando traspasó las puertas de batiente, el aire frío le dio en la cara, produciéndole una agradable sensación. Se detuvo, respiró hondo y lentamente exhaló el aire. Tracy seguía sujetándole por el brazo.

—Supongo que tienes razón —advirtió Kim finalmente—. Es muy duro para mí ver a Becky tumbada ahí, tan vulnerable.

—Me lo imagino. Es muy difícil.

Sus ojos se encontraron.

—¿Lo entiendes? —preguntó Kim—. ¿De verdad?

—Completamente. Eres cirujano. Te han enseñado a actuar. ¿Y a quién querrías curar más que a tu propia hija? Para ti, lo más duro en este mundo es ver a tu propia hija enferma y no poder hacer nada por ella.

—Tienes razón.

—Por supuesto. Siempre tengo razón.

Kim sonrió a su pesar.

—Bueno, yo no diría tanto. Con frecuencia, quizá, ¡pero no siempre!

—Lo aceptaré, siempre que volvamos dentro —dijo ella con una sonrisa—. Me estoy congelando.

—Claro, lo siento —dijo Kim—. Sólo necesitaba respirar un poco de aire fresco.

—¿Te molesta la aguja? —preguntó Kim a su hija.

Becky alzó la mano izquierda, que estaba conectada a una bolsa de suero. Un delgado tubo de plástico transparente se metía por debajo de la gasa que le cubría el dorso de la mano.

—No noto nada —dijo la niña.

—Así debe ser —dijo Kim.

—¿Notas frío? —preguntó Tracy—. Así lo recuerdo yo de cuando estaba en el hospital después de tenerte a ti.

—¡Sí que noto frío! —exclamó Becky—. No me había dado cuenta hasta que lo has dicho. Tengo frío en todo el brazo.

David había examinado a Becky detenidamente, le había puesto la intravenosa, le había hecho los análisis de sangre y orina rutinarios y radiografías del abdomen en posición horizontal y vertical. Aunque estas radiografías no estaban aún listas, los resultados de los análisis eran normales, lo que sugería que la hemorragia había sido mínima. Llegado a ese punto, David hizo llamar a Kim y a Tracy para que hicieran compañía a su hija mientras esperaban al doctor Faraday.

El especialista en enfermedades infecciosas llegó pocos minutos después. Se presentó a Kim y Tracy y luego a la niña. Era un hombre delgado, de cutis moreno y expresión vivaz. Escuchó el relato minucioso del problema de Becky desde los primeros síntomas el sábado por la mañana hasta la hemorragia de esa noche. Faraday asentía de vez en cuando, sobre todo cuando la propia Becky añadía detalles concretos.

—Muy bien, señorita Reggis —dijo al fin—. ¿Le importaría que le echara un vistazo?

Becky miró a Tracy como si necesitara su permiso.

—El doctor Faraday quiere saber si te parece bien que te examine —tradujo la madre.

—Está bien —dijo Becky—. Pero no quiero que me pinchen más.

—No más pinchazos —le aseguró Claude.

El especialista inició un reconocimiento rápido pero exhaustivo. Le tomó el pulso y comprobó la turgencia de la piel. Le miró la garganta y los oídos, y usó un oftalmoscopio para examinarle el interior de los ojos. Le auscultó el pecho y buscó posibles erupciones cutáneas. Suavemente le oprimió el abdomen, lo que provocó quejidos de dolor en la niña, y buscó ganglios linfáticos hinchados.

—A mí me parece que estás muy bien. Sólo tienes la tripa un poco dolorida —dijo por fin—. Bueno, ahora saldré para hablar con tus padres. ¿De acuerdo?

Becky asintió.

Tracy se inclinó sobre su hija para darle un beso en la frente antes de salir de la cortina tras Claude y su ex marido. En el pasillo había mucho ajetreo, de modo que los tres se hicieron a un lado para hablar sin tanto bullicio. David los vio por casualidad, se acercó y se presentó a Claude.

—Estaba a punto de dar mi opinión a los padres —dijo éste.

—¿Le importa que me quede a escuchar? —preguntó David.

Claude miró a Kim y a Tracy.

—Está bien —dijo ella.

—En general, su estado me parece bueno —empezó Claude—. Está un poco pálida, por supuesto, y también algo deshidratada. También hay un dolor abdominal generalizado. Por lo demás, parece perfectamente normal.

—¿Y la hemorragia? —inquirió Tracy, temiendo que Claude estuviera a punto de dar el caso por cerrado.

—Déjenme terminar —dijo Claude—. También he repasado los análisis. Comparándolos con los de anoche, se ha producido una leve caída de la hemoglobina. Estadísticamente, no es significativo, pero teniendo en cuenta la leve deshidratación y la hemorragia, podría ser importante. También han disminuido levemente las plaquetas. Todo lo demás está dentro de los límites normales.

—¿Cuál es su diagnóstico? —preguntó Kim.

—Enfermedad bacteriana inducida por alimentos —contestó Claude.

—¿No es viral? —preguntó Kim.

—No; creo que es bacteriana. —Miró a David—. Usted llegó a la misma conclusión anoche, ¿no es así?

—En efecto —dijo David.

—Pero ¿por qué no hay fiebre? —inquirió Kim.

—Eso me hace pensar que se trata de una toxemia, más que de una infección —dijo Claude—. Lo que se corresponde a su vez con valores normales de los leucocitos.

—¿Y qué hay del cultivo de anoche? ¿Tienen ya el resultado preliminar?

—No he visto ningún cultivo —dijo Claude, y miró a David.

—No hicimos ningún cultivo anoche —dijo éste.

—¿De qué coño está hablando? —exclamó Kim, meneando la cabeza con incredulidad—. Yo mismo les entregué la muestra.

—En urgencias no hacemos cultivos rutinarios de deposiciones tratándose de una simple diarrea —explicó David.

—¡Un momento! —dijo Kim, dándose una palmada en la frente—. Acaba de decir que su impresión anoche fue que se trataba de una enfermedad bacteriana. ¿Por qué entonces no hizo un cultivo? Era lo más lógico. ¿De qué otro modo podía prescribir un tratamiento racional?

—Las normas de AmeriCare prohíben los cultivos rutinarios en este tipo de casos —explicó David—. Su elevado coste no está justificado.

Kim enrojeció. Tracy aferró a su ex marido del brazo, pero él se desasió.

—¡Su elevado coste no está justificado! ¿Qué coño de excusa es ésa? ¿Qué mierda de urgencias dirige usted? ¿Me está diciendo que no hizo el cultivo para ahorrar unos cochinos dólares?

—Escuche, capullo —le espetó David—, acabo de decirle que es el procedimiento normal. Los cultivos no se hacen ni para usted ni para nadie.

Kim perdió el control y agarró a David por las solapas de su blanca chaqueta.

—¿Así que soy un capullo? ¡Pues su procedimiento de los cojones nos ha hecho perder todo un maldito día!

—¡No, Kim! —exclamó Tracy, volviendo a cogerlo por el brazo—. ¡Otra vez no!

—Quíteme las manos de encima, maldito cabrón arrogante —gruñó David.

—¡Calma! —dijo Claude interponiéndose entre los dos hombres, que eran más corpulentos que él—. No pasa nada. Haremos los cultivos ahora. No se ha perdido mucho.

Kim soltó a David, que se alisó la chaqueta. Los dos hombres se miraron con odio.

—¿Qué cree que encontrará en el cultivo? —preguntó Tracy con la esperanza de relajar la tensión y devolver la conversación a sus cauces normales—. ¿De qué bacteria cree que se trata?

—Podría ser salmonella, pero también shigella y algunas de las cepas nuevas de E. coli —dijo Claude—. Pero podría ser otras muchas cosas.

—La hemorragia me ha asustado —dijo Tracy—. ¿La ingresarán?

—No es mala idea —dijo Claude tras mirar a David—. Pero no es cosa mía.

—Creo que es una buena idea —aseguró David—. Necesita líquidos. También podremos evaluar la posibilidad de que tenga anemia y asegurarnos de que no habrá más hemorragias.

—¿No le van a dar antibióticos? —preguntó Tracy.

—Yo no lo recomendaría —dijo Claude—, al menos no hasta que tengamos un diagnóstico definitivo.

—¡Que es por lo que el maldito cultivo debió hacerse anoche! —repuso Kim, colérico.

—¡Por favor, Kim! —le instó Tracy—. Tenemos que hacer frente a la situación actual. Intenta cooperar.

—De acuerdo —dijo él con tono resignado—. Si no tenemos cultivo, ¿por qué no usamos un antibiótico de amplio espectro? Siempre puede cambiarse cuando se identifique el organismo y se sepa a qué es sensible.

—Yo no lo recomendaría —repitió Claude—. Si el agente agresor resulta una de las cepas anómalas del E. coli, los antibióticos pueden empeorar la situación.

—¿Cómo es posible? —replicó Kim—. Eso es ridículo.

—Me temo que no. Los antibióticos pueden diezmar la flora normal y dejar más espacio al renegado E. coli para que florezca.

—¿Se ocupará usted del caso? —preguntó Tracy.

—No, eso no es posible —contestó Claude—. AmeriCare establece que todos los pacientes deben estar a cargo de un médico general. Pero estaré encantado de seguir su caso, sobre todo si quien lo lleva pide la opinión de un especialista en enfermedades infecciosas.

—Dado que Becky no tiene pediatra asignado, la pondremos al cuidado de Claire Stevens —dijo David—. Es su turno. Yo mismo puedo llamarla.

—No encontrará a otro pediatra mejor —comentó Claude.

—¿La conoce? —preguntó Tracy.

—Por supuesto —afirmó Claude—. Tienen suerte de que sea su turno. Es la pediatra de mis hijos.

—Por fin algo parece salir bien —comentó Kim.

8

Miércoles 21 de enero

Kim entró en el aparcamiento del hospital poco después de las seis de la mañana. No había pasado por su consultorio, como solía hacer. Estaba impaciente por ver a Becky y asegurarse de que todo iba bien.

Todo se había desarrollado con normalidad tras el desagradable incidente con David Washington. La doctora Claire Stevens había acudido a urgencias media hora después de recibir la llamada. En el ínterin, Kim había telefoneado a George Turner por segunda vez para pedirle su opinión sobre la pediatra. George se había mostrado del mismo parecer que Claude, y tanto Kim como Tracy se habían sentido aliviados.

Claire era una mujer alta y delgada, casi de la misma estatura que Kim. Sus facciones angulosas contrastaban con sus modales afables y tranquilizadores. La impresión personal de Kim se sumó a las recomendaciones profesionales. Claire tenía más o menos su misma edad, lo que sugería muchos años de experiencia clínica. Por lo demás, enseguida se hizo evidente su competencia. Igual importancia tuvo que supiera compenetrarse con Becky desde el principio.

Kim entró en la habitación de su hija. Cerca del

suelo había una luz de emergencia que se reflejaba en el techo con un tenue resplandor. Kim se acercó silenciosamente a la cama y miró a la niña dormida. El halo de cabellos oscuros confería a su rostro un tinte marfileño. La transparencia de su piel le daba un aspecto frágil, como si fuera de porcelana.

Kim sabía que en aquellas circunstancias lo mejor para Becky era estar en el hospital, pero, tenerla allí le producía ansiedad. Su vasta experiencia en hospitales le recordaba que era un entorno en el que acechaba el horror.

La respiración de Becky era regular y profunda. El suero circulaba lentamente. Feliz de verla descansando tan bien, Kim salió con sigilo. No quería perturbar su tranquilo sueño.

De vuelta en el control de enfermería, cogió el gráfico de su hija y repasó las notas que había dictado Claire al ser ingresada la niña. Luego leyó las notas de las enfermeras. Se fijó en que Becky había ido dos veces al lavabo durante la noche a causa de la diarrea. Según la propia niña, había sangre en las deposiciones, pero las enfermeras no la habían visto.

Pasó a las hojas de órdenes médicas y comprobó que Claire había cumplido con su palabra y había solicitado una consulta de gastroenterología pediátrica para ese mismo día.

—Es una chiquilla encantadora —dijo una voz melodiosa.

Kim alzó la vista. Una enfermera regordeta miraba por encima de su hombro con el rostro encendido por algún esfuerzo. Era rubia y llevaba una permanente de apretados rizos. Tenía hoyuelos en las mejillas. Su identificación indicaba que era Janet Emery.

—¿Se ha ocupado usted de ella esta noche? —preguntó Kim.

—Sí. Su habitación está en mi zona. Es una niña preciosa.

—¿Qué tal ha pasado la noche?

—Creo que bien —contestó Janet, vacilante.

—No parece muy convencida —dijo Kim, sintiendo un estremecimiento.

—La última vez que se levantó, parecía débil. Claro que podría ser porque estaba medio dormida. Pulsó el timbre para que la ayudara a volver a la cama.

—Según el gráfico, no ha visto usted cuánta sangre ha hecho —dijo Kim.

—Efectivamente. La pobre está avergonzada a más no poder. Le he dicho que no le dé vergüenza ir al lavabo, pero es inútil. ¿Qué más se puede hacer?

Kim tomó nota mentalmente de hablar con Claire de ese problema, y también con Becky, porque sería importante saber qué cantidad de sangre hacía.

—¿Es usted uno de los especialistas que la trata? —preguntó Janet.

—No. Soy el doctor Reggis, el padre de Becky.

—Oh, Dios mío —dijo ella—. Pensaba que era uno de los especialistas. Espero no haber dicho nada inconveniente.

—En absoluto. Veo que se preocupa usted por ella.

—Desde luego. Adoro a los niños. Por eso trabajo en esta planta.

Kim fue a hacer la ronda de visitas de sus pacientes ingresados y luego efectuó las consultas que el hospital tenía programadas para aquella mañana. Al igual que los lunes, los miércoles sus responsabilidades administrativas le ocupaban más tiempo. En consecuencia, no volvió a la planta donde estaba su hija hasta las diez. Una vez allí, el administrativo le informó que se habían llevado a Becky para hacerle radiografías, y que Tracy estaba con ella.

—¿Podría decirme algo sobre la consulta de gastroenterología? —preguntó.

—Se ha pedido —contestó el administrativo—, si es eso lo que quiere saber.

—¿Sabe cuándo se realizará?

—Creo que esta tarde.

—¿Le importaría llamarme cuando se haga? —pidió Kim, entregándole una de sus tarjetas.

—Descuide.

Kim dio las gracias al administrativo y se apresuró a abandonar el hospital en dirección a su consulta. Hubiera preferido ver a Becky y hablar con ella, aunque fuera unos instantes, pero no tenía tiempo. De hecho, iba ya con retraso, aunque se lo tomaba con filosofía, dado que solía ocurrirle muy a menudo.

—Bueno, señor Amendola —dijo Kim—. ¿Tiene alguna pregunta que hacerme?

Amendola era un fontanero corpulento de sesenta y pocos años, intimidado por la medicina moderna y horrorizado por el diagnóstico de Kim: era preciso sustituir una de las válvulas de su corazón. Unas semanas atrás ignoraba felizmente incluso la existencia de tales válvulas. Ahora, tras experimentar ciertos síntomas aterradores, sabía que una de ellas funcionaba mal y que podía llegar a matarle.

Kim se mesó el cabello mientras Amendola meditaba. Luego su mirada se desvió hacia la ventana y el pálido cielo invernal. Estaba inquieto desde que Tracy le había llamado una hora antes para decirle que le parecía que Becky estaba peor, que la niña tenía los ojos vidriosos y se mostraba apática.

Con una sala de espera llena de pacientes, Kim había pedido a Tracy que localizara a Claire y le comunicara el estado de Becky. También le dijo que recordara al administrativo que debía llamarle cuando llegara el especialista de gastroenterología.

—Quizá debería hablar con mis hijos —dijo el señor Amendola.

—¿Perdón? —dijo Kim. Había olvidado su propia pregunta.

—Mis hijos —repitió Amendola—. Tengo que preguntarles qué creen que debería hacer su viejo padre.

—Buena idea —dijo Kim, levantándose—. Háblelo con su familia. Si tiene dudas, llámeme.

Kim lo acompañó hasta la puerta.

—¿Está seguro de que las pruebas que ha hecho no se equivocan? —preguntó Amendola—. Quizá mi válvula no esté tan mal.

—Está mal —dijo Kim—. Recuerde que pedimos una segunda opinión.

—Cierto —admitió Amendola con resignación—. Muy bien, volveré.

Kim aguardó en el pasillo hasta asegurarse de que Amendola volvía a recepción. Luego alzó el grueso gráfico de su siguiente enfermo del soporte que había en la puerta de la segunda habitación de examen.

Antes de que Kim hubiera llegado a leer el nombre, apareció Ginger en el extremo del pasillo, y tuvo que apartarse para dejar pasar a Amendola.

—Acaba de llamar el administrativo de la planta de Becky —dijo—. El gastro está visitando a Becky en este momento.

—Entonces me voy. —Volvió a colocar el gráfico en el soporte y entró en su despacho. Ginger entró cuando él ya sacaba la chaqueta del traje del armario.

—¿Adónde vas? —preguntó ella.

—Al hospital.

—¿Cuándo volverás?

—No lo sé. —Se puso el abrigo—. Díselo a Cheryl para que el paciente de la habitación no se quede esperando sentado.

—¿Y los otros pacientes?

—Diles que se ha producido una emergencia. Volveré dentro de una hora y media, más o menos.

Kim cogió las llaves del coche y se dirigió a la puerta de atrás.

Ginger meneó la cabeza. Sería ella quien tendría que dar la cara ante los pacientes y, por experiencias pasadas, sabía que iban a enfadarse, sobre todo los que vivían fuera de la ciudad.

—Haz lo que puedas —dijo Kim, como si le leyera los pensamientos.

Kim corrió hacia su coche, lo puso en marcha y se adentró en el denso tráfico, por el que zigzagueó sin dejar de hacer sonar el claxon. Después de oír los comentarios de Tracy no quería dejar pasar la oportunidad de hablar con el gastroenterólogo directamente.

Una vez en el vestíbulo del hospital, oprimió el botón del ascensor una y otra vez como si con ello fuera a llegar antes. Varios visitantes lo miraron con suspicacia.

Una vez en la planta de Becky, echó a correr por el pasillo y llegó a la habitación de su hija jadeando.

Tracy parecía muy alterada y estaba hablando con una mujer de bata blanca. Becky, con la cabeza apoyada en la almohada, tenía la mirada perdida en el vacío. El único movimiento visible era el goteo de líquido en el tubo del suero. Kim se acercó a un lado de la cama.

—¿Qué tal estás, cachorrito? —Cogió la mano de su hija y la levantó. Becky ofreció escasa resistencia.

—Estoy cansada —dijo.

—Claro, cariño —dijo Kim, y le tomó el pulso; era normal.

Luego bajó uno de los párpados inferiores para examinar la conjuntiva; estaba pálida, pero no parecía haber cambios significativos. Luego le palpó la frente. Becky no estaba especialmente caliente, ni sudaba, y su nivel de hidratación parecía mejor que la víspera, tenía los ojos vidriosos y se mostraba apática, tal como había descrito su madre. Era como si una parte de la increíble fuerza vital de Becky se hubiera perdido y ella se hubiera aletargado.

A Kim se le aceleró el corazón.

—Voy a hablar con mamá —dijo.

—Muy bien —respondió Becky.

Kim se acercó a Tracy, que temblaba levemente.

—Ésta es la doctora Kathleen Morgan —dijo Tracy.

—¿Es usted la gastroenteróloga?

—En efecto —dijo Kathleen.

Kim la observó. En muchos aspectos era la antítesis física de Claire Stevens, aunque parecían de la misma edad. No debía de medir mucho más de un metro cincuenta de estatura, tenía cara redonda y facciones muy suaves, y llevaba unas gafas de montura metálica que le daban un aire de maestra de escuela. Unas canas prematuras salpicaban de gris sus oscuros cabellos.

—La doctora Morgan dice que Becky está grave —musitó Tracy a duras penas.

—¿Grave? —repitió Kim—. No necesito a nadie que me diga que mi hija está grave. Necesito alguien que me diga qué tiene y cómo tratarlo y curarlo.

—Me llamarán del laboratorio en cuanto tengan un resultado definitivo —dijo Kathleen cautelosamente, asombrada por la reacción de Kim—. Hasta entonces no podemos hacer nada.

—¿La ha examinado ya? —quiso saber Kim.

—Sí. Y he revisado los resultados de los análisis que se le habían hecho.

—¿Y bien? —dijo él con impaciencia.

—Estoy de acuerdo con el doctor Faraday. Se trata de una enfermedad bacteriana producida por algún alimento.

—A mí me parece que está peor —dijo Tracy—. Ha cambiado desde anoche. No es la misma; no se la ve espabilada como siempre.

Kathleen miró a Becky, sintiéndose incómoda. Le

alivió que la niña no prestara atención a lo que decían. No obstante, sugirió que salieran al pasillo.

—Dado que es la primera vez que la veo, no puedo saber si ha cambiado —dijo una vez fuera de la habitación—. Y en las notas de las enfermeras no se menciona nada al respecto.

—Quiero que la observen más estrechamente —dijo Kim—. ¿Y si la trasladamos a una de las habitaciones de aislamiento de la UCI?

—A mí sólo se me ha llamado a consulta —repuso Kathleen—. Técnicamente, Becky está a cargo de la doctora Claire Stevens.

—Entonces convénzala de que ordene el traslado —propuso Kim—. Anoche, cuando ingresaron a Becky, ya se lo sugerí, pero tuve la impresión de que está del lado de AmeriCare y que le preocupan los costes.

—No es ésa la Claire que yo conozco. Pero, para serle sincera, no creo que su hija necesite estar en la UCI, al menos de momento.

—Eso me tranquiliza —ironizó Kim—. En otras palabras, esperan que empeore mientras todos se quedan de brazos cruzados.

—Eso no es justo, doctor Reggis —protestó Kathleen.

—Y un cuerno, doctora Morgan —exclamó él, pronunciando el nombre con más desprecio del que en realidad sentía—. Lo es desde mi punto de vista. Como cirujano, hago un diagnóstico y luego opero. Es decir, hago algo, mientras que ahora tengo la sensación de que mi hija empeora a marchas forzadas y nadie hace nada por evitarlo.

—¡Basta, Kim! —exclamó Tracy, esforzándose por contener las lágrimas. Por muy angustiada que estuviera ella también por el estado de su hija, no quería tener que enfrentarse una vez más con el carácter irascible de su ex marido.

—¿Basta de qué? —replicó Kim con tono desafiante.

—¡De disputas! —dijo Tracy—. Estas peleas continuas con médicos y enfermeras no sirven de nada. Me están poniendo frenética.

Kim la miró con enojo, incapaz de creer que se volviera contra él tan rápidamente, sobre todo cuando era la salud de Becky lo que estaba en juego.

—Doctor Reggis, venga conmigo —dijo Kathleen y echó a andar hacia el control de enfermería.

—Ve —le animó Tracy—. Domínate.

Tracy volvió a entrar en la habitación y Kim alcanzó a la doctora, que caminaba con decisión y una sorprendente celeridad, teniendo en cuenta sus cortas piernas.

—¿Adónde me lleva?

—Al cuarto de gráficas que hay detrás del control de enfermería —contestó ella—. Quiero enseñarle algo, y creo que deberíamos hablar a solas, de médico a médico.

El control de enfermería era un hervidero de actividad. Las enfermeras del turno de mañana estaban a punto de marcharse y las de la tarde se disponían a iniciar su turno. Kathleen las sorteó hábilmente, abrió la puerta del cuarto de gráficas e indicó a Kim que entrara.

Una vez cerrada la puerta, se hallaron sumidos en un relativo silencio. Era un cuarto sin ventanas con mesas empotradas y un negatoscopio para radiografías. En una esquina había una mesa con una cafetera.

Kathleen sacó unas cuantas radiografías de una carpeta, las colocó en el negatoscopio, y lo encendió. Las placas eran de un abdomen infantil.

—¿Son de Becky? —preguntó Kim.

Kathleen asintió.

Él se inclinó para estudiar los detalles. Era un experto en interpretar placas del tórax, pero conocía los fundamentos de cualquier otra parte del cuerpo.

—Los intestinos parecen uniformemente edematosos —dijo.

—Exacto —dijo Kathleen, impresionada, pues creía que tendría que ser ella la que señalara la patología—. El revestimiento mucoso está inflamado en su mayor parte.

—¿Qué significa eso para usted? —preguntó Kim, incorporándose. No le gustaba lo que veía, pero no era su especialidad y no podía relacionarlo con síntomas clínicos.

—Me hace preocuparme por el E. coli O157:H7. La disentería producida por la shigella daría más o menos unas radiografías iguales, pero seguramente el enfermo tendría fiebre, mientras que Becky no ha tenido fiebre en ningún momento.

—¿Y qué me dice de los antibióticos? Claude Faraday los desaconsejó por miedo a que alteraran la flora intestinal normal. ¿Está de acuerdo?

—Completamente —dijo Kathleen—. No sólo para no alterar la flora normal, sino también porque seguramente serían inútiles. Sin fiebre, lo más probable es que el organismo agresor haya abandonado ya los intestinos de Becky.

—Si nos enfrentamos con una toxemia potencial —dijo Kim—, ¿cómo hacemos el diagnóstico?

—Existe la posibilidad de hacer pruebas para determinar la propia toxina. Desgraciadamente, AmeriCare no ha autorizado a nuestro laboratorio a hacer la prueba.

—No me diga que es cuestión de dinero.

—Me temo que sí. Es una de las pruebas que no se precisan con la suficiente frecuencia. AmeriCare opina que su elevado coste no está justificado.

—¡Por amor de Dios! —explotó Kim, y golpeó la mesa con el puño—. Si vuelvo a oír la frase «su elevado coste no está justificado» me va a dar un ataque. Desde el momento en que Becky cayó enferma, los costes y los beneficios de AmeriCare parecen perseguirme.

—Desgraciadamente la sanidad gestionada por administradores es una realidad con la que todos debemos enfrentarnos —dijo Kathleen—, pero en este caso, me tomé la libertad de enviar una muestra a los laboratorios Sherring. Tendremos los resultados entre veinticuatro y cuarenta y ocho horas.

—¡Aleluya! Gracias, y perdóneme por decirle que no hacía nada. El dinero no debe ser un impedimento tratándose de la salud de Becky.

—¿Qué sabe usted de este E. coli en particular y de su toxina? —preguntó Kathleen—. Suponiendo que es eso lo que Becky tiene.

—No demasiado. Ni siquiera sabía que los antibióticos no servían. El E. coli no tiene nada que ver con mi especialidad. Pero el enterococo resistente a las vancomicinas es otra cuestión. Los cirujanos cardíacos le tenemos pánico.

—Lo comprendo. No conozco el problema del enterococo, pero sí el del E. coli O157:H7. Quizá lo conozca demasiado bien incluso. Creo que usted y su mujer deberían saber que puede ser muy peligroso.

—¿Cómo? —preguntó Kim con nerviosismo. No le gustaba el tono de Kathleen ni las implicaciones de lo que decía. Ni siquiera se molestó en hacerle saber que Tracy y él estaban divorciados.

—Quizá debería sentarse —dijo la doctora, que no sabía cómo explicar sus miedos sin perturbarlo. Kathleen percibía que él apenas controlaba sus emociones.

Kim se sentó en una de las sillas del cuarto.

—Si el E. coli es la causa de la enfermedad de Becky —dijo ella—, me preocupa la disminución de plaquetas. Anoche la disminución fue muy pequeña, pero tras haber sido rehidratada, la disminución es más evidente y estadísticamente significativa, y me hace temer que aparezca el síndrome hemolítico urémico.

—Explíquese.

—Está relacionado con la toxina, similar a la shigella, que produce el E. coli O157:H7. Verá, la toxina puede causar coagulación intravascular de plaquetas, así como destruir los glóbulos rojos. Eso, a su vez, puede conducir a un fallo multiorgánico. Los riñones suelen ser los más afectados, de ahí el nombre de síndrome urémico.

Kim se quedó boquiabierto. Por un momento, todo lo que pudo hacer fue mirar a Kathleen con la vana esperanza de que ésta sonriera de repente y le dijera que todo era una broma pesada, pero no lo hizo.

—¿Cree que Becky tiene el síndrome hemolítico urémico? —preguntó con una calma que no sentía.

—Digámoslo de este modo —contestó Kathleen, intentando suavizar el impacto—: es lo que temo, pero todavía no hay pruebas. En este momento, sólo mi intuición clínica lo sugiere.

Kim tragó saliva. Se le había quedado la boca seca.

—¿Qué podemos hacer? —preguntó.

—Me temo que no mucho. He enviado la muestra al laboratorio para que busquen la toxina. Mientras tanto, sugiero que se consulte a los especialistas en hematología y nefrología. No creo que sea prematuro pedirles su opinión.

—¡Pues pidámosla! —exclamó Kim.

—Espere un momento, doctor Reggis. Recuerde que sólo me han llamado a consulta. Cualquier otra petición de consultas debe realizarla la doctora Stevens, y debe ser ella quien lo decida. AmeriCare tiene normas muy claras al respecto.

—Bueno, pues llamémosla, maldita sea —farfulló Kim—. Hagamos algo.

—¿Quiere que la llame ahora mismo?

—Desde luego. —Kim empujó el teléfono hacia Kathleen.

Mientras la doctora llamaba, él hundió la cabeza entre las manos. Se sentía desolado por una súbita angustia. Lo que había sido una mera molestia, si bien fastidiosa y preocupante, que había requerido el ingreso de Becky en el hospital, se había convertido en algo completamente distinto. Por primera vez en su vida, Kim se enfrentaba con un grave problema médico desde el lado del enfermo, en este caso su hija, y ni siquiera estaba familiarizado con ese problema. Tendría que aprender, y deprisa. Reflexionó sobre el mejor modo de hacerlo.

—Claire está de acuerdo —anunció Kathleen, colgando el auricular—. Tiene usted suerte de que sea ella la pediatra de su hija. Hemos tratado otros casos de síndrome hemolítico urémico.

—¿Cuándo irán los especialistas a examinar a Becky? —preguntó Kim con tono apremiante.

—Claire se ocupará de que sea lo antes posible.

—Quiero que sea enseguida —dijo Kim—. ¡Esta misma tarde!

—Doctor Reggis, tranquilícese. Por eso le he traído aquí, para hablar con calma, de profesional a profesional.

—No puedo tranquilizarme —admitió Kim, y soltó un ruidoso suspiro—. ¿Es muy común el síndrome hemolítico urémico?

—Por desgracia se está convirtiendo en una enfermedad relativamente común. Suele ser producida por el E. coli O157:H7, del que hay unos veinte mil casos al año. Es lo bastante común para ser actualmente la principal causa de trastornos renales agudos en niños.

—¡Dios santo! —exclamó Kim, mesándose los cabellos con nerviosismo—. ¡Veinte mil casos al año!

—Ése es el número aproximado que calcula el Centro de Control de Enfermedades. Sólo un porcentaje de los mismos acaba en síndrome hemolítico urémico.

—¿Es un síndrome mortal en todos los casos? —preguntó Kim con esfuerzo.

—¿Está seguro de querer hablar de ese aspecto? Recuerde que no se ha hecho aún un diagnóstico definitivo. Yo sólo intentaba prepararle para lo peor.

—¡Responda a la pregunta, coño! —exclamó él con vehemencia.

Kathleen suspiró con resignación. Esperaba que Kim tuviera la sensatez de no pedir detalles perturbadores, pero al hacerlo no le había dejado elección. Antes de contestar, carraspeó.

—Entre doscientas y quinientas personas, en su mayoría niños, mueren cada año a causa del E. coli O157:H7, y suele ser a consecuencia del síndrome hemolítico urémico.

La frente de Kim se perló de sudor. Una vez más se había quedado atónito.

—Doscientas a quinientas muertes al año —repitió—. Me parece increíble, sobre todo porque no había oído hablar de ese maldito síndrome.

—Son cálculos del Centro de Control de Enfermedades.

—Con esa tasa de mortalidad, ¿cómo es posible que no se conozca mejor este problema? —La intelectualización había sido siempre el mecanismo de defensa de Kim al enfrentarse con la carga emocional de la medicina.

—No lo sé. Se han dado dos brotes importantes de esta cepa de E. coli, el del Jack-in-the-Box del noventa y dos y el de Carnes Hudson en el verano del noventa y siete. No tengo la menor idea de por qué esos y otros episodios no han generado una concienciación y una inquietud generales. Es desconcertante.

—Recuerdo aquellos dos brotes —comentó Kim—. Supongo que di por sentado que el gobierno y el Departamento de Agricultura habían resuelto los problemas.

—Estoy segura de que eso es lo querían que creyese el Departamento de Agricultura y las industrias cárnicas —dijo Kathleen con una cínica sonrisa.

—¿Es la carne roja la causa del problema?

—La carne picada, para ser más exactos. Carne picada que no esté muy hecha. Pero también es cierto que algunos casos han sido producidos por otros agentes, tales como el zumo de manzana, la sidra e incluso la leche pasteurizada. La clave está en el contacto con heces de vaca infectadas.

—No recuerdo que existiera este problema cuando yo era niño. Solíamos comer las hamburguesas medio crudas.

—Es una situación relativamente nueva —explicó Kathleen—. Se cree que se originó a finales de los setenta, quizá en Argentina. Existe la hipótesis de que una bacteria shigella proporcionó a la bacteria E. coli el ADN necesario para hacer una toxina semejante a la de la shigella.

—Por conjugación bacteriana.

—Exacto. La conjugación es la respuesta de las bacterias a la reproducción sexual, un método de mezclarse genéticamente. Pero si ocurrió así, es algo curioso, porque la conjugación normalmente sólo se produce dentro de una especie. Pero el aspecto más sorprendente es que, una vez se formó esa nueva cepa de E. coli, se extendió rápidamente por todo el mundo. Hoy en día existe en un tres por ciento, más o menos, de los intestinos bovinos.

—¿Están enfermas las vacas infectadas? —inquirió Kim.

—No necesariamente —respondió Kathleen—. Aunque puede producir una enfermedad diarreica bovina, por lo general las vacas parecen inmunes a la toxina, al menos a nivel sistémico.

—¡Qué extraño! ¡E irónico! Cuando la biología molecular estaba en pañales, se presagiaba un mundo condenado que asustó a la opinión pública: un investigador conferiría a una bacteria de E. coli la capacidad de fabricar la toxina del botulismo, y luego esa bacteria pasaría a la naturaleza por descuido.

—Es una buena analogía —dijo ella—. Sobre todo teniendo en cuenta que seguramente la naturaleza no creó el E. coli O157:H7 por sí sola, sino con ayuda del hombre.

—¿Cómo?

—Creo que el E. coli O157:H7 ha surgido a causa de las técnicas agrícolas intensivas utilizadas hoy en día. La necesidad de proteínas baratas para alimentar a los animales ha dado como resultado soluciones ingeniosas, pero también repugnantes. A las vacas se les da a comer animales muertos, aunque sean también vacas. Incluso se utiliza ampliamente el estiércol de gallinas.

—¡No habla en serio! —exclamó Kim.

—Ojalá. Y para colmo, a los animales se les dan también antibióticos, lo que crea en sus intestinos un caldo de cultivo para nuevas cepas. De hecho, el E. coli O157:H7 se creó cuando el ADN de la toxina de la shigella se transfirió con el ADN necesario para crear una resistencia a los antibióticos.

Kim meneó la cabeza con incredulidad. La información que estaba recibiendo era de enorme interés, pero luego, de repente, recordó que de lo que se trataba era del estado de Becky, e instantáneamente olvidó todo lo demás.

—En resumidas cuentas, la causa de la enfermedad es la materia fecal bovina, sobre todo en la carne picada —dijo, recuperando la vehemencia y la inquietud previas.

—Se podría decir así.

—Entonces ya sé dónde enfermó Becky —dijo Kim con tono airado—. El viernes por la noche tomó una hamburguesa medio cruda en el restaurante de Onion Ring.

—Sería consecuente —dijo Kathleen—. Aunque el período de incubación del E. coli O157:H7 suele ser más largo, a veces llega hasta una semana.

La puerta del cuarto se abrió, sobresaltándolos a los dos. Una enfermera se asomó con el rostro encendido.

—¡Doctora Morgan! ¡Hay una emergencia con Rebecca Reggis!

Kim y Kathleen salieron del cuarto a toda prisa y corrieron por el pasillo hacia la habitación de Becky.

9

Miércoles 21 de enero, por la tarde

Cuando Kim entró en la habitación, había una enfermera a cada lado de la cama de su hija; una le tomaba la tensión arterial y la otra la temperatura. Becky gemía y se retorcía de dolor, pálida como un fantasma. Tracy estaba con la espalda apoyada contra la pared y una mano tapándose la boca, tan pálida como Becky.

—¿Qué ocurre? —preguntó él.

Kathleen entró en la habitación.

—No lo sé —se lamentó Tracy—. Becky y yo estábamos hablando cuando de repente soltó un grito. Dijo que sentía un dolor terrible en el estómago y el hombro izquierdo. Luego tuvo una convulsión.

La enfermera que tomaba la tensión dijo que estaba a nueve y medio y seis.

Kathleen se acercó al lado izquierdo de la cama y tomó el pulso a Becky.

—¿Han llamado a la doctora Stevens? —preguntó.

—Sí, inmediatamente —contestó una enfermera.

—Está a cuarenta de fiebre —dijo la otra con consternación. Se llamaba Lorraine Phillips; y su colega, Stephanie Gragoudos.

Kim apartó a Lorraine de un codazo, desquiciado al ver sufrir a Becky.

—Cariño, ¿qué tienes? —preguntó.

—Me duele el estómago... —consiguió decir ella entre gemidos—. Me duele mucho... ¡Papá, por favor!

Él apartó la manta y se sorprendió al ver la mancha púrpura de una hemorragia subcutánea en el pecho. Miró a Kathleen.

—¿Ha visto esta mancha púrpura? —preguntó.

—Sí, la he visto antes.

—Anoche no la tenía —dijo Kim, y volvió a mirar a Becky—. Dile a papá dónde te duele.

La niña señaló la parte inferior del abdomen levemente a la derecha de la línea media, poniendo cuidado en no tocarse.

Kim colocó suavemente la punta de los dedos índice, corazón y anular sobre el sitio señalado, y oprimió apenas lo suficiente para hundir la piel. Becky se retorció de dolor.

—No me toques, papá, por favor... —suplicó.

Kim apartó la mano rápidamente. Becky abrió los ojos de repente y un aullido de dolor escapó de sus labios resecos. Aquél era un síntoma que Kim hubiera preferido no descubrir. Se llamaba descompresión positiva o dolorosa, y era una indicación clara de peritonitis, la inflamación del revestimiento de la cavidad abdominal. Sólo había una cosa que pudiera causar semejante catástrofe. Kim se irguió.

—Tiene el abdomen agudo —dijo—. ¡Se le ha perforado!

Sin un momento de vacilación, se precipitó hasta la cabecera de la cama y soltó el seguro de las ruedas.

—¡Soltad el seguro de las otras ruedas! —ordenó—. Usaremos la cama para llevarla. Tenemos que operarla ahora mismo.

—Deberíamos esperar a la doctora Stevens —dijo

Kathleen con serenidad, haciendo señas a Stephanie de que se apartara del pie de la cama. Luego se colocó junto a Kim.

—Al cuerno con la doctora Stevens —espetó Kim—. Esto es una emergencia quirúrgica. No podemos seguir impasibles. Hemos de actuar.

Kathleen puso la mano sobre el brazo de Kim, haciendo caso omiso de su mirada salvaje.

—Doctor Reggis, no es usted quien lleva el caso. Tiene que tranquilizarse...

Trastornado, Kim percibía a Kathleen como un obstáculo, no como una colega. Decidido a llevar a Becky al quirófano cuanto antes, literalmente barrió a la doctora. Dada su fuerza y la menuda estatura de ésta, la arrojó contra la mesita que había junto a la cama.

Kathleen se agarró a la mesita para no caer, pero sólo consiguió tirar al suelo todo lo que había encima de ella: la jarra de agua, el vaso, el jarrón y el termómetro se estrellaron a sus pies.

Stephanie salió corriendo al pasillo, pidiendo auxilio a gritos, mientras Lorraine intentaba sujetar la cama en su sitio. Pese a que dos de las ruedas seguían bloqueadas, Kim había conseguido arrastrar la cama hacia la puerta.

Tracy se recobró de la sorpresa inicial y tiró de uno de los brazos de Kim para que soltara la cama.

—Kim, basta —dijo entre sollozos—. ¡Por favor!

Llegaron más enfermeras, entre ellas la supervisora, y también un fornido enfermero. Todos convergieron en Kim, que en un principio siguió decidido a empujar la cama hasta el pasillo. Incluso Kathleen se levantó del suelo para echar una mano. Finalmente vencido, Kim soltó la cama, a su pesar, y gritó a voz en cuello que cualquiera que no supiera ver que el estado de Becky era una urgencia quirúrgica era un incompetente.

—¿Cómo me harán dormir? —preguntó Becky con voz ya somnolienta.

—Te pondrán una medicina en el suero —contestó Kim—. No te preocupes, no notarás nada. De repente estarás despierta y te encontrarás mucho mejor.

Becky se hallaba en una camilla en la zona de anestesia de los quirófanos con un gorro en la cabeza. Le habían dado un calmante, por lo que el dolor y las molestias se habían reducido, pero le daba miedo ser operada.

Kim estaba de pie junto a la camilla en medio de un grupo de camillas con pacientes que aguardaban ser operados. Llevaba pijama de quirófano con gorro y plásticos en los zapatos. Se había serenado tras la escena en la habitación de Becky, una hora y media atrás, y se había disculpado ante Kathleen. Ella replicó que lo comprendía. Claire había llegado poco después y había solicitado una consulta de cirugía de emergencia.

—¿Me pondré bien, papá? —preguntó Becky.

—¿De qué estás hablando? —dijo Kim, intentando que pareciera una pregunta ridícula—. Por supuesto que sí. Lo único que van a hacer es abrirte como una cremallera, remendar el agujerito y eso será todo.

—A lo mejor esto es un castigo por no presentarme a los campeonatos nacionales —dijo Becky—. Ahora siento no haberlo hecho. Tú querías que lo hiciera.

Kim sintió un nudo en la garganta a causa de las lágrimas que pugnaban por aflorar. Desvió la mirada un momento para recobrar la compostura y pensar en una réplica. Le resultaba difícil hablarle a su hija del destino cuando él mismo aún no había hallado una explicación. Apenas hacía unos días Becky era la personificación de la energía juvenil, y ahora se hallaba al borde del abismo. ¿Por qué?, se preguntaba Kim.

—Le diré a mamá que me traiga la solicitud —añadió Becky.

—No te preocupes por los campeonatos —dijo Kim—. No me importan. Sólo me importas tú.

—Muy bien, Becky —dijo con animada voz—. Ha llegado el momento de arreglarte.

Kim alzó la cabeza. Jane Flanagan, la anestesista, y James O'Donnel, el cirujano gastrointestinal, habían salido de la zona de quirófanos y se dirigían hacia la camilla. Jane se acercó a la cabecera y soltó los seguros de las ruedas.

Becky aferró la mano de su padre con sorprendente fuerza teniendo en cuenta la cantidad de medicamentos que le habían dado antes de operarla.

—¿Me dolerá? —preguntó.

—No con Jane cuidándose de ti —le aseguró James alegremente—. Es mejor que una nana.

—Incluso te pediré un bonito sueño —bromeó Jane.

Kim conocía y admiraba a ambos profesionales. Había trabajado con Jane en numerosos casos y había colaborado con James en múltiples comités hospitalarios. James había trabajado en el Samaritan con Kim y tenía fama de ser el mejor cirujano gastrointestinal de la ciudad. Kim se sintió aliviado cuando él accedió a posponer sus compromisos de esa tarde para operar a Becky.

James cogió la camilla de Becky por el pie y caminó hacia atrás, guiada por James, dirigiéndose hacia las puertas de batiente que conducían al pasillo de los quirófanos.

Kim anduvo junto a la camilla; Becky seguía sujetándole la mano. Jane abrió las puertas con el trasero. Cuando la camilla se deslizó hacia dentro, James aferró a Kim por el brazo para impedirle que continuara. Las puertas se cerraron tras Jane y la camilla.

Kim miró la mano que lo sujetaba y luego a los ojos de James, que no era tan alto como él, pero sí más corpulento, y con pecas en la nariz.

—¿Qué coño haces? —inquirió Kim—. Suéltame el brazo, James.

—He oído lo que ha pasado abajo. Creo que es mejor que no entres en el quirófano.

—Pero yo quiero entrar.

—Ya, pero no vas a hacerlo.

—Y una mierda —dijo Kim—. Es mi hija, mi única hija.

—Por eso mismo —dijo James—. Te quedas fuera, en el relax, o no la opero. Así de sencillo.

Kim enrojeció. Sintió pánico de ser arrinconado y confundido y de no saber qué hacer. Necesitaba desesperadamente que James hiciera la operación, pero le aterrorizaba que lo separaran de Becky.

—Tienes que decidirte —insistió James—. Cuando más tiempo tardes, peor para Becky.

Kim se desasió airadamente y, sin una palabra más, se alejó a grandes zancadas en dirección al vestuario de cirugía.

No miró a los que se hallaban en el relax cuando pasó por allí, estaba demasiado alterado, pero él no pasó desapercibido.

Una vez en el vestuario, se dirigió al lavamanos y lo llenó de agua fría, que se echó repetidamente en la cara antes de mirarse en el espejo. Por encima del hombro vio el rostro cansado de Forrester Biddle.

—Quiero hablar con usted —dijo Forrester con su voz cortante.

—Hable —dijo Kim. Cogió una toalla y se secó la cara con energía sin darse la vuelta.

—Después de haberle implorado que no divulgue sus opiniones a los medios de comunicación, me asombró oír de nuevo a Kelly Anderson repitiendo sus declaraciones en las noticias de las once.

Kim soltó una amarga carcajada.

—Eso es muy curioso, considerando que yo me negué a hablar con ella.

—Dijo que usted tenía la impresión de que Ameri-

Care había cerrado las urgencias del Samaritan para reducir costes y aumentar beneficios, obligando a todos a usar las sobrecargadas urgencias del University Medical Center.

—No fui yo quien lo dijo. Fue ella.

—Pues según ella lo dijo usted —insistió Forrester.

—Curiosa situación —dijo Kim con tono despreocupado. A causa de su agitado ánimo, obtenía un placer perverso en provocar la ira farisaica de Forrester. En consecuencia, no estaba dispuesto a defenderse a sí mismo, aunque aquel incidente reforzó su decisión de no volver a hablar con la periodista nunca más.

—Se lo advierto una vez más —anunció Forrester—. Ni la administración ni yo estamos dispuestos a tolerar más salidas de tono.

—Bien. Considéreme advertido.

Por un momento, Forrester apretó la mandíbula hasta convertir su boca en una línea siniestra.

—A veces resulta usted exasperante —dijo—. Le recuerdo que sólo porque dirigiera un departamento en el Samaritan, no debe esperar que se le dé un trato especial aquí.

—Eso es evidente —repuso Kim. Arrojó la toalla al cesto y salió sin siquiera mirar a Forrester.

Usó una de las cabinas para telefonear a Ginger, a fin de evitar a Forrester, y le dijo que no volvería al consultorio. Ella replicó que ya lo había supuesto y que había despedido a todos los pacientes.

—¿Se han enfadado? —preguntó Kim.

—¿Lo preguntas en serio? Pues claro que sí, pero lo comprendieron cuando les dije que era una emergencia. Espero que no te importe que haya mencionado a tu hija. Sabía que les ablandaría.

—Descuida —dijo Kim, aunque le molestaba que su vida privada se mezclara con su vida profesional.

—¿Cómo está Becky? —preguntó Ginger.

Kim le explicó lo ocurrido y que estaban operándola en aquel mismo instante.

—Lo siento de verdad. ¿Puedo hacer algo?

—No se me ocurre nada —dijo Kim.

—Llámame. Estaré en casa después del aeróbic.

—Bien —dijo Kim, y colgó.

No podía sentarse a esperar mientras operaban a Becky, de modo que fue a la biblioteca del hospital. Tenía mucho que leer acerca del E. coli O157:H7 y el síndrome hemolítico urémico.

Kim consultó su reloj. Era casi la medianoche. Miró de nuevo a Becky y se estremeció. La imagen de su hija estaba distorsionada por un delgado tubo de plástico que le salía por una de las ventanas de la nariz y estaba conectado a un aparato de succión suave. Los oscuros cabellos de Becky enmarcaban con sus suaves ondas el rostro pálido y angelical. Tracy se había pasado casi una hora peinándolo. A Becky siempre le había gustado y con ello su madre había conseguido que se durmiera y fuera en aquel momento la viva imagen de la tranquilidad.

Kim se hallaba de pie junto a la cama. El suave resplandor de la luz de emergencia inundaba la habitación, igual que en su visita temprana de la mañana. Kim estaba agotado, tanto física como mentalmente.

Tracy estaba en el otro lado de la cama, recostada en una de las dos sillas tapizadas de vinilo de la habitación. Tenía los ojos cerrados, pero Kim sabía que no estaba dormida.

La puerta se abrió con sigilo para dar paso a Janet Emery, la corpulenta enfermera del turno de noche. Sus rubios cabellos permanentados brillaron a la tenue luz. Se acercó al lado de la cama opuesto a Kim. Las suelas de sus zapatos eran tan blandas que sus pasos no se oían. Valiéndose de una pequeña linterna, tomó la tensión, el pulso y la temperatura a la niña. Becky se agitó, pero inmediatamente volvió a caer en un profundo sueño.

—Todo está normal —dijo Janet en voz baja.

Kim asintió.

—Quizá deberían irse a casa —añadió Janet—. Yo cuidaré a su pequeño ángel.

—Gracias, pero prefiero quedarme —dijo Kim.

—Les iría bien descansar un poco —insistió la enfermera—. Ha sido un día muy largo.

—Usted limítese a su trabajo —gruñó Kim.

—No lo dude —dijo Janet alegremente. Se dirigió a la puerta y desapareció en silencio.

Tracy abrió los ojos. Kim fue lo primero que vio. Su ex marido tenía un aspecto deplorable, desaliñado y con barba incipiente. La luz de emergencia del suelo acentuaba el demacrado contorno de sus mejillas y hacía que sus ojos parecieran dos negras cuencas.

—Kim —susurró Tracy—. ¿Es que no puedes controlarte? No ayudas a nadie estando así, ni siquiera a ti mismo.

No hubo respuesta, Kim parecía una estatua que representara la angustia y la desesperación. Ella suspiró y estiró las piernas.

—¿Qué tal está Becky?

—Resiste —contestó Kim—. Al menos la operación ha solventado la crisis inmediata.

La operación había sido rápida. De hecho, según había informado James a Kim, lo que más había tardado era la laboriosa irrigación del abdomen para reducir al mínimo la posibilidad de infección. Tras la operación, Becky había pasado un corto intervalo en la sala de reanimación antes de ser llevada de vuelta a su planta. Kim había vuelto a pedir que la trasladaran a la UCI, pero de nuevo se lo habían denegado.

—Repíteme lo de la colostomía[1] —pidió Tracy—. ¿Dices que podrán cerrarla en un par de semanas?

—Algo así —respondió Kim con tono cansino—. Si todo va bien.

—Ha sido todo un trauma para Becky —dijo ella—. Como el tubo de la nariz. Todo esto le está resultando muy difícil de aceptar. Lo peor es que se siente traicionada porque nadie le había dicho que estas cosas podían ocurrir.

—No ha podido evitarse.

Kim retrocedió y se dejó caer en una silla similar a la de Tracy. Apoyando los codos en los duros brazos de madera, hundió la cara entre las manos.

Tracy sólo veía la coronilla de su ex marido. Kim no se movió. La estatua de la angustia y la desesperación había adoptado una pose aún más expresiva. El desaliento de él le hizo pensar en aquella situación desde su punto de vista. Basándose en su experiencia como asistenta social, Tracy podía imaginar su angustia, teniendo en cuenta, no sólo que era cirujano, sino también por su narcisismo. De repente, toda la ira que sentía hacia él se diluyó.

—Kim —dijo—, deberías irte a casa. Necesitas descansar y tomar cierta distancia. Además, mañana tienes pacientes que visitar. Yo puedo quedarme. Sólo perdería unas clases.

—No podría dormir aunque me fuera a casa —dijo él sin levantar el rostro—. Ahora sé demasiado.

Durante todo el tiempo que Becky había permanecido en el quirófano, Kim había investigado sobre el síndrome hemolítico urémico en la biblioteca del hospital, y le había resultado espantosamente abrumador. Todo lo que Kathleen afirmaba era cierto. Aquel sín-

1. Creación mediante cirugía de un orificio excretorio artificial desde el colon. (N. de la T.)

drome podía convertirse en una horrible enfermedad, y la única esperanza era que Becky no lo tuviese. Pero todo apuntaba en la dirección contraria.

—¿Sabes?, empiezo a comprender lo difícil que es todo esto para ti, por encima de tu profesión de médico —dijo Tracy.

Kim alzó el rostro para mirarla.

—No me vengas con el rollo condescendiente y tus chorradas psicológicas. ¡Ahora no!

—Llámalo como quieras. Pero seguramente ésta es la primera vez en tu vida que te enfrentas con un problema grave que ni tu fuerza ni tu experiencia pueden cambiar. Creo que eso debe hacerlo especialmente difícil para ti.

—Claro, y supongo que a ti no te afecta en absoluto.

—Muy al contrario —dijo Tracy—. Me afecta muchísimo, pero para ti es diferente. Creo que no has de enfrentarte sólo con el estado de Becky, como yo. Te ves obligado a aceptar límites y restricciones que te impiden ayudar a Becky, y eso te está destruyendo.

10

Jueves 22 de enero

Finalmente, Kim se fue a casa, pero tenía razón al decir que no podría dormir, y el poco rato que durmió no le sirvió de nada, pues estuvo plagado de sueños inquietantes. Algunos de ellos resultaron incomprensibles; en ellos se veía ridiculizado en unos exámenes de la universidad. Pero la pesadilla más horrible concernía a Becky: su hija caía de un malecón al mar encrespado, y aunque él estaba también en el malecón, no podía alcanzarla por mucho que lo intentara. Se despertó bañado en sudor.

Pese al poco descanso obtenido, estar en casa le dio la oportunidad de ducharse y afeitarse. Su aspecto había mejorado cuando volvió al coche poco después de las cinco de la mañana. Condujo por calles desiertas que una capa de nieve hacía resbaladizas.

En el hospital, encontró a Becky tal como la había dejado: engañosamente tranquila en su profundo sueño. Tracy también se había dormido, acurrucada en la silla de vinilo y cubierta por una manta del hospital.

En el control de enfermería, Kim encontró a Janet Emery ocupada en anotar datos en los gráficos.

—Siento haber estado grosero anoche —le dijo, y se

sentó en la silla que había junto a ella. Cogió el gráfico de Becky del soporte.

—No lo tomé como algo personal —replicó Janet—. Sé lo que es tener un hijo en el hospital. A mí también me ocurrió con mi hijo.

—¿Cómo ha pasado Becky la noche? ¿Hay algo que debería saber?

—Se ha mantenido estable. Y su temperatura ha seguido normal.

—Gracias a Dios —dijo Kim.

Encontró la nota posoperatoria que había dictado James y que se había incluido en el gráfico durante la noche. La leyó, pero no le reveló nada que no supiera. Luego se dirigió a su despacho y se afanó con la montaña de papeles acumulados, pero no dejaba de mirar el reloj mientras trabajaba. Cuando le pareció que la hora era conveniente, teniendo en cuenta la diferencia horaria con la costa Este, llamó a George Turner por teléfono.

George se mostró extremadamente condolido por la perforación y la operación subsiguiente. Kim le agradeció su preocupación y rápidamente pasó al objeto de su llamada: pedirle opinión sobre qué se debía hacer si se confirmaba el diagnóstico de síndrome hemolítico urémico a consecuencia del E. coli O157:H7. Sobre todo estaba interesado en saber si debía trasladarse a Becky a otro hospital.

—No lo recomiendo —dijo George—. Claire Stevens y Kathleen Morgan forman un excelente equipo. Tienen mucha experiencia con ese síndrome. Seguramente no encontraría a nadie más experimentado.

—¿Ha tenido usted experiencia con ese síndrome? —quiso saber Kim.

—Sólo en una ocasión.

—¿Es tan malo como lo describen? He leído todo lo que he encontrado sobre el tema, incluso en Internet, pero lo cierto es que era bien poco.

—Mi experiencia resultó desconcertante —admitió George.

—¿En qué sentido?

—Era impredecible e implacable. Espero que lo de Becky sea otra cosa.

—¿Puede darme más detalles? —insistió Kim.

—Preferiría no hacerlo. Es un síndrome proteico. Lo más probable es que el caso de Becky no se parezca al mío, aunque se confirme el diagnóstico. Mi caso fue muy deprimente.

Tras unos minutos más de charla, Kim se despidió. Antes de colgar, George pidió que le mantuviera informado sobre la evolución de Becky.

Luego Kim llamó al control de enfermería de la planta de Becky y preguntó por Tracy.

—Se ha despertado —dijo Janet—. La vi cuando fui a la habitación a comprobar los signos vitales de Becky.

—¿Le importaría ir a buscarla para que se ponga al teléfono?

—En absoluto —contestó Janet amablemente.

Mientras esperaba, Kim reflexionó sobre los comentarios de George. No le había gustado oír que el síndrome era «impredecible e implacable» y que el caso de George había sido «deprimente». Tales descripciones le recordaban su pesadilla, haciéndole sudar de nuevo.

—¿Eres tú, Kim? —preguntó Tracy al otro lado del hilo.

Hablaron unos minutos sobre cómo habían pasado las cinco horas previas. Ni uno ni otro habían dormido bien. Luego se centraron en el tema de Becky.

—Parece un poco mejor que anoche —dijo Tracy—. Está más lúcida. Creo que se le han pasado los efectos de la anestesia. Se queja sobre todo del tubo nasogástrico. ¿Cuándo se lo sacarán?

—En cuanto todo su sistema gastrointestinal vuelva a funcionar.

—Esperemos que sea pronto.

—He hablado con George esta mañana.

—¿Qué te ha dicho?

—Que Claire y Kathleen forman un buen equipo, sobre todo si se confirma el síndrome hemolítico urémico. Me ha asegurado que no encontraríamos a nadie mejor.

—Eso me tranquiliza —dijo Tracy.

—Escucha, voy a quedarme aquí. Veré a unos cuantos pacientes, incluyendo a los que se operan mañana. Espero que no te importe.

—En absoluto. De hecho, creo que es una buena idea.

—Es muy duro para mí estar allí sentado de brazos cruzados.

—Lo entiendo perfectamente —le aseguró Tracy—. Haz lo que tengas que hacer. Yo estaré aquí, así que no te preocupes.

—Llámame si se produce algún cambio.

—Por supuesto. Serás el primero en saberlo —prometió Tracy.

Cuando Ginger llegó, poco antes de las nueve, Kim le ordenó que cancelara todas las visitas que pudiera, porque quería volver al hospital por la tarde.

Ginger se interesó por Becky y se quejó de haber sufrido una decepción porque Kim no la había llamado la noche anterior, y ella se había pasado la noche preocupada y sin atreverse a llamar.

Él le contó que Becky estaba mejor después de la operación, que él había vuelto a casa pasada la medianoche y que le había parecido demasiado tarde para llamar.

En un principio, visitar a los pacientes no le resultó fácil en aquellas circunstancias, pero hizo un esfuerzo de concentración y poco a poco dio sus frutos. Al mediodía se encontraba más relajado, pero el corazón le daba un vuelco cada vez que sonaba el teléfono.

No tenía hambre a la hora de comer, y el sándwich que Ginger le llevó permaneció intacto sobre la mesa. Kim prefirió sumirse totalmente en los problemas de sus pacientes, para no tener que pensar en el suyo.

A media tarde, Kim hablaba por teléfono con un cardiólogo de Chicago cuando Ginger asomó la cabeza por la puerta y, sólo por su expresión, él supo que era portadora de malas noticias, así que cubrió el auricular con la mano.

—Ha llamado Tracy por la otra línea —dijo Ginger—. Estaba muy alterada. Me ha dicho que Becky ha empeorado súbitamente y que la han trasladado a la UCI.

El pulso de Kim se aceleró. Rápidamente dio por terminada la conversación con el médico de Chicago y colgó. Cogió la chaqueta y las llaves del coche y corrió hacia la puerta.

—¿Qué hago con el resto de pacientes? —quiso saber Ginger.

—Envíalos a casa.

Kim condujo con temeridad, metiéndose con frecuencia en el arcén para evitar los atascos. Cuanto más se acercaba al hospital, más preocupado estaba. Aunque había intentado que llevaran a Becky a la UCI, ahora que estaba allí sentía espanto. Demasiado bien conocía el empeño de AmeriCare por ahorrar costes para creer que el traslado se debía a una medida preventiva; tenía que haberse producido una emergencia muy grave.

Kim pasó por delante del aparcamiento destinado a los médicos y detuvo el coche en la entrada principal del hospital, se bajó y arrojó las llaves a un sorprendido guardia de seguridad.

Kim se agitó con nerviosismo mientras el ascensor subía lentamente hasta la planta de la UCI. Una vez en el pasillo atestado de visitantes, se movió con toda la rapidez de que fue capaz. Cuando llegó a la sala de espera para familiares, divisó a Tracy, que al verle se levantó y avanzó hacia él para rodearle con los bazos. Por unos instantes Tracy permaneció abrazada a su ex marido. Kim la apartó suavemente y la miró a los ojos, que estaban llenos de lágrimas.

—¿Qué ha ocurrido? —preguntó, temiendo oír la respuesta.

—Está peor —balbució ella—. Mucho peor, y ha sido de repente, igual que la perforación.

—¿Qué ocurrió? —preguntó Kim, alarmado.

—La respiración —dijo Tracy—. De repente no podía respirar.

Kim intentó desasirse, pero ella siguió aferrándose a su chaqueta.

—Kim, prométeme que no perderás los nervios. Tienes que dominarte, por el bien de Becky.

Él se desasió finalmente y salió corriendo.

—¡Espera! —exclamó Tracy, corriendo tras él.

Kim irrumpió en la UCI y se detuvo un momento para recorrer la habitación con la mirada. Casi todas las camas estaban ocupadas por personas gravemente enfermas. Prácticamente junto a todas ellas había enfermeras y se veían hileras de monitores electrónicos que lanzaban pitidos y mostraban los signos vitales.

Donde mayor actividad se registraba era en una de las pequeñas habitaciones que había a un lado. Dentro, un grupo de médicos y enfermeras atendían una situación de emergencia. Kim se dirigió allí y se detuvo en el umbral de la puerta. Vio el respirador y oyó su rítmico sonido.

Judy Carlson, una enfermera a la que conocía, lo vio y lo llamó por su nombre. Todos los que rodeaban la cama de Becky se hicieron a un lado en silencio para que Kim viera a su hija: un largo tubo le salía por la boca y estaba sujeto a la mejilla. Respiraba gracias al respirador.

Kim se acercó a la cama. Becky lo miró aterrorizada. Le habían dado sedantes, pero estaba consciente y tenía los brazos sujetos para evitar que se arrancara el tubo endotraqueal.

Kim sintió una opresión en el pecho. Estaba reviviendo la pesadilla de la noche anterior, sólo que esta vez era real.

—No pasa nada, cachorrito, papá está aquí —dijo, esforzándose por dominar sus emociones y buscando desesperadamente las palabras que pudieran tranquilizarla.

La cogió por el brazo. Ella intentó hablar, pero el tubo de la boca se lo impedía. Kim miró a los presentes, y centró su atención en Claire Stevens.

—¿Qué ha ocurrido? —preguntó.

—Quizá deberíamos hablar fuera —dijo Claire.

Kim asintió. Apretó la mano de su hija y le dijo que volvería enseguida. Becky intentó de nuevo hablar, en vano.

Los médicos salieron de la habitación y formaron un grupo en un lado de la sala de la UCI. Kim se cruzó de brazos para disimular sus temblores.

—Explíquese —pidió.

—Primero deje que haga las presentaciones. Ya conoce a Kathleen Morgan. Éstos son el doctor Arthur Horowitz, nefrólogo, el doctor Walter Ohanesian, hematólogo, y Kevin Blanchard, de terapia respiratoria —dijo, señalando a cada uno de ellos.

Todos inclinaron la cabeza al ser presentados y Kim la inclinó a su vez.

—¿Qué ha pasado? —insistió con impaciencia.

—Tengo que decirle que definitivamente se trata del E. coli O157:H7 —dijo Claire—. Sabremos qué cepa en concreto mañana, después de los análisis mediante electroforesis.

—¿Por qué la han entubado? —preguntó Kim.

—La toxemia ha afectado los pulmones. La gasometría ha empeorado súbitamente.

—También le han fallado los riñones —dijo Arthur—. Hemos iniciado la diálisis peritoneal. —El especialista en riñones era un hombre calvo y con barba.

—¿Por qué no han utilizado la máquina de diálisis? —preguntó Kim—. ¿No es más efectiva?

—La diálisis peritoneal debería ser suficiente —dijo Arthur.

—Pero acaban de operarla de una perforación —insistió Kim.

—Lo hemos tenido en cuenta —le aseguró Arthur—, pero el problema es que AmeriCare sólo dispone de máquinas de diálisis en el hospital Suburban. Tendríamos que trasladarla allí, cosa que desaconsejamos.

—El otro problema es el número de plaquetas —dijo Walter. El especialista en sangre era un hombre mayor de pelo gris que rondaba los setenta—. El número de plaquetas ha descendido hasta tal punto que creemos que deben reemplazarse, pese a los riesgos inherentes. De lo contrario, podríamos encontrarnos con un problema hemorrágico.

—También el hígado está afectado —añadió Claire—. Las enzimas hepáticas han aumentado considerablemente, lo que sugiere que...

El cerebro de Kim se había saturado. Tan atónito estaba que no asimilaba ya la información. Veía hablar a los médicos, pero no los oía. Era de nuevo la pesadilla de Becky debatiéndose en un mar furioso.

Media hora más tarde, Kim entró tambaleándose en la sala de espera. Tracy se levantó en cuanto lo vio con aspecto de hombre destrozado.

Se miraron unos instantes. Ahora era Kim quien lloraba. Tracy extendió los brazos, y los dos se fundieron en un abrazo de miedo y dolor.

11

Viernes 23 de enero

Kim hizo una breve pausa para tomar aire. Echó una ojeada al reloj de la pared alicatada del quirófano. Eran casi las dos de la tarde y aquélla era la última de sus tres operaciones; trabajaba a buen ritmo.

Volvió a fijar la vista en la herida. El corazón se hallaba al descubierto, y Kim procedía a poner al paciente en *bypass* cardiopulmonar. Hecho esto, el corazón podría detenerse y abrirse, momento en que se reemplazaría la válvula dañada.

El siguiente paso era especialmente crítico: la colocación de la cánula de infusión arterial en la aorta para irrigar las arterias coronarias. La solución de cardioplejia se introduciría a través de esa cánula para parar el corazón con su alto contenido en potasio, enfriarlo y alimentarlo durante el proceso. El problema estribaba en que había que contar con la presión arterial.

—Escalpelo —pidió Kim.

La enfermera instrumentista lo colocó en la palma de su mano.

Kim aplicó el afilado instrumento, dirigiéndolo hacia la aorta. El cuchillo le tembló y Kim se preguntó si Tom se había dado cuenta. Hizo un rápido corte en la aorta y luego tapó la incisión con el dedo índice izquierdo. Fue tan rápido que se perdió muy poca sangre, y aun ésta Tom la limpió enseguida.

—Cánula de infusión arterial.

La palma de su mano recibió el instrumento requerido, que Kim introdujo en la herida, colocándolo junto al dedo que ocluía la incisión de la aorta. Deslizando la punta de la cánula bajo el dedo, intentó introducirla en el vaso sanguíneo. Por razones que no acabó de comprender, la cánula no quiso penetrar en la pared del vaso, y la sangre arterial empezó a brotar.

A Kim le entró el pánico, cosa rara en él. Llena de sangre la herida, Kim empujó la cánula con excesiva fuerza y rasgó la aorta, agrandando la incisión. Ahora ésta era demasiado grande para cerrarse en torno a la punta bulbosa de la cánula. La sangre brotaba hasta salpicar la mascarilla de Kim.

Enfrentado a una emergencia, su experiencia evitó que el pánico lo dominara. Rápidamente recobró su aplomo y metió la mano izquierda en la herida. Con un dedo palpó a ciegas hasta hallar el agujero en el vaso y lo taponó, deteniendo parcialmente la efusión de sangre. Tom succionó rápidamente la sangre del campo de operación para permitir a Kim una visión parcial.

—¡Sutura! —pidió Kim.

Recibió un portaagujas con hilo negro de seda. Con destreza, introdujo la punta de la aguja en la pared del vaso varias veces hasta que, al tirar de la sutura, el agujero quedó cerrado.

Tras haber solucionado la emergencia, Kim y Tom se miraron. Éste hizo un gesto con la cabeza y aquél asintió. Para sorpresa del resto del equipo, los dos amigos se apartaron del paciente, apretando las manos enfundadas en guantes esterilizados contra la bata esterilizada.

—Kim, ¿por qué no dejas que termine yo? —susu

rró Tom—. No hago más que devolverte el favor que me hiciste hace un par de semanas cuando yo tenía la gripe. ¿Recuerdas?

—Claro que sí.

—Es comprensible que estés hecho polvo.

En efecto, Kim estaba agotado. Había pasado la mayor parte de la noche en la sala de espera de la UCI con Tracy. Cuando se hizo evidente que el estado de Becky se había estabilizado, Tracy le convenció de que descansara unas horas en una de las habitaciones de los residentes de guardia, y de que realizara las operaciones que tenía previstas, alegando que sus pacientes le necesitaban. Había insistido en que era mejor para él mantenerse ocupado, dado que nada podía hacer por Becky salvo esperar. Pero el argumento que finalmente lo había decidido era que mientras operaba estaría en el hospital, y que siempre podrían llamarle si era necesario.

—¿Cómo lo hacíamos cuando éramos residentes? —preguntó Kim—. Si apenas dormíamos.

—Ventajas de la juventud —dijo Tom—. Ahora ya no somos jóvenes.

—Cuánta razón tienes. —Reflexionó unos instantes. Ceder un paciente a alguien, aunque fuera un excelente cirujano como Tom, no era una decisión fácil para él—. De acuerdo —dijo al fin—. Hazte cargo. Pero te estaré vigilando como un halcón.

—No esperaba menos —bromeó Tom.

Los dos cirujanos volvieron junto a la mesa de operaciones.

—De acuerdo —dijo Tom a los demás—. Vamos a ver si introducimos esa cánula. ¡Escalpelo!

Con Tom dirigiéndola, la operación se desarrolló sin incidentes. Aunque Kim se hallaba a la izquierda del paciente, fue él quien colocó la válvula y dio las suturas iniciales. Tom hizo el resto. Tan pronto el esternón quedó cerrado, Tom sugirió a Kim que se marchara.

—¿No te importa?

—Joder, no. Vete a ver cómo está Becky.

—Gracias. —Kim se alejó de la mesa de operaciones y se quitó los guantes y la bata.

—Jane y yo escribiremos las órdenes posoperatorias —le dijo Tom cuando Kim abría ya la puerta del quirófano—. Si me necesitas, llámame.

—Te lo agradezco —dijo Kim.

Entró en el vestuario de cirugía, donde se puso una larga bata blanca sobre el pijama de quirófano. Estaba impaciente por llegar a la UCI y no quería perder tiempo en cambiarse de ropa. Había estado en la UCI antes de iniciar cada una de sus operaciones, y había comprobado que Becky experimentaba cierta mejoría y que se hablaba de quitarle el respirador, pero no había abrigado demasiadas esperanzas, sabiendo que su hija había estado conectada menos de veinticuatro horas.

Antes de iniciar su primera operación, Kim encontró tiempo incluso para volver a llamar a George y preguntarle si se le ocurría algo más que pudieran hacer por Becky. George no pudo darle ninguna otra solución, salvo la plasmaféresis, que él, personalmente, desaconsejaba.

Kim había leído sobre la plasmaféresis mientras buscaba información sobre la toxemia por E. coli O157:H7 en la biblioteca del hospital. Se trataba de reemplazar el plasma del enfermo por plasma congelado. Era un controvertido tratamiento experimental que comportaba un alto riesgo de contagio del sida, dado que el plasma procedía de cientos de donantes diferentes.

Las puertas del ascensor se abrieron y Kim observó con consternación que en su interior había un grupo del personal del hospital que lo abandonaban alegremente al final del turno de día. Sabía que era irracional por su parte, pero no podía evitar que su alegre cháchara le molestara.

Al llegar a su planta, Kim salió del ascensor y enfiló el pasillo. Cuanto más se acercaba a la UCI, más nervioso se sentía. Tenía casi una premonición. Se asomó a la sala de espera para ver si Tracy seguía allí. Su ex mujer le había dicho que iría a casa a ducharse y cambiarse de ropa. La vio sentada en una silla junto a la ventana. Ella lo vio prácticamente al mismo tiempo y se levantó para reunirse con él. Kim se dio cuenta de que había estado llorando.

—¿Qué pasa ahora? —preguntó él, angustiado—. ¿Ha habido algún cambio?

Tracy fue incapaz de articular palabra. La pregunta de Kim hizo aflorar de nuevo las lágrimas, que tuvo que contener.

—Está peor —consiguió decir al fin—. La doctora Stevens dice que se han precipitado los síntomas de un fallo multiorgánico. No he entendido muy bien su jerga médica, pero sí que debíamos prepararnos. ¡Creo que quería decir que Becky se va a morir!

—¡Becky no va a morir! —repuso Kim con ciega vehemencia—. ¿Qué le hace pensar eso?

—Becky ha tenido un ataque. Creen que ha entrado en coma.

Kim cerró los ojos. La idea de que su hija de diez años hubiera tenido un ataque parecía inverosímil. Sin embargo, era plenamente consciente de que su evolución clínica había seguido una trayectoria descendente desde el principio, y no podía sorprenderle que tal vez hubiera llegado a un punto sin retorno.

Dejando a Tracy en la sala de espera, cruzó el pasillo y entró en la UCI. Al igual que la tarde del día anterior, un grupo de médicos ocupaba la pequeña habitación de Becky. Kim se abrió paso. Vio un rostro nuevo, el del neurólogo Sidney Hampton.

—Doctor Reggis —dijo Claire, pero éste no le hizo el menor caso.

Se adelantó hasta la cama y miró a su hija. Becky era una lamentable sombra de sí misma, perdida entre tubos, cables y equipos de alta tecnología. Las pantallas de cristal líquido y de los monitores ofrecían su información en forma de lecturas digitales y gráficas.

Becky tenía los ojos cerrados y su piel era de un tono translúcido y azulado.

—Becky, soy yo, papá —susurró a su oído, y observó su rostro imperturbable. La niña no dio muestras de haberle oído.

—Por desgracia no responde a ningún estímulo —dijo Claire.

—¿Cree que ha tenido un ataque? —preguntó Kim irguiéndose y respirando entrecortadamente.

—Así es, según todos los indicios —dijo Sidney.

Kim tuvo que hacer un esfuerzo por recordar que no debía culpar del mensaje al mensajero.

—El problema básico consiste en que la toxina parece destruir las plaquetas tan pronto como se las suministramos —dijo Walter.

—Es cierto —dijo Sidney—. No hay modo de saber si ha sido una hemorragia intracraneal o una embolia de plaquetas.

—O una combinación de ambas —sugirió Walter.

—Es una posibilidad —admitió Sidney.

—Sea como sea —añadió Walter—, la rápida destrucción de las plaquetas debe de estar formando un sedimento en su microcirculación. Se está desencadenando el fallo multiorgánico que tanto temíamos.

—Se está produciendo una disfunción de los riñones y del hígado —dijo Arthur—. La diálisis peritoneal no funciona.

Kim tuvo que contener la ira ante toda aquella dialéctica autocomplaciente, que desde luego en nada ayudaba a su hija. Intentó mantener fría la cabeza.

—Si la diálisis peritoneal no funciona —dijo con voz

engañosamente serena—, tal vez deberíamos trasladarla al hospital Suburban y meterla en una máquina de diálisis.

—Eso está descartado —dijo Claire—. Su estado es demasiado crítico para ser trasladada.

—Bueno, pero debemos hacer algo —replicó Kim, dejando que su ira aflorara.

—Estamos haciendo todo lo posible —dijo Claire—. Estamos sosteniendo activamente la función respiratoria y renal, y reemplazando sus plaquetas.

—¿Qué me dice de la plasmaféresis? —preguntó Kim.

Claire miró a Walter.

—AmeriCare es reacia a autorizar ese tratamiento —dijo Walter.

—A la mierda con AmeriCare —espetó Kim—. Si existe la menor posibilidad de que pueda servir, utilicémoslo.

—Un momento, doctor Reggis —dijo Walter, y se movió con gesto nervioso. Era evidente que se sentía incómodo con aquel asunto—. Este hospital pertenece a AmeriCare. No podemos saltarnos sus reglas. La plasmaféresis es un tratamiento experimental y muy caro. Si no fuera usted médico, ni siquiera se habría mencionado.

—¿Qué debe hacerse para que lo autoricen? —preguntó Kim—. Lo pagaré de mi bolsillo.

—Tendría que llamar al doctor Norman Shapiro —dijo Walter—. Es el presidente de la Junta de Revisión de AmeriCare.

—¡Pues llámale! —bramó Kim—. ¡Ahora mismo!

Walter miró a Claire, que se encogió de hombros.

—Supongo que una llamada no hará ningún mal.

—Por mí, de acuerdo —dijo Walter, y abandonó el grupo para ir a telefonear desde el control de enfermería de la UCI.

—Doctor Reggis, la plasmaféresis es un clavo ardiente —dijo Claire—. Creo que es justo decirles a usted y a su ex mujer que deberían prepararse para lo peor.

Kim se puso furioso. No se hallaba en disposición de «prepararse», como sugería Claire eufemísticamente. Lo que quería era descubrir a los responsables del estado de su hija, y en aquel momento sus blancos más cercanos eran los propios médicos que la atendían.

—Entiende lo que le digo, ¿verdad? —preguntó Claire.

Kim no respondió. En un súbito instante de clarividencia, comprendió lo absurdo de culpar a los médicos por el estado de Becky, sobre todo porque él sabía quiénes eran los auténticos culpables.

Sin mediar palabra, salió de la UCI apresuradamente. Estaba fuera de sí por la cólera, la frustración y una humillante sensación de impotencia. Tracy se hallaba aún en la sala de espera. Observó la precipitada salida de Kim y supo que estaba furioso. Al ver que pasaba por delante de la sala de espera sin dirigirle una mirada, corrió para alcanzarlo, temerosa de lo que pudiera hacer.

—¡Kim, para! ¿Adónde vas? —preguntó, tirándole de la manga.

—Déjame —contestó él, desasiéndose.

—¿Adónde vas?

Tracy tuvo que correr para seguir el paso decidido de Kim, cuya expresión la asustó. Por un momento olvidó su propio dolor.

—Tengo algo que hacer —dijo Kim—. No puedo quedarme aquí sentado, retorciéndome las manos. No puedo ayudar a Becky como médico, pero voy a descubrir cómo enfermó.

—¿Y cómo lo vas a hacer? Kim, tienes que calmarte.

—Kathleen me dijo que el E. coli se produce principalmente a causa de carne picada en mal estado.

—Todo el mundo lo sabe —dijo Tracy.

—Pues yo no lo sabía. ¿Recuerdas cuando te dije que hace una semana la llevé al Onion Ring de la Prairie Highway? Tomó una hamburguesa, y estaba medio cruda. Ahí tuvo que ser.

—¿Me estás diciendo que te vas al Onion Ring ahora? —exclamó Tracy con incredulidad.

—Evidentemente. Si fue allí donde Becky enfermó, allí es donde debo ir.

—Ahora no tiene importancia dónde enfermara —dijo Tracy—. Lo que importa es que está enferma. Podemos preocuparnos por el cómo y el porqué en otro momento.

—Puede que a ti no te importe, pero a mí sí.

—Kim, has perdido los papeles. ¿No podrías pensar en alguien que no seas tú mismo por una vez en la vida?

—¿Qué coño quieres decir? —replicó él, enfureciéndose aún más.

—Todo eso lo haces por ti, no por Becky. Lo haces por tu ego de médico.

—No me jodas. No estoy de humor para tus tonterías psicológicas. ¡Ahora no!

—No ayudas a nadie huyendo de esta manera —dijo Tracy—. Eres una amenaza incluso para ti mismo. Si tienes que irte, al menos espera a tranquilizarte.

—Me voy con la esperanza de que eso me tranquilice —dijo Kim—, y quizá me dé incluso un poco de satisfacción.

El ascensor llegó y él entró.

—Pero si ni siquiera te has quitado la ropa del hospital —dijo Tracy, buscando algo que lo retrasara por su propio bien.

—Me voy —dijo Kim—. Ahora mismo. ¡Y nadie va a detenerme!

Giró hacia el aparcamiento del Onion Ring con velocidad excesiva y dio contra el bordillo del sendero de entrada. Se oyó un ruido sordo y el coche se estremeció. A Kim le dio igual. Aparcó en el primer sitio que encontró.

Tras poner el freno de mano paró el motor, permaneció sentado unos instantes y contempló el restaurante a través del parabrisas. Estaba tan atestado como la semana anterior.

El recorrido desde el hospital había apaciguado su ira, pero no su resolución. Pensó en lo que haría una vez dentro y luego salió del coche. Al traspasar la entrada principal, vio que las colas en las cajas llegaban casi hasta la puerta. No estaba dispuesto a esperar, de modo que se abrió paso hacia las cajas. Algunos clientes se quejaron. Kim no les hizo caso.

Una vez junto al mostrador, consiguió llamar la atención de una de las cajeras, cuya identificación rezaba: «Hola, soy Debbie.» Se trataba de una adolescente anodina con el pelo teñido de rubio y un leve acné. Sus facciones tenían una expresión de absoluto aburrimiento.

—Perdona —dijo Kim, esforzándose por parecer tranquilo, aunque era obvio que no lo estaba—. Quisiera hablar con el encargado.

—Tiene que esperar en la cola para pedir —dijo Debbie. Lo miró brevemente, completamente insensible a su estado de ánimo.

—No quiero pedir nada—dijo él con lentitud—. Quiero hablar con el encargado.

—Ahora está muy ocupado —dijo Debbie. Volvió su atención hacia el primero de la cola y le pidió que repitiera su pedido.

Kim golpeó el mostrador con tanta violencia que hizo caer varios servilleteros al suelo. Fue como un disparo. En un instante el restaurante entero se quedó en silencio como la imagen fija de una película. Debbie palideció.

—No quiero repetirlo —dijo Kim—. Quiero ver al gerente.

Un hombre se acercó desde su posición en la isla central que había tras la hilera de cajas registradoras. Vestía el uniforme en dos tonos del Onion Ring y su identificación decía: «Hola, soy Roger.»

—Yo soy el encargado —dijo, moviendo la cabeza con nerviosismo—. ¿Cuál es el problema?

—Se trata de mi hija. Resulta que en este momento está en coma, debatiéndose entre la vida y la muerte, y todo por comer una hamburguesa aquí, hace una semana.

Kim hablaba lo bastante alto como para hacerse oír en todo el restaurante. Los comensales miraron sus hamburguesas con recelo.

—Siento lo de su hija —dijo Roger—, pero es imposible que se pusiera enferma aquí, y menos aún por culpa de nuestras hamburguesas.

—Éste es el único sitio donde comió carne picada —insistió Kim—. Y está enferma de E. coli, y eso procede de las hamburguesas.

—Bueno, lo siento mucho —dijo Roger con tono comprensivo—, pero nuestras hamburguesas se hacen muy hechas y tenemos reglas estrictas sobre la higiene. El departamento de sanidad nos inspecciona regularmente.

Tan bruscamente como se había quedado en silencio, el restaurante volvió a su alto nivel de ruido de fondo. Las conversaciones se reanudaron como si colectivamente hubieran decidido que el problema de Kim no les atañía en absoluto.

—Su hamburguesa no estaba muy hecha —explicó él—. Estaba cruda.

—Imposible —arguyó Roger poniendo los ojos en blanco.

—Lo vi con mis propios ojos. Estaba roja en el centro. Lo que quiero saber...

—No pudo ser roja —le interrumpió Roger, con un ademán—. Es imposible. Ahora, si me perdona, tengo que volver a mi trabajo.

Kim reaccionó lanzando la mano para aferrar a Roger por la camisa. Tiró del sobresaltado joven por encima del mostrador hasta que sus rostros quedaron a unos centímetros. El del chico empezó a volverse púrpura. La férrea presa de Kim le impedía el flujo sanguíneo por el cuello.

—Sería más apropiado que mostraran un poco más de remordimientos —gruñó Kim—, en lugar de negar los hechos sin conocerlos.

Roger farfulló algo ininteligible mientras intentaba soltar la mano que lo atenazaba. Kim le dio un fuerte empujón, haciéndole caer al suelo. Las cajeras, el resto del personal de cocina y la gente que aguardaba en la cola lo miraron con incredulidad, paralizados por el asombro.

Kim rodeó el mostrador con la intención de hablar personalmente con el cocinero.

Roger se puso en pie con dificultad y, al verlo entrar en la zona de la cocina, intentó detenerle.

—No puede entrar aquí —dijo valientemente—. Sólo se permite a los empleados...

Kim no le dio tiempo para acabar. Se limitó a apartarlo de su camino, lanzándolo contra el mostrador. La colisión desplazó una máquina de plástico de zumos que cayó al suelo. Los que estaban más cerca saltaron para apartarse. El restaurante volvió a quedar en silencio. Unos cuantos clientes salieron a toda prisa, llevándose la comida.

—¡Llamad a la policía! —exclamó Roger.

Kim siguió avanzando hacia la zona de cocina para enfrentarse con Paul. Al ver el rostro curtido del cocinero y su brazo tatuado, Kim empezó a sospechar de la higiene personal de aquel hombre.

Como todos los demás en la cocina, Paul no se había movido desde que Kim había golpeado el mostrador. Algunas de las hamburguesas que tenía en la parrilla humeaban.

—Mi hija comió una hamburguesa cruda hace una semana —gruñó Kim—. Quiero saber cómo pudo ocurrir.

Roger se acercó por detrás y le tocó el hombro.

—Será mejor que se vaya —dijo. Kim giró en redondo. Estaba harto del maldito encargado. Roger retrocedió prudentemente, alzando las palmas de las manos—. De acuerdo, de acuerdo.

—¿Alguna idea? —preguntó Kim, volviéndose hacia Paul.

—No —contestó el cocinero. Había visto a hombres que enloquecían en las plataformas petrolíferas, y la mirada de Kim se lo recordaba.

—Vamos. Usted es el cocinero. Ha de tener alguna idea.

—Como ha dicho Roger —afirmó Paul—, no podía estar cruda. Yo sirvo las hamburguesas muy hechas. Es la política de la empresa.

—Estáis empezando a cabrearme. Le digo que estaba cruda. No me lo han dicho otros. Yo estaba aquí con mi hija y lo vi personalmente.

—Pero si incluso cronometro el tiempo que están en la parrilla —dijo Paul, señalando con la espátula las hamburguesas que se estaban haciendo.

Kim cogió una de las seis hamburguesas ya hechas que había sobre el estante encima de la parrilla para que Roger las distribuyera en las bandejas de los clientes. Kim partió la hamburguesa y examinó el interior. Estaba muy hecha. Repitió la operación tres veces más, dejando caer las hamburguesas rotas en las bandejas.

—¿Lo ve? —dijo Roger—. Están muy hechas. Ahora, si hace el favor de salir de la cocina, hablaremos de esto con más calma.

—Las cocinamos a una temperatura interior más alta incluso que la propuesta por la Administración de Drogas y Alimentación —dijo Paul.

—¿Cómo saben cuál es la temperatura interior? —preguntó Kim.

—Mediante un termómetro especial de cinco púas —explicó Roger—. Tomamos la temperatura al azar varias veces al día, y siempre es la misma: por encima de los setenta grados centígrados.

Paul dejó la espátula y hurgó en un cajón que había debajo de la parrilla. De él sacó el instrumento y se lo ofreció a Kim, pero éste no le hizo caso y cogió otra hamburguesa para abrirla. También ésta estaba muy hecha.

—¿Dónde guardan las hamburguesas antes de hacerlas? —preguntó.

Paul se dio la vuelta y abrió la nevera. Kim se inclinó para mirar en su interior. Sabía que era únicamente una pequeña parte de la carne que utilizaba el Onion Ring.

—¿Dónde están las demás? —preguntó.

—En la cámara frigorífica —contestó Paul.

—¡Muéstremela!

Paul miró a Roger.

—Ni hablar —dijo éste—. El acceso a la cámara frigorífica es restringido.

Kim le dio un empujón en el pecho con ambas manos, impulsándolo hacia el fondo de la cocina. Paul se tambaleó hacia atrás. Kim echó a andar, seguido de Paul.

—No, no puede entrar —dijo Roger, alcanzando a Kim y tirando de su brazo—. El acceso sólo está permitido a los empleados.

Kim intentó desasirse, pero Roger se aferró a su

brazo. Exasperado, abofeteó al gerente con más fuerza de la que pretendía, partiéndole el labio superior y derribándolo al suelo por segunda vez.

Sin siquiera echar una mirada al encargado caído, Kim siguió a Paul, que había abierto la puerta de la cámara frigorífica. Entró en ella. Temeroso de la corpulencia y la agresividad de Kim, Paul evitó acercarse a él y miró al encargado, que se había sentado en la alfombrilla de goma de la cocina y se tocaba el labio ensangrentado. No sabiendo muy bien qué hacer, entró a su vez en la cámara frigorífica.

Kim examinaba las cajas alineadas en el lado izquierdo. Sólo la primera estaba abierta. Las etiquetas rezaban: «Carnes Mercer: reg. O.I LB hamburguesas, extra magras. Lote 2 partida 1-5. Producción: 29 dic. Fecha cad.: 29 marzo.»

—¿Saldría de esta caja una hamburguesa servida el pasado viernes por la noche? —preguntó Kim.

—Seguramente —contestó Paul encogiéndose de hombros—. O de otra similar.

Kim se adentró más en la cámara y vio otra caja abierta entre las cerradas. La abrió y miró en su interior. Comprobó que también estaba roto el envoltorio de una de las cajas interiores.

—¿Cómo es que esta caja está abierta?

—Fue un error —explicó Paul—. Debemos usar siempre las hamburguesas por orden de llegada, para así no tener que preocuparnos por la fecha de caducidad.

Kim miró la etiqueta. Era similar a la anterior; sólo variaba la fecha de producción, que en ésta era del 12 de enero.

—¿Pudo proceder de aquí una hamburguesa del viernes pasado? —preguntó Kim.

—Posiblemente. No recuerdo qué día se abrió por equivocación.

Kim sacó una pluma y un trozo de papel del bolsillo de su bata blanca y anotó los datos de las etiquetas de las dos cajas abiertas. Luego extrajo una hamburguesa de cada una de ellas, lo que no resultó fácil, pues estaban congeladas en montones separados por papel encerado. Se las metió en el bolsillo junto con el papel con los datos.

Cuando salió de la cámara, oyó vagamente el sonido amortiguado de una sirena que se acercaba, pero, sumido en sus propias preocupaciones, no le hizo caso.

—¿Qué es Carnes Mercer? —preguntó a Paul. Éste cerró la puerta de la cámara.

—Es la empresa cárnica que nos suministra las hamburguesas. De hecho, son los suministradores de toda la cadena Onion Ring.

—¿Está en este estado? —preguntó Kim.

—Desde luego. En las afueras de Bartonsville.

—Qué cómodo —dijo Kim.

Cuando volvía al área de la cocina, la puerta del restaurante se abrió de repente y entraron dos agentes uniformados con las manos en los revólveres enfundados y expresión torva. Roger apareció detrás de ellos, haciendo gestos airados hacia Kim con la mano derecha, mientras con la izquierda se apretaba una servilleta ensangrentada contra la boca.

12

Sábado 24 de enero

La tenue luz del sol de la mañana iluminaba oblicuamente el aire lleno de motas de polvo de la sala del tribunal, y creaba un rectángulo de luz en el suelo. Kim se hallaba de pie bajo la luz y el resplandor le hacía bizquear. Frente a él, presidía el tribunal el juez Harlowe con su negra toga y una gafas para leer en precario equilibrio sobre su estrecha nariz semejante a un cuchillo. A Kim le pareció un enorme pajarraco negro.

—Tras más de veinte años en la judicatura —decía el juez Harlowe, mirando severamente a Kim por encima de sus gafas—, no debería sorprenderme nada de lo que viera u oyera, pero éste sí que es un extraño caso.

—Es debido al estado de mi hija —dijo Kim. Todavía llevaba la larga bata blanca sobre el pijama de quirófano del hospital y la mascarilla colgada del cuello, pero la bata se había manchado y arrugado tras pasar toda la noche en el calabozo, y bajo el bolsillo izquierdo había una mancha marrón rojiza.

—Doctor, su hija está muy enferma y yo le compadezco sinceramente, pero lo que me cuesta comprender es por qué no está usted en el hospital a su lado.

—Debería —dijo Kim—, pero su estado es tal que

ya nada puedo hacer. Además, sólo pretendía estar fuera del hospital una hora más o menos.

—Bueno, no estoy aquí para hacer tales juicios de valor —dijo el juez Harlowe—, sino para juzgar su comportamiento al invadir una propiedad privada, agredir al encargado de un restaurante de comidas rápidas y, quizá lo más extraordinario de todo, resistirse al arresto y golpear a un agente de policía. Doctor, ese comportamiento es inaceptable sean cuales sean las circunstancias.

—Pero, señoría, yo...

El juez Harlowe alzó una mano para imponerle silencio.

—No importa que usted sospeche que la enfermedad de su hija pudo originarse en el Onion Ring de la Prairie Highway. Usted precisamente debería saber que tenemos un Departamento de Sanidad cuya función consiste en investigar tales cosas, y que también existen tribunales de justicia. ¿Me he expresado con claridad?

—Sí, señoría —dijo Kim resignadamente.

—Espero que busque usted ayuda profesional, doctor. Sus actos me tienen perplejo, sabiendo que es usted un renombrado cirujano. Vaya, si hasta operó a mi suegro, que todavía lo pone por las nubes. En cualquier caso, lo dejaré en libertad bajo palabra. Deberá regresar de aquí a cuatro semanas para el juicio. Hable con el escribano.

El juez Harlowe dio un golpe con el mazo y ordenó que se presentara el siguiente acusado.

Al salir del tribunal, Kim divisó un teléfono público. Vaciló unos instantes, intentando decidir si debía llamar o no al hospital. La noche anterior había intentado llamar a Tracy, pero no había conseguido encontrarla con las llamadas que le habían permitido. Ahora, teniendo a mano un teléfono, estaba nervioso. Se sentía culpable por haber permanecido tanto tiempo alejado, y violento por lo ocurrido. También temía lo que pudieran decirle sobre Becky. Finalmente decidió que era mejor ir personalmente.

Cogió un taxi en la parada que había frente a los tribunales para ir al Onion Ring. El restaurante desierto tenía un aspecto completamente distinto por la mañana antes de abrir. El viejo coche de Kim era el único vehículo que había en el aparcamiento y no se veía un alma.

Subió al coche y se dirigió al hospital, pero desviándose primero hacia los Laboratorios Sherring. Una vez allí, hizo sonar la campanilla de la recepción y una mujer apareció a los pocos segundos ataviada con bata de laboratorio.

Kim sacó las dos hamburguesas, ya descongeladas, de su bolsillo izquierdo, y se las entregó.

—Quisiera que hicieran las pruebas de detección del E. coli O157:H7 en estas hamburguesas —dijo—, así como de la toxina.

La técnica de laboratorio miró la carne picada descolorida con cautela.

—Creo que habría sido mejor que hubiera tenido las muestras en refrigeración —dijo—. Cuando la carne se halla a temperatura ambiente durante más de dos horas, aparecen numerosas bacterias.

—Lo sé, pero no me interesan las otras bacterias. Sólo quiero saber si está presente el E. coli O157:H7.

La mujer se marchó unos instantes. Regresó con guantes de látex, cogió la carne y metió cada muestra en un recipiente por separado. Luego tomó los datos para pasar la factura. Kim utilizó la cuenta de su consultorio.

—¿Cuánto tiempo tardarán? —preguntó.

—Tendremos un resultado definitivo dentro de cuarenta y ocho horas —respondió ella.

Kim le dio las gracias, se lavó las manos en los servicios y se marchó. A medida que se acercaba al hospital, su ansiedad fue en aumento. Empezó a temblar cuando aparcó el coche; los temblores aumentaron cuando subió en el ascensor. Prefería enfrentarse con Tracy después de haber visto a Becky, de modo que utilizó el camino alternativo para entrar en la UCI sin pasar por la sala de espera. La gente lo miró con curiosidad por los pasillos, cosa que él comprendía, dado su aspecto. Necesitaba ducharse y peinarse y un afeitado.

Una vez dentro de la UCI, Kim saludó al administrativo con una inclinación de cabeza, pero no le dio ninguna explicación. Cuando se acercaba al cubículo de Becky, hizo un pacto con Dios. Si Becky se salva...

Kim se acercó a la cama. Una enfermera cambiaba la botella de suero de espaldas a él. Miró a su hija. Cualquier esperanza de mejoría que hubiera abrigado, por leve que fuera, se desvaneció al instante. Becky seguía en coma, con los párpados cerrados y conectada al respirador. Lo único novedoso eran unas grandes manchas de oscuro púrpura en la cara, producidas por hemorragias subcutáneas, que le daban un aire cadavérico.

—Oh, Dios mío, me ha asustado —dijo la enfermera al verlo, llevándose una mano al pecho—. No le he oído llegar.

—No tiene buen aspecto —dijo Kim, manteniendo la voz serena para ocultar el dolor, la ira y la humillante impotencia que sentía.

—Me temo que no —dijo la enfermera, mirando a Kim con cierto recelo—. Este pobre ángel lo ha pasado terriblemente mal.

Los expertos oídos de Kim llamaron su atención hacia la pantalla del monitor. El pitido era irregular, así como los destellos del cursor.

—¡Tiene arritmia! ¿Cuándo se ha iniciado?

—Es relativamente reciente —dijo la enfermera—. Empezó anoche. Tuvo un derrame pericárdico que produjo los síntomas de un taponamiento. Tuvieron que hacer un drenaje.

—¿Cuándo? —quiso saber Kim, que se sentía más culpable que nunca por no haber estado allí. Los derrames pericárdicos eran parte de su especialidad.

—Poco después de las cuatro de la madrugada.

—¿Sigue alguno de sus médicos por aquí?

—Creo que sí. Están hablando con la madre de la paciente en la sala de espera.

Kim salió. No podía ver a su hija en aquel estado. Una vez en el pasillo, se detuvo a recobrar el aliento y la compostura. Luego siguió andando hacia la sala de espera. Encontró a Tracy hablando con Claire Stevens y Kathleen Morgan. Tan pronto lo vieron, la conversación se interrumpió. Durante un momento se hizo el silencio.

Tracy estaba muy alterada, con expresión lúgubre, las manos apretadas. Miró a Kim con expresión triste y perpleja que reflejaba preocupación y desprecio. Meneó la cabeza.

—No te has cambiado de ropa. Estás hecho un asco. ¿Dónde demonios has estado?

—Mi visita al Onion Ring fue más larga de lo que creía. —Miró a Claire—. Así que ahora Becky tiene pericarditis.

—Me temo que sí —admitió Claire.

—¡Dios mío! ¿Qué será lo siguiente?

—En esta etapa, puede ser casi cualquier cosa —dijo Kathleen—. Hemos confirmado que nos enfrentamos con una cepa de E. coli particularmente patógena, que produce no una sino dos toxinas de extraordinaria virulencia. Estamos ante un caso típico de síndrome hemolítico urémico.

—¿Qué hay de la plasmaféresis? —preguntó Kim.

—El doctor Ohanesian presentó una vehemente petición al presidente de la Junta de Revisión de AmeriCare —dijo Claire—. Pero tal como le advertimos, seguramente el comité no dará el visto bueno.

—¿Por qué no? Tenemos que hacer algo, y ya le dije que estoy dispuesto a pagarlo.

—El que usted esté dispuesto a pagarlo no tiene nada que ver —dijo Claire—. Desde el punto de vista de ellos, sentaría un peligroso precedente. Podrían verse forzados a ofrecérselo a familias que no pudieran o no quisieran pagarlo.

—Entonces llevemos a Becky a algún lugar donde lo ofrezcan —espetó Kim.

—Doctor Reggis —dijo Claire con tono comprensivo—. El estado de Becky ha empeorado desde ayer, y ayer no estaba en condiciones de ser trasladada. Pero todavía no hemos de dar por descartada la plasmaféresis. Aún existe la esperanza de que nos den luz verde. Sólo podemos esperar.

—Esperar sin hacer nada —repuso Kim con el ceño fruncido.

—Eso no es cierto —dijo Claire, indignada, pero se contuvo y suspiró; hablar con aquel hombre era una tarea muy poco grata—. La ayudamos de todas las maneras posibles.

—Lo que quiere decir que se sientan mano sobre mano y sólo actúan cuando se presentan complicaciones —replicó Kim.

Claire se levantó y miró a Tracy y a Kathleen.

—Creo que es hora de que vaya a ver al resto de mis pacientes. Llámenme si me necesitan.

Tracy asintió. Kathleen respondió que haría lo mismo al cabo de unos minutos. Claire se fue.

Kim se desplomó en la silla dejada por ella y ocultó la cabeza entre las manos. Se debatía en medio de las emociones como en una montaña rusa: ira, tristeza, ira... Ahora volvía la tristeza. Tuvo que contener las lágrimas. Sabía que debía visitar a sus pacientes ingresados, pero se sentía incapaz.

—¿Por qué ha durado tanto tu visita al Onion Ring?

—quiso saber Tracy. A pesar de la irritación que le producía el comportamiento de su marido, no podía evitar sentirse preocupada por él. Kim tenía un aspecto lamentable.

—En realidad he estado en la cárcel —confesó Kim.

—¡La cárcel!

—Si lo que quieres es que te diga que tenías razón, pues sí, la tenías. Debería haberme calmado antes de ir allí.

—¿Por qué te han metido en la cárcel?

—Perdí los nervios. Fui allí a indagar la posibilidad de que tuvieran carne contaminada. La hipócrita negativa del encargado me hizo perder la cabeza.

—No creo que la culpa sea de la industria de comidas rápidas —intervino Kathleen—. En el caso del E. coli, tanto los restaurantes como los clientes infectados son víctimas. Les envían hamburguesas contaminadas.

—Eso ya lo había supuesto —dijo Kim, todavía con el rostro entre las manos—. Mi próxima visita será a Carnes Mercer.

—El estado de Becky no me deja pensar —dijo Tracy—, pero ¿cómo puede haber carne contaminada? ¿Acaso no se inspeccionan esos lugares con frecuencia? Es decir, ¿la carne no ha de llevar un certificado de calidad del Departamento de Agricultura?

—Lo lleva —dijo Kathleen—, pero hoy en día uno no se puede fiar.

—¿Cómo es posible? —preguntó Tracy.

—Por muchos motivos, el principal de los cuales es que el Departamento de Agricultura tiene un conflicto de intereses inherente.

—¿Cómo es eso? —preguntó Kim, alzando el rostro.

—Debido a sus atribuciones —explicó Kathleen—. Por un lado es el organismo oficial que defiende la agricultura del país, lo que incluye a la poderosa industria cárnica; ésa es en realidad su principal tarea. Por otro lado tiene obligaciones de inspección. Evidentemente, son dos papeles contrapuestos. Es el caso típico en el que se pide al zorro que guarde el gallinero.

—Me parece increíble —dijo Kim—. ¿Lo sabe usted con certeza, o es un mero rumor?

—Me temo que es información de primera mano —aseguró Kathleen—. Hace más de un año que investigo sobre el problema de las intoxicaciones alimentarias, a través de un par de grupos de consumidores que luchan denodadamente por hacer algo al respecto.

—¿Cómo se metió usted en ello? —preguntó Tracy.

—Me habría resultado difícil permanecer al margen. Las intoxicaciones alimentarias y las enfermedades que producen se han convertido en una parte importante de mi trabajo. La gente en general parece querer seguir con la cabeza enterrada en la arena, pero es un problema que empeora día a día.

—¡Esto es increíble! —exclamó Kim; la ira empezaba a imponerse de nuevo sobre la tristeza.

—Hay más —dijo Kathleen—. No sólo existe un conflicto de intereses en el seno del Departamento de Agricultura, sino que, por lo que he visto, el Departamento de Agricultura y la industria cárnica están muy interrelacionados.

—¿Qué insinúa? —preguntó Kim.

—Exactamente lo que he dicho. Sobre todo en el nivel medio de dirección, existe una movilidad de puestos, de gente que viene y va para garantizar que se interfiere lo menos posible en la industria cárnica.

—Todo ello a cambio de dinero, sin duda —dijo Kim.

—Sin duda —corroboró Kathleen—. La industria cárnica es un negocio que mueve miles de millones de dólares. Su objetivo es obtener el máximo de beneficios, no el bienestar general.

—Espere un momento —dijo Tracy—. ¿Cómo puede ser eso cierto? En el pasado, el Departamento de Agricultura ha destapado problemas y los ha solucionado. No hace mucho, con los alimentos Hudson...

—Perdone —la interrumpió Kathleen—. El Departamento de Agricultura no fue quien descubrió la contaminación por E. coli en los alimentos Hudson, sino un celoso funcionario de sanidad. Normalmente, el Departamento de Agricultura se ve obligado a montar un espectáculo tras un brote. Luego buscan la cobertura de los medios para dar la impresión de que realizan su tarea de proteger al público, pero desgraciadamente jamás se hace nada concreto. Lo irónico del caso es que el Departamento de Agricultura no tiene ni siquiera poder para requisar la carne contaminada. Sólo puede hacer recomendaciones; sus resoluciones no son obligatorias.

—¿Igual que con Carnes Hudson? —preguntó Tracy—. Al principio recomendaron que sólo se requisaran veinticinco mil libras de carne.

—Exacto —dijo Kathleen—. Fueron las asociaciones de consumidores las que obligaron al departamento a aumentar la carne requisada a un millón de libras. No fue el departamento el instigador.

—Ignoraba todo esto —dijo Tracy—. Y me gusta pensar que soy una persona razonablemente bien informada.

—Quizá lo peor —continuó Kathleen— sea que, cuando el Departamento de Agricultura habla de carne contaminada con sus inspectores, por lo general suelen hablar de contaminaciones visibles. La industria cárnica ha luchado durante años contra cualquier inspección microscópica o bacteriológica. Ahora se supone que se realizan algunos cultivos, pero es puramente simbólico.

—Resulta difícil de creer —dijo Tracy—. Siempre he dado por supuesto que la carne es segura.

—Es una situación lamentable —dijo Kathleen—, con trágicas consecuencias.

Nadie habló durante unos instantes.

—Bien lo sabemos nosotros —dijo Tracy, como si de repente se diera cuenta de que aquello no era una conversación ociosa. Su hija no era una abstracción. Una lágrima le resbaló por la mejilla.

—Bueno, está decidido —dijo él, poniéndose en pie bruscamente.

—¿Decidido, el qué? —dijo Tracy—. ¿Adónde vas ahora?

—A Bartonsville. Voy a hacer una rápida visita a Carnes Mercer.

—Creo que deberías quedarte aquí —repuso Tracy, exasperada—. Sabes mejor que yo que el estado de Becky es grave. Las doctoras Stevens y Morgan me han hecho saber que tal vez haya ciertas decisiones difíciles que tomar.

—Por supuesto que sé que el estado de Becky es grave —le espetó Kim—. Por eso me cuesta tanto quedarme sentado sin hacer nada. Me pone frenético. Me cuesta mirarla incluso, sabiendo que no puedo ayudarla como médico. Además, oír todo esto sobre la industria cárnica y el Departamento de Agricultura me pone furioso. Te dije que iba a descubrir por qué enfermó Becky. Voy a seguir la pista al E. coli hasta donde me conduzca; al menos puedo hacerlo por Becky.

—¿Y si yo te necesito? —replicó Tracy.

—Llevo el móvil en el coche. Puedes llamarme. De todas formas, no tardaré mucho.

—Ya, claro, igual que ayer.

—He aprendido la lección —dijo Kim—. No voy a perder los estribos.

Tracy no pareció convencida.

—Vete, si tienes que hacerlo —dijo, irritada.

Kim salió de la sala de espera a grandes zancadas. En su ánimo pesaba, no sólo el implacable deterioro de Becky sino también la hostilidad de Tracy. Apenas un día antes, su ex mujer había afirmado comprender sus frustraciones, pero ahora parecía haberlo olvidado.

Una vez en la carretera, llamó a Tom por el móvil. Probó en diversos lugares hasta dar con él en el laboratorio del hospital.

—Tengo que pedirte otro favor —le dijo.

—¿Cómo está Becky? —preguntó Tom.

—A decir verdad, muy mal. He intentado negar la realidad, pero ya no puedo continuar. No hay apenas esperanzas. No tenía ni idea de que ese E. coli fuera tan patógeno ni de que no hubiera manera de tratarlo una vez introducida la toxina en el organismo. En cualquier caso, no puedo ser optimista. —Calló y tuvo que contener las lágrimas.

—Lo siento muchísimo —dijo Tom—. Qué tragedia. ¿Qué puedo hacer para ayudarte?

—¿Podrías ocuparte de mis pacientes ingresados durante un par de días? —consiguió decir Kim—. Estoy destrozado.

—Por supuesto. Tengo que hacer mi ronda de visitas cuando termine aquí dentro de unos minutos, y haré también la tuya. También se lo diré a las enfermeras para que me llamen si se presenta alguna complicación.

—Gracias, Tom. Te debo un favor.

—Ojalá pudiera hacer más.

—Lo mismo digo —dijo Kim.

Bartonsville se hallaba a menos de cuarenta y cinco minutos de la ciudad. Kim atravesó su calle principal y luego siguió las instrucciones que le dieron en una estación de servicio a la salida de la autopista.

Carnes Mercer era una planta mucho más grande de lo que esperaba. El edificio era completamente blanco y de aspecto moderno, pero anodino. El terreno estaba impecablemente ajardinado, con senderos de granito y grupos de árboles en el aparcamiento. Todo el complejo proyectaba un aura de gran provecho económico.

Kim aparcó relativamente cerca de la puerta principal en una de la media docena de plazas para visitantes. Bajó del coche y se encaminó a la entrada, haciéndose el propósito de no perder los estribos. Después de su experiencia en el Onion Ring sabía que eso no haría más que perjudicarle.

La recepción parecía pertenecer a la entrada de una compañía de seguros más que a una empresa de productos cárnicos. Una mullida moqueta cubría el suelo, los muebles estaban ricamente tapizados y había grabados enmarcados en las paredes. Sólo el tema de los grabados daba una idea de la naturaleza del negocio, pues eran de diversas razas de ganado.

Una mujer con aspecto de matrona, que llevaba auriculares inalámbricos, se hallaba sentada a una mesa circular en el centro de la habitación.

—¿Puedo ayudarle en algo? —preguntó.

—Eso espero. ¿Quién es el presidente de Carnes Mercer?

—El señor Everett Sorenson —dijo la mujer.

—¿Querría avisar al señor Sorenson y decirle que el doctor Kim Reggis desea verle?

—¿Puede decirme de qué se trata? —preguntó la mujer, mirando con recelo a Kim, cuya apariencia rayaba en la de un pordiosero.

—¿Es necesario?

—El señor Sorenson es un hombre muy ocupado.

—En tal caso, dígale que se trata de que Carnes Mercer vende hamburguesas contaminadas a la cadena de restaurantes Onion Ring.

—¿Perdone? —dijo ella, sin acabar de creérselo.

—O mejor aún —dijo Kim, que empezaba ya a olvidar su promesa de guardar la compostura—, dígale que quisiera hablar sobre el hecho de que mi única hija se halle entre la vida y la muerte tras consumir una hamburguesa de Carnes Mercer.

—¿Quiere usted sentarse? —dijo la recepcionista, tragando saliva con nerviosismo. Kim se había inclinado sobre el mostrador, apoyándose en los nudillos—. Le daré su mensaje al presidente.

—Gracias —dijo él. Dedicó a la mujer una sonrisa forzada y se sentó en un sofá.

La mujer habló por el micrófono inalámbrico, mientras lanzaba miradas inquietas a Kim. Éste volvió a sonreír. No oía lo que decía la recepcionista, pero adivinaba por su expresión que hablaba de él.

Se cruzó de piernas y balanceó el pie. Transcurrieron cinco minutos. Cuanto más esperaba, más aumentaba su ira. Pensaba ya que no aguantaría más allí, cuando apareció un hombre con una bata blanca parecida a la que llevaba Kim, sólo que limpia y planchada. En la cabeza llevaba una gorra azul de béisbol con la inscripción «Carnes Mercer» sobre la visera, y en la mano una carpeta de clip.

Se acercó a Kim y le tendió la mano. Kim se levantó y la estrechó, aunque no había sido ésa su intención.

—Doctor Reggis, soy Jack Cartwright. Encantado de conocerle.

—¿Dónde está el presidente?

—Está ocupado en este momento. Pero me ha pedido que hable con usted. Soy el vicepresidente encargado de relaciones públicas.

Cartwright tenía rostro redondo y una nariz porcina, ligeramente vuelta hacia arriba. Era un individuo robusto, con un montón de músculos en vías de convertirse en grasa.

—Quiero hablar con el presidente —insistió Kim.

—Escuche —dijo Jack—, lamento que su hija esté enferma.

—Está más que enferma. Está a las puertas de la muerte, luchando por su vida contra una bacteria llamada E. coli O157:H7. Imagino que ha oído hablar de ella.

—Por desgracia, sí —dijo Jack. La leve sonrisa forzada con que se había presentado desapareció—. Todos los que estamos en el negocio de la carne la conocemos, sobre todo después del asunto de Carnes Hudson. De hecho, le tenemos tanto pánico que nos esforzamos por cumplir con creces toda la normativa del Departamento de Agricultura, así como sus recomendaciones. Como prueba de nuestros esfuerzos, jamás hemos sido citados por una sola deficiencia.

—Quiero visitar el área de producción de las hamburguesas —dijo Kim. No estaba interesado en la cháchara publicitaria estereotipada.

—Eso es imposible. Lógicamente, restringimos el acceso para evitar contaminaciones, pero...

—Un momento —le interrumpió Kim con el rostro encendido—. Soy médico. Sé muy bien de lo que habla. Estoy dispuesto a ponerme cualquier traje que se lleve normalmente. Haré cuanto sea necesario. Pero no voy a aceptar un no por respuesta.

—Eh, tranquilo —dijo Jack amablemente—. No me ha dejado terminar. No puede entrar en la planta de producción, pero tenemos un corredor acristalado de observación para que pueda ver todo el proceso por sí mismo. Y no tendrá que cambiarse de ropa.

—Supongo que es un comienzo.

—¡Bien! Sígame.

Jack lo condujo por un pasillo.

—¿Le interesa únicamente la producción de hamburguesas? —preguntó—. ¿No quiere ver la de otros productos, como las salchichas?

—Sólo las hamburguesas —dijo Kim.

—Muy bien —dijo Jack animadamente.

Llegaron a una escalera e iniciaron el ascenso.

—Quiero resaltar que somos muy meticulosos con la limpieza en Carnes Mercer —dijo Jack—. Baste con saber que toda la zona de producción de carne se limpia diariamente con vapor a alta presión y luego con un compuesto de amonio cuaternario. Le aseguro que podría usted comer en el suelo.

—Ajá —se limitó a decir Kim.

—Toda la zona de producción se mantiene a una temperatura de cero grados centígrados —dijo Jack cuando llegaron al final de las escaleras. Asió el picaporte de una puerta de emergencia—. Es duro para los empleados, pero peor aún para las bacterias. Ya sabe a lo que me refiero. —Se echó a reír; Kim guardó silencio.

Traspasaron la puerta y entraron en un pasillo de tabiques de cristal por encima del área de producción que recorría el edificio en toda su longitud.

—Impresionante, ¿no cree? —dijo Jack orgullosamente.

—¿Dónde está el área de las hamburguesas?

—Enseguida llegaremos, pero permítame explicarle lo que hace toda esta maquinaria.

Debajo del corredor acristalado, Kim vio a los empleados trabajando. Todos vestían uniformes blancos con gorros blancos que parecían de ducha. También llevaban guantes y plásticos protectores en los zapatos. Kim tuvo que admitir que la planta parecía nueva y limpia, y se sorprendió. Esperaba algo mucho peor.

Jack tenía que hablar muy alto para hacerse oír por encima del ruido de las máquinas, pues el cristal de ambos lados del corredor era sencillo.

—No sé si sabe usted que la hamburguesa suele estar compuesta por una mezcla de carne fresca y carne congelada —explicó Jack—, que se pican someramente y por separado allí. Por supuesto, la carne congelada ha de descongelarse primero.

Kim asintió.

—Tras ser picada, la carne se echa en la mezcladora para formar una partida. Luego esta partida se pica fino en esas grandes picadoras. —Señaló las máquinas y

Kim volvió a asentir—. Hacemos cinco partidas por hora. Luego éstas se mezclan para formar un lote.

—¿La carne fresca llega en esos contenedores? —preguntó Kim, señalando un gran recipiente de goma o plástico con ruedas.

—Sí. Se llaman *combo bins*, y tienen capacidad para dos mil libras de carne. Somos muy quisquillosos con la carne fresca. Ha de utilizarse en un período máximo de cinco días, y tiene que conservarse a una temperatura bajo cero. Como sin duda ya sabe, un frigorífico normal no alcanza esas temperaturas.

—¿Qué ocurre luego con el lote?

—Tan pronto sale de las picadoras, la cinta transportadora que vemos aquí debajo lo lleva a aquella máquina de allí, que hace las empanadas.

Kim asintió. La máquina de preparación de empanadas se hallaba en una sala aparte, separada del resto del área de producción. Siguieron caminando por el corredor acristalado hasta detenerse justo encima de la máquina.

—Una máquina impresionante, ¿no cree? —comentó Jack.

—¿A qué se debe que esté separada del resto?

—Para mantenerla más limpia y protegida. Es la pieza más cara de la maquinaria y la pieza clave de la planta. Esta preciosidad produce las empanadas normales de cincuenta gramos y las grandes de cien gramos.

—¿Qué se hace con las empanadas cuando salen de la máquina de producción? —preguntó Kim.

—Una cinta transportadora las lleva directamente al túnel de congelación por nitrógeno. Luego se introducen manualmente en cajas pequeñas y éstas en cajas mayores.

—¿Conocen ustedes el origen de la carne? —preguntó Kim—. Me refiero a si saben cuál es el número del lote, los números de las partidas y la fecha de producción.

—Por supuesto. Se halla todo registrado en un libro al efecto.

Kim metió la mano en el bolsillo y sacó el papel en que había anotado los datos de las etiquetas de la cámara frigorífica del Onion Ring. Lo desdobló y se lo mostró a Jack.

—Quisiera averiguar de dónde procede la carne de estas dos fechas y lotes —dijo.

Jack leyó el papel, pero luego meneó la cabeza.

—Lo siento, no puedo proporcionarle ese tipo de información.

—¿Por qué coño no me la puede dar?

—Sencillamente porque no puedo. Es confidencial. No está disponible para el público.

—¿A qué se debe tanto secreto? —preguntó Kim.

—No es un secreto, sólo es la política de la empresa.

—Entonces ¿para qué llevan el registro de los libros?

—Porque así lo ordena el Departamento de Agricultura.

—Eso me parece muy sospechoso —dijo Kim, recordando algunos de los comentarios de Kathleen por la mañana—. Un organismo público exige libros de registro a los cuales no puede acceder el público.

—Yo no hago las reglas —replicó Jack, con tono poco convincente. Recorrió la sala de las hamburguesas con la mirada. Resultaba impresionante con su equipamiento de acero inoxidable. Tres hombres y una mujer atendían las máquinas. Kim se dio cuenta de que la mujer llevaba una carpeta de clip en la que garabateaba de manera intermitente, y de que, al contrario que los hombres, no tocaba las máquinas para nada.

—¿Quién es esa mujer? —preguntó Kim.

—Es Marsha Baldwin —dijo Jack—. Es guapa, ¿verdad?

—¿Qué está haciendo? —preguntó Kim.

—Inspeccionando —contestó Jack—. Es la inspectora que nos ha asignado el Departamento de Agricultura. Pasa por aquí tres, cuatro y hasta cinco veces por semana. Es un auténtico incordio, mete la nariz en todo.

—Supongo que ella conoce el origen de la carne —dijo Kim.

—Desde luego —contestó Jack—. Comprueba los libros siempre que viene.

—¿Qué hace ahora? —preguntó Kim. Marsha se había inclinado para mirar en el interior de la gran boca de la máquina de preparar empanadas.

—No tengo la menor idea —respondió Jack—. Seguramente está comprobando que se ha limpiado correctamente, como así es, sin duda. Es una maniática de los detalles, eso es todo lo que sé. Al menos, nos tiene a todos en vilo.

—De tres a cinco veces a la semana —repitió Kim—. Eso es impresionante.

—Venga por aquí —dijo Jack, haciéndole señas de que lo siguiera—. Lo único que le falta por ver es cómo se meten las cajas pequeñas en las grandes, y las grandes se guardan en un lugar refrigerado antes de ser enviadas.

Kim sabía que no iba a permitirle ver nada más y que no conseguiría hablar con Everett Sorenson.

—Si tiene alguna pregunta más —dijo Jack cuando se hallaban de vuelta en recepción—, no tiene más que llamar. —Dio a Kim una tarjeta y esbozó una sonrisa triunfal. Luego le estrechó la mano vigorosamente, le dio una palmada en la espalda y le agradeció su visita.

Kim salió del edificio de Carnes Mercer y se metió en su coche. En lugar de poner en marcha el motor, encendió la radio. Tras asegurarse de que el teléfono móvil estaba encendido, se recostó en el asiento e intentó relajarse. Tras unos minutos, bajó parcialmente la ventanilla. No quería quedarse dormido.

El tiempo transcurrió con lentitud. Varias veces estuvo a punto de rendirse y marcharse. Se sentía cada vez más culpable por dejar a Tracy sola en la sala de espera de la UCI. Pero al cabo de poco más de una hora, la paciencia de Kim tuvo su recompensa: Marsha Baldwin salió de Carnes Mercer. Llevaba un abrigo de color caqui y un maletín.

Kim se apresuró a abrir la puerta con dificultad, presa del temor de no conseguir llegar hasta ella antes de que subiera a su coche. La puerta se atascaba de vez en cuando: resultado de un viejo guardabarros doblado. La abrió dándole varios golpes con la palma de la mano y bajó. Corrió hacia la mujer. Cuando llegó hasta ella, Marsha tenía abierta la puerta de atrás de su Ford amarillo, y se erguía tras haber dejado el maletín en el suelo junto al asiento de atrás. A Kim le sorprendió su estatura; calculó que debía de medir al menos un metro ochenta.

—¿Marsha Baldwin? —dijo.

Levemente sorprendida de ser abordada por su nombre en el aparcamiento, Marsha se volvió hacia Kim y le miró con sus profundos ojos verde esmeralda. Por reflejo, se apartó un mechón de cabello rubio oscuro de la frente y se lo puso detrás de la oreja. El aspecto de Kim la confundió, y su tono de voz desafiante hizo que se pusiera en guardia.

—Sí, soy Marsha Baldwin —dijo.

Kim hizo una valoración global, incluyendo la pegatina que decía «Salvemos las ballenas» en un coche que era, a todas luces, propiedad del gobierno, y la imagen de la mujer que, en palabras de Jack Cartwright, era «guapa». Calculó que no debía de superar los veinticinco años. Marsha tenía la piel del tono del coral y las facciones como las de la silueta de un camafeo, con una nariz prominente pero aristocrática, y labios esculpidos en relieve.

—Tenemos que hablar.

—¿En serio? —dijo Marsha—. ¿Y qué es usted, un cirujano en paro, o es que acaba de abandonar la fiesta de disfraces de anoche?

—En otras circunstancias podría pensar que es usted muy lista. Me han dicho que es inspectora del Departamento de Agricultura.

—¿Y quién le ha dado esa información? —preguntó ella con recelo. En su etapa de adiestramiento le habían advertido que en alguna ocasión tal vez tuviera que habérselas con chiflados.

—Un relaciones públicas de Carnes Mercer, Jack Cartwright.

—¿Y qué si lo soy? —replicó Marsha. Cerró la puerta de atrás del coche y abrió la de delante. No tenía intención de conceder mucho tiempo a aquel desconocido.

Kim extrajo el papel con los detalles de las etiquetas de las cajas del Onion Ring y se lo enseñó.

—Quiero que averigüe de dónde procedía la carne de estos dos lotes.

—¿Por qué? —preguntó Marsha tras echar un vistazo al papel.

—Porque creo que uno de esos lotes ha sido la causa de que mi hija esté mortalmente enferma por una cepa maligna de E. coli. No sólo quiero saber de dónde salió la carne, sino también a dónde se enviaron los lotes.

—¿Cómo sabe usted que fue uno de esos lotes?

—No lo sé con seguridad. Al menos todavía no.

—Ah, ¿no? —dijo Marsha con desdén.

—No —repuso Kim con vehemencia, ofendido por su tono.

—Lo siento, no puedo darle ese tipo de información.

—¿Por qué no?

—Mi trabajo no consiste en dar ese tipo de información al público —contestó ella—. Estoy segura de que va en contra de las normas. —Hizo ademán de meterse en el coche.

Imaginando a su hija moribunda en una cama de hospital, Kim aferró el brazo de Marsha con rudeza para impedirle subir.

—Al infierno con las normas, maldita burócrata —espetó—. Esto es importante. Se supone que usted debe de proteger al público. Ahora tiene una oportunidad de hacerlo.

Marsha no se dejó llevar por el pánico. Miró la mano que le aferraba el brazo, y luego el rostro indignado de Kim.

—Suélteme o gritaré que me asesinan, maldito chiflado.

Kim le soltó el brazo, abrumado por la inesperada afirmación de Marsha.

—Ahora compórtese —dijo ella, como si hablara con un adolescente—. Yo no le he hecho nada.

—Y un cuerno —repuso él—. Si ustedes los del Departamento de Agricultura dejaran de lado su impostura e inspeccionaran de verdad esta empresa cárnica, mi hija no estaría enferma ni morirían unos quinientos niños al año.

—Oiga, un momento —replicó Marsha—. Yo cumplo con mi trabajo y me lo tomo muy en serio.

—Chorradas —espetó Kim—. No hacen más que simular que cumplen con su trabajo, pero en realidad están conchabados con la industria que supuestamente deben inspeccionar.

Marsha se quedó boquiabierta.

—No tendré en cuenta ese comentario —dijo, encolerizada. Subió al coche, cerró la puerta y metió la llave en el contacto.

—¡Espere un momento! —gritó Kim, dando golpes en la ventanilla—. Lo siento. ¡Por favor! —Se mesó nerviosamente los cabellos revueltos—. Necesito su ayuda. No pretendía ofenderla.

Tras unos instantes de vacilación, Marsha bajó la ventanilla y lo miró. Lo que antes le había parecido la cara de un demente, era ahora el rostro de un hombre atormentado.

—¿Es usted médico realmente?

—Sí. Cirujano cardiovascular, para ser exactos.

—¿Y es verdad que su hija está enferma?

—Muy enferma —dijo Kim, y se le quebró la voz—. Por culpa de una cepa extremadamente maligna de E. coli. Estoy casi seguro de que la causa fue una hamburguesa medio cruda.

—Lo lamento de veras. Pero escuche, no es conmigo con quien debería hablar. Yo llevo poco tiempo trabajando en el Departamento de Agricultura, y estoy en lo más bajo del escalafón del servicio de inspección.

—¿Con quién debería hablar?

—Con el jefe de distrito —respondió Marsha—. Se llama Sterling Henderson. Puedo darle su número.

—¿Pertenece a la dirección media en el escalafón? —inquirió él, oyendo en su interior la voz de Kathleen.

—Supongo que sí.

—Pues no me sirve. Me han dicho que hay auténticos problemas con el servicio de inspección del Departamento de Agricultura por conflictos de intereses, sobre todo en el nivel de dirección medio. ¿Sabe algo de eso?

—Bueno, sé que hay problemas —admitió ella—. Todo son cuestiones políticas.

—Lo que significa que una industria que mueve miles de millones de dólares, como la cárnica, puede hacer sentir su peso.

—Algo parecido —dijo Marsha.

—¿Me ayudará usted por mi hija? No puedo darle ayuda médica, pero le juro que descubriré cómo y por qué enfermó, y quizá, al mismo tiempo, haga algo positivo al respecto. Quisiera salvar a otros niños del mismo destino. Creo que uno de los lotes mencio-

206

nados estaba contaminado con una cepa virulenta del E. coli.

—Joder, no sé qué decir —replicó Marsha, tamborileando sobre el volante mientras se debatía en la duda. La idea de salvar a más niños de una grave enfermedad era muy atractiva, pero también había riesgos.

—No creo que yo pueda obtener esa información sin su ayuda —dijo Kim—. Al menos con la necesaria rapidez para que sirva de algo.

—¿Qué le parece si llama al Departamento de Sanidad Pública? —sugirió ella.

—Es una idea. Estoy dispuesto a probarla el lunes si hace falta, pero, para serle sincero, no soy demasiado optimista. Tendría que enfrentarme con burócratas, y seguramente llevaría demasiado tiempo. Además, quiero hacerlo solo. Es para compensar el hecho de no ser capaz de ayudar a mi hija desde el punto de vista médico.

—Podría perder mi trabajo —dijo Marsha—. Aunque quizá pudiera solicitar la ayuda de mi inmediato superior. El problema es que él y yo nunca hemos tenido una buena relación laboral.

—¿Se trata del jefe de distrito que ha mencionado antes?

—En efecto. Sterling Herderson.

—Preferiría que esto quedara entre usted y yo —dijo Kim.

—Para usted es fácil decirlo, pero es mi trabajo el que estaría en juego.

—Dígame —preguntó él con una súbita idea—, ¿ha visto alguna vez a un niño enfermo por causa del E. coli? Se lo pregunto porque yo no había visto a ninguno hasta que mi hija enfermó, y soy médico. Había leído sobre ello, pero eran siempre meras abstracciones, estadísticas.

—No, nunca he visto a un niño enfermo de E. coli —admitió Marsha.

—Entonces venga a ver a mi hija. Después de verla, podrá decidir qué hacer.

—¿Dónde está?

—En el University Medical Center. El mismo hospital en que trabajo. —Señaló el teléfono móvil que veía entre los dos asientos delanteros—. Llame al hospital si no me cree. Soy el doctor Kim Reggis y mi hija se llama Becky Reggis.

—Le creo —dijo Marsha. Luego titubeó—. ¿Cuándo podría ir?

—Ahora mismo. Venga. Tengo allí el coche. —Kim señaló hacia atrás—. Puede venir conmigo. Luego la traeré para que recoja su coche.

—No puedo hacer eso. No le conozco de nada.

—De acuerdo —dijo él, animándose con la idea de que Marsha viera a Becky—. Sígame entonces en su coche. Sólo me preocupaba dónde podría aparcar en el hospital, pero a la mierda, se vendrá conmigo al aparcamiento de médicos. ¿Qué me dice?

—Digo que es usted persistente y persuasivo.

—¡Muy bien! —exclamó él, alzando un puño con entusiasmo—. Pasaré por aquí. Usted sígame.

—De acuerdo —dijo Marsha cautelosamente, sin saber muy bien en qué se estaba metiendo.

Jack Cartwright tenía la nariz apretada contra el cristal de la ventana. Había observado a Kim desde que se habían despedido y había sido testigo de todo lo sucedido entre él y Marsha Baldwin. Por supuesto no podía oír lo que se decían, pero vio que el coche de Marsha seguía al del médico después de que ambos parecieran haber alcanzado una especie de acuerdo.

Jack abandonó la recepción y cruzó apresuradamente el pasillo central, pasando por delante de la escalera por la que había subido con Kim para mostrarle el túnel de observación. En su extremo más alejado, el pasillo se convertía en un amplio espacio circundado por las oficinas de la administración.

—¿Está el jefe? —preguntó a una secretaria.

—Sí —dijo ella sin dejar de escribir en el teclado del ordenador.

Jack llamó a la puerta del presidente. Una voz estentórea le dijo que pasara.

Everett Sorenson llevaba casi veinte años dirigiendo con éxito Carnes Mercer. Bajo su dirección, la compañía había sido comprada por Foodsmart y se había construido la nueva planta. Sorenson era un hombre alto, más robusto que Jack, de cara colorada, orejas especialmente pequeñas y calva reluciente.

—¿Por qué coño estás tan inquieto? —preguntó Everett cuando Jack entró en su despacho. Everett tenía un sexto sentido sobre su protegido, Jack, al que había ascendido personalmente desde la planta de producción a la jerarquía de la compañía.

—Tenemos un problema.

—¡Fantástico! —exclamó Everett sarcásticamente. Se inclinó en la silla para apoyar el torso corpulento en los codos—. Siéntate y cuéntamelo.

Jack ocupó una de las dos sillas que había frente a la mesa de Everett.

—¿Recuerda el artículo del periódico que me mostró esta mañana? ¿El del médico chiflado que va por ahí hablando del E. coli y al que arrestaron en el restaurante Onion Ring de la Prairie Highway?

—Por supuesto —dijo Everett—. ¿Qué pasa con él?

—Acaba de estar aquí.

—¿El médico? —preguntó Everett con incredulidad.

—Exactamente el mismo tipo —dijo Jack—. Se llama Reggis. Y se lo diré claramente: ese tipo está majara. Está convencido de que su hija pilló el E. coli comiendo una de nuestras hamburguesas.

—¡Maldita sea! —exclamó Everett—. Es lo que menos necesitamos ahora.

—Y aún hay más. Acabo de verle conversando en el aparcamiento con Marsha Baldwin. Y se han ido uno detrás de otro.

—¿Quieres decir juntos? —preguntó Everett.

Jack asintió.

—Me ha parecido muy sospechoso. Han estado hablando un buen rato en el aparcamiento.

—¡Mierda! —exclamó Everett, dando un golpe sobre la mesa con su manaza. Se puso en pie para pasearse de un lado a otro—. ¡No es lo que necesitamos ahora! Esa maldita zorra de Baldwin ha sido una espina clavada en mi costado desde el día en que la contrataron. No hace más que rellenar esos estúpidos informes de deficiencias. Afortunadamente Sterling Henderson ha podido interceptarlos.

—¿No podría Sterling hacer algo con ella? —preguntó Jack—. Despedirla, por ejemplo.

—Ojalá. No hago más que quejarme y nada.

—Con el dinero que le pagamos, como si todavía trabajara aquí —dijo Jack—, lo menos que podría hacer es conseguir que la trasladen.

—En su defensa, debo decir que se trata de una situación delicada —explicó Everett—. Al parecer, el padre de esa Baldwin tiene contactos en Washington.

—Lo que nos deja metidos en un buen aprieto. Ahora tenemos a una inspectora recalcitrante formando equipo con un médico desbocado que no vacila en hacerse arrestar en un restaurante de comida rápida. Me temo que ese tipo es como un kamikaze. Se sacrificará, pero tiene la intención de arrastrarnos con él.

—No podría estar más de acuerdo —dijo Everett con nerviosismo—. Otro escándalo con el E. coli sería devastador. La dirección de Carnes Hudson no sobrevivió a su experiencia. Pero ¿qué podemos hacer?

—Tenemos que minimizar los perjuicios —dijo Jack—. Y hemos de actuar con rapidez. Creo que éste es el momento perfecto para que entre en acción el Comité de Prevención recién creado. Precisamente se formó para afrontar este tipo de situaciones.

—¿Sabes algo? —dijo Everett—. Tienes razón. Sería perfecto, porque nosotros ni siquiera nos veríamos involucrados.

—¿Por qué no llamamos a Bobby Bo Mason? —sugirió Jack.

—Yo lo haré —dijo Everett, animándose con el plan. La capacidad de estrategia y de toma de decisiones de Jack era lo que le había impulsado a nombrarlo vicepresidente.

—Cada minuto cuenta —dijo Jack.

—Llamaré ahora mismo.

—Quizá podríamos aprovechar la fiesta de Bo de esta noche. Así se acelerarían las cosas, porque todo el mundo va a estar allí.

—¡Bien pensado! —dijo Everett, alargando la mano hacia el teléfono.

Kim aparcó rápidamente y bajó del coche a tiempo para indicar a Marsha uno de los lugares reservados para médicos que no se usaba los sábados. Abrió la puerta del coche de Marsha en cuanto se detuvo.

—¿Está seguro de que es una buena idea? —preguntó ella al salir. Alzó la vista hacia la imponente fachada del hospital. Tras haber dispuesto de tiempo para meditar sobre el plan mientras conducía hacia allí, empezaba a arrepentirse de haber accedido.

—Creo que es una idea magistral —dijo Kim—. No sé cómo no se me ha ocurrido antes. ¡Venga!

La cogió por el brazo y la condujo hacia la entrada. Al principio ella opuso cierta resistencia, pero luego se resignó. Apenas había estado en hospitales y no sabía cómo iba a reaccionar. Temía que le alterara más de lo que había aparentado en el aparcamiento de Carnes Mercer. Se sorprendió, pues, mientras esperaban al ascensor en el vestíbulo, cuando se dio cuenta de que era Kim quien temblaba y no ella.

—¿Está bien? —preguntó.

—Pues no, si he de serle sincero —admitió él—. Obviamente me he pasado la vida entrando y saliendo de hospitales desde que empecé a estudiar medicina, y jamás me inquietó. Pero ahora, tratándose de Becky, siento una espantosa ansiedad cada vez que entro aquí. Supongo que por eso no me paso aquí las veinticuatro horas del día. Sería diferente si pudiera hacer algo, pero no puedo.

—Debe de ser un auténtico suplicio para usted —dijo Marsha.

—No lo sabe usted bien.

Subieron a un atestado ascensor y no volvieron a hablar hasta que se hallaron en el pasillo de la UCI.

—No pretendo entrometerme —dijo Marsha—, pero ¿cómo lleva su mujer la enfermedad de su hija?

—Estamos divorciados —explicó Kim—. Pero nos une la preocupación por Becky. Tracy, mi ex mujer, se lo está tomando muy mal, aunque tengo la sensación de que en realidad está mucho mejor que yo. Seguro que está aquí. Se la presentaré.

Marsha sintió un escalofrío. Tener que compartir la angustia de una madre iba a hacer que la experiencia fuera más perturbadora. Empezó a preguntarse por qué se había dejado arrastrar hasta allí.

Entonces, para empeorar las cosas, vio letreros de la UCI que señalaban la dirección hacia la que caminaban.

—¿Su hija está en cuidados intensivos? —preguntó, esperando una respuesta negativa.

—Me temo que sí.

Marsha suspiró. Iba a ser más duro de lo previsto.

Kim se detuvo en el umbral de la sala de espera de la UCI. Vio a Tracy e indicó a Marsha que lo siguiera. Cuando llegaron a Tracy, ésta se había puesto en pie.

—Tracy, quiero presentarte a Marsha Baldwin. Es inspectora del Departamento de Agricultura y espero que me ayude a averiguar de dónde salió la carne que comió Becky.

Al ver la expresión de Tracy, Kim comprendió que algo había ocurrido. Cada vez que se iba y volvía, Becky empeoraba. Era como una mala película repitiéndose una y otra vez.

—¿Qué ha pasado? —preguntó con tono lúgubre.

—¿Por qué no contestabas al teléfono? —preguntó Tracy con cansada exasperación.

—No ha sonado.

—He intentado llamarte —insistió Tracy—, varias veces.

Kim se dio cuenta de que se había dejado el teléfono en el coche mientras estaba en Carnes Mercer y con Marsha.

—Bueno, ahora ya estoy aquí —dijo con voz desconsolada—. ¿Qué ha ocurrido?

—Se le ha parado el corazón, pero han conseguido que vuelva a latir. Yo estaba en la habitación cuando ocurrió.

—Quizá debería marcharme —apuntó Marsha.

—¡No! —protestó Kim con vehemencia—. ¡Quédese, por favor! Déjeme ver qué pasa. —Giró en redondo y salió corriendo.

Tracy y Marsha se miraron con incomodidad.

—Lamento mucho lo de su hija —dijo Marsha.

—Gracias —dijo Tracy, secándose los ojos con un pañuelo de papel. Había llorado tanto en las cuarenta y ocho horas previas que casi se había quedado sin lágrimas—. Es una niña maravillosa.

—No pensaba que estuviera tan enferma. Debe de ser una terrible carga.

—Inimaginable.

—Me siento fatal por entrometerme de esta forma en un momento como éste —dijo Marsha—. Lo siento mucho. Quizá sería mejor que me marchara.

—No se vaya por mi causa —pidió Tracy—. Kim ha dicho que se quedase, aunque no puedo comprender cómo puede actuar así en estas circunstancias. A mí me cuesta hasta respirar.

—Debe de ser porque es médico —sugirió Marsha—. A mí me ha comentado que quería impedir que otros niños tuvieran el mismo problema.

—No había pensado en ello desde ese punto de vista —dijo Tracy—. Quizá no debería juzgarle tan a la ligera.

—Él teme que haya una partida de carne contaminada circulando por ahí.

—Es una posibilidad —dijo Tracy—. Pero no entiendo para qué la ha traído a usted aquí. Y no se lo tome a mal, se lo ruego.

—Lo comprendo. Me pidió que le ayudara a averiguar la procedencia de ciertos lotes de carne. Yo me mostré reacia. En realidad eso no forma parte de mi trabajo y, de hecho, dar esa información podría costarme el puesto si mi jefe lo descubriera. La idea de su ex marido era que ver a su hija y ser testigo de lo que el E. coli puede hacer me haría cambiar de opinión. Como mínimo, creía que daría un significado añadido a mi trabajo como inspectora de industrias cárnicas.

—Ver el sufrimiento de Becky haría de usted la inspectora más concienciada del mundo. ¿Sigue interesada en verla? Se necesita cierta fortaleza.

—No lo sé —respondió Marsha con sinceridad—. Y, como le decía, no quiero entrometerme.

—No se preocupe —dijo Tracy con súbita resolución—. Venga. Hagamos su visita.

La condujo fuera de la sala de espera y al otro lado del corredor, y se detuvo frente a la puerta de la UCI.

—No se separe de mí —dijo—. No está permitido entrar y salir de aquí libremente.

Marsha asintió. El corazón le palpitaba.

Tracy abrió la puerta y las dos entraron. Se encaminaron rápidamente hacia el cubículo de Becky. Varias enfermeras las vieron, pero no dijeron nada. Tracy se había convertido en una figura habitual en las últimas cuarenta y ocho horas.

—Me temo que será difícil ver algo —dijo Tracy cuando llegaron a la puerta de la pequeña habitación. Además de Kim, había seis médicos y dos enfermeras.

—¡Me han dicho que ha sufrido varios paros! —gritaba Kim, presa de una ira que era una mezcla de miedo y exasperación. Gracias a su experiencia sabía que su hija estaba al borde de la muerte, pero nadie quería darle una respuesta directa, y ninguno de los médicos hacía nada aparte de quedarse de pie con aire reflexivo—. ¡Lo que quiero saber es el motivo!

Kim miró a Jason Zimmerman, el cardiólogo pediátrico al que acababan de presentarle. El hombre desvió la mirada, fingiendo estar absorto en el monitor que trazaba el errático ritmo cardíaco. Algo muy grave estaba ocurriendo. Kim se giró para mirar a Claire Stevens, y vio a Tracy y a Marsha.

—No sabemos cuál es el motivo —reconoció Claire—. No hay líquido pericardial, así que no es un taponamiento.

—En mi opinión es algo inherente al miocardio —dijo Jason—. Necesito un electrocardiograma.

Tan pronto como pronunció estas palabras, se disparó la alarma del monitor, y el cursor barrió la pantalla, trazando una línea continua. El corazón de Becky había vuelto a pararse.

—¡Paro cardíaco! —gritó una de las enfermeras.

Jason reaccionó apartando a Kim de la cama. Inmediatamente inició un masaje cardíaco externo, con las manos presionando el frágil pecho de Becky. Jane Flanagan, la anestesista que había acudido al producirse el primer paro, y que seguía allí, comprobó que el tubo endotraqueal seguía en su sitio. También aumentó el porcentaje de oxígeno suministrado por el respirador.

Las enfermeras de la UCI llegaron a toda prisa con el carro de paros. Prácticamente chocaron con Tracy y Marsha, que tuvieron que apartarse.

Dentro del cubículo la actividad era frenética, pues todos los médicos echaban una mano. Todos eran conscientes de que el corazón de Becky no sólo había dejado de latir, sino que toda actividad eléctrica había cesado.

Tracy se tapó la boca con una mano. Quería huir, pero no pudo. Era como si se hubiese quedado paralizada, condenada a contemplar todos los detalles de aquella agonía.

Todo lo que Marsha pudo hacer fue colocarse detrás de Tracy, temerosa de estorbar.

En un primer momento Kim retrocedió, incrédulo y horrorizado. Sus ojos iban de la pantalla del monitor al lastimoso cuerpo de su hija, en el que el cardiólogo pediátrico trabajaba con frenesí.

—¡Epinefrina! —gritó Jason, sin dejar de oprimir el pecho de Becky.

Las enfermeras del carro de paros reaccionaron con eficacia, llenando una jeringuilla con el medicamento. Tras varios cambios de manos, llegó a Jason, que interrumpió el masaje cardíaco lo suficiente para hundir la aguja en el corazón de Becky.

Tracy se cubrió los ojos y gimió. Instintivamente, Marsha la rodeó con los brazos, pero no pudo apartar la mirada del espantoso drama que se desarrollaba ante sus ojos.

Jason reanudó el masaje sin dejar de mirar el monitor, pero no se produjo ningún cambio en el implacable trazo continuo que iba de un lado a otro de la pantalla.

—¡Desfibrilador! —gritó—. Veamos si conseguimos estimular la actividad eléctrica.

Las experimentadas enfermeras habían cargado ya el desfibrilador y tendieron las palas a Jason, que interrumpió el masaje para cogerlas.

—¡Apártense todos! —gritó al tiempo que los colocaba sobre el pecho de Becky. Hecho esto, apretó el botón de descarga.

El pálido cuerpo de Becky se convulsionó y sus frágiles brazos se agitaron. Todas las miradas se clavaron en el monitor, esperando ver algún cambio, pero el cursor persistió en su línea continua.

Kim se abalanzó sobre la cama. No le gustaba el modo en que Jason hacía el masaje cardíaco.

—No consigue suficiente movimiento torácico —dijo—. Yo me haré cargo.

—No —dijo Claire, intentando apartarlo de la cama—. Doctor Reggis, esto no es adecuado. Nosotros nos ocuparemos de todo. Creo que usted debería esperar fuera.

Kim se desasió de la pediatra. Tenía las pupilas dilatadas y el rostro encendido. No pensaba ir a ninguna parte.

Jason hizo caso de Kim. Debido a su baja estatura, le resultaba difícil desarrollar una gran fuerza estando de pie. Para facilitar las cosas, se puso de rodillas sobre la cama, con lo que consiguió una mejor compresión del pecho. Tanto mejoró que los presentes pudieron oír cómo se partían varias costillas de Becky.

—¡Más epinefrina! —bramó Kim.

—¡No! —consiguió jadear Jason—. ¡Calcio!

—Epinefrina —repitió Kim, con la vista clavada en el monitor. Al no serle entregada ninguna jeringuilla, se volvió hacia el carro de paros—. ¿Dónde está la maldita epi?

—¡Calcio! —repitió Jason—. Tenemos que conseguir actividad eléctrica. Tiene que haber un desequilibrio iónico.

—Ahora mismo llega el calcio —dijo Claire.

—¡No! —aulló Kim, y se abrió paso a empellones hacia el carro de paros lanzando una mirada furiosa a la enfermera.

Ésta miró el rostro colorado de Kim y luego a Claire, no sabiendo a quién obedecer.

Poco habituado a que le contradijeran, Kim cogió una jeringuilla y rasgó el envoltorio. Luego cogió un frasco de epinefrina y rompió la parte superior. Sus dedos temblorosos dejaron caer la aguja y tuvo que coger otra.

—¡Doctor Reggis, no! —exclamó Claire, aferrando el brazo de Kim. Walter Ohanesian, el hematólogo, intentó ayudarla aferrándole por el otro brazo.

Kim se desasió de ambos y llenó la jeringuilla sin que nadie se lo impidiera. A continuación se produjo un auténtico pandemonio cuando intentó abrirse paso hasta la cama. Tanto Kathleen como Arthur, el nefrólogo, acudieron en ayuda de Claire y Walter, convirtiendo la escena en una competición de empujones acompañados de gritos y amenazas.

—¡Oh, Dios mío! —gimió Tracy—. ¡Qué pesadilla!

—¡Alto todo el mundo! —gritó Jane a voz en cuello. La lucha cesó. Entonces Jane añadió, con voz apremiante pero tono más normal—: Ocurre algo muy extraño. Jason está consiguiendo un buen movimiento torácico, y yo he aumentado el porcentaje de oxígeno al cien por cien, ¡sin embargo tiene las pupilas dilatadas! Por algún motivo no hay circulación sanguínea.

Kim se desasió de las manos que lo sujetaban. Nadie se movió ni habló, excepto Jason, que continuó con el masaje. Los médicos estaban perplejos. No sabían qué hacer. Kim fue el primero en reaccionar. Su experiencia como cirujano no le permitió seguir dudando ni un momento más. Sabía lo que debía hacer. Si no había circulación, pese a un buen movimiento torácico, sólo quedaba una alternativa. Se dio la vuelta para encararse con las enfermeras del carro de paros.

—¡Escalpelo! —bramó.

—¡Oh, no! —gritó Claire.

—¡Escalpelo! —repitió Kim.

—¡No puede hacer eso! —chilló Claire.

—¡Escalpelo! —aulló Kim.

Arrojó la jeringuilla de epinefrina a un lado y se abalanzó sobre el carro de paros. Agarró el tubo de cristal que contenía el escalpelo, desenroscó la tapa con dedos temblorosos y sacó el instrumento estéril. Tiró el tubo de cristal, que se hizo pedazos en el suelo. Cogió un tapón de alcohol y desgarró el envoltorio con los dientes.

Llegados a aquel punto, sólo Claire estaba dispuesta a intentar detenerlo, pero sus esfuerzos fueron en vano. Kim la apartó con un empujón firme.

—¡No! —exclamó Tracy. No era médico, pero su intuición le decía lo que pensaba hacer Kim. Echó a andar hacia la cama.

Kim apartó a Jason de la cama de su hija y frotó el pecho de ésta con alcohol. Luego, antes de que Tracy llegara a su lado, le abrió el tórax con un movimiento decidido y sin efusión de sangre.

Un gemido colectivo surgió de todas las gargantas, salvo la de Tracy. Su reacción se pareció más a un quejido. Retrocedió tambaleándose de aquella espantosa escena y se hubiera desplomado de no ser por el nefrólogo.

En el otro lado de la cama, Jason se puso en pie, pero al ver lo que ocurría también retrocedió con espanto.

Kim no perdió tiempo. Sin hacer caso de los demás, el experto cirujano usó ambas manos para separar las delgadas costillas de Becky con un firme crujido. Luego metió la mano desnuda en el pecho de su hija y empezó a comprimir rítmicamente su corazón.

Los hercúleos esfuerzos de Kim fueron breves. Tras unas cuantas compresiones, notó que el corazón estaba perforado y que su textura no era normal en absoluto, como si no fuera un músculo, sino algo más blando, que parecía deshacerse entre sus dedos. Atónito, retiró la mano, que se llevó consigo parte del tejido de tacto desconocido. Perplejo, examinó el sangriento tejido.

Un gemido lastimero escapó de sus labios cuando comprendió que tenía en la mano fragmentos necróticos del corazón y el pericardio de Becky. La toxina había sido despiadada. Era como si hubiera devorado a su hija por dentro.

La puerta de la UCI se abrió violentamente. Dos guardias de seguridad del hospital irrumpieron en la sala y corrieron hacia el cubículo. Les había llamado la enfermera jefe tras el alboroto sobre la epinefrina. Pero cuando vieron la escena se detuvieron en seco.

El respirador seguía dando aire a Becky, cuyos pulmones rosados llenaban la abertura de la incisión de manera intermitente. Kim se hallaba junto a ella, con las manos ensangrentadas y una enloquecida expresión de dolor. Suavemente, intentó devolver el tejido necrótico a la cavidad del pecho. Cuando terminó con este fútil gesto, echó la cabeza hacia atrás y soltó un quejido de angustia como nunca antes se había escuchado en la UCI.

Tracy recobró el valor suficiente para acercarse, pero el grito angustioso de Kim la paralizó. Quería consolarle y ser consolada, pero Kim estaba ciego a todos y a todo. Se abrió paso fuera del cubículo y atravesó la UCI apresuradamente. Antes de que alguien pudiera reaccionar, había salido por la puerta.

En el pasillo, Kim inició una precipitada huida. La gente que lo vio llegar se apartó de su camino. Un celador no fue lo bastante veloz y Kim chocó contra él, derribando al hombre y el carro que empujaba.

Una vez fuera del hospital, corrió hacia su coche. Lo puso en marcha y salió disparado del aparcamiento, dejando la marca de los neumáticos sobre el asfalto.

Condujo como un loco hasta la Prairie Highway. Afortunadamente para él, no tropezó con ningún coche de la policía. Cuando giró hacia el aparcamiento del Onion Ring, su velocidad era tal que hubiera podido volcar. El coche se bamboleó violentamente hasta que se detuvo en seco con un chirrido de frenos frente al atestado restaurante. Puso el freno de mano con gesto brusco e hizo ademán de salir, pero vaciló. Un destello de razón se filtró por los rincones de su cerebro emocionalmente sobrecargado: la gente que disfrutaba de sus hamburguesas, batidos y patatas fritas en una tarde de sábado.

Kim había ido al Onion Ring en busca de un chivo expiatorio, pero una vez allí no bajó del coche. Lo que hizo fue alzar la mano derecha y mirarla. La visión de la sangre oscura y seca de su hija confirmó la horrible realidad: Becky había muerto, y él no había sido capaz de hacer nada por salvarla. Empezó a sollozar. Impotente, se rodeó el cuerpo con los brazos y lloró sobre el volante.

Tracy sacudió la cabeza con incredulidad después de lo sucedido. Se pasó la mano por los cabellos enmarañados, mientras Marsha Baldwin le palmeaba el hombro. Le costaba creer, además, que estuviera siendo consolada por una desconocida.

Ella había reaccionado de manera opuesta a Kim. En lugar de salir huyendo presa de una rabia ciega, se había quedado petrificada, incapaz incluso de llorar.

Justo después de la precipitada partida de su ex

marido, Claire y Kathleen la habían acompañado hasta la sala de espera de la UCI. Marsha la había seguido, aunque en aquel momento Tracy no recordaba siquiera su presencia. Las dos doctoras se habían quedado con ella durante un rato para ofrecerle sus condolencias y explicarle lo ocurrido. No habían ahorrado detalles en respuesta a sus preguntas, incluyendo el hecho de que obviamente la toxina del E. coli había dañado el músculo cardíaco de Becky, así como el pericardio, la envoltura del corazón.

Tanto Claire como Kathleen se habían ofrecido para llevarla a casa, pero ella les había asegurado que podía ir en su propio coche. Hasta que no se fueron las dos doctoras, Tracy no se dio cuenta de que Marsha seguía allí, e inició entonces una larga conversación con ella.

—Quiero darle las gracias por quedarse conmigo —dijo al fin—. Ha sido usted un gran apoyo. Espero no haberla aburrido con todas estas historias sobre Becky.

—Por lo que me cuenta, era una niña maravillosa.

—La mejor —dijo Tracy con pesar. Luego respiró hondo y se irguió en la silla.

Ambas se hallaban en el rincón más alejado de la sala, junto a la ventana, donde habían colocado dos sillas. En el exterior, las sombras del atardecer invernal se alargaban hacia el este.

—¿Sabe? —dijo Tracy—. Con todo lo que he hablado, y no he mencionado a mi ex marido ni una sola vez.

Marsha asintió.

—La vida está llena de sorpresas —añadió con un suspiro—. Acabo de perder a mi querida hija, que era el centro de mi vida, y me sorprendo a mí misma preocupándome por mi ex marido. Espero que la muerte de Becky no acabe por trastornarlo completamente.

—¿Qué quiere decir? —preguntó Marsha.

—No estoy segura. Creo que me aterra lo que pueda hacer a continuación. Ya le han arrestado una vez por agredir al encargado del restaurante donde sospecha que enfermó Becky. Espero que no cometa otra locura y acabe haciendo daño a alguien o a sí mismo.

—Realmente parecía furioso.

—Eso es ponerlo muy suave —dijo Tracy—. Siempre fue un perfeccionista. Antes su ira solía dirigirla contra sí mismo. Le servía como acicate para progresar, pero en los últimos años ha cambiado. Fue una de las razones principales por las que acabamos divorciándonos.

—Lo lamento.

—En el fondo es un buen hombre. Egoísta y egocéntrico, pero un excelente médico. Desde luego es uno de los mejores cirujanos en su campo.

—Una de las cosas que me impresionaron de él fue que en medio de todo esto, pudiera pensar en otros niños.

—¿Qué le parecería ayudarle después de lo que ha visto aquí esta tarde? Sería fantástico que Kim pudiera canalizar su ira por lo que le ha ocurrido a Becky en una dirección positiva.

—Me gustaría mucho ayudarle —le aseguró Marsha—, pero creo que me ha asustado. Yo no le conozco apenas y no puedo situar sus acciones en la adecuada perspectiva.

—Lo comprendo. Pero piénselo. Le daré su dirección. Conociéndole tan bien como lo conozco, estoy segura de que se encerrará en su casa hasta que su cólera y su sentido de la justicia le impulsen a salir y hacer algo. Sólo espero que con la ayuda de usted, sus energías se empleen en algo que realmente sirva para ayudar a los demás.

Marsha subió a su coche. No lo puso en marcha inmediatamente, sino que reflexionó sobre los acontecimientos de aquel extraño día. Todo había comenzado cuando ella sintió el impulso de hacer unas cuantas horas extra en Carnes Mercer.

Se preguntó cómo podría conseguir la información que Kim le había pedido. El origen de la carne de los diferentes lotes se hallaba registrado en los libros de la planta de producción, pero leer las entradas concretas de los libros no formaba parte de sus competencias habituales. Su trabajo consistía sólo en confirmar que se llevaba tal registro, y sabiendo que siempre había alguien mirando por encima de su hombro, se preguntó cómo podría leer los registros sin despertar sospechas. El problema era que no quería que su propio jefe supiera lo que pensaba hacer, y eso resultaría difícil, dado que Carnes Mercer mantenía un estrecho contacto con sus superiores y les informaba de todo cuanto ella hacía.

La respuesta era obvia. Marsha iría a Carnes Mercer fuera de horario, cuando sólo estuvieran allí los de la limpieza. De hecho, el sábado era un día ideal para intentarlo, pues estaría más tranquilo de lo habitual.

Marsha sacó la dirección que le había dado Tracy y consultó el callejero que llevaba en el coche.

La casa de Kim estaba relativamente cerca, de modo que decidió ir a visitarlo para comprobar si todavía estaba interesado en su ayuda.

No le costó mucho encontrar la casa, pero cuando llegó, vio con consternación que todas las luces estaban apagadas. La casa era una gran mole negra cuya silueta se recortaba en medio de la densa arboleda que la rodeaba.

Marsha estaba a punto de marcharse cuando divisó el coche de Kim aparcado en las oscuras sombras delante del garaje, así que decidió acercarse hasta la puerta principal por si realmente Kim estaba allí.

Pulsó el timbre. Le sorprendió que sonara tan alto y claro, hasta que se fijó en que la puerta no estaba cerrada del todo. Volvió a llamar, y tampoco esta vez hubo respuesta.

Intrigada e inquieta por la puerta abierta en pleno invierno, se aventuró a empujarla para asomarse al vestíbulo y gritar el nombre de Kim. No hubo respuesta.

Desde la puerta principal se veía la escalera, el comedor y, al otro lado, la cocina. Volvió a llamar a Kim, pero nadie contestó.

No sabiendo qué hacer, pensó en irse, pero recordó entonces el comentario de Tracy sobre la posibilidad de que Kim se hiciera daño a sí mismo, y se preguntó si debería llamar a la policía. Sin embargo, le pareció una medida impropia dado que carecía de pruebas, de modo que decidió seguir investigando.

Haciendo acopio de valor, entró en el vestíbulo con la intención de dirigirse al pie de las escaleras, pero no llegó tan lejos. A mitad de camino se detuvo en seco: Kim estaba sentado en una butaca a menos de tres metros de distancia. Parecía un espectro en aquella penumbra. Su bata blanca de médico relucía como la esfera de un viejo reloj de pulsera. A Marsha le sorprendió ver que, aparte de la butaca, el resto de la habitación carecía de mobiliario.

—¡Dios mío! —exclamó—. ¡Me ha asustado!

Él no respondió, no se movió siquiera.

—¿Doctor Reggis? —dijo ella. Le pasó fugazmente por la cabeza la idea de que estaba muerto.

—¿Qué quiere? —preguntó Kim con voz monótona y cansada.

—Quizá no debería haber venido. Sólo quería ofrecerle mi ayuda.

—¿Y cómo piensa ayudarme?

—Haciendo lo que me ha pedido antes. Sé que eso no le devolverá a su hija, pero me gustaría ayudarle a averiguar el origen de esa carne que usted considera contaminada. Claro que podría ser un esfuerzo inútil.

Tiene que comprender que, hoy en día, la carne de una sola hamburguesa puede proceder de cien vacas diferentes de diez países diferentes. Pero, sea como sea, estoy dispuesta a intentarlo si usted aún quiere que lo haga.

—¿A qué se debe este cambio de opinión?

—Sobre todo a que tenía usted razón sobre el efecto que causa ver a un niño enfermo, pero también porque tenía razón sobre el Departamento de Agricultura. Antes no he querido admitirlo, pero sé que mis superiores no mueven prácticamente ni un dedo y que existe connivencia entre el departamento y la industria cárnica. Todos los informes sobre deficiencias descubiertas por mí han sido suprimidos por el jefe de mi distrito. Sólo le ha faltado ordenarme que hiciera la vista gorda si encontraba algún problema.

—¿Por qué no me lo contó antes? —quiso saber Kim.

—No lo sé. Por lealtad a mis jefes, supongo. Verá, yo creo que el sistema podría funcionar. Sólo necesita más gente como yo que quiera que funcione.

—Y mientras tanto la carne se contamina y la gente enferma, y niños como Becky mueren.

—Por desgracia, eso es cierto —admitió ella—. Pero todos los que nos movemos en este mundillo sabemos dónde radica el problema: en los mataderos. Sencillamente, se descuida la seguridad en favor de los beneficios.

—¿Cuándo estaría dispuesta a ayudarme? —preguntó Kim.

—Cuando usted quiera. Ahora mismo, si se siente con ánimos. En realidad, esta noche sería el momento perfecto para que lo intentara, porque habrá menos riesgo. Los únicos que quedarán en Carnes Mercer serán los de la limpieza. No se fijarán mucho en si miro los libros de la sala de producción.

—De acuerdo —dijo él—. Aceptada. Vamos.

13

Sábado 24 de enero, por la noche

Tracy se sentía conmocionada. Su divorcio había sido duro, sobre todo la batalla por la custodia de su hija, pero nada comparado con lo que sentía ahora. Gracias a su experiencia como asistenta social, reconocía claramente los síntomas. Estaba al borde de una grave depresión. Ella, que había aconsejado a otras personas en circunstancias similares, sabía que no iba a ser fácil, pero deseaba combatirla. Al mismo tiempo sabía que debía dar rienda suelta a su dolor.

Cuando enfiló la última curva y se acercó a su casa, vio el Lamborghini amarillo de Carl aparcado junto al bordillo. No supo si alegrarse de verlo.

Tracy se metió en el sendero de entrada a su casa y paró el motor. Carl bajó los escalones para ir a su encuentro con un ramo de flores en las manos.

Tracy bajó del coche y se abrazó a Carl. Durante unos minutos no se dijeron nada; él se limitó a abrazarla en medio de la oscuridad.

—¿Cómo te has enterado? —preguntó Tracy con la cabeza aún apretada contra el pecho de Carl.

—Dado que soy de la junta del hospital, me entero siempre de todo. Lo lamento muchísimo.

—Gracias. Dios, estoy agotada.

—Me lo imagino —dijo él—. Vamos, entremos en casa.

Echaron a andar por el sendero.

—Me han dicho que Kim perdió por completo la cabeza. Eso debió de hacértelo aún más difícil.

Ella se limitó a asentir.

—Es evidente que ha perdido el norte. ¿Quién se ha creído que es? ¿Dios? Te lo aseguro, todo el hospital está indignado.

Tracy abrió la puerta sin responder. Entraron.

—Kim lo está pasando muy mal —comentó.

—¡Ja! —exclamó Carl. Cogió el abrigo de Tracy y lo colgó junto con el suyo en el armario del vestíbulo—. Eso es decirlo muy suave. Eres demasiado generosa, como de costumbre. Yo no soy tan caritativo. De hecho, podría empapelarlo por lo que hizo anoche en el restaurante Onion Ring, diciendo que Becky se había puesto enferma allí. ¿Has leído el artículo del periódico? Ha tenido un gran efecto en el precio de las acciones del Onion Ring. No quieras saber las pérdidas que he sufrido a causa de su locura.

Tracy entró en la sala de estar y se dejó caer en el sofá. Estaba agotada, pero al mismo tiempo se sentía muy despierta e inquieta. Carl la siguió.

—¿Quieres beber o comer algo? —preguntó.

Tracy negó con la cabeza. Él se sentó frente a ella.

—He hablado con otros miembros de la junta de Foodsmart —dijo—. Estamos pensando seriamente en demandarle si el precio de las acciones continúa cayendo.

—No fue una acusación infundada —afirmó ella—. Becky tomó allí una hamburguesa medio cruda la noche antes de enfermar.

—Pero bueno —dijo Carl con un ademán desdeñoso—. Becky no enfermó allí. En nuestra cadena se hacen cientos de miles de hamburguesas, y nadie se muere por comerlas.

Tracy no respondió. Carl se dio cuenta de lo que había dicho.

—Lo siento. No he elegido bien mis palabras, dadas las circunstancias.

—No te preocupes —dijo ella cansinamente.

—Te diré qué es lo que más me fastidia de todo esto. La hamburguesa ha recibido un trato injusto con toda esa cháchara sobre el E. coli. Es como una reacción automática: dices E. coli y la gente piensa en hamburguesas. Joder, la gente se ha contagiado de ese mismo E. coli con zumos de manzana, lechugas, leche, incluso nadando en una piscina contaminada. ¿No crees que es injusto que la hamburguesa tenga que llevarse todos los palos?

—No lo sé. Siento no ser más receptiva. Me siento entumecida. Me resulta difícil pensar.

—Por supuesto, querida —dijo Carl—. Yo soy quien debería sentirlo por seguir dándote la lata. Creo que deberías comer. ¿Cuándo has comido por última vez?

—No lo recuerdo —dijo Tracy.

—Bueno, ahí está. ¿Qué te parece si vamos a algún restaurante tranquilo?

—Se acaba de morir mi hija —dijo ella, mirándolo con incredulidad—. No voy a salir a ningún sitio. ¿Cómo puedes pensarlo siquiera?

—De acuerdo —dijo él, alzando las manos para defenderse—. Sólo era una idea. Creo que deberías comer. Supongo que podría traer comida rápida. ¿Qué me dices?

Tracy hundió el rostro entre las manos. Carl no la estaba ayudando.

—No tengo hambre. Además, quizá sería mejor que esta noche me quedara sola. No soy muy buena compañía.

—¿En serio? —dijo Carl. Estaba dolido.

—Sí, en serio —confirmó Tracy alzando la cabeza—. Estoy segura de que tendrás algo mejor que hacer.

—Bueno, está la cena en casa de Bobby Bo Mason —admitió él—. ¿Recuerdas que te hablé de ella?

—No, no lo recuerdo —dijo Tracy con tono cansado—. ¿Quién es Bobby Bo?

—Uno de los peces gordos locales de las industrias cárnicas. Hoy se celebra que ha asumido la presidencia de la Alianza Americana de la Carne de Vacuno.

—Parece muy importante —dijo ella, en contraste con lo que sentía.

—Lo es. Es la organización nacional más poderosa del sector.

—Entonces no permitas que te entretenga —dijo Tracy.

—¿No te importa? Llevaré el móvil. Puedes llamarme si lo necesitas, y volveré en una hora como mucho.

—No me importa en absoluto —le aseguró Tracy—. De hecho, me sentiría muy mal si te lo perdieras por mi culpa.

El salpicadero del coche arrojaba su luz sobre el rostro de Kim. Marsha lo miraba de reojo mientras conducía. Ahora que había tenido ocasión de observarlo, tenía que reconocer que era un hombre atractivo, incluso con barba de dos días.

Viajaron en silencio durante buena parte del trayecto. Finalmente consiguió que él hablara sobre su hija. Tenía la sensación de que sería bueno para él hablar de Becky; estaba en lo cierto. Kim se animó con el tema y la entretuvo con anécdotas sobre las hazañas de Becky como patinadora, que Tracy no había mencionado.

Cuando la conversación sobre Becky decayó, ella habló un poco de sí misma, explicando que había estudiado veterinaria. Ella y una amiga se habían interesado por la labor del Departamento de Agricultura y habían jurado ingresar en el departamento para mejorar las cosas. Después de licenciarse habían descubierto ciertos obstáculos para entrar en el departamento como veterinarias, y las únicas plazas disponibles eran las de inspección. Al final, sólo Marsha había entrado a trabajar. La amiga había decidido que el año o dos que tardarían en ser trasladadas era un sacrificio demasiado grande, y había optado por la práctica privada.

—¿Veterinaria? —comentó Kim—. No lo hubiera adivinado jamás.

—¿Por qué no?

—No lo sé exactamente. Quizá es usted demasiado... —se interrumpió, buscando la palabra adecuada— demasiado elegante, supongo. Sé que seguramente es una tontería, pero yo hubiera esperado que fuera alguien más...

—¿Más qué? —preguntó ella, al ver que Kim volvía a callar, disfrutando con su turbación.

—Más marimacho, supongo —dijo él, y rió entre dientes—. Supongo que es una estupidez.

Marsha también rió. Al menos Kim era consciente de que lo que decía era una ridiculez.

—Si no le molesta que lo pregunte —dijo Kim—, ¿cuántos años tiene? Es una pregunta indiscreta, pero a menos que sea una especie de niña prodigio me parece que no tiene los veintipocos años que yo imaginaba.

—Cielos, no. Tengo veintinueve, casi treinta.

Marsha se inclinó y puso en marcha los limpiaparabrisas. Había empezado a llover y había anochecido ya, pese a que eran sólo las seis.

—¿Cómo vamos a hacerlo? —preguntó Kim.

—¿Hacer qué?

—Conseguir que yo entre en Carnes Mercer.

—Ya le he dicho que no será problema —le aseguró Marsha—. Hace horas que los trabajadores del turno de día y los supervisores se marcharon. Sólo quedarán los de la limpieza y el guardia de seguridad.

—Bueno, el guardia no va a dejarme entrar por las buenas —dijo Kim—. Quizá debería esperarla en el coche.

—El guardia no será problema. Llevo mi identificación del Departamento de Agricultura y la de Carnes Mercer.

—Eso servirá sólo para usted —insistió él.

—No se preocupe. Me conocen. Jamás me han pedido la identificación. Si hiciera falta, diré que usted es mi supervisor. O que está de prácticas conmigo. —Se echó a reír. Lo miró de reojo y soltó una nueva risita—. ¿Qué sabe un guardia de seguridad nocturno? Creo que su aspecto es bastante peculiar para pasar por casi cualquier cosa.

—Parece muy segura —comentó Kim.

—Bueno, ¿qué es lo peor que puede pasar? Que no entremos.

—Y que usted se meta en líos.

—Ya he pensado en eso —dijo Marsha—. Lo que haya de pasar, pasará.

Abandonaron la autopista y entraron en Bartonsville. Tuvieron que pararse ante el único semáforo de la población, en la confluencia de Mercer Street y Main Street.

—Cuando pienso en las hamburguesas —dijo ella—, me sorprende que alguien las coma. Yo era medio vegetariana antes de empezar a trabajar en esto. Ahora soy una vegetariana convencida.

—Viniendo de una inspectora de productos cárnicos del Departamento de Agricultura, no resulta muy tranquilizador.

—Se me revuelve el estómago cuando pienso lo que lleva dentro una hamburguesa —dijo Marsha.

—¿Qué quiere decir? No es más que músculo.

—Músculo y un puñado de cosas más. ¿Ha oído hablar del Sistema Avanzado de Recuperación de la Carne?

—Pues no.

—Se trata de un dispositivo de alta presión que se usa para pelar completamente los huesos. Con ello se consigue una mezcla lechosa de color gris que tiñen de rojo y añaden a las hamburguesas.

—Eso es repugnante.

—Y el tejido del sistema nervioso central —añadió Marsha—. Como la médula espinal. Eso también lo incorporan a las hamburguesas.

—¿En serio?

—Completamente. Es peor aún de lo que parece. ¿Ha oído hablar de la enfermedad de las vacas locas?

—¿Y quién no? Es una enfermedad que a mí, particularmente, me aterroriza. La idea de una proteína letal, resistente al calor, que ingieres al comer es el último de los horrores. Gracias a Dios no existe en este país.

—No existe todavía —precisó Marsha—. Al menos no se ha encontrado por el momento. Pero si quiere saberlo, es cuestión de tiempo. ¿Sabe lo que se cree que hizo surgir la enfermedad en el Reino Unido?

—Creo que se habla de que fueron las ovejas convertidas en pienso para las vacas. Ovejas que tenían un virus fatal que produce la degeneración progresiva del sistema nervioso.

—Exactamente. Y en este país se supone que existe la prohibición de alimentar a las vacas con ovejas convertidas en pienso. Pero, ¿sabe una cosa?, esa ley no se cumple. Ciertas personas metidas en el negocio me han asegurado que las plantas de producción de piensos admiten en privado que no hacen el menor caso de esa prohibición.

—En otras palabras, las mismas circunstancias que

dieron como resultado la enfermedad de las vacas locas en el Reino Unido están presentes aquí.

—En efecto. Y dado que la médula espinal y similares suelen acabar en las hamburguesas, la cadena se completa hasta llegar a los seres humanos. Por eso digo que sólo es cuestión de tiempo que se produzcan los primeros casos.

—¡Dios Santo! —exclamó Kim—. Cuanto más sé de este chapucero negocio, más me horrorizo. No tenía la menor idea de todo esto.

—Ni usted ni el público en general.

La mole blanca de Carnes Mercer apareció a la vista y Marsha giró hacia el aparcamiento. En contraste con unas horas antes, había muy pocos coches. Se detuvo delante de la puerta principal, en el mismo sitio en que había aparcado por la mañana, y paró el motor.

—¿Preparado? —preguntó a Kim.

—¿Está segura de que debo entrar yo también?

—¡Vamos! —dijo Marsha. Abrió la portezuela y salió.

La puerta principal estaba cerrada. Marsha dio unos golpes. En el interior, el vigilante estaba sentado a la mesa redonda de recepción, leyendo una revista. Se levantó para acercarse. Era un hombre maduro con un fino bigote, y su uniforme parecía varias tallas más grande de lo que le correspondía.

—Carnes Mercer está cerrado —dijo a través del cristal.

Marsha alzó su identificación. El vigilante la miró con los ojos entrecerrados y luego abrió la puerta. Ella entró.

—Gracias —se limitó a decir.

Kim la siguió, notando que el vigilante lo miraba con suspicacia, pero sin decir nada, y que finalmente volvía a cerrar la puerta.

Kim tuvo que correr para alcanzar a Marsha, que caminaba ya con paso decidido por el pasillo.

—¿Qué le había dicho? —comentó ella—. No ha habido ningún problema.

El vigilante fue hasta el inicio del pasillo y observó a Marsha y Kim desaparecer en el vestuario que conducía a la planta de producción. Volvió a su mesa y cogió el teléfono. El número que necesitaba estaba anotado en un papel que tenía pegado a un extremo de la mesa.

—Señor Cartwright —dijo cuando respondieron a su llamada—, esa mujer del Departamento de Agricultura que usted me pidió que vigilara, la señorita Baldwin, acaba de entrar con otro tipo.

—Ese que la acompaña, ¿lleva bata blanca, como de médico? —preguntó Cartwright.

—Sí.

—Cuando se vayan, haga que firmen la salida. Quiero pruebas de que han estado ahí.

—Así lo haré, señor —dijo el vigilante.

Cartwright no se molestó en colgar. Apretó el botón adecuado y esperó. Instantes después, la voz estentórea de Everett resonaba a través del hilo telefónico.

—Marsha Baldwin y el médico han vuelto a la planta —dijo Cartwright.

—¡Por todos los demonios! —exclamó Everett—. No era eso lo que quería oír. ¿Cómo lo has descubierto?

—Le dejé dicho al vigilante que me llamara si aparecían por allí —explicó Cartwright—. Por si acaso.

—Bien pensado. Me pregunto qué coño estarán haciendo allí.

—Supongo que intentar hallar el origen de ciertos lotes de carne —dijo Cartwright—. Eso es lo que él quería que hiciera yo esta mañana.

—No supongamos nada —dijo Everett—. Sal pitando ahora mismo y averigua qué están tramando. Luego vuélveme a llamar. No quiero que esto me estrope la velada.

Cartwright colgó. Tampoco él quería que le estropeara la velada. Hacía un mes que esperaba con impaciencia la cena en casa de Bobby Bo, y desde luego no había previsto volver a la planta. Estaba de un humor de perros cuando se puso el abrigo y fue al garaje por el coche.

Kim daba patadas en el suelo y se frotaba los brazos. No acababa de comprender por qué, pero los cero grados de la planta de producción de hamburguesas le parecían más bien cinco o incluso diez grados bajo cero. Se había puesto una bata blanca de Carnes Mercer sobre la del hospital, pero ambas eran de algodón, y debajo sólo llevaba el pijama de quirófano. Las tres capas no lo aislaban suficientemente del frío. El gorro blanco no le ayudaba en nada.

Marsha ojeaba los libros de registro desde hacía más de un cuarto de hora. La localización de las fechas concretas, los lotes y las partidas estaba siendo más dificultosa de lo previsto. Al principio Kim había mirado por encima del hombro de la inspectora, pero cuanto más frío tenía, menos interesado estaba.

Había otras dos personas, además de ellos, ocupadas en limpiar la máquina de preparación de hamburguesas con mangueras de vapor a alta presión. Estaban allí cuando Kim y Marsha llegaron, pero no habían hecho intento por trabar conversación.

—Ah, aquí está —dijo ella con tono triunfal—. Aquí está el 29 de diciembre. —Recorrió la columna con el dedo hasta llegar al lote número dos. Luego, moviéndolo horizontalmente, llegó a las partidas que buscaban: de la uno a la cinco—. Oh, oh.

—¿Qué pasa? —preguntó Kim, acercándose para mirar.

—Es justo lo que me temía. Las partidas de la uno

a la cinco eran una mezcla de carne de vacuno fresca deshuesada de Higgins y Hancock y carne de vacuno picada de importación. Es imposible rastrear la carne importada, salvo quizá hasta el país de origen. Por supuesto, eso no serviría para lo que usted busca.

—¿Qué es Higgins y Hancock? —preguntó Kim.

—Un matadero cercano. Uno de los más importantes.

—¿Y el otro lote?

—Comprobémoslo —dijo Marsha, volviendo la hoja—. Aquí está. ¿Puede repetirme el número del lote y los de las partidas?

—Lote seis, partidas de la nueve a la catorce —dijo Kim, consultando su papel.

—Bien, aquí está. Eh, estamos de suerte si la producción del 12 de enero es la culpable. Esas partidas proceden íntegramente de Higgins y Hancock. Eche un vistazo.

Kim vio que el lote entero estaba formado por carne de vacuno fresca producida el 9 de enero en Higgins y Hancock.

—¿No hay modo de saber de qué lote se trata? —preguntó Marsha.

—Según el cocinero del Onion Ring, no. Pero he entregado muestras de las dos fechas de producción a un laboratorio. Me han asegurado que el lunes tendrán los resultados.

—Hasta entonces supondremos que es el lote de enero —dijo ella—, porque es el único que se podrá seguir, espero que más allá de Higgins y Hancock.

—¿En serio? ¿Quiere decir que podremos averiguar de dónde salió la carne que luego fue al matadero?

—Así es como se supone que debe funcionar el sistema. Al menos en teoría. El problema es que en uno de esos *combos* de dos mil libras de peso cabe la carne deshuesada de un montón de vacas. Pero las facturas de compra deberían permitirnos seguir el rastro de los animales hasta el rancho o la granja de los que proceden. El siguiente paso, pues, es ir a Higgins y Hancock.

—¡Denme ese maldito libro! —bramó Cartwright.

Marsha y Kim dieron un respingo de miedo cuando Cartwright se abalanzó sobre ella y le arrebató el pesado libro. El ruido del vapor a presión les había impedido oírle llegar.

—¡Se ha excedido en sus funciones, señorita Baldwin! —dijo Cartwright con triunfal tono de burla, señalándola con un dedo acusador.

Ella intentó recobrar su aplomo.

—¿De qué está hablando? —repuso, intentando que su tono sonase tajante—. Tengo derecho a examinar los libros de registro.

—Y una mierda. Tiene derecho a comprobar que se llevan los libros de registro, pero los libros en sí son propiedad privada de una empresa privada. Peor aún, no tiene derecho a traer personas ajenas a la empresa para mirarlos valiéndose de la autoridad del Departamento de Agricultura.

—Basta —dijo Kim, interponiéndose entre los otros dos—. Si hay algún culpable aquí, soy yo.

—Una cosa sí le aseguro, señorita Baldwin —dijo Cartwright, sin hacer caso de Kim—, y es que Sterling Henderson, el jefe de distrito del Departamento de Agricultura, va a ser informado de esta infracción inmediatamente.

Kim apartó el dedo acusador de Cartwright y lo cogió por la bata.

—Escuche, rastrero cabrón...

—¡No! —exclamó Marsha, cogiéndolo por el brazo—. Déjele. No compliquemos más las cosas.

Kim soltó a Cartwright con reticencia y éste se alisó las solapas de la bata.

—Salgan ahora mismo de aquí —gruñó—, antes de que llame a la policía y haga que los arresten.

Kim lanzó una mirada furiosa al vicepresidente de Carnes Mercer. En un instante de ceguera, aquel hombre encarnó para él toda su ira; le habría golpeado de no ser por la intervención de Marsha.

Cartwright los vio partir. Una vez se cerró la puerta, devolvió los libros a su sitio en unos estantes. Luego salió a su vez, pasando por el vestuario. Marsha y Kim ya se habían ido. Cartwright siguió por el pasillo hasta la recepción. Llegó a tiempo para ver el coche de Marsha abandonando el aparcamiento y acelerando al llegar a la calle.

—No me han hecho caso —dijo el vigilante—. No han querido firmar.

—Ya no importa —dijo Cartwright. Se dirigió a su despacho y telefoneó a Everett.

—Bueno, ¿qué ha pasado? —preguntó el jefe.

—Lo que sospechaba. Estaban en la sala de producción, husmeando en los libros de registro.

—¿No han visto los libros de la fórmula?

—El vigilante dice que no han ido a ningún otro sitio aparte de la sala de producción, así que no pueden haber visto los libros de la fórmula de preparación.

—Bien. Lo último que querría es que alguien descubriera que utilizamos carne congelada caducada y reciclada, cosa que podría ocurrir si fisgan en los libros de la fórmula.

—No es el caso. Lo que debe preocuparnos es que ese par se presente en Higgins y Hancock. Les he oído hablando de ello antes de sorprenderlos. Creo que deberíamos avisar a Daryl Webster.

—Excelente idea —dijo Everett—. Puedes comentárselo a Daryl esta noche. No, mejor aún, le llamaré ahora.

—Cuanto antes mejor. ¡Quién sabe lo que podrían hacer esos dos, con lo loco que parece estar ese médico!

—Nos vemos en casa de Bobby Bo.

—Puede que llegue un poco tarde —dijo Cartwright—. Tengo que volver a casa a cambiarme.

—Bueno, date prisa —dijo Everett—. Quiero que estés allí para la reunión del Comité de Prevención.

—Haré todo lo posible —dijo Cartwright.

Everett colgó y buscó el número de teléfono de Daryl Webster. Se hallaba en su estudio del piso de arriba, contiguo a su vestidor, con el esmoquin a medio poner. Cuando Cartwright le había llamado, estaba peleándose con los gemelos de la camisa. Everett no estaba habituado a vestir de etiqueta, dado que no era un requisito habitual para él.

—¡Everett! —llamó Gladys Sorenson desde el dormitorio principal. Gladys y Everett llevaban más años casados de los que él quería recordar—. Será mejor que te des prisa, cariño. Tenemos que estar en casa de los Mason dentro de media hora.

—¡Tengo que hacer una llamada! —gritó Everett en respuesta. Encontró el número y rápidamente lo marcó. Le contestaron a la primera llamada.

»Daryl, soy Everett Sorenson —dijo.

—Qué sorpresa —dijo Daryl, que no sólo había seguido una trayectoria profesional similar a la de Everett, sino que incluso se parecía físicamente a él. Daryl era corpulento, de cuello grueso y manos como palas, y de rostro rubicundo y pletórico. La diferencia estribaba en que Daryl conservaba todo el cabello y tenía las orejas de un tamaño normal—. Mi señora y yo estábamos a punto de salir de camino a casa de Mason.

—Gladys y yo también —dijo Everett—, pero ha surgido un problema. ¿Sabes quién es esa joven inspectora, Marsha Baldwin, esa pesada que me ha causado tantos quebraderos de cabeza?

—Sí, Henderson me ha hablado de ella. Una auténtica agitadora que obra por su cuenta, según tengo entendido.

—Bueno, pues se ha juntado con ese médico maníaco que se hizo arrestar anoche en el Onion Ring. ¿Lo has visto en el periódico de hoy?

—¿Cómo no iba a verlo? —dijo Daryl—. Me han dado sudores fríos saber que anda por ahí hablando del E. coli.

—Y a mí. Pues ahora la cosa ha ido a mayores. Hace un momento, el médico y la inspectora se han colado en mi planta. De algún modo, ese diablo ha conseguido que le ayude a averiguar el origen de nuestra carne.

—Presumiblemente para buscar el E. coli —dijo Daryl.

—Sin duda.

—No me gusta nada.

—Ni a mí. Sobre todo porque Jack Cartwright les ha oído hablar de Higgins y Hancock. Nos preocupa que puedan presentarse en tu negocio siguiendo su cruzada.

—Lo que me faltaba —dijo Daryl.

—Esta noche hablaremos de una solución a largo plazo. ¿Te lo han dicho?

—Sí. Bobby Bo me ha llamado.

—Mientras tanto, quizá deberías tomar precauciones.

—Gracias por la información —dijo Daryl—. Llamaré a los de seguridad para ponerles sobre aviso.

—Eso es exactamente lo que te hubiera sugerido —dijo Everett—. Hasta ahora.

Daryl colgó y levantó un dedo para indicar a su mujer, Hazel, que debía hacer una llamada. Hazel, vestida de gala, aguardaba con impaciencia junto a la puerta. Mientras ella daba golpecitos en el suelo con la punta del pie, Daryl marcaba el número general del matadero.

Marsha giró al llegar al sendero de entrada y detuvo el coche detrás del de Kim. No apagó las luces ni paró el motor.

—Le agradezco lo que ha hecho por mí —dijo Kim, con la mano en la puerta, pero sin abrirla—. Siento que se hayan complicado las cosas.

—Podría haber sido peor —dijo ella animadamente—. ¿Y quién sabe lo que ocurrirá ahora? Tendremos que esperar para saber cómo acaba todo esto.

—¿Quiere entrar? Tengo la casa hecha un asco, pero me apetece tomar una copa. ¿Qué me dice?

—Gracias, pero será mejor dejarlo para otro día —dijo Marsha—. Me ha hecho usted empezar con algo que quiero acabar. Quisiera saber el máximo posible sobre el origen de la carne cuando el lunes le den los resultados del laboratorio. De ese modo habremos avanzado enormemente para elaborar un informe con el que pedir que se retire la carne.

—¿Piensa hacer algo ahora mismo?

—Pues sí —dijo ella, asintiendo. Miró su reloj—. Me voy directamente a Higgins y Hancock. Puede que ésta sea la única oportunidad de hacerlo. Como le he dicho antes, el jefe de distrito del Departamento de Agricultura y yo nunca nos hemos llevado bien. Puede que el lunes, cuando Jack Cartwright le informe sobre nuestra pequeña incursión de esta noche, me quede sin empleo. Eso, claro está, significaría que me quitarían la acreditación.

—Joder —comentó él—. Si pierde usted su trabajo, me sentiré fatal. No era eso lo que pretendía.

—No se sienta responsable. Yo conocía los riesgos. Aun ahora creo que valía la pena. Como usted dice, mi obligación es proteger la salud pública.

—Si piensa ir al matadero ahora, iré con usted —dijo Kim—. No permitiré que vaya sola.

—Lo siento, pero no. No creía que tuviéramos problemas en Carnes Mercer y los ha habido. En Higgins y Hancock será aún más difícil. Puede que no lo consiga ni siquiera con mi acreditación del Departamento de Agricultura.

—¿Cómo es posible? —preguntó Kim—. Como inspectora del Departamento, ¿no puede usted visitar cualquier industria cárnica?

—No, si no se me ha asignado. Y sobre todo si se trata de un matadero. En esos casos tienen todo un contingente de inspectores trabajando allí a jornada completa. Verá, los mataderos son similares a las centrales nucleares en lo que se refiere a las visitas. No las necesitan ni las quieren. Todo lo que harían sería causar problemas.

—¿Qué ocultan los mataderos? —preguntó Kim.

—Sus métodos, sobre todo. No es agradable de ver en las mejores circunstancias, pero además, tras la anulación del reglamento de los ochenta, los mataderos han aumentado el ritmo de sus líneas, lo que significa más animales por hora. Algunos llegan hasta los doscientos o trescientos. A esa velocidad, es imposible evitar la contaminación. De hecho, es tan inevitable que la industria demandó al Departamento de Agricultura cuando éste consideró la posibilidad de retirar la carne contaminada de E. coli.

—No hablará en serio.

—Créame. Es cierto.

—¿Me está diciendo que la industria sabe que hay E. coli en la carne, y que afirman que no puede evitarse?

—Exactamente. No en toda la carne, sólo en una parte.

—Eso es un escándalo —dijo Kim—. El público tiene que saberlo. No puede seguir así. Debo ir al matadero y ver cómo trabajan por mí mismo.

—Por eso exactamente en los mataderos no quieren visitas —dijo Marsha—. Y por eso no conseguirá entrar.

Bueno, no es del todo cierto. Los mataderos siempre han sido un negocio intensivo, y uno de sus principales problemas es la escasez de mano de obra dispuesta a trabajar para ellos. Así que, si se cansa de ser cirujano del corazón, siempre puede conseguir trabajo en un matadero. Claro que le sería más fácil si fuera extranjero e ilegal, para que así pudieran pagarle menos del salario mínimo.

—No lo pinta usted demasiado bien.

—Es la realidad —aseguró Marsha—. Es un trabajo duro y repugnante, y la industria ha dependido siempre de los inmigrantes. La diferencia está en que ahora los trabajadores proceden de América Latina, sobre todo México, y antes solían ser del Este de Europa.

—Eso toma un cariz cada vez peor —dijo Kim—. Jamás lo hubiera imaginado, y lo cierto es que en parte también soy responsable, puesto que como carne.

—Es la cara sórdida del capitalismo. No quisiera que me tomara por una radical, pero éste es sin duda un ejemplo especialmente esclarecedor del triunfo de la avaricia sobre la ética con un total desdén por las consecuencias. A ello se debió en parte que entrara a trabajar en el Departamento de Agricultura, porque creía que desde allí se cambiarían las cosas.

—Si los que están en el poder consideran deseable el cambio —comentó Kim.

—Cierto.

—En resumidas cuentas, estamos hablando de una industria que explota a sus trabajadores y no siente el menor escrúpulo en matar a cientos de niños cada año. —Meneó la cabeza con incredulidad—. ¿Sabe?, la falta de ética que todo ello representa hace que me preocupe aún más por usted.

—¿Qué quiere decir? —preguntó Marsha.

—Me refiero a que vaya ahora a Higgins y Hancock con falsos pretextos. Si utiliza su acreditación del departamento, dará a entender que su visita es oficial.

—Obviamente —dijo ella—. Es el único modo de que me dejen entrar.

—Bueno, si tan preocupados están por la seguridad, ¿no correrá un gran riesgo? Y no me refiero a que pierda el trabajo.

—Ya entiendo. Gracias por preocuparse, pero a mí no me inquieta mi bienestar. Lo peor que podría pasarme es que se quejaran a mi jefe, como ha amenazado con hacer Jack Cartwright.

—¿Está segura? No quisiera que fuera allí si existe algún peligro. Para serle sincero, tras el incidente en Carnes Mercer preferiría que no hiciera nada más. Tal vez debería dejarme hacer a mí lo que pueda. Si va allí esta noche, voy a estar hecho un manojo de nervios.

—Me halaga su preocupación por mí —dijo Marsha—. Pero creo que debo ir e intentar conseguir información. No me va a pasar nada ni va a causarme más problemas de los que ya tengo. Puede que ni siquiera consiga entrar. Y como le decía antes, usted no podría hacer nada por su cuenta.

—Quizá podría pedir trabajo, como ha sugerido antes.

—Eh, que sólo era una broma. Sólo intentaba aclararle las cosas.

—Estoy dispuesto a hacer lo que sea necesario —afirmó Kim.

—Escuche, ¿y si me llevo el móvil y le llamo cada quince o veinte minutos? Así no tendrá que preocuparse y yo le mantendré informado sobre lo que encuentre. ¿Qué le parece?

—Algo es algo, supongo —dijo Kim, no muy entusiasmado. Sin embargo, cuanto más pensaba en ello, más le gustaba la idea, mientras que la posibilidad de ponerse a trabajar en un matadero estaba lejos de resultar atractiva. Sin embargo, lo que acabó de convencerle fue la firmeza con que Marsha le aseguró que no corría peligro.

—Le diré lo que haré —añadió ella—. Esta visita no me llevará mucho tiempo. Cuando termine, volveré para tomar esa copa que me ha ofrecido antes. Si es que todavía sigue en pie la invitación, claro.

—Por supuesto —dijo Kim, asintiendo mientras reflexionaba sobre el plan una vez más. Luego le dio un breve apretón en el antebrazo antes de bajarse del coche, pero en lugar de cerrar la puerta volvió a asomar la cabeza al interior—. Será mejor que anote mi número de teléfono —dijo.

—Bien pensado —dijo Marsha, buscando un bolígrafo y un trozo de papel. Kim le dio el número.

—Esperaré al lado del teléfono, así que será mejor que me llame —dijo.

—No se preocupe.

—Buena suerte.

Kim cerró la puerta del coche y se quedó mirando cómo daba marcha atrás y enfilaba la calle. Siguió mirando hasta que la noche engulló las luces rojas posteriores y su reflejo en el asfalto mojado por la lluvia.

Kim dio media vuelta y alzó la vista hacia su casa vacía y oscura. Ninguna luz aliviaba su sombría silueta. Se estremeció. Al quedarse solo de repente, la realidad de la muerte de Becky cayó sobre él, y volvió a inundarle la abrumadora melancolía que había sentido antes. Kim sacudió la cabeza con desesperación ante la fragilidad de su mundo. Su familia y su carrera le habían parecido muy sólidas. Sin embargo, en un abrir y cerrar de ojos se habían desintegrado.

La casa de Bobby Bo Mason estaba iluminada como un casino de Las Vegas. Para dar a la fiesta de inauguración la adecuada atmósfera de gala, había contratado a un especialista en iluminación teatral. Y para que el escenario fuera aún más festivo, había contratado a una banda de mariachis que tocarían en una tienda, en el jardín. Desde luego, un poco de lluvia no iba a aguarle la fiesta.

Bobby Bo era uno de los más importantes magnates del negocio de la carne de vacuno en todo el país. Para estar a la altura de la imagen que tenía de sí mismo, así como de la posición que ocupaba en aquel negocio, se había hecho construir una casa, cuyo extravagante estilo era un perfecto monumento hortera al estilo del Imperio Romano. Las columnatas se extendían de un lado a otro en direcciones desconcertantes. Los jardines estaban llenos de imitaciones de estatuas griegas y romanas en yeso y tamaño natural. Algunas de ellas pintadas incluso en tonos carne de gran realismo.

Jóvenes con librea, encargados de aparcar los coches, se alineaban al final del sendero de entrada circular, esperando la llegada de los invitados. Antorchas de dos metros de altura flanqueaban el sendero, iluminando la fina lluvia.

El Mercedes de Everett Sorenson se adelantó al Lexus de Daryl Webster por menos de un minuto. Parecía planeado. Cuando salieron de sus respectivos coches, los dos hombres se dieron un abrazo, al igual que sus mujeres.

Los mozos con librea se llevaron los coches mientras otros miembros del personal protegían a los invitados con grandes paraguas de golf. El cuarteto inició el ascenso por la gran escalinata que conducía a la doble puerta principal.

—Supongo que habrás llamado a los de seguridad —dijo Everett en voz baja.

—Nada más colgarte a ti —dijo Daryl.

—Bien. Toda precaución es poca, sobre todo ahora que el negocio del vacuno ha vuelto a recuperar parte de su esplendor.

Llegaron a la doble puerta y llamaron al timbre.

Mientras esperaban, Gladys alisó la corbata con alfiler de su marido.

La doble puerta se abrió. La luz del interior hizo que los recién llegados parpadearan a causa del reflejo del mármol blanco del vestíbulo. Frente a ellos se hallaba Bobby Bo, flanqueado por las macizas jambas y el dintel de granito.

Bobby Bo era tan corpulento como Everett y Daryl y, al igual que sus colegas, creía en su producto hasta el punto de comer grandes filetes sin vacilar. Era chupado de cara, pero tenía un poderoso tórax. Vestía con ostentación un esmoquin hecho a la medida, pajarita ribeteada con hilo de oro y gemelos de diamantes. Su modelo en el vestir había sido Don el Guapo antes de ser condenado y encarcelado.

—Bienvenidos, amigos —dijo Bobby Bo con una sonrisa radiante que ponía al descubierto varias muelas de oro—. Los abrigos a esta jovencita y, por favor, servíos champán.

Del salón llegaban música y risas alegres; los Sorenson y los Webster no eran los primeros en llegar. En contraste con los mariachis del jardín, la música en el interior era interpretada por un cuarteto de cuerda.

Tras quitarse los abrigos, Gladys y Hazel se unieron a la fiesta cogidas del brazo. Bobby Bo retuvo a sus maridos.

—Sterling Henderson es el único que aún no ha llegado —dijo—. Tan pronto llegue celebraremos una breve reunión en mi biblioteca. Todos los demás ya han sido avisados.

—Jack Cartwright también llegará un poco tarde —dijo Everett—. Me gustaría que participara.

—No veo inconveniente —dijo Bobby Bo—. ¿Adivináis quién más ha venido?

Everett miró a Daryl. Ninguno de los dos quería adivinarlo.

—Carl Stahl —dijo Bobby Bo con tono triunfal.

El temor ensombreció el rostro de Everett y Daryl.

—Su presencia me hace sentir incómodo —dijo Everett.

—Lo mismo digo —apostilló Daryl.

—Vamos, chicos —se mofó Bobby Bo—. Lo único que puede hacer es despediros. —Soltó una carcajada.

—No creo que eso sea motivo de broma —dijo Daryl.

—Ni yo —dijo Everett—. Pero, precisamente por eso, mayor razón aún para que atajemos de raíz el problema que se nos presenta.

14

Sábado 24 de enero, por la noche

Los limpiaparabrisas se movían con ritmo monótono cuando Marsha tomó la última curva y vio ante sí Higgins y Hancock. El matadero era una planta de escasa altura con un vasto corral cercado para el ganado en la parte de atrás. Su aspecto bajo la lluvia era ominoso.

Marsha entró en el amplio aparcamiento. Los pocos coches que había estaban muy esparcidos. Ella había visitado la planta en una ocasión, cuando se iniciaba en su trabajo de inspectora de aquel distrito, de modo que conocía el lugar lo suficiente para dar la vuelta y acercarse al matadero por uno de sus laterales. Reconoció la puerta sin distintivos que servía de entrada para los empleados. Una bombilla en un jaula de alambre la iluminaba con luz mortecina.

Aparcó, puso el freno de mano y paró el motor, pero no salió del coche. Permaneció sentada un momento, haciendo acopio de valor. La conversación con Kim la había puesto un poco nerviosa.

No había pensado en un posible peligro físico antes de que Kim lo mencionara. Había oído muchas historias sobre los violentos métodos que utilizaba la industria cárnica para tratar a sus empleados inmigrantes y a los simpatizantes de los sindicatos. Era, por tanto, inevitable que se preguntara cuál podía ser la reacción al tipo de amenaza que sus actitivades extraoficiales sin duda representaban.

—Te estás poniendo melodramática —se dijo en voz alta. Con súbita decisión, descolgó el móvil del soporte del coche y comprobó la batería—. Bueno, allá voy —dijo, bajando del coche.

La lluvia era más intensa de lo que creía, así que echó a correr hacia la entrada para empleados. Cuando llegó, intentó abrirla, pero descubrió que estaba cerrada con llave. Junto a la puerta había un timbre con un pequeño letrero de «Fuera de horario.» Lo apretó.

Tras esperar medio minuto sin resultado, volvió a pulsar el timbre e incluso golpeó la sólida puerta con el puño. Cuando pensaba ya en volver al coche y llamar a la planta desde el móvil, la puerta se abrió y un hombre con el uniforme marrón y negro de vigilante la miró con expresión perpleja. Era evidente que los visitantes eran muy poco frecuentes.

Marsha le mostró brevemente su identificación del Departamento de Agricultura e intentó entrar, pero él no se apartó, obligándola a permanecer bajo la lluvia.

—Déjeme ver eso —pidió el vigilante.

Ella le tendió el carnet, que el hombre examinó detenidamente, incluso por detrás.

—Soy inspectora del Departamento de Agricultura —dijo Marsha, fingiéndose irritada—. ¿Cree usted que es correcto tenerme esperando bajo la lluvia?

—¿Qué está haciendo aquí? —preguntó él.

—Lo que hacemos siempre los inspectores. Comprobar que se cumplen las leyes federales.

El hombre se hizo por fin a un lado para permitirle pasar. Marsha se secó la frente con la mano, que sacudió luego.

—Ahora sólo están los de la limpieza —comentó el vigilante.

—Comprendo. ¿Me devuelve mi carnet, por favor?

—¿Adónde va? —preguntó el hombre, entregándole el carnet.

—Al despacho del Departamento de Agricultura —dijo ella por encima del hombro, pues había echado a andar. Caminó con determinación, sin mirar hacia atrás, aunque la reacción del vigilante la había sorprendido, aumentando su intranquilidad.

Bobby Bo Mason cerró la puerta de caoba con entrepaños de su biblioteca. El alegre sonido que se oía en el resto de la casa cesó bruscamente. Se volvió hacia sus colegas de esmoquin, que se habían desparramado por la habitación. Se hallaban representados los principales negocios de la ciudad relacionados con la carne de vacuno y sus diversos derivados: ganaderos junto a directores de mataderos, presidentes de plantas de procesamiento de la carne y distribuidores. Algunos de aquellos hombres se habían sentado en sillas de terciopelo verde oscuro; otros seguían de pie con las copas de champán.

La biblioteca era una de las estancias predilectas de Bobby Bo. En circunstancias normales, cualquier invitado de la casa era llevado hasta allí para que admirara sus proporciones. Estaba completamente revestida de vieja caoba brasileña. La alfombra era un Tabriz antiguo de dos centímetros de espesor. Extrañamente, aquella «biblioteca» no contenía ni un solo libro.

—Seamos breves para volver pronto a cosas más importantes como la comida y la bebida —dijo Bobby Bo. Su comentario suscitó algunas risas. Le gustaba ser el centro de atención y aguardaba con impaciencia su año como presidente de la Asociación Americana de la Carne de Vacuno—. El tema es la señorita Marsha Baldwin —prosiguió cuando todos le escuchaban.

—Perdone —dijo una voz—. Quisiera decir algo.

Bobby Bo miró a Sterling Henderson, que se puso en pie. Era un hombre alto, de facciones toscas y una asombrosa mata de pelo plateado.

—Antes que nada, quisiera disculparme —dijo Sterling, con voz triste—. Desde el primer día he intentado sujetar a esa mujer, pero no ha habido manera de conseguirlo.

—Todos sabemos que tiene las manos atadas —dijo Bobby Bo—. Le aseguro que esta pequeña reunión improvisada no se realiza para culpar a nadie, sino para buscar una solución. Nos contentábamos con dejar que usted se ocupara de ella hasta hoy. Lo que ha hecho que el problema de la señorita Baldwin se precipitara en una crisis es su súbita asociación con ese doctor chiflado que consiguió la atención de los medios con el jaleo que armó por el E. coli.

—Esa asociación promete más líos —dijo Everett—. Hace una hora la pillamos a ella y al médico dentro de nuestra sala de producción de hamburguesas, hurgando en nuestros libros.

—¿Ha metido al médico en su planta? —preguntó Sterling con horrorizada sorpresa.

—Me temo que sí —dijo Everett—. Eso les dará una idea de lo que tenemos delante. Es una situación crítica. Acabaremos enfrentándonos con otro escándalo por E. coli a menos que se haga algo.

—Esas tonterías del E. coli son una auténtica pesadilla —farfulló Bobby Bo—. ¿Saben qué es lo que más me irrita? Que la maldita industria avícola saque al mercado un producto que abunda casi en un cien por cien en salmonella o en campilobacterias, y nadie abra la boca, y que nosotros, en cambio, tengamos un insignificante problema con el E. coli en... ¿cuánto?... el dos o tres por ciento de nuestro producto, y todos protesten. ¿Es justo eso; alguien quiere decírmelo? ¿Qué pasa? ¿Es que su grupo de presión es mejor?

El sonido amortiguado de un teléfono móvil resonó en el silencio que siguió a esta apasionada filípica de Bobby Bo. La mitad de los presentes se llevó la mano al interior del esmoquin. Sólo el móvil de Daryl vibraba en sintonía con el sonido. Daryl se retiró a un rincón para contestar tranquilamente.

—No sé cómo se las arreglan los de la industria avícola —dijo Everett—, pero eso no debería desviar nuestra atención en este momento. Todo lo que sé es que la dirección de Carnes Hudson se fue al carajo tras el escándalo del E. coli. Tenemos que hacer algo y rápido. Ése es mi voto. ¿Para qué coño formamos el Comité de Prevención, si no?

Daryl cerró el móvil y volvió a metérselo en el bolsillo interior de la chaqueta. Luego se reintegró en el grupo con el rostro más encendido de lo habitual.

—¿Malas noticias? —inquirió Bobby Bo.

—Ya lo creo —dijo Daryl—. Era el vigilante de Higgins y Hancock. Marsha Baldwin está allí en este momento, revisando los registros del Departamento de Agricultura. Se ha presentado en la puerta, enseñado su acreditación y afirmado que pretendía asegurarse de que se cumplían las leyes federales.

—Ni siquiera está autorizada a entrar allí —afirmó Sterling con indignación—, y mucho menos a revisar los archivos.

—Ahí lo tienen —dijo Everett—. Bien, creo que no es necesario discutirlo siquiera. Se impone actuar.

—Estoy de acuerdo —dijo Bobby Bo mirando a los otros—. ¿Qué opinan?

Se produjo un murmullo general de asentimiento.

—Bien —dijo Bobby Bo—. Denlo por hecho.

Los que estaban sentados se levantaron. Todos juntos se dirigieron hacia la puerta que abrió el anfitrión. Risas, música y aroma a comida inundaron la habitación.

Los hombres salieron de la biblioteca de uno en uno y fueron en busca de sus consortes. Todos menos Bobby Bo, que se quedó en la biblioteca para hacer una llamada interna. Apenas unos segundos después de colgar, entraba Shanahan O'Brian.

O'Brian vestía traje negro y corbata en tonos oscuros, y llevaba el tipo de micrófono que usaría un agente del servicio secreto. Era un tipo alto, irlandés, un refugiado de la turbulenta situación de Irlanda del Norte. Bobby Bo lo había contratado en el acto, y durante los cinco años siguientes O'Brian había dirigido su personal de seguridad. Ambos se llevaban muy bien.

—¿Me llamaba? —preguntó O'Brian.

—Entra y cierra la puerta —dijo Bobby Bo.

O'Brian obedeció.

—El Comité de Prevención te hace su primer encargo —dijo Bobby Bo.

—Excelente —comentó O'Brian con suave acento gaélico.

—Siéntate y te daré los detalles.

Cinco minutos más tarde, los dos hombres salieron de la biblioteca y se separaron en el vestíbulo. Bobby Bo se dirigió al umbral del salón, situado en un nivel inferior, y contempló a la multitud de risueños invitados.

—¡Cómo es que está todo tan tranquilo! —bramó—. ¿Qué es esto, un funeral? ¡Venga, a divertirse!

Desde el vestíbulo, O'Brian descendió al garaje subterráneo. Se metió en su Cherokee negro y salió al exterior. Tomó la ronda de circunvalación de la ciudad, conduciendo a gran velocidad. Salió de la autopista y siguió en dirección oeste. Veinte minutos más tarde se detuvo en un popular club nocturno llamado El Toro. Sobre el edificio había una silueta de neón rojo de un toro a tamaño natural.

El aparcamiento de grava lleno de baches estaba lleno, sobre todo de camionetas desvencijadas. O'Brian encontró un sitio en la periferia. No quería que nadie le abollara su coche nuevo al abrir la puerta del suyo.

El ruido ensordecedor de la música latina le llegó antes incluso de acercarse al bar. Dentro del local era prácticamente insoportable. El popular garito estaba lleno de gente y humo. Los clientes eran hombres en su mayoría, aunque también había unas cuantas mujeres con vestidos llamativos y cabello negro. En un lado había una larga barra, y en el otro una hilera de compartimientos. En medio había mesas y sillas y una pequeña pista de baile; contra una pared, una vieja gramola brillantemente iluminada. Al fondo se veía una arcada más allá de la cual había varias mesas de billar.

O'Brian escudriñó todos los rostros del bar. No vio el que andaba buscando, de modo que recorrió la hilera de compartimientos, pero acabó rindiéndose. Se dirigió a la atestada barra y literalmente tuvo que meterse a presión entre otras personas. Luego se encontró con el problema de conseguir que le atendiera el barman.

Agitando un billete de diez dólares tuvo más éxito que gritando. O'Brian le tendió el billete.

—Busco a Carlos Mateo —gritó.

El dinero desapareció como por arte de magia. El barman no dijo nada, se limitó a señalar al fondo del local haciendo el gesto de jugar al billar.

O'Brian se abrió paso por la pequeña pista de baile. El fondo del local no estaba tan atiborrado. Encontró al hombre al que buscaba en la segunda mesa. Era Carlos Mateo.

O'Brian había dedicado mucho tiempo y esfuerzos a reclutar un ejecutor para el Comité de Prevención. Tras seguir múltiples pistas y realizar muchas entrevistas, se había decidido por aquel hombre. El tal Carlos se había fugado de una prisión mejicana. Hacía seis meses que había cruzado la frontera. En las afueras de San Diego, al este de la ciudad, había conseguido pasar a Estados Unidos al primer intento, y luego había acudido a Higgins y Hancock en una desesperada búsqueda de trabajo.

Lo que había impresionado a O'Brian de aquel hombre era su actitud indiferente hacia la muerte. Aunque Carlos se mostraba reacio a dar detalles, O'Brian se había enterado de que a Carlos lo habían encarcelado en México por matar a un conocido a puñaladas. Trabajando en Higgins y Hancock, Carlos era uno de los responsables de la muerte de más de dos mil animales al día. Emocionalmente, consideraba esta actividad pareja a la de limpiar su camioneta.

O'Brian entró en el cono de iluminación de la segunda mesa de billar. Carlos estaba a punto de embocar una bola y no respondió a su saludo. O'Brian tuvo que esperar.

—¡Mierda! —exclamó Carlos en español cuando la bola se negó a entrar. Dio una palmada sobre el borde la mesa y se irguió. Sólo entonces miró a Shanagan.

Carlos eran un hombre fuerte y enjuto de cabello negro y cutis atezado, con múltiples y vistosos tatuajes en ambos brazos. Unas pobladas cejas, un fino bigote y las mejillas hundidas eran los rasgos más sobresalientes de su cara. Sus ojos eran como dos cuentas negras. Vestía un chaleco de cuero negro que daba realce a su musculatura y dejaba al descubierto sus tatuajes.

—Tengo un trabajo para ti —dijo O'Brian—. Un trabajo de esos de los que hablamos. ¿Estás interesado? Tiene que ser ahora mismo.

—Me paga, estoy interesado —dijo Carlos con fuerte acento hispano.

—Ven conmigo —le ordenó O'Brian, señalando la salida del local.

Carlos devolvió el taco de billar, entregó un par de billetes arrugados al rival, que no dejaba de quejarse, y siguió a O'Brian.

Los dos hombres no hablaron hasta que se hallaron fuera.

—No sé cómo soportas el ruido que hay ahí dentro más de cinco minutos seguidos —comentó O'Brian.

—¿Qué me dice, hombre? Es música de la buena.

O'Brian lo llevó hasta su Cherokee bajo la intensa lluvia y ambos subieron al vehículo.

—Vamos a ir deprisa —dijo O'Brian—. Se llama Marsha Baldwin. Es una rubia alta y atractiva de unos veinticinco años.

Carlos torció el gesto en una mueca complacida, haciendo que su bigote se dividiera en dos pinceladas bajo la estrecha nariz.

—La razón por la que tienes que actuar con rapidez —explicó O'Brian— es que se halla ahora mismo donde tú trabajas.

—¿Está en Higgins y Hancock?

—Eso es. Está en la administración hurgando en archivos que no debería mirar. No puedes equivocarte. Si no consigues encontrarla, pregunta al guardia de seguridad. En teoría, la está vigilando.

—¿Cuánto paga? —quiso saber Carlos.

—Más de lo que habíamos acordado, siempre que lo hagas ahora mismo. Quiero que salgas para allá inmediatamente.

—¿Cuánto? —insistió Carlos.

—Cien ahora y doscientos después, si desaparece sin dejar rastro. —Metió la mano en el bolsillo de su chaqueta y sacó un crujiente billete de cien dólares, que sostuvo en alto para que Carlos pudiera verlo, bañado en la luz roja del toro de neón.

—¿Qué hay de mi trabajo?

—Lo que te prometí —dijo O'Brian—. Te sacaré de

la zona de sacrificio a final de mes. ¿Adónde quieres ir, a la zona de deshuesar o a la de destripar?

—A la de deshuesar.

—Entonces, ¿cerramos el trato?

—Claro. —Carlos cogió el billete, lo dobló, se lo metió en el bolsillo de los vaqueros, y se dispuso a salir del coche como si le hubieran encargado que rastrillara unas hojas o limpiara un sendero de nieve.

—No la jodas —dijo O'Brian.

—Estando en Higgins y Hancock será muy fácil —le aseguró Carlos.

—Eso pensábamos.

Marsha alzó los brazos por encima de la cabeza y se estiró. Llevaba inclinada sobre el cajón abierto del archivador el tiempo suficiente para sentir la espalda rígida. Cerró el cajón con la cadera. Sacó entonces el móvil y se dirigió a la puerta del despacho del Departamento de Agricultura, marcando el número de Kim mientras caminaba.

Abrió la puerta y miró a un lado y otro del silencioso pasillo. No vio a nadie. Durante el tiempo que había pasado mirando los archivos, había oído al vigilante pasar varias veces por delante de la puerta, e incluso detenerse ante ella en algunas ocasiones. No la había molestado, pero aquel merodeo había aumentado su ansiedad considerablemente. Marsha sabía que si el vigilante la abordaba, se sentiría atrapada en aquel edificio, en apariencia desierto, pues no había visto a una sola de las personas encargadas de la limpieza que teóricamente debían estar allí.

—Será mejor que sea usted —dijo Kim sin más.

—Menuda forma de contestar al teléfono —repuso Marsha con una risita nerviosa. Cerró la puerta del despacho y echó a andar por el pasillo.

—Ya era hora de que llamara.

—Hasta ahora no he tenido suerte.

—¿Cómo es que ha tardado tanto en llamar? —insistió Kim.

—Eh, tranquilícese. He estado ocupada. No tiene idea de la cantidad de papeleo que exige el Departamento de Agricultura. Hay informes diarios de sanidad, registros de transferencia, informes de ganado del matadero, registros de deficiencias en el proceso, informes de órdenes de sacrificio y facturas de compra. He tenido que repasar todos los papeles que correspondían al nueve de enero.

—¿Qué ha encontrado?

—Nada fuera de lo común —contestó Marsha, y llegó a una puerta con un panel de cristal esmerilado. El rótulo del cristal rezaba: «Archivo.» Probó a abrirla y no halló dificultad. Entró, cerró la puerta y corrió el pestillo.

—Bueno, al menos lo ha intentado —dijo Kim—. Ahora salga de ahí.

—No hasta que eche un vistazo a los archivos de la compañía.

—Son las ocho y cuarto, y me dijo que iba a ser una visita corta.

—No tardaré mucho. Estoy en la habitación donde guardan los registros. Le llamaré dentro de media hora.

Marsha desconectó antes de que él tuviera ocasión de protestar. Puso el móvil boca abajo sobre la larga mesa y miró la hilera de archivadores que ocupaban toda una pared. En la pared opuesta había una ventana cuyos cristales golpeaba la lluvia, que sonaba como granos de arroz. En el rincón más alejado había una segunda puerta. Se acercó para asegurarse de que estaba cerrada.

Sintiéndose relativamente segura, volvió a los archivadores y abrió el primer cajón.

Al cabo de unos minutos, Kim retiró finalmente la mano del auricular. Creía que Marsha iba a llamar inmediatamente, pues la conversación se había terminado de manera tan abrupta que pensaba que se había cortado. Al final tuvo que aceptar el hecho de que era ella quien había colgado.

Estaba sentado en la misma butaca en que ella lo había encontrado. La lámpara de pie junto a la butaca era la única luz encendida en toda la casa. En la mesita había un vaso de whisky que se había servido y luego había dejado intacto.

No se había sentido tan mal en toda su vida. Imágenes de Becky acudían sin cesar a su cerebro, haciendo brotar nuevas lágrimas. Luego volvía a negar toda aquella espantosa experiencia, atribuyéndola a una prolongación de la pesadilla en la que Becky caía al mar.

El ruido de la nevera al ponerse en marcha le hizo pensar en comer algo. No recordaba siquiera la última vez que se había metido algo sólido en el estómago. Lo malo era que no sentía el menor deseo de comer. Luego pensó en subir a ducharse y cambiarse de ropa, pero el esfuerzo le pareció excesivo. Al final, decidió quedarse sentado y esperar a que sonara el teléfono.

La vieja camioneta Toyota no tenía calefacción, así que Carlos temblaba cuando abandonó la carretera asfaltada para enfilar el camino de grava que rodeaba el corral de ganado de Higgins y Hancock. Apagó el único faro que funcionaba y siguió de memoria y tomando como referencia los postes de la cerca que aparecían brevemente a su derecha entre las sombras, hasta llegar al punto donde el corral desembocaba como un embudo en la rampa de acceso al edificio. Durante el día, aquel era el camino que seguían los desdichados animales.

Aparcó la camioneta a la vera del edificio. Se quitó

los gruesos guantes que usaba para conducir y los sustituyó por finos guantes de piel. Metió la mano bajo el asiento y sacó un largo cuchillo curvo de sacrificio, del mismo tipo que usaba durante el día en el matadero. Probó el filo con el pulgar en un acto reflejo, e incluso a través del cuero notó que estaba afilado como una cuchilla.

Se apeó de la camioneta. Parpadeando bajo la lluvia, trepó por la cerca y se dejó caer en el barro pisoteado del corral. Sin hacer caso de las boñigas de vaca, corrió rampa abajo y desapareció en la oscuridad.

Con un tenedor para ostras en una mano y un vaso de cristal tallado con bourbon en la otra, Bobby Bo se subió sobre la mesita y se irguió. Al hacerlo, tiró al suelo una bandeja de gambas adobadas, para deleite de sus dos caniches de pelo recortado.

Bobby Bo hizo sonar ruidosamente el tenedor contra el vaso, pero nadie le oyó hasta que el cuarteto de cuerda dejó de tocar.

—¡Atención todo el mundo! —gritó por encima de las cabezas de sus invitados—. La cena está servida en el comedor. No se olviden del número que han sacado del cubo. Ésa será su mesa. Si no han sacado número, encontrarán el cubo en el vestíbulo.

La multitud empezó a moverse en masa hacia el comedor. Bobby Bo consiguió bajar de la mesita sin causar más daños que asustar a uno de los perros, que aulló y salió huyendo hacia la cocina.

Bobby Bo se dirigía a su vez al comedor, cuando vio a O'Brian. Se disculpó y se acercó a su jefe de seguridad.

—¿Y bien? —susurró—. ¿Cómo ha ido?

—Sin problemas —dijo O'Brian.

—¿Será esta noche?

—Como habíamos acordado. Creo que Daryl Webster debería saberlo para que le diga a su vigilante que no se entrometa.

—Buena idea —dijo Bobby Bo. Sonrió felizmente, lo palmeó en el hombro y se apresuró a reunirse con sus invitados.

El timbre de la puerta sacó a Kim de su melancólico estupor. Por un momento no supo determinar de dónde procedía el ruido, e incluso cogió el teléfono, pues era lo que esperaba. Cuando comprendió que era la puerta, miró su reloj. Eran las nueve menos cuarto. Le resultó inconcebible que alguien llamara a su puerta a esa hora un sábado por la noche.

La única persona que se le ocurrió era Ginger, pero ella no se presentaba allí jamás sin llamar antes. Luego recordó que se había olvidado de oír las llamadas de su contestador automático, por lo que quizá Ginger había llamado y le había dejado un mensaje. Mientras Kim sopesaba estas posibilidades, el timbre de la puerta volvió a sonar.

Kim no quería ver a Ginger, pero cuando el timbre sonó por tercera vez, seguido de golpes a la puerta, se levantó de la butaca. Pensaba en lo que podía decir cuando, para su sorpresa, se encontró cara a cara con Tracy, en lugar de Ginger.

—¿Estás bien? —preguntó ella.

—Creo que sí —dijo él, anonadado.

—¿Puedo entrar?

—Por supuesto —dijo Kim, haciéndose a un lado—. ¡Lo siento! Debería habértelo dicho inmediatamente. Es que me ha sorprendido verte.

Tracy entró en el vestíbulo tenuemente iluminado y se fijó en que la única luz de la casa era la lámpara de la sala de estar que había junto a una butaca. Se quitó el abrigo y el sombrero impermeable y se los entregó a Kim.

—Espero que no te moleste que me haya presentado sin avisar —dijo—. Sé que ha sido un poco impulsivo por mi parte.

—No pasa nada —dijo él, colgando las cosas de su ex mujer.

—No quería estar con nadie —explicó ella, y suspiró—. Pero luego empecé a pensar en ti y a preocuparme, sobre todo por lo alterado que estabas al salir del hospital. He pensado que, habiendo perdido los dos la misma hija, somos los únicos que comprendemos cómo se siente el otro. Lo que quiero decir es que necesito un poco de ayuda, e imagino que tú también.

Las palabras de Tracy borraron toda traza de negación que pudiera mantener Kim. Sintió entonces cómo se adueñaba de él el dolor que había intentado evitar por todos los medios. Respiró entrecortadamente y tragó saliva para contener los sollozos. Por un momento fue incapaz de hablar.

—¿Has estado sentado en la sala de estar? —preguntó Tracy.

Kim asintió.

—Me traeré una silla del comedor.

—Déjame a mí —se ofreció él, agradecido por tener algo que hacer. Llevó la silla a la sala de estar y la colocó bajo la luz de la lámpara.

—¿Quieres algo para beber? —consiguió decir—. Yo me he servido un whisky.

—No, gracias —dijo Tracy, dejándose caer en la silla pesadamente. Luego se inclinó, apoyando la barbilla en las manos, con los codos en las rodillas.

Kim se sentó en la butaca y miró a su ex mujer. Los cabellos oscuros de Tracy, siempre ondulados y esponjosos, estaban húmedos y pegados a la cabeza. El poco maquillaje que solía llevar se le había corrido. Se la veía deshecha, pero sus ojos eran tan brillantes y vivaces como él los recordaba.

—También quería decirte algo —añadió Tracy—. Después de haber tenido tiempo para pensar, creo que lo que le has hecho hoy a Becky requería un gran valor. —Hizo una pausa y se mordió el labio—. Yo no hubiera podido hacerlo, aun siendo cirujano como tú.

—Te lo agradezco. Gracias.

—Al principio estaba horrorizada —admitió Tracy.

—El masaje a corazón abierto es una acción a la desesperada en cualquier circunstancia. Hacérselo a tu propia hija es... bueno, estoy seguro de que el hospital no opina lo mismo que tú.

—Lo hiciste por amor —dijo ella—. No era arrogancia, como yo creí al principio.

—Lo hice porque tenía claro que el masaje externo no funcionaba. No podía permitir que la vida de Becky se apagara de aquella manera. Nadie sabía por qué se le había parado el corazón. Ahora, claro está, sé por qué, y por qué no servía de nada el masaje externo.

—Ignoraba que ese E. coli fuera una enfermedad tan espantosa —dijo Tracy.

—También yo —dijo Kim.

El sonido del teléfono los sobresaltó. Kim descolgó.

—Hola —dijo con brusquedad.

Tracy contempló su rostro, que primero expresó confusión y luego irritación.

—Alto ahí —espetó Kim—. Corte el rollo. No estoy interesado en una tarjeta Visa y quiero que deje libre la línea ahora mismo. —Colgó el auricular con firmeza.

—Creo que estás esperando una llamada —dijo Tracy, insidiosamente. Se levantó—. Estoy estorbando. Me voy.

—No —dijo él, pero se corrigió de inmediato—. Quiero decir que sí, estoy esperando una llamada, pero no, no te vayas.

—Actúas de un modo extraño —dijo Tracy, ladeando la cabeza—. ¿Qué pasa?

—Soy un caso perdido, pero...

El teléfono interrumpió las explicaciones de Kim, que volvió a descolgar con ímpetu y a contestar con impaciencia.

—Soy yo —dijo Marsha, al otro lado del hilo telefónico—, y esta vez he encontrado algo.

—¿Qué? —preguntó Kim, haciendo señas a Tracy de que se sentara.

—Algo que puede ser interesante. El nueve de enero existe una discrepancia entre los papeles del Departamento de Agricultura y los de Higgins y Hancock.

—¿Cuál?

—Se sacrificó a un animal extra al final de la jornada. En los archivos de la compañía se designa como lote 36, cabeza 57.

—¿Y? —dijo Kim—. ¿Es importante que hubiera un animal extra?

—Ya lo creo. Eso quiere decir que el veterinario del departamento no lo vio.

—Es decir que podía estar enfermo. ¿Es eso?

—Es una posibilidad clara —dijo Marsha—, apoyada por la factura de compra. Ese último animal no era un novillo criado para el matadero. Era una vaca lechera que se compró a un hombre llamado Bart Winslow.

—Tendrá que explicarse.

—Bueno, las vacas lecheras acaban a menudo convertidas en hamburguesas. Eso por un lado. Por el otro, he reconocido el nombre de Bart Winslow. Es un tipo de por aquí, de los que llaman hombres 4-D. Lo que significa que se dedica a recoger los animales de granja muertos, enfermos, moribundos o discapacitados. Se supone que debe llevarlos a la planta de procesamiento de desechos para que los conviertan en fertilizante o pienso.

—No estoy seguro de querer oír el resto —dijo Kim—. No me diga que a veces los llevan al matadero en lugar de llevarlos a la planta.

—Al parecer eso es lo que ocurrió con aquel último animal. La cabeza 57 del lote 36 debía de ser un animal destinado a la planta de procesamiento, seguramente enfermo.

—Es repugnante.

—Aún hay más, y peor —dijo Marsha—. He descubierto un informe de deficiencias sobre el último animal que no tiene nada que ver con el hecho de que estuviera enfermo y no lo hubiera revisado el veterinario... ¿Está preparado?... Es repugnante.

—¡Dígamelo!

—¡Oh, oh! Hay alguien en la puerta —dijo Marsha—. ¡Tengo que volver a meter estos papeles en el archivador!

Kim oyó un sonido fuerte, pero sordo, también el crujido de papeles y el claro sonido de un cajón de archivador al ser cerrado de golpe.

—¡Marsha! —gritó.

Ella no volvió a ponerse al teléfono. Kim oyó ruido de cristales rotos, lo bastante fuerte para hacerle dar un respingo. Por un momento, tuvo el reflejo de apartarse el teléfono de la oreja.

—¡Marsha! —gritó él una vez más, pero ella no respondió. Oyó entonces el inconfundible sonido de unas sillas al golpear en el suelo. Luego se produjo un pesado silencio.

Kim miró a Tracy. Sus ojos reflejaban el terror que sentía.

—¿Qué pasa? —preguntó Tracy, alarmada—. ¿Era Marsha Baldwin?

—¡Creo que está en peligro! ¡Dios mío!

—¿En peligro de qué? —quiso saber ella, percibiendo el miedo de Kim.

—¡Tengo que ir allí! ¡Es culpa mía!

—¿El qué es culpa tuya? Dime qué ocurre, ¡por favor!

Él no respondió. Giró sobre sus talones y salió corriendo de la casa. Tracy corrió tras él, preguntándole adónde iba.

—Quédate —gritó Kim antes de subir al coche—. Volveré enseguida. —Dio marcha hacia atrás, giró hacia la calle y pisó el acelerador.

Tracy se mesó el cabello. No tenía la menor idea de lo que estaba pasando, ni de qué debía hacer. En un principio pensó volver a casa, pero la frenética salida de Kim la había dejado angustiada, y quería saber qué ocurría. Además, la idea de volver a casa no la atraía; precisamente acababa de huir de allí.

La fría lluvia acabó por decidir a Tracy: volvió corriendo a la casa. Esperaría allí, como le había pedido Kim.

El ataque se había iniciado con la rotura del panel de cristal de la puerta. Una mano enguantada se había introducido y había abierto la puerta violentamente.

Marsha soltó un chillido al ver a un hombre de expresión torva y piel oscura empuñando un largo cuchillo. Él se había abalanzado sobre ella, y Marsha intentó huir, derribando sillas a su paso con la esperanza de estorbar la persecución. Instintivamente comprendió que había ido allí para matarla.

Frenéticamente abrió la otra puerta. Oyó al hombre maldecir en español a su espalda y estrépito de sillas. No se atrevió a mirar atrás. Una vez en el pasillo, corrió desesperadamente en busca de alguien, aunque fuera el amenazador vigilante. Intentó gritar pidiendo socorro, pero con el esfuerzo de la huida tenía la voz ronca.

Pasó corriendo por delante de despachos vacíos. Al final del pasillo entró en un comedor. Sobre una de las muchas mesas largas había una serie de fiambreras y termos, pero sus dueños no se veían por ninguna parte. A su espalda oía los pasos del hombre ganando terreno.

En el otro extremo del comedor había una puerta abierta. Más allá había un tramo corto de escaleras que conducía a una sólida salida de emergencia. No teniendo más alternativas, Marsha atravesó el comedor, arrojando a su paso todas las sillas que encontró. Subió las escaleras de dos en dos. Cuando llegó a la puerta, jadeaba ruidosamente. Tras ella, oía a su perseguidor sorteando las sillas volcadas.

Abrió la puerta de emergencia y entró en una vasta y fría sala. Era el área de sacrificio del matadero que, en la penumbra de unas luces de emergencia muy espaciadas, tenía un aire espectral y extraño, sobre todo porque acababan de limpiarla con vapor a presión. Un fría neblina gris rodeaba las fantasmales pasarelas metálicas, los siniestros ganchos que colgaban de los raíles del techo y el equipo de acero inoxidable de matadero.

El laberinto de maquinaria obstaculizó su huida y tuvo que dejar de correr. Gritó desesperadamente pidiendo socorro, pero sólo oyó el eco de su voz que le devolvían las frías paredes de cemento.

A su espalda, la puerta de emergencia se abrió de golpe y se oyeron los jadeos de su perseguidor.

Marsha se ocultó detrás de una enorme máquina, entre las sombras que creaba una escalerilla metálica, e intentó en vano contener la respiración.

No se oía ningún sonido excepto un lento goteo de agua en un lugar cercano. El equipo de limpieza tenía que estar en alguna parte. Sólo tenía que encontrarlo.

Marsha aventuró una mirada hacia la puerta de emergencia. Estaba cerrada. No vio al hombre.

Un súbito chasquido le hizo dar un respingo. Instantes después, la sala se hallaba bañada por una intensa luz. A Marsha le dio un vuelco el corazón. Con las luces encendidas era seguro que el hombre la encontraría.

Una nueva mirada hacia la puerta de emergencia

bastó para que se decidiera. Su única posibilidad estaba en volver sobre sus pasos.

Salió de su escondite, corrió hacia la puerta y tiró de ella. La pesada puerta empezó a abrirse, pero casi inmediatamente le fue imposible moverla más. Marsha alzó la vista: sobre su hombro vio un brazo tatuado que empujaba la puerta.

Giró en redondo y se apoyó contra la puerta. Miró los fríos ojos negros del hombre con terror, y el enorme cuchillo que empuñaba con la mano izquierda.

—¿Qué quiere de mí? —chilló ella.

Carlos no respondió. Se limitó a sonreír con frialdad y se pasó el cuchillo a la otra mano.

Marsha intentó huir de nuevo, pero la desesperación le hizo perder el equilibrio en el cemento húmedo, y cayó en el frío suelo. Carlos se abalanzó sobre ella.

Marsha rodó sobre sí misma e intentó repeler el ataque aferrando el cuchillo con ambas manos, pero la afilada hoja se hundió en la palma hasta el hueso. Intentó gritar, pero él le tapó la boca con la otra mano.

Marsha intentó zafarse pero Carlos alzó el cuchillo y le dio un fuerte golpe en la cabeza con la empuñadura.

Luego se levantó y respiró hondo un par de veces. A continuación cruzó los brazos de Marsha de modo que las manos le quedaron sobre el estómago, y la cogió por los pies para arrastrarla hasta la rejilla que había al final de la rampa por la que entraban los animales. Se dirigió a una caja de empalme y accionó el interruptor, lo que puso en marcha la maquinaria de la sala.

Kim condujo temerariamente por el asfalto mojado. Le horrorizaba pensar lo que podía haberle ocurrido a Marsha en Higgins y Hancock. Esperaba que la hubiera sorprendido un guardia de seguridad, aunque eso significara que la arrestaran. No quería ni pensar en otro destino peor.

Cuando entró en el aparcamiento delante de la enorme planta sólo había unos cuantos coches esparcidos. Vio el de Marsha en un extremo, lejos de la puerta de entrada.

Kim aparcó enfrente de la puerta principal y bajó. Probó a abrir la puerta principal. Estaba cerrada. La golpeó con el puño. Hizo pantalla con las manos para escudriñar el interior, pero todo lo que vio fue un corredor tenuemente iluminado. No había ningún vigilante a la vista.

Aguzó el oído y no oyó nada. Su ansiedad aumentó. Retrocedió y examinó la fachada del edificio. Varias ventanas daban al aparcamiento. Bajó de la plataforma de cemento de la entrada y rápidamente caminó a lo largo del edificio, mirando por las ventanas e intentando abrirlas. Todas estaban cerradas.

En la tercera ventana vio armarios archivadores, sillas volcadas y lo que supuso era el teléfono móvil de Marsha sobre la mesa. También aquella ventana estaba cerrada. Sin vacilar, cogió una de las pesadas piedras que flanqueaban el perímetro del aparcamiento. La alzó a la altura del hombro y la arrojó contra la ventana. El sonido de cristales rotos fue seguido de un tremendo estrépito cuando la piedra chocó contra el suelo de madera y fue a dar contra las sillas volcadas.

Carlos se detuvo y escuchó. Se hallaba en la sala de deshuesar cabezas, el lugar donde se las despojaba de mejillas y lengua, y desde allí el ruido de la piedra se había oído como un golpe amortiguado. Sin embargo, como experimentado ladrón, Carlos sabía que no podía pasar por alto ningún ruido inesperado, que invariablemente anunciaba problemas.

Cerró la tapa del *combo bin* y luego apagó la luz. Se quitó la bata blanca ensangrentada y los guantes de goma. Guardó ambas cosas debajo de un fregadero. Recogió el cuchillo y avanzó sigilosamente hacia el área de deshuese. Allí apagó también la luz. Una vez más se detuvo para escuchar. De buena gana se hubiera ido por el mismo camino que había usado para llegar: la rampa de ganado, pero aún no había terminado.

Kim saltó por la ventana, metiendo primero la cabeza. Intentó evitar los trozos de cristal del suelo, pero no lo consiguió del todo. Cuando se puso en pie, tuvo que desprenderse con cuidado unos cuantos trocitos de las palmas de las manos. Luego examinó el despacho. En lo alto de un rincón vio el piloto rojo intermitente de un detector de movimiento.

El móvil abandonado, las sillas caídas, así como el cristal roto de la puerta que daba al pasillo lo convencieron de que se hallaba en el despacho desde donde había llamado Marsha. Vio también la puerta abierta al otro lado de la habitación y adivinó que, tras ser sorprendida, había huido en aquella dirección.

Corrió hacia esa segunda puerta y miró a un lado y a otro de un vacío corredor. Hizo una pausa para escuchar, pero no oyó nada, lo que alimentó aún más su ansiedad.

Echó a correr por el pasillo, abriendo brevemente todas las puertas que encontraba. Vio almacenes, armarios para productos de limpieza, un vestuario y varios lavabos. Al final del pasillo, llegó a un comedor y se detuvo en el umbral. Una estela de sillas volcadas conducía a una puerta trasera. Siguió la estela hasta la puerta y subió por un corto tramo de escaleras. Abrió de un tirón la recia puerta de la salida de emergencia y entró.

De nuevo hizo una pausa. No sabía qué hacer. Se

hallaba en una sala ocupada por un laberinto de maquinaria y plataformas metálicas que arrojaban sombras grotescas.

Percibió un olor fétido y empalagoso que le resultó vagamente familiar. Su mente se esforzó por relacionarlo. Al cabo de unos segundos tuvo la respuesta: aquel hedor le recordaba la autopsia que había contemplado en su segundo año de estudiante de medicina. Aquel desagradable recuerdo, que tenía arrinconado, le dio escalofríos.

—¡Marsha! —gritó con desesperación—. ¡Marsha!

No hubo respuesta, sólo el eco de su frenética llamada.

A la derecha se hallaba el equipo de emergencia para incendios, compuesto por un extintor, una larga linterna y un armarito con puertas de cristal en el que se veía una manguera de lona y un hacha de bombero de mango largo. Cogió la linterna y la encendió. El haz iluminó estrechas secciones cónicas de la sala y arrojó sombras aún más dantescas sobre las paredes.

Echó a andar por aquel extraño mundo, trazando rápidos arcos con la linterna. Caminó en la dirección del reloj, rodeando la maquinaria para explorar a conciencia.

Al cabo de unos minutos volvió a detenerse y gritó el nombre de Marsha. Además del eco, sólo oyó un goteo de agua.

La linterna pasó por encima de una rejilla. Kim volvió sobre ella. En el centro había una mancha oscura. Se agachó y enfocó el haz sobre la mancha. Con gesto vacilante, extendió el dedo índice y la tocó. Un escalofrío le recorrió la espina dorsal. ¡Era sangre!

Carlos se había apretado contra la pared de la sala de deshuese de cabezas, junto a la entrada sin puerta que conducía al área de sacrificio. Había retrocedido ante el avance de Kim. Carlos lo había visto por primera vez en el segundo pasillo y tenía claro que buscaba a Marsha.

No tenía la menor idea de quién era aquel desconocido, y en un principio había esperado que se contentara con dar una vuelta por el área de administración de la planta. Pero en cuanto Kim llegó al área de sacrificio y gritó el nombre de Marsha, supo que tendría que matarlo.

No se arredró. Contingencias como ésa eran un elemento previsible en aquel trabajo. Además, supuso que le pagarían más, quizá incluso el doble. No le preocupaban ni la estatura ni la fuerza del desconocido, pues él tenía a su favor la experiencia y el factor sorpresa, además de su cuchillo predilecto, que en aquel momento empuñaba con determinación.

Con cautela, asomó la cabeza por la abertura para escrutar el área de sacrificio. Era fácil rastrear al intruso gracias a la luz de la linterna. Lo vio levantarse junto a la rejilla, que era precisamente donde trabajaba él de día.

De repente, la luz de la linterna dio a Carlos de lleno. Se apartó del haz, poniendo cuidado en que no se reflejara en la hoja de su cuchillo, y contuvo la respiración cuando el desconocido se acercó, tanteando de nuevo el suelo con la linterna.

Carlos se apretó contra la pared con los músculos en tensión. El hombre entraba en la sala de deshuesar como él había previsto. La luz de la linterna vaciló, cada vez más brillante. Notó el pulso acelerado al disparársele la adrenalina. Era una sensación que le encantaba. Era como el vértigo de la velocidad.

Kim sabía que estaba en un matadero donde se había trabajado durante la jornada, por lo que la sangre no debería haberle sorprendido. Sin embargo, la sangre no se había coagulado y parecía reciente. No quería ni pensar que pudiera ser de Marsha; la mera posibilidad de que lo fuera aumentó su ira. Se sentía ansioso por encontrar a la inspectora, y si realmente estaba herida pensaba darle su merecido al responsable.

Tras registrar el área de sacrificio decidió ampliar su búsqueda a otras zonas de la espaciosa planta. Se dirigió a la única salida abierta que había visto, manteniéndose alerta.

Fue esa cautela lo que le salvó. Con el rabillo del ojo detectó un súbito movimiento que se abalanzaba sobre él desde un lado. Reaccionando por reflejos, se inclinó hacia adelante y usó su linterna para parar la acometida.

Carlos había surgido de las sombras para darle una rápida puñalada que debilitase a Kim antes de rematarlo. Pero falló, y el cuchillo sólo consiguió hacerle un corte superficial en la mano.

Mientras Carlos intentaba recobrar el equilibrio, Kim lo golpeó con la linterna en el hombro, derribándolo al suelo al pillarlo desequilibrado. Kim salió corriendo antes de que su agresor pudiera ponerse en pie. Atravesó la sala donde se deshuesaban las cabezas y llegó a la sala general de deshuesar. Era casi del mismo tamaño que el área de sacrificio y estaba un poco más oscura. El espacio lo ocupaba un laberinto de mesas de acero inoxidable y cintas transportadoras. Por encima había todo un entramado de pasarelas de rejilla metálica desde donde los supervisores controlaban el despiece de la carne.

Kim buscó desesperadamente algún tipo de arma para defenderse, pero no atreviéndose a encender la linterna lo único que consiguió fue tantear las mesas a ciegas. No halló nada.

Un gran cubo de basura de plástico se volcó cuando Kim tropezó con él. Extendió las manos a la desesperada para evitar que saliera rodando y delatara su posición. Miró atrás y vio la silueta del hombre con el cuchillo, iluminada por detrás durante un instante antes de sumirse en las sombras.

Kim temblaba de miedo. Le seguía los pasos un asesino armado con un cuchillo, en medio de la oscuridad y en un entorno desconocido, donde no tenía medios para protegerse. Aunque había conseguido parar el primer ataque, Kim sabía que seguramente no sería tan afortunado por segunda vez.

El sonido agudo que súbitamente anunció la puesta en marcha del equipamiento electrónico le hizo dar un respingo. En derredor, la maraña de cintas transportadoras inició su ruidoso proceso. Simultáneamente, la sala se llenó de la brillante luz de sus fluorescentes. A Kim le dio un vuelco el corazón. Toda posibilidad de permanecer oculto en aquella sala laberíntica se evaporó.

Se agachó tras las mesas y vio al hombre tatuado que lo perseguía. El desconocido avanzaba lentamente a lo largo del pasillo del fondo empuñando el cuchillo, que a Kim le pareció del tamaño de un machete.

El pánico le embargó; el hombre se encontraba ya en el pasillo contiguo. Sabía que lo vería en cuanto llegara al pasillo donde él estaba; sólo era cuestión de segundos.

Impulsivamente, se puso en pie aferrando el cubo de plástico y, aullando como un guerrero celta, cargó directamente contra su atacante. Usando el cubo de plástico como escudo, chocó contra el mejicano.

Carlos cayó al suelo. Aunque sorprendido por el inesperado ataque y el fuerte impacto, conservó el cuchillo en su mano.

Kim arrojó a un lado el cubo de plástico y salió corriendo. Sabía que sólo había derribado a su perseguidor, que no lo había dejado inconsciente. Su única alternativa era seguir huyendo. Cruzó una abertura sin puerta y se encontró en medio de una fría y húmeda serie de hileras de reses abiertas en canal, tenuemente iluminadas. Las reses colgaban de ganchos sujetos a raíles en el techo.

A lo largo del pasillo central había varias luces protegidas con rejillas en el techo. Al otro lado había más hileras de reses muertas.

Kim corrió por el pasillo central buscando desesperadamente un lugar donde ocultarse. Aquella sala estaba tan fría que podía ver el vapor de su respiración al jadear. No había llegado muy lejos cuando distinguió con alivio el resplandor rojo de un letrero indicando la salida. Allí se dirigió directamente, pero al llegar descubrió que la puerta estaba cerrada con una cadena y un pesado candado.

Oyó entonces el lejano pero inconfundible sonido de los pies de su perseguidor sobre el suelo de cemento. El hombre se estaba acercando; a Kim volvió a entrarle el pánico. Moviéndose rápidamente a lo largo de la sala, buscó otra salida. Por desgracia, cuando la encontró, también estaba cerrada con candado.

Desalentado, Kim siguió andando. La sala era enorme. Encajado entre la pared y las reses muertas, le llevó cierto tiempo alcanzar el extremo, donde giró noventa grados. A partir de ahí avanzó con mayor rapidez. Justo antes de alcanzar el pasillo central que recorría la sala en toda su longitud, encontró una puerta interior. Probó a abrirla y fue a parar a una habitación a oscuras. Junto a la puerta había un interruptor. Kim encendió la luz y se encontró en un amplio almacén de estanterías metálicas.

Kim se precipitó en el interior buscando algo que le sirviera de arma. Recorrió el almacén rápidamente, pero no tuvo suerte. Lo único que encontró fueron piezas pequeñas de recambio, como cojinetes de bolas y una caja de sellos de goma que los inspectores del Departamento de Agricultura utilizaban para clasificar la carne en sus diferentes categorías. El único objeto que podía blandir era una escoba.

Kim la cogió, pensando que era mejor que nada.

Regresó a la puerta y estaba a punto de salir cuando de nuevo oyó las pisadas de su perseguidor. ¡El hombre estaba cerca, seguramente avanzando por el pasillo central!

Presa del pánico, Kim cerró la puerta del almacén con toda la rapidez y el sigilo de que fue capaz. Cogió la escoba con ambas manos por la punta del mango y se apretó contra la pared a la derecha de la puerta.

Los pasos se detuvieron. Kim oyó las imprecaciones del hombre, luego volvió a oír los pasos aumentando de intensidad hasta que se detuvieron junto a la puerta.

Kim contuvo la respiración y apretó con fuerza el mango de la escoba. En los angustiosos segundos que siguieron no ocurrió nada. Luego vio que el pomo de la puerta empezaba a girar. ¡El hombre iba a entrar!

A Kim se le aceleró el pulso. La puerta se abrió del golpe y el hombre entró en el almacén. Kim apretó los dientes y lo golpeó con la escoba a la altura del pecho con todas sus fuerzas. Pero en realidad lo golpeó en la cara, derribándolo hacia atrás. La sorpresa y la fuerza del impacto hicieron que se le cayera el cuchillo.

Kim se abalanzó sobre el cuchillo. Lo agarró, y descubrió que era una linterna.

—¡Quieto! —ordenó una voz.

Kim se irguió y miró hacia la luz cegadora de otra linterna. Instintivamente alzó una mano para protegerse los ojos, y vio entonces al hombre al que había derribado. No era el mejicano, y vestía la camisa marrón de Higgins y Hancock. Era un guardia de seguridad, y se tapaba la cara con ambas manos. Le salía sangre por la nariz.

—Suelte la escoba —ordenó una voz por detrás de la linterna.

Kim obedeció. El otro bajó la linterna, y Kim pudo ver con increíble alivio que se trataba de dos agentes de policía. El que no llevaba linterna le apuntaba con su pistola.

—¡Gracias a Dios! —balbució Kim, pese a tener el cañón de una pistola a menos de un palmo de distancia.

—¡Silencio! ¡Salga aquí y póngase de cara a la pared! Kim obedeció sin rechistar.

—¡Cachéalo! —ordenó el agente.

Kim notó unas manos que le recorrían los brazos, las piernas y el torso.

—Está limpio.

—¡Dése la vuelta!

Kim lo hizo, manteniendo las manos en alto para evitar confusión sobre sus intenciones. Estaba lo bastante cerca como para leer los nombres de los agentes en sus distintivos. El de la pistola era Douglas Foster. El otro era Leroy McHaverson. El guardia de seguridad se había levantado y se apretaba un pañuelo contra la nariz. El mango de la escoba lo había golpeado con fuerza suficiente para rompérsela.

—Espósalo —indicó Douglas.

—¡Eh, un momento! —exclamó Kim—. No es a mí a quien deben esposar.

—¿Ah, no? —repuso Douglas con tono arrogante—. ¿Y a quién sugiere que esposemos?

—Hay alguien más aquí. Un tipo moreno y delgado con tatuajes y un enorme cuchillo.

—Y con pasamontañas, claro —se burló Douglas.

—Hablo en serio. He venido aquí en busca de una mujer llamada Marsha Baldwin.

Los dos policías se miraron.

—¡Lo juro! —exclamó Kim—. Es inspectora del Departamento de Agricultura. Había venido aquí a realizar cierta investigación. Yo hablaba con ella por teléfono, cuando alguien la sorprendió. Oí ruido de cristales rotos y de lucha. Cuando llegué aquí en su ayuda me atacó un hombre con un cuchillo, presumiblemente el mismo que antes había atacado a la señorita Baldwin.

Los agentes siguieron mostrándose escépticos.

—Miren, soy cirujano del University Medical Center —dijo Kim, hurgando en el bolsillo de su sucia bata blanca. Douglas apretó la pistola. Kim sacó su acreditación plastificada del hospital y se la mostró. Douglas hizo señas a Leroy de que la cogiera.

—Parece auténtica —dijo Leroy tras una rápida inspección.

—Pues claro que lo es —confirmó Kim.

—¿Es que los médicos han abandonado la higiene personal? —preguntó Douglas.

Kim se pasó la mano por la desaliñada barba y se miró las sucias prendas que vestía. No se había duchado, ni afeitado ni cambiado de ropa desde la mañana del viernes.

—Sé que tengo una pinta un poco desaseada —dijo—, pero hay una explicación. Sin embargo, ahora me preocupa la señorita Baldwin y el paradero del hombre del cuchillo.

—¿Qué dices tú, Curt? —preguntó Douglas al vigilante—. ¿Hay por aquí una inspectora del Departamento de Agricultura o un hombre moreno y tatuado?

—No que yo sepa —contestó Curt—. Al menos no han venido mientras yo estaba de servicio. Entré a trabajar a las tres de la tarde.

—Lo siento, amigo —dijo Douglas a Kim—. Buen intento. —Luego indicó a Leroy—: Espósalo.

—Espere un segundo —insistió Kim—. Hay sangre en la otra sala, y temo que sea de la señorita Baldwin.

—¿Dónde? —preguntó Douglas.

—En una rejilla. Puedo mostrárselo.

—Esto es un matadero —dijo Curt—. Siempre hay sangre.

—Ésa parece reciente —insistió Kim.

—Espósalo y nos acercaremos a donde dice —ordenó Douglas.

Kim se dejó esposar con las manos a la espalda.

Luego le hicieron avanzar delante por el pasillo central de la sala refrigerada. Curt pidió al agente que esperara mientras apagaba las luces y las cintas transportadoras.

—Todo lo ha encendido el hombre del cuchillo —dijo Kim.

—Ya, claro —dijo Douglas.

Kim no quiso discutir, tampoco señaló el cubo de plástico que había rodado hasta dar contra una de las mesas. Estaba seguro de que la sangre convencería a los dos policías de que decía la verdad.

Los condujo hasta la rejilla, pero cuando Curt la enfocó con la linterna, la sangre había desaparecido.

—¡Era aquí! —afirmó Kim, meneando la cabeza—. Alguien la ha limpiado.

—Sin duda el hombre del cuchillo —comentó Leroy, y rió entre dientes.

—Desde luego —dijo Douglas jocosamente.

—Esperen un momento —pidió Kim con desesperación. Tenía que conseguir que le creyeran—. ¡El teléfono! Estaba hablando conmigo por su teléfono móvil. Está en la habitación de registros.

—Eso sí es original —comentó Douglas—. No tengo más remedio que reconocerlo. —Miró a Curt—. ¿Cree que podríamos echar un vistazo? ¿Nos queda de camino hacia la salida?

—Por supuesto —dijo Curt.

Mientras Curt conducía a Kim y a Douglas al archivo, Leroy se dirigió al coche patrulla para llamar a comisaría. Una vez en el archivo, Kim sufrió una nueva decepción. Habían colocado las sillas en su sitio y, peor aún, el teléfono móvil había desaparecido.

—Estaba aquí, lo juro —dijo—. Y había unas cuantas sillas caídas.

—Yo no vi ningún teléfono cuando entré para investigar —afirmó Curt—. Y las sillas estaban tal como las ven ahora.

—¿Y qué me dicen del cristal roto de la puerta? —dijo Kim excitadamente, señalando la puerta que daba al pasillo principal—. Ése fue el ruido que oí por teléfono.

—He supuesto que el cristal de la puerta lo han roto al entrar —dijo Curt—, igual que la ventana.

—Es imposible —dijo Kim—. Yo he roto la ventana, pero el cristal de la puerta ya estaba roto. Miren, todos los cristales de la puerta están dentro. Quienquiera que lo haya hecho, estaba en el pasillo.

—Mmmm —dijo Douglas, mirando los cristales rotos junto a la puerta—. Lo que dice tiene sentido.

—¡Su coche! —exclamó Kim, recordándolo de repente—. Tiene que estar fuera todavía. Es un Ford amarillo. Está aparcado al otro extremo del edificio.

Antes de que Douglas pudiera responder a esa nueva sugerencia, Leroy regresó del coche patrulla con una sonrisa maliciosa en el rostro.

—Acabo de hablar con comisaría —anunció—. He pedido una identificación del buen doctor. ¿Adivinas qué? Está fichado. Lo arrestaron anoche por allanamiento, resistencia al arresto, golpear a un agente de policía y agredir al encargado de un restaurante de comida rápida. Ahora mismo está en libertad bajo palabra.

—Vaya, vaya —comentó Douglas—. ¡Así que es un reincidente! Muy bien, doctor, basta de tonterías. En marcha.

15

Domingo 25 de enero, última hora de la mañana

La escena se repetía para Kim. Volvía a estar en la misma sala del tribunal y con el mismo juez. La única diferencia era el tiempo; esta vez no hacía sol y el día barruntaba una nevada, y el humor del juez Harlowe estaba en consonancia.

Kim se hallaba sentado en una mesa llena de marcas junto a Tracy. De pie delante de ellos, justo debajo del estrado, estaba Justin Devereau, abogado y viejo amigo de Kim. Era un abogado de apariencia aristocrática que había estudiado en Harvard y luego había seguido el antiguo adagio: «Vete al Oeste.» Había fundado uno de los principales bufetes de la ciudad, el de mayor éxito. Su porcentaje de casos ganados no tenía rival. Sin embargo, aquella mañana parecía inquieto. Estaba librando una batalla pírrica contra la cólera del juez.

El aspecto de Kim era peor que nunca, tras haber pasado otra noche en los calabozos con el mismo atuendo. Aún no se había duchado ni afeitado. También era evidente que el resultado de aquel proceso era un motivo de angustia para él. No quería volver a la cárcel.

—Permítame reiterar —dijo Justin, después de aclararse la garganta— que el doctor Kim Reggis ha sido todo un pilar de la sociedad hasta la trágica enfermedad de su única hija.

—La enfermedad de su hija fue la excusa para su comparecencia ante este tribunal ayer, abogado —dijo el juez Harlowe con impaciencia—. Cuando me ocupo del juzgado de guardia del fin de semana, no me gusta ver la misma cara dos veces. Es un insulto a mi juicio por haber concedido la libertad tras la primera infracción.

—El reciente fallecimiento de la hija del doctor Reggis ha sido la causa de una grave crisis emocional, señoría —insistió Justin.

—Eso es evidente —dijo el juez—. De lo que se trata es de si constituye una amenaza para la sociedad en su estado de ánimo actual.

—Éstos han sido incidentes anómalos que no se repetirán —afirmó Justin—. Como ha podido constatar su señoría, el doctor Reggis se arrepiente sinceramente de sus temerarias acciones.

El juez manoseó sus gafas. Sus ojos se desviaron hacia Kim. Tenía que admitir que el pobre hombre parecía muy arrepentido, y tenía un aspecto lastimoso. Miró a Tracy. La presencia y la declaración de la mujer le habían impresionado.

—Muy bien —dijo—. Le concedo la libertad bajo fianza, pero lo que me ha conmovido no ha sido su ampulosa verborrea de Harvard, abogado, sino el hecho de que la ex mujer del doctor Reggis haya accedido a presentarse ante el tribunal para dar testimonio sobre su carácter. Dada mi experiencia legal, semejante testimonio me parece muy convincente. Cinco mil dólares de fianza y juicio dentro de cuatro semanas. ¡Siguiente caso! —Dio un golpe con la maza y cogió la siguiente carpeta de instrucción.

—Disculpe, señoría —dijo Justin—. La huida en este caso es impensable, de modo que cinco mil dólares parece una fianza excesiva.

El juez lo miró por encima de sus gafas de lectura enarcando las cejas.

—Fingiré no haberle oído —dijo—. Y le advierto que no fuerce la suerte de su cliente, abogado. ¡Siguiente caso!

Justin se encogió de hombros y se apresuró a volver junto a Kim y Tracy. Tras recoger sus cosas, los tres salieron de la sala.

Con ayuda de Justin, pagaron la fianza rápidamente. Antes de que hubiera transcurrido media hora, abandonaron los juzgados para salir a la mañana invernal. Se detuvieron al pie de la escalinata de entrada. Cayeron unos cuantos copos aislados.

—Al principio temía que no te concediera la libertad bajo fianza —dijo Justin—. Considérate afortunado.

—Dadas las circunstancias, me cuesta hablar de suerte —dijo Kim—. Pero gracias por tu ayuda. Te pido perdón por haberte molestado un domingo por la mañana.

—Descuida —dijo Justin—. Y lamento profundamente lo de Becky. Mi más sentido pésame a los dos.

Kim y Tracy le dieron las gracias.

—Bueno, será mejor que me vaya —dijo Justin, tocándose el borde del sombrero—. Mis mejores deseos para los dos en estos difíciles momentos.

Justin besó a Tracy en la mejilla y estrechó la mano de Kim antes de partir, pero sólo se había alejado unos pasos cuando se volvió hacia ellos.

—Un consejo, Kim. No hagas que te arresten otra vez. Si vuelve a ocurrir, no te concederán la libertad bajo fianza. Estos arrestos continuados te han puesto en una situación difícil.

—Entiendo —dijo Kim—. Tendré cuidado.

Kim y Tracy esperaron a que el abogado ya no pudiera oírles.

—Ahora quiero que me cuentes lo que de verdad pasó —pidió ella.

—Te diré todo lo que sé. Pero tengo que ir a buscar mi coche. ¿Te importa llevarme hasta Higgins y Hancock?

—Ya lo tenía previsto.

—Hablaremos en el coche —dijo Kim.

Echaron a andar en dirección al aparcamiento.

—Estoy viviendo una pesadilla —dijo él.

—Como te dije anoche, los dos necesitamos ayuda, y puede que seamos las únicas personas capaces de ayudarnos.

Kim suspiró.

—Seguramente te parecerá una locura esta especie de cruzada contra el E. coli a la que me he lanzado —dijo—. Nuestra hija ha muerto y todo lo que hago es correr de un lado a otro como un detective de pacotilla. —Meneó la cabeza—. Durante años he alardeado de ser el más fuerte, pero ahora veo que en realidad eres tú la que tiene mayor fortaleza. Sé que no puedo eludir la realidad de la muerte de Becky eternamente, pero me resulta muy difícil asumirla ahora. Todavía no estoy preparado para hacerlo.

Tracy guardó silencio durante un rato. Luego puso una mano sobre el muslo de Kim.

—Lo comprendo —dijo—, y no voy a darte prisa. Incluso te apoyaré en tu cruzada. Pero no podrás seguir negando la muerte de Becky durante mucho tiempo.

—Lo sé —susurró él, asintiendo—. Gracias.

El trayecto fue rápido. Kim le contó todos los detalles de lo sucedido desde que Marsha se había presentado en su casa hasta el momento en que la policía lo había arrestado. Incluso le mostró el corte superficial que tenía en la mano.

—¿Qué aspecto tenía ese hombre? —preguntó Tracy, estremeciéndose. Le resultaba imposible el horror de ser atacada en un tenebroso matadero.

—Todo ocurrió demasiado deprisa. No puedo describírtelo bien.

—¿Viejo, joven? ¿Alto, bajo? —Por alguna razón, Tracy deseaba tener una imagen de aquel individuo.

—Moreno. De piel oscura y cabellos negros. Creo que era mejicano o latinoamericano. Delgado, pero muy musculoso. Llevaba muchos tatuajes.

—¿Por qué no se lo has dicho a Justin?

—¿De qué hubiera servido?

—Él podría habérselo explicado al juez —insistió Tracy.

—Pero eso no hubiera cambiado las cosas. De hecho, quizá las hubiera empeorado. Porque lo cierto es que todo esto parece inverosímil, y lo único que yo quería era salir de allí cuanto antes.

—¿Así que crees que Marsha Baldwin sigue en Higgins y Hancock? ¿Y que posiblemente la retienen contra su voluntad?

—O peor —dijo Kim—. Si era sangre humana lo que encontré, podrían haberla asesinado.

—No sé qué decir.

—Tampoco yo. Espero que consiguiera escapar. Quizá debería llamar a mi contestador. Tal vez me ha dejado un mensaje.

Tracy sacó el teléfono móvil del soporte del coche y se lo tendió. Kim escuchó. Un minuto después, devolvió el teléfono al soporte.

—No ha habido suerte —dijo, meneando la cabeza con desaliento—. Sólo ha llamado Ginger.

—Dime otra vez exactamente lo que oíste cuando estabas hablando con ella por última vez —pidió Tracy.

—Oí ruido de cristales rotos. Ocurrió después de que ella dijera que había alguien al otro lado de la puerta. Luego oí golpes, creo que de sillas derribadas. Quienquiera que entrara allí la persiguió luego por la planta.

—¿Y se lo contaste a la policía?

—Por supuesto —contestó Kim—. Pero no sirvió

de nada. Creen que estoy mal de la cabeza. Luego intenté mostrarles la sangre, ya la habían lavado. Intenté mostrarles su teléfono móvil, pero había desaparecido. Ni siquiera su coche estaba en el aparcamiento, en el lugar en que lo vi al llegar.

—¿Crees que pudo ser ella quien se llevara el teléfono y se fuera luego en su coche?

—Espero que así sea —dijo Kim—. No quiero ni pensar en las alternativas, y me siento muy responsable. Ella fue allí por mi culpa.

—Tú no la obligaste a hacer nada. Por lo poco que la traté, comprendí enseguida que no era de ese tipo de personas.

—Lo que me gustaría es ponerle las manos encima a ese vigilante. Él tenía que saber que Marsha estaba allí, aunque lo negara.

—Si le mintió a la policía, desde luego no te dirá nada a ti —opinó Tracy.

—Bueno, algo tengo que hacer.

—¿Sabes algo de ella? ¿Dónde vive, de dónde es, o si tiene familia por aquí?

—Sólo sé —admitió Kim— que tiene veintinueve años y que estudió veterinaria.

—Qué pena. Sería de gran ayuda que pudieras comprobar si realmente ha desaparecido. Si es así, la policía tendría que escucharte.

—Acabas de darme una idea —dijo él, irguiéndose—. ¿Qué te parece si le pido a Kelly Anderson que me ayude?

—No es mala idea. La cuestión es si querrá.

—No hay modo de saberlo a menos que se lo pregunte.

—Te ha causado muchos quebraderos de cabeza —dijo Tracy—. Te lo debe.

—Joder, los medios de comunicación serían de gran ayuda, no sólo para encontrar a Marsha, sino también para sacar a la luz el problema de la contaminación de la carne.

—Cuando más lo pienso, más me gusta tu idea —dijo Tracy—. Quizá pueda ayudarte a convencerla.

Kim miró a su ex mujer admirativamente. El amargo divorcio y los rencores de la batalla por la custodia de Becky le habían hecho olvidar lo atractiva que era.

—¿Sabes, Trace?, te agradezco de veras que hayas ido a los juzgados esta mañana, y no sólo por estar dispuesta a conseguir que me soltaran bajo fianza, sino también porque quieras estar conmigo después de todo lo ocurrido.

Ella lo miró. El comentario de Kim era muy poco habitual en él, pero mirándole a los ojos supo que era sincero.

—Ha sido un comentario muy agradable —dijo.

—Es lo que pienso —le aseguró Kim.

—Bueno, te agradezco que lo digas. No recuerdo la última vez que me distes las gracias por algo. De hecho, debió de ser antes de que nos casáramos.

—Lo sé —admitió él—. Tienes razón. Anoche en el calabozo tuve tiempo para pensar, y debo reconocer que los sucesos de las últimas veinticuatro horas, sobre todo los que se refieren a Becky, me han abierto los ojos.

—¿Te han abierto los ojos a qué?

—A las cosas importantes de la vida. Supongo que te sonará melodramático, pero me he dado cuenta de que he cometido un grave error. Me he concentrado demasiado en mi profesión, a expensas de la familia y de nosotros.

—Me impresiona que digas esas cosas. —Aquél no parecía el Kim del que se había divorciado.

—Me temo que he sido un egoísta durante toda mi vida adulta. Resulta irónico, dado que durante todo este tiempo me he ocultado tras la fachada del médico caritativo y desinteresado. Necesitaba ser alabado, ser el centro del mundo, igual que un niño, y la profesión de cirujano era perfecta. Todo eso me hace sentir triste y avergonzado. También me hace desear pedirte perdón. Desearía poder volver atrás y recuperar el tiempo perdido.

—Estoy sorprendida y abrumada —dijo Tracy—. Pero lo acepto. Me impresiona tu sinceridad.

—Gracias —dijo Kim. Miró por el parabrisas. Habían girado al llegar a la carretera secundaria y se acercaban ya a Higgins y Hancock. El edificio parecía un lugar apacible y limpio bajo la capa de nieve.

—Nos acercamos a la entrada del aparcamiento —dijo Kim—. Mi coche debería estar delante mismo de la puerta principal. Al menos allí lo dejé.

Tracy giró donde él le indicaba, e inmediatamente apareció su coche a la vista. Sólo había otros dos vehículos en el aparcamiento, pero en el otro extremo.

—El coche de Marsha estaba aparcado cerca de aquellos dos. Quizá haya una entrada para empleados por allí.

Tracy aparcó junto al coche de Kim y puso el freno de mano.

Él señaló la ventana que había roto para entrar en el edificio. La habían tapado con tablones.

—¿Cuál es el plan? —preguntó Tracy, y él suspiró.

—Tengo que ir al hospital. Tom accedió a hacerse cargo de mis pacientes, pero yo también tengo que verlos. Luego iré a ver a Kelly Anderson. Casualmente sé dónde vive.

—Tenemos que tomar ciertas decisiones con respecto a Becky —dijo Tracy.

Kim asintió clavando la vista en la lejanía.

—Sé que es difícil —añadió ella—, pero tenemos que disponer el funeral. Puede que eso nos ayude a aceptar su muerte.

Él se mordió el labio.

—La ira y la negación son parte del duelo —dijo Tracy—. Yo soy tan culpable como tú en eso, pero tenemos ciertas responsabilidades.

Kim se volvió para mirarla con lágrimas en los ojos.

—Tienes razón —admitió—. Pero, como te he dicho antes, necesito un poco de tiempo. ¿Puedes encargarte tú de hacer todo lo necesario sin mí? Sé que es mucho pedir. Desde luego estaré de acuerdo con todo lo que decidas, y por supuesto iré al funeral. Ahora quiero hablar con Kelly Anderson.

Tracy tamborileó con los dedos sobre el volante mientras sopesaba su petición. Su primer pensamiento fue decirle que no, acusarle de mostrarse egoísta una vez más, pero lo pensó mejor, y aunque no quería arreglar las cosas ella sola, sabía que el funeral en sí era más importante que resolver las cuestiones prácticas. También tuvo que reconocer que en aquel momento seguramente ella estaba más capacitada para encargarse de todo que su ex marido.

—¿Te da igual el día que elija? —preguntó—. ¿O dónde se celebre el funeral?

—Lo que tú decidas —le aseguró Kim.

—Muy bien. Pero tienes que prometerme que me llamarás en cuanto llegues a casa.

—Lo prometo —dijo él. Antes de salir del coche, apretó brevemente el antebrazo de Tracy.

—Esperaré para asegurarme de que tu coche funcione perfectamente —dijo ella.

—Buena idea. Gracias. —Kim cerró la puerta y agitó la mano antes de encaminarse hacia su coche.

Tracy le devolvió el saludo y se preguntó si estaba haciendo lo correcto.

Kim abrió la puerta de su coche, pero no subió inmediatamente. Antes contempló Higgins y Hancock y se estremeció ante el recuerdo de la noche previa. El terror que había sentido al huir del hombre del cuchillo volvió a apoderarse de él. Era una experiencia que no olvidaría jamás.

Cuando se disponía a subir al coche, volvió a vacilar. Por un momento acarició la idea de hablar con el vigilante de turno para averiguar cómo ponerse en contacto con Curt, el vigilante al que había golpeado con la escoba, pero recordó la advertencia de Tracy y decidió que su ex mujer tenía razón. Si Curt estaba dispuesto a mentir a la policía sobre la presencia de Marsha, desde luego no estaría dispuesto a contársela a él. El hecho de que seguramente mintiera, además, sugería que en aquel asunto había mucho más de lo que se veía en la superficie.

Kim puso en marcha el coche y agitó la mano en dirección a Tracy, que le devolvió el saludo antes de salir del aparcamiento. Él la siguió a cierta distancia, repasando su reciente conversación. Era irónico que los horribles acontecimientos de los últimos días —la muerte de Becky y que él hubiera estado a punto de ser asesinado— pudieran hacer que se sintiera más unido a ella de lo que había sentido en muchos años, quizá en toda su vida en común.

Se separaron en la autopista. Kim hizo sonar el claxon a modo de despedida. Tracy hizo sonar el suyo y se alejó en dirección a su barrio. Kim tomó la salida para llegar al centro médico.

Los domingos, el aparcamiento de médicos estaba casi vacío, por lo que consiguió aparcar cerca de la entrada principal. Cuando bajó del coche, se dijo a sí mismo que lo primero que debía hacer era pasar por el vestuario de cirugía. Quería lavarse, afeitarse y ponerse la ropa que había dejado allí el viernes por la mañana.

Martha Trumbull y George Constantine tenían más de setenta años, y ambos habían sido leales voluntarios del University Medical Center el tiempo suficiente para que les recompensaran con los prestigiosos distintivos de Amigos del Hospital. Martha ostentaba el suyo orgullosamente en su uniforme rosa de voluntaria, mientras que George lucía el suyo en la solapa de su chaqueta azul celeste.

El destino predilecto de ambos era el mostrador de información del vestíbulo del hospital. Les gustaba trabajar allí los domingos, cuando estaban solos. Los demás días de las semana estaban a las órdenes de un empleado del hospital.

Se tomaban muy en serio su papel, por lo que no sólo conocían la disposición del hospital con tanto detalle como sus propias casas, sino que también recordaban los nombres de todos los miembros de su personal médico.

Cuando Kim traspasó la puerta en dirección a los ascensores, ambos creyeron reconocerlo.

—¿No era el doctor Reggis? —preguntó Martha en voz baja, mirando a George

—Creo que sí, pero no consigo imaginar qué puede haber hecho con esa bata, a menos que haya tenido que cambiar una rueda.

—Pues yo creo que la barba tiene peor aspecto que la bata —opinó ella—. Alguien debería decírselo, porque es un hombre con muy buena planta.

—Espera un momento —dijo George—. ¿No teníamos que llamar al doctor Biddle si veíamos a Reggis?

—Eso fue ayer. ¿Crees que hoy será lo mismo?

—¿Por qué arriesgarnos? —dijo George, echando mano al teléfono.

Kim se sintió aliviado al ver que el ascensor estaba vacío cuando lo abordó en la planta baja, y que subía solo hasta la planta de cirugía. Al pasar por la sala de descanso, en dirección al vestuario, no tuvo tanta suerte. Allí había unas cuantas enfermeras de quirófano y anestesistas de guardia tomando café. Aunque nadie le dijo nada, todos lo miraron con curiosidad.

Kim se alegró de meterse en el vestuario, a salvo de las miradas inquisitivas. Le complació especialmente que estuviera vacío y no perdió tiempo. Sacó su acreditación del hospital, papeles, bolígrafos y esparadrapo quirúrgico de los bolsillos de la bata; luego se quitó todo lo que llevaba, ropa interior incluida, y lo arrojó al cesto de la ropa sucia.

Desnudo, Kim tuvo un sobresalto al verse en el espejo. Su cara ofrecía un aspecto lamentable. Tenía algo más que la típica sombra de las cinco de la tarde, pero no llegaba a ser barba. Y los cabellos estaban hechos un asco, pegados sobre la frente, pero de punta en la nuca, lo que sugería que había dormido mal.

Abrió la taquilla con cierre de combinación y sacó los artículos de aseo que guardaba allí. Se afeitó rápidamente y se metió en la ducha con un frasco de champú.

Tenía la cabeza debajo del chorro cuando le pareció oír que lo llamaban por su nombre. Sacó la cabeza de debajo del agua con los ojos cerrados para protegerse de la espuma, y aguzó el oído. Alguien repitió su nombre. La voz era más autoritaria que amistosa.

Kim se aclaró el jabón y miró hacia la entrada de la ducha. Era una ducha colectiva con cuatro alcachofas. En la entrada alicatada se hallaban el doctor Forrester Biddle, jefe de cirugía cardíaca, y el doctor Robert Rathborn, jefe interino del personal médico. Formaban una curiosa pareja. En contraste con la ascética delgadez de Biddle, Rathborn era la imagen misma de la obesidad autocomplaciente.

—Doctor Reggis —repitió Rathborn, cuando estuvo seguro de que Kim le oía—. Como jefe interino del personal médico, es mi deber informarle que ha sido suspendido temporalmente de empleo y sueldo.

—Extraña conversación mientras me ducho —dijo Kim—. ¿O es que tenían la intención de pillarme desnudo?

—Sus sarcasmos no habían sido jamás más inoportunos —le espetó Biddle—. Se lo había advertido, doctor Reggis.

—¿No podían esperar ni cinco minutos? —preguntó Kim.

—Nos ha parecido importante comunicárselo lo antes posible —dijo Rathborn.

—¿Por qué motivo? —quiso saber Kim.

—Por obstruccionismo durante el intento de reanimación cardíaca de su hija. Tres médicos y dos enfermeras han presentado quejas formales contra usted por intimidación física que les impidió cumplir con su deber.

—Y estoy horrorizado por su decisión de realizar un masaje cardíaco a corazón abierto a su propia hija —añadió Biddle—. En mi opinión, traspasó usted los límites de la conducta profesional admisible.

—Se estaba muriendo, Robert —siseó Kim—. El masaje cardíaco externo no era efectivo. Sus pupilas se dilataban.

—Había otras personas competentes —afirmó Rathborn con tono de agravio.

—Que no hacían nada —le espetó Kim—. No sabían qué coño estaba pasando. Ni yo tampoco lo supe hasta que le vi el corazón. —Su voz se quebró y tuvo que apartar la vista un momento.

—Habrá una reunión —dijo Rathborn—. La cuestión es si constituye usted un peligro para los pacientes o incluso para usted mismo. Tendrá la oportunidad de presentar su versión de este lamentable incidente. Mientras tanto, no se le permitirá practicar la medicina dentro de este edificio, y se le prohíbe realizar cualquier operación quirúrgica.

—Bueno, son muy amables, caballeros, viniendo a mi despacho de esta manera para traerme noticias tan agradables —dijo Kim.

—Yo de usted no sería tan sarcástico —le advirtió Biddle.

—Ni yo —dijo Rathborn—. Este incidente y las medidas que tomemos serán comunicadas a la Junta de Médicos. Es posible que le sea retirada la licencia para ejercer.

Kim se dio la vuelta para ofrecer a sus dos visitantes lo que le pareció la parte más apropiada de su anatomía y se agachó para acabar de enjabonarse.

El bar El Toro parecía un local muy distinto a la luz del día. Sin el rojo resplandor del toro de neón y sin la animada música latina, el desvencijado edificio parecía abandonado. La única prueba de que no lo estaba eran las latas de cerveza vacías esparcidas por el aparcamiento.

O'Brian meneó la cabeza ante aquel mísero escenario mientras lo recorría con su Cherokee negro. La lluvia y la bruma contribuían a hacerlo aún más desapacible con una densa cortina de niebla. O'Brian aparcó junto a la camioneta de Carlos, cuyo estado encajaba perfectamente en el ambiente.

Carlos bajó de la camioneta y la rodeó para acercarse a la ventanilla de O'Brian. El cristal era tan oscuro que no vio más que su propio reflejo hasta que O'Brian lo bajó.

O'Brian le tendió un billete de cien dólares.

—¿Qué es esto? —preguntó Carlos—. Me dijo que me pagaría doscientos. Me he deshecho de la mujer tal como quedamos.

—La jodiste —dijo O'Brian—. No fue un trabajo

limpio. Nos hemos enterado de lo del médico. Deberías haberlo despachado. Sabías que había ido allí en busca de la mujer.

—Lo intenté.

—¿Qué quieres decir? —repuso O'Brian con tono de mofa—. Tienes una gran reputación con el cuchillo. Aquel tipo estaba desarmado.

—No tuve tiempo. El tipo ese hizo que se disparara la alarma silenciosa cuando entró, y la policía llegó antes de que pudiera acabar con él. Tuve suerte de poder limpiar la sangre y todo lo demás.

—¿Qué has hecho con su coche? —preguntó O'Brian.

—Está en el garaje de mi primo —contestó Carlos.

—Lo recogeremos. No quiero que lo use nadie. Se ha de convertir en chatarra.

—Nadie va a usarlo —le aseguró Carlos.

—¿Y su teléfono?

—Lo tengo en la camioneta.

—¡Tráelo!

Carlos lo hizo. O'Brian lo arrojó al asiento contiguo.

—Espero no tener que preguntarte si has hecho alguna llamada.

Carlos alzó las cejas con expresión inocente, pero no dijo nada.

O'Brian cerró los ojos, se llevó una mano a la frente y sacudió la cabeza con desaliento.

—Por favor, dime que no has usado el teléfono —dijo con los dientes apretados, aunque ya sabía la respuesta. Abrió los ojos y miró a su cómplice con pasmo, intentando dominar la ira—. Muy bien, ¿a quién has llamado? ¿Es que no sabes que pueden seguir el rastro de las llamadas? ¿Cómo puedes ser tan estúpido?

—He llamado a México, a mi madre —confesó Carlos con tono culpable.

O'Brian puso los ojos en blanco y empezó a pensar

que tendría que deshacerse de aquel memo. El problema con aquella clase de trabajo era que cuando las cosas empezaban a torcerse, tenían la mala costumbre de escaparse de las manos.

—Pero mi madre no tiene teléfono —aclaró Carlos—. He llamado a la tienda donde trabaja mi hermana.

—¿Qué tienda?

—Una grande, donde venden todo tipo de cosas.

—¿Unos grandes almacenes?

—Sí, eso.

—¿Cuándo has llamado?

—Anoche. La tienda abre hasta tarde los sábados por la noche y mi madre va todos los sábados para acompañar a mi hermana a casa.

—¿En qué parte de México está?

—En Ciudad de México.

O'Brian se sintió aliviado. Una llamada anónima a unos grandes almacenes de la ciudad más populosa del mundo no era un rastro demasiado bueno.

—¿Y ésa ha sido la única llamada?

—Sí, tío —le aseguró Carlos—. Sólo ésa.

—Volvamos al médico. ¿Sabe lo que le ha ocurrido a la mujer?

—Seguramente. Vio su sangre.

—De todas formas, es una amenaza —dijo O'Brian—. Tendrá que ser eliminado. Te pagaremos los otros cien más trescientos dólares extra por el trabajo. ¿Qué contestas?

—¿Cuándo?

—Esta noche. Sabemos dónde vive, y vive solo. Está en el barrio de Balmoral.

—No sé —dijo Carlos—. Es un tipo corpulento.

—Con la reputación que tienes, no creía que eso importara —comentó O'Brian.

—No es matarlo lo que más costará. Es deshacerse del cadáver y la sangre.

—No tienes que preocuparte por eso. Tú limítate a hacer el trabajo y vete. Quizá podrías hacer que pareciera un robo, llevándote el dinero y los objetos valiosos. Pero no te lleves nada a lo que se le pueda seguir la pista.

—Hummm... A la policía no le gusta que los mejicanos andemos por el barrio de Balmoral. No es la primera vez que me paran por allí.

—Escucha, Carlos —dijo O'Brian, que se impacientaba rápidamente—. Dadas las circunstancias, no te queda más remedio. Anoche la jodiste. Según mis informes, tuviste tiempo de sobra para matar al médico. Además, ni siquiera tienes permiso de residencia.

Carlos se movió inquieto, frotándose los brazos para protegerse del húmedo frío. No llevaba abrigo, solamente el chaleco de cuero sin camisa.

—¿Cuál es la dirección? —cedió al fin.

—Así me gusta —dijo O'Brian, tendiéndole una tarjeta mecanografiada.

Desafiando la suspensión de empleo y sueldo que le había comunicado Rathborn, Kim visitó a todos sus pacientes. Pasó la mayor parte del tiempo con los que habían sido operados el viernes. Tal como le había prometido, Tom Bridges se había ocupado de ellos con esmero, evolucionaban favorablemente y sin complicaciones. Abandonó el hospital a media tarde.

Kim había sopesado la posibilidad de telefonear a Kelly Anderson, pero finalmente había decidido que era mejor pasar por su casa. Además, no tenía su número y estaba seguro que no lo encontraría en la guía.

Kelly Anderson vivía en una casa tipo rancho en el barrio de Christie Heights, que no llegaba a la altura de Balmoral pero se acercaba bastante. Aparcó delante de la casa, paró el motor y la contempló. Tardó unos instantes en armarse de valor. Para él, recurrir a Kelly Anderson era como confabularse con el diablo en persona. Sentía que la necesitaba, pero desde luego no le gustaba.

Caminó pesadamente hasta la puerta, dándose cuenta de que existía la probabilidad de que ni siquiera le fuera permitido entrar.

Le abrió Caroline, la precoz hija de Kelly. Por un instante, Kim fue incapaz de hablar. La niña le había hecho recordar la espantosa imagen de Becky en la UCI. Oyó la voz de un hombre desde el interior de la casa, preguntando a Caroline quién era.

—No lo sé —gritó Caroline por encima del hombro—. No dice nada.

—Soy el doctor Reggis —consiguió decir Kim.

Edgar Anderson apareció detrás de su hija. Era un tipo con aire de académico, con gruesas lentes de montura metálica. Llevaba un suéter grande con coderas y una pipa entre los dientes.

—¿En qué puedo ayudarle? —preguntó.

Kim repitió su nombre y pidió hablar con Kelly Anderson.

Edgar se presentó como el marido de Kelly e invitó a Kim a pasar. Luego lo condujo hasta la sala de estar, que tenía el aspecto de no ser usada jamás.

—Le diré que está usted aquí —dijo Edgar—. Siéntese, por favor. ¿Quiere tomar algo? ¿Café?

—No, gracias —dijo Kim. Se sentía cohibido, como si fuera un mendigo. Se sentó en un inmaculado sofá.

Edgar desapareció, pero Caroline se quedó mirándole desde detrás de una butaca. Kim no podía mirarla sin pensar en Becky, y fue un alivio para él que llegara su madre.

—Vaya, vaya —dijo Kelly—. Qué curioso. El zorro persiguiendo al sabueso. ¡Siéntese, por favor! —Kim se había puesto en pie al entrar ella, que se dejó caer en la butaca—. ¿Y a qué debo el placer de esta inesperada visita?

—¿Podríamos hablar a solas?

Kelly dijo a su hija que buscara algo que hacer en otra parte. Cuando la niña se fue, Kim empezó por la muerte de Becky. La sarcástica actitud de Kelly cambió de inmediato. Era obvio que se sentía profundamente conmovida.

Él le contó toda la historia, dándole detalles de las conversaciones mantenidas con Kathleen Morgan y Marsha Baldwin. Le habló de su visita al restaurante Onion Ring y de su arresto. Incluso mencionó el angustioso incidente en Higgins y Hancock que había culminado en un segundo arresto. Quería que Kelly conociera toda la historia.

Cuando terminó, exhaló un suspiro y se recostó en la butaca, meneando la cabeza.

—Menuda historia —dijo ella—. Y qué tragedia para usted. Pero ¿por qué ha venido a contármela? Supongo que quiere algo de mí.

—Obviamente. Quiero que haga un reportaje sobre todo esto. Es algo que la opinión pública debe saber. Y quiero que se sepa lo de Marsha Baldwin. Cuanto más lo pienso, más convencido estoy de que existe una conspiración. Si está viva, hay que encontrarla.

Kelly se mordió la mejilla mientras reflexionaba sobre la petición de Kim. Había ciertos elementos intrigantes en su historia, pero también algunos puntos conflictivos. Tras unos instantes, negó con la cabeza.

—Gracias por contármelo, pero no estoy interesada desde un punto de vista profesional, al menos de momento.

Kim se quedó boquiabierto. Mientras contaba su historia, se había convencido cada vez más de su interés, pero la rápida decisión negativa de Kelly constituía una decepcionante sorpresa.

—¿Por qué? —preguntó.

—Por mucho que lamente la trágica pérdida de su encantadora y talentosa hija —dijo Kelly—, no es el tipo de periodismo que suelo hacer para la televisión. Yo busco historias más duras, más grandes, si entiende a lo que me refiero.

—Pero ésta es una gran historia —protestó Kim—. Becky murió de E. coli O157:H7. Es una enfermedad que se ha convertido en un problema a escala mundial.

—Cierto. Pero sólo es un caso.

—Ésa es la cuestión, precisamente. Sólo un caso hasta ahora. Estoy seguro de que enfermó en el restaurante Onion Ring de la Prairie Highway. Me temo que será el primer caso de lo que podría convertirse en una epidemia.

—Pero la epidemia no se ha producido —dijo Kelly—. Usted mismo ha dicho que su hija enfermó hace una semana. Si de verdad hubiera una epidemia, debería haber más casos, pero no es así.

—Pero se producirán —insistió Kim—. Estoy convencido.

—Bien. Cuando haya más casos, haré un reportaje. Quiero decir que un caso aislado no es una historia. No sé expresarlo con mayor claridad.

—Pero cientos de niños mueren cada año a causa de esa bacteria —dijo él—. La gente no lo sabe.

—Puede que sea cierto —admitió Kelly—, pero esos cientos de casos no están relacionados con el suyo.

—Pues claro que sí —repuso Kim, exasperado—. Casi todos ellos se deben a la ingestión de carne de vacuno picada. La industria cárnica que produce las hamburguesas constituye una amenaza para todos los que comen esa clase de carne. Es una situación que ha de sacarse a la luz.

—Oiga, pero ¿en qué mundo vive? —replicó Kelly, igualmente exasperada—. Ya se ha sacado a la luz, sobre todo desde el brote epidémico del Jack-In-The-Box y de la retirada de la carne de Carnes Hudson. El E. coli ha estado en las noticias todos los meses desde entonces.

—Ha estado en las noticias pero los medios no le han dado el enfoque correcto —dijo Kim.

—¿Ah, no? Supongo que además de ser cirujano, también es experto en medios de comunicación.

—No pretendo ser un experto en medios de comunicación, pero sé que los medios han dado dos importantes impresiones falsas sobre este tema: en primer lugar, que la presencia de ese peligroso E. coli en la carne picada es insólita y, en segundo lugar, que el Departamento de Agricultura inspecciona eficazmente la carne para garantizar su calidad. Ambos mensajes son falsos como demuestra la muerte de hasta quinientos niños cada año.

—¡Vaya! —exclamó Kelly—. Ahora sí se mueve usted en terreno peligroso. Acaba de hacer un par de acusaciones muy graves. ¿Puede demostrarlas? ¿Qué pruebas tiene?

—La muerte de mi hija —dijo Kim con cólera evidente—. Y los informes del Centro de Control de Enfermedades sobre las otras muertes.

—Me refiero a la acusación de que el E. coli es frecuente y la de que el Departamento de Agricultura no inspecciona la carne debidamente.

—No tengo pruebas ahora mismo —dijo Kim—. Esperaba que las encontrara usted durante su investigación. De todas formas, no morirían tantos niños de no ser cierto. Y todo esto lo demostró Marsha Baldwin.

—Ah, por supuesto —dijo ella con suspicacia—. ¿Cómo he podido olvidarlo? La misteriosa inspectora del Departamento de Agricultura que usted considera desaparecida. La que usted considera víctima de una conspiración.

—Exactamente. Tenían que hacerla callar.

Kelly ladeó la cabeza. No estaba segura acerca de Kim, sobre todo teniendo en cuenta los dos arrestos recientes. Tenía la sensación de que la muerte de su hija lo había perturbado. Le pareció que se había vuelto paranoico y decidió sacárselo de encima y de su casa cuanto antes.

—Repítamelo —dijo—. Usted cree que la señorita Baldwin ha desaparecido porque se interrumpió su conversación telefónica y porque encontró sangre en el matadero.

—Exactamente.

—¿Y le dijo todo eso a la policía cuando le arrestaron?

—Pues claro, pero no me creyeron.

No me extraña, se dijo Kelly. Se levantó de la butaca.

—Perdone, doctor Reggis, pero me temo que no hacemos más que dar vueltas en círculo. Todo lo que me ha contado no son más que rumores en lo que a mí respecta. Quisiera ayudarle, pero no puedo, al menos hasta que disponga de algo tangible, algo en lo que basar mi reportaje.

Kim se levantó del sofá. La ira se apoderaba de él, pero la reprimió. Aunque no estaba de acuerdo con la actitud de Kelly, tenía que admitir que la comprendía, y darse cuenta de ello no hizo más que darle alas.

—Muy bien —dijo con resolución—. Conseguiré pruebas y volveré.

—Usted las consigue y yo hago el reportaje.

—Se lo recordaré —dijo Kim.

—Siempre cumplo mis promesas —dijo Kelly—. Claro que he de ser yo quien decida si las pruebas que me traiga son suficientes.

—Me aseguraré de que no haya ambigüedades.

Kim salió de la casa a grandes zancadas. La lluvia había aumentado de intensidad mientras estaba en la casa de los Anderson. Había decidido ya lo que iba a hacer para cumplir con la exigencia de Kelly. No resultaría fácil, pero eso no le importaba. Era un hombre que tenía una misión.

Dio un cambio de sentido y salió disparado. No se dio cuenta de que Kelly estaba en el umbral de su puerta, ni vio cómo meneaba la cabeza por última vez mientras él se alejaba.

Tan pronto llegó a la autopista, marcó el número de Tracy en su teléfono móvil.

—Trace —dijo sin más preámbulos—. Reúnete conmigo en el centro comercial.

Se hizo el silencio. Kim pensó que la comunicación se había cortado, pero cuando estaba a punto de volver a marcar oyó la voz de Tracy.

—Te he tomado la palabra. He dispuesto lo necesario para el funeral.

Kim suspiró. A veces era capaz de borrar a Becky de sus pensamientos. Afortunadamente tenía a Tracy. ¿Cómo hubiera podido él enfrentarse con aquella tragedia sin ella?

—Gracias —dijo al fin. Le costaba encontrar las palabras adecuadas—. Te agradezco que te hayas encargado de eso.

—Será en la funeraria Sullivan de River Street, el martes que viene.

—Muy bien —dijo él, pero no podía pensar en ello durante demasiado tiempo—. Quisiera que te reunieras conmigo en el centro comercial.

—¿No quieres que te dé los detalles?

—En este momento, reunirte conmigo en el centro comercial es más importante —dijo Kim, esperando no parecer demasido desapasionado—. Luego quisiera preguntarte si volverías conmigo a nuestra vieja casa.

—¿Cómo puede ser más importante ir al centro comercial que el funeral de nuestra hija? —preguntó Tracy, exasperada.

—Confía en mí. Puedes darme los detalles del funeral cuando nos veamos.

—Kim, ¿qué ocurre? —preguntó ella, notando la excitación en el tono de su ex marido.

—Luego te lo explico.

—¿En qué parte del centro comercial? —preguntó Tracy con resignación—. Es un lugar muy grande.

—En Connolly Drugs. Dentro de la tienda.

—¿Cuándo?

—Yo voy de camino —dijo Kim—. Intenta llegar lo antes posible.

—Me llevará más de media hora, y ya sabes que hoy cierran a las seis.

—Lo sé —dijo él—. Tenemos mucho tiempo.

Tracy colgó el teléfono, preguntándose si en lugar de ayudarlo no le estaría perjudicando al descargarle de la tarea de disponer todo lo necesario para el funeral, pero ahora no tenía tiempo para pensar en ello.

A pesar del amargo divorcio, pensar en Kim despertaba su instinto maternal. Se preguntó cuándo habría comido por última vez. Sabía que no tendría hambre, igual que no la tenía ella, pero creía que sería mejor que comieran algo. Así que, antes de salir en dirección al centro comercial, metió algo de comer en una bolsa y la llevó consigo. De camino, decidió insistir en que Kim participara, en que acabara de disponerlo todo para el funeral de Becky. Era lo mejor para los dos.

Dado que era una tarde de domingo fría y lluviosa, el tráfico era escaso, y llegó al centro comercial antes de lo que esperaba. También el aparcamiento estaba relativamente vacío. Era la primera vez que Tracy conseguía aparcar a pocos metros de la entrada.

En el centro comercial había más gente de la que esperaba, teniendo en cuenta los escasos coches que había en el aparcamiento. Nada más traspasar la puerta tuvo que habérselas con un grupo de la tercera edad que se abatió sobre ella. Tracy tuvo que meterse en la entrada de una tienda para evitar ser pisoteada. Mientras caminaban hacia la zona central, puso gran cuidado en no mirar la pista de patinaje por miedo a los recuerdos que sin duda despertaría.

Connolly Drugs estaba tan llena como siempre, sobre todo en el mostrador de farmacia, donde había más de veinte personas esperando. Tracy hizo un rápido recorrido por la tienda, pero no vio a Kim. Repitió la búsqueda más despacio y lo encontró en la sección de productos capilares. Kim llevaba una caja con una maquinilla para cortar el pelo y una bolsa de una de las tiendas de moda del centro comercial.

—Ah, Tracy —dijo—. Justo a tiempo. Quiero que me elijas un tinte para el pelo. Quiero teñírmelo de rubio.

Tracy puso los brazos en jarras y lo miró con perplejidad.

—¿Te encuentras bien? —preguntó.

—Sí, sí —dijo él, ocupado en examinar los productos de peluquería.

—¿Cómo que quieres teñirte de rubio?

—Pues eso. Y no sólo un poco, quiero ser muy rubio.

—Kim, esto es una locura —dijo Tracy—. Tienes que saberlo. Y si no lo sabes, aún me preocupas más.

—No hay nada de qué preocuparse —dijo Kim—. No he perdido un tornillo, si eso piensas. Lo único que quiero es disfrazarme. Voy a actuar de incógnito.

Tracy lo aferró por un hombro y se inclinó hacia él, súbitamente paralizada por la sorpresa al verle el lóbulo de la oreja.

—¿Qué es eso? —exclamó—. ¡Llevas pendiente!

—Me complace que te hayas dado cuenta. Tenía tiempo mientras esperaba a que llegaras, así que me he hecho agujerear la oreja. He pensado que sería un buen complemento para el disfraz. También me he comprado un traje de cuero. —Alzó la bolsa de ropa.

—¿Para qué es la maquinilla?

—Para que me cortes el pelo.

—Nunca le he cortado el pelo a nadie —dijo Tracy—. Ya lo sabes.

—Es igual —dijo Kim con una sonrisa—. Quiero que me dejes con aspecto de *skin*.

—Esto es estrafalario.

—Cuanto más estrafalario mejor —aseguró Kim—. No quiero que me reconozcan.

—¿Por qué?

—Porque he ido a ver a Kelly Anderson. Y se niega a prestarnos sus habilidades investigadoras y periodísticas hasta que le proporcione pruebas indiscutibles.

—¿Pruebas de qué? —quiso saber Tracy.

—De las acusaciones que hicieron Kathleen Morgan y Marsha Baldwin contra la industria cárnica y el Departamento de Agricultura.

—¿Y cómo va a ayudarte este disfraz a conseguir esas pruebas?

—Me ayudará a conseguir un empleo —dijo Kim—. Marsha me dijo que los mataderos como Higgins y Hancock no permiten visitas, pero sugirió que podría pedir trabajo, sobre todo si fuera un extranjero ilegal. No pretendo parecer un extranjero ilegal, sólo un marginado que quiere ganar algo de dinero.

—No me lo puedo creer —dijo Tracy—. ¿Me estás diciendo que piensas ir a Higgins y Hancock para pedir trabajo después de que alguien intentara matarte allí mismo?

—Espero que el jefe de personal y el hombre del cuchillo sean dos personas diferentes.

—Kim, esto no es cosa de risa. No me gusta nada la idea, sobre todo si tus temores sobre Marsha resultan ciertos.

—Podría ser un poco arriesgado si me reconocieran —admitió él—. Por eso quiero que el disfraz sea bueno.

Marsha afirmó que en Higgins y Hancock están siempre escasos de mano de obra porque nadie quiere hacer ese trabajo, de modo que cuento con que no sean demasiado exigentes.

—Esto no me gusta, Kim —insistió ella—. Es demasiado peligroso. Tiene que haber otra manera. ¿Y si hablo yo con Kelly Anderson?

—No cambiará de opinión —le aseguró Kim—. Me lo ha dicho bien claro. Peligroso o no, tengo que entrar en Higgins y Hancock, pero aunque exista peligro vale la pena correrlo por Becky. Para mí es un modo de hacer que su muerte sea menos absurda. —Las lágrimas afluyeron a sus ojos—. Además, dispongo de mucho tiempo, ahora que estoy sin trabajo. El hospital me ha suspendido temporalmente.

—¿Por lo que ocurrió en la UCI?

—Ajá. Me temo que yo tenía razón. Tú has sido la única persona que ha creído que mi acción fue valiente.

—Es que lo fue —dijo Tracy. Kim había cambiado mucho. Realmente quería hacer algo por Becky y estaba dispuesto a arriesgar su carrera y su reputación para conseguirlo. Ella no podía discutirle sus motivos ni su meta. Sin decir nada, se volvió hacia los estantes y caminó a lo largo del pasillo hasta que encontró el que en su opinión era el mejor tinte para volver rubio a su ex marido.

Carlos esperó a que anocheciera para entrar en el barrio de Balmoral con su desvencijada camioneta. Las calles estaban sumidas en la oscuridad. Las únicas luces estaban en las esquinas, sobre los nombres de las calles. Tras consultar un mapa, no le costó demasiado encontrar Edinburgh Lane y finalmente la casa de Kim.

Apagó las luces del vehículo antes de detenerse a la sombra de unos árboles que flanqueaban la calle. Paró el motor y esperó. Desde allí veía la silueta de la casa de

Kim recortada contra el oscuro cielo. Carlos se alegró. El hecho de que no hubiera luces sugería que Kim no estaba en casa. Una vez más, el factor sorpresa actuaría en su favor, sólo que esta vez sería aún mejor. Pillaría al médico totalmente desprevenido.

Aguardó en su camioneta durante casi veinte minutos antes de considerarse bastante seguro para salir. Oyó ladrar a un perro y se quedó paralizado. El perro volvió a ladrar, pero era un sonido lejano. Carlos se relajó, metió una mano en la camioneta, sacó uno de los largos cuchillos de matarife de debajo del asiento y se lo metió bajo el abrigo.

Rodeando el Toyota por delante, se adentró entre los árboles que separaban la casa de Kim de su vecina. Gracias a su negro abrigo de piel y a sus pantalones negros, era prácticamente invisible, y atravesó el bosquecillo con sigilo.

Cuando llegó a la parte posterior de la casa, comprobó con satisfacción que tampoco allí se veía ninguna luz encendida. Sí, la casa estaba vacía.

Abandonando la protección de los árboles, cruzó el jardín de atrás, corriendo agachado, y se pegó al muro de la casa. Una vez más esperó para comprobar si su presencia había sido percibida por alguien. El barrio se hallaba sumido en la más absoluta quietud. Incluso el perro que había oído antes se había callado.

Sin abandonar las sombras de la casa, se acercó al porche de atrás con persiana. El cuchillo reflejó brevemente la tenue luz cuando Carlos hizo una raja en la persiana para introducirse en la casa a hurtadillas. El allanamiento de morada era su auténtico fuerte; el talento para matar había nacido de la necesidad.

Kim abandonó la carretera principal y atravesó la verja que señalaba los límites de Balmoral Estates. Miró por el retrovisor para comprobar que Tracy le seguía de cerca con el coche. Le alegraba que ella estuviera dispuesta a ayudarle a teñirse, más por disfrutar de su compañía que por necesidad. También le alegraba que se hubiera ofrecido a preparar algo de cenar para los dos. Kim no recordaba siquiera cuándo había tomado una comida de verdad por última vez, pero supuso que debía de haber sido el jueves por la noche.

Tras aparcar el coche frente a su garaje, recogió sus paquetes y fue a reunirse con Tracy cuando ésta salía del coche. Llovía intensamente. En medio de la oscuridad, caminaron por entre los negros charcos que se habían formado a lo largo del sendero de entrada a la casa.

Cuando llegaron al porche, Tracy se ofreció a sostener los paquetes para que Kim sacara la llave.

—No es necesario —dijo él—. La puerta está abierta.

—Eso no es muy sensato.

—¿Por qué no? No hay gran cosa que robar en la casa, y así el agente inmobiliario lo tiene más fácil.

—Supongo que sí —dijo Tracy, poco convencida. Abrió la puerta y entraron en el vestíbulo.

Se quitaron los abrigos y se secaron la frente. Luego llevaron los paquetes a la cocina.

—Escucha una cosa —dijo Tracy, dejando la bolsa de comestibles sobre la cocina—. Estoy dispuesta a preparar la cena y a teñirte el pelo, pero primero quisiera darme una ducha y entrar en calor. ¿Te importa?

—¿Importarme? En absoluto. Adelante.

—Es triste decirlo —añadió ella—, pero la ducha es lo único que echo de menos de esta casa.

—Te comprendo perfectamente —le aseguró Kim—. Fue la única cosa que hicimos nuestra. Hay un albornoz con las toallas si lo necesitas. También quedó algo de ropa tuya, pero la guardé en el armario del pasillo.

—No te preocupes, ya encontraré algo.

—Yo me he duchado en el hospital. Así que voy a

encender el fuego en la chimenea de la salita. A lo mejor así esta vieja y enorme casa resulta un poco menos deprimente.

Mientras Tracy subía a ducharse, él sacó una linterna de un cajón de la cocina y se dirigió al sótano, donde se guardaba la leña. Encendió también la luz, pero la solitaria bombilla no bastaba para iluminar el amplio y atestado recinto.

Kim no se sentía cómodo en ningún sótano, a causa de una perturbadora experiencia que había sufrido cuando era niño. Tenía seis años cuando su hermano mayor lo había encerrado en una bodega que no se utilizaba, y después lo había olvidado allí. Debido a que la puerta estaba insonorizada, nadie había oído sus gritos histéricos ni sus frenéticos golpes. Tuvo que esperar a que su madre se inquietara al ver que no aparecía a la hora de la cena para que su hermano recordara dónde estaba.

Kim no podía bajar al sótano sin recordar el terror experimentado hacía treinta y ocho años. Cuando oyó un ruido sordo en el trastero, mientras cargaba leña en los brazos, se le erizó el vello de la nuca. Se quedó inmóvil y aguzó el oído. Volvió a oírlo.

Haciendo un esfuerzo para no salir corriendo, dejó la leña en el suelo, cogió la linterna y se acercó a la puerta del trastero. Tuvo que reunir toda su voluntad para empujar la puerta con el pie y encender la luz. Media docena de pares de luminosos puntitos rojos lo miraron antes de desparramarse.

Kim suspiró de alivio. Volvió junto a la pila de leña para terminar de cargar.

Tracy, mientras tanto, había subido las escaleras sintiendo una punzada de nostalgia. Hacía cierto tiempo que no subía al piso superior de la casa. Al llegar a la habitación de Becky se detuvo, mirando la puerta cerrada y preguntándose si se atrevería a entrar. Finalmente se limitó a abrir la puerta y a quedarse en el umbral.

La habitación de Becky no había cambiado. Desde el divorcio, Tracy había comprado muebles nuevos para su hija y había dejado los viejos donde estaban. A Becky no le había importado; de hecho, había preferido dejar lo que consideraba los objetos de su infancia en su vieja habitación. Ni siquiera se había llevado su colección de animales de peluche.

La idea de que Becky hubiera muerto le parecía inconcebible. La niña había sido el centro de su vida, sobre todo desde el momento en que la relación conyugal había empezado a deteriorarse.

Respiró hondo y cerró la puerta. Se enjugó las lágrimas con la mano mientras caminaba hacia el dormitorio principal. Sabía por experiencia profesional que los meses siguientes serían muy duros para ella y para Kim.

Entró en el cuarto de baño principal desde el pasillo en lugar de pasar por el dormitorio. Una vez dentro, encendió la luz y cerró la puerta. Paseó la mirada. No estaba tan limpio como solía cuando ella vivía en la casa, ni mucho menos, pero seguía siendo hermoso con su tocador con superficie de granito y su ducha de mármol.

Se inclinó hacia el interior de la ducha para abrir el grifo y ajustar el chorro de la alcachofa. Luego abrió el generoso armario y sacó una gran toalla de baño, así como un albornoz. Los dejó sobre el tocador y empezó a quitarse la ropa mojada.

Carlos oyó el ruido de la ducha y sonrió. Aquel trabajo iba a ser más sencillo de lo previsto. Estaba de pie en el armario vestidor del dormitorio principal, donde pensaba esperar hasta que Kim abriera la puerta. Pero al oír el agua de la ducha, pensó que sería mejor acorralarlo en aquel espacio reducido. La huida sería imposible.

Carlos abrió una rendija en la puerta y un delgado haz de pálida luz le dio en la cara. Asomó la cabeza. El dormitorio seguía sumido en la oscuridad en su mayor parte, pese a la luz que procedía del cuarto de baño. También esto le satisfizo. Significaba que no tenía que sentir temor de ser visto al acercarse al cuarto de baño. Para su trabajo, la sorpresa era un elemento decisivo.

Abrió la puerta del armario lo suficiente para salir. Empuñaba el cuchillo en la mano derecha. Moviéndose como un gato dispuesto a abalanzarse sobre su presa, avanzó despacio. A cada paso, mayor era su campo de visión del cuarto de baño a través del arco que comunicaba ambas estancias. Vio una mano que dejaba caer ropas sobre el tocador.

Al dar un paso más, vio el cuarto de baño al completo, y se quedó paralizado: no era Kim. Era una mujer esbelta y sexy que se estaba desabrochando el sostén. En un instante, sus suaves y blancos senos quedaron al descubierto. La mujer se bajó los panties.

Carlos estaba clavado en el sitio por aquel inesperado, pero agradable espectáculo. Tracy le dio la espalda y se introdujo en el denso vapor que despedía la ducha. Cerró la puerta de cristal empañada y echó la toalla sobre la barra.

Carlos avanzó como atraído por una sirena. Quería verla mejor.

Tracy puso la mano bajo el chorro de agua y la apartó. El agua salía demasiado caliente, pero ella pretendía convertir las ducha en un baño de vapor.

Pasó la mano por detrás del chorro de agua para ajustar el grifo. Mientras esperaba a que cambiara la temperatura, miró la bandeja del jabón y advirtió que estaba vacía: se lo había dejado en el lavamanos.

Abrió la puerta para coger el jabón y un destello de

luz llamó su atención. Procedía del dormitorio. Al principio no dio crédito a sus ojos y parpadeó. En la penumbra de la entrada al cuarto de baño había visto la imagen espectral de un hombre vestido de negro. El destello lo había producido la hoja del enorme cuchillo que él empuñaba.

Los dos se miraron a los ojos. Tracy con horror y sorpresa, Carlos con libidinoso interés.

Ella fue la primera en reaccionar, dejando escapar un chillido al tiempo que cerraba la puerta de la ducha. Luego sacó la barra que servía de toallero y la pasó por el tirador en forma de U de la puerta de cristal, impidiendo así que pudiera abrirse desde el exterior.

Carlos reaccionó irrumpiendo en el cuarto de baño. Quería llegar a la mujer antes de que sus gritos atrajeran a Kim. Aferró el tirador de la puerta de la ducha y tiró de él. Frustrado, apoyó un pie en el cristal para hacer palanca. La ligera barra empezó a doblarse.

Cuando el grito de Tracy resonó por toda la casa, Kim subía por las escaleras del sótano con los brazos cargados de leña. Nervioso ya por el tropiezo con los ratones, el corazón se le subió a la garganta. Dejó caer su carga y los leños rodaron escaleras abajo con estrépito, derribando a su paso las cosas que se habían ido acumulando en los escalones.

Más tarde, Kim no recordaría siquiera cómo había pasado por la cocina, el comedor y el vestíbulo, ni cómo había subido las escaleras. Cuando llegó al pasillo de arriba, volvió a oír gritar a Tracy y redobló sus esfuerzos. Embistió la delgada puerta del cuarto de baño y la derribó.

Irrumpió en el cuarto de baño y resbaló con la alfombrilla, intentando detenerse. Vio a Carlos con el pie contra el cristal de la puerta de la ducha, intentando abrirla. Vio el cuchillo e inmediatamente comprendió que debería haber llevado algo para defenderse.

Carlos reaccionó dándose la vuelta para atacarle con el cuchillo. La punta de la hoja le cruzó el puente de la nariz cuando Kim se echó hacia atrás.

Carlos se cambió el cuchillo a la mano derecha y volvió toda su atención hacia Kim, cuyos ojos no se apartaron del arma al tiempo que retrocedía hacia la destrozada puerta que daba al pasillo.

Tracy tiró de la barra doblada para sacarla del tirador. Cuando por fin lo consiguió, Kim y Carlos habían desaparecido por el pasillo. Aferró la barra por un extremo y empujó la puerta frenéticamente para salir de la ducha. Desnuda como estaba, corrió en pos de los dos hombres.

Kim seguía retrocediendo ante el avance del mejicano, que lo amenazaba con el cuchillo. Había cogido un montante roto de la puerta del cuarto de baño y lo blandía para contrarrestar las acometidas de Carlos. La herida de la nariz le sangraba.

Sin vacilar, Tracy corrió hacia su agresor y le golpeó varias veces en la cabeza con la barra del toallero. El tubo hueco no bastaba para hacerle daño, pero Carlos tuvo que defenderse de los repetidos golpes. Se dio la vuelta y la amenazó con el cuchillo, haciéndola retroceder.

Kim aprovechó la oportunidad para agarrar una pequeña mesa y arrancarle una pata. Cuando Carlos se dio la vuelta, Kim blandía la pata como un garrote.

Con Kim por un lado y Tracy por el otro, el mejicano decidió huir escaleras abajo.

Kim corrió tras él, seguido por Tracy.

Carlos abrió la puerta principal y echó a correr por el jardín. Kim lo seguía de cerca, pero se detuvo cuando oyó gritar a Tracy. Miró hacia atrás. Su ex mujer estaba parada en el umbral de la puerta.

—¡Vuelve! —le gritaba—. No vale la pena.

Kim se volvió hacia la calle a tiempo de ver al hombre subir a una camioneta aparcada entre las sombras. Instantes después, el vehículo se ponía en marcha y cogía velocidad.

Kim corrió de vuelta a la casa. Tracy estaba en el vestíbulo, temblando. Se había puesto su abrigo. Él la rodeó con los brazos.

—¿Estás bien? —preguntó.

—Tú eres el que está herido —dijo ella. La herida que le atravesaba la nariz y parte de una ceja sangraba profusamente.

Kim entró en el lavabo del vestíbulo. Encendió la luz y se miró en el espejo. Le sorprendió ver tanta sangre. Por encima del hombro vio el rostro de Tracy, que se había acercado.

—Joder, ha estado cerca —exclamó, volviendo a fijarse en la herida—. Podría haber sido más grave. Primero me cortó la mano y ahora entre los ojos.

—¿Era el mismo hombre que te atacó anoche? —preguntó Tracy con asombro.

—No me cabe duda. Me hubiera costado describirlo, pero desde luego no he tenido ningún problema en reconocerlo.

Ella se estremeció, y de repente ya no pudo parar. Kim notó que temblaba, y la aferró por los hombros.

—¿Qué te pasa? ¿Estás bien? ¿No te ha herido ni nada?

—Físicamente estoy bien... —consiguió decir Tracy—. Es sólo que acabo de asimilar lo ocurrido. Ese hombre quería matarnos.

—Quería matarme a mí —precisó Kim—. Tú has sido una sorpresa para él, lo que me ha salvado la vida. Gracias a Dios no te ha hecho nada.

Tracy se desasió.

—Voy a llamar a la policía —dijo, encaminándose hacia la salita.

Él la alcanzó y la obligó a detenerse.

—No te molestes en llamar a la policía —dijo.

Ella miró la mano con que él le sujetaba el brazo y luego lo miró a la cara con incredulidad.

—¿Cómo que no me moleste?

—Ven —dijo él con tono apremiante, intentando llevarla hacia la escalera—. Vamos a buscar mi pistola. Dudo que ese tipo se atreva a volver, pero es mejor estar prevenidos.

Tracy se resistió.

—¿Por qué no quieres llamar a la policía? No tiene sentido.

—No harán nada. Acabaremos malgastando un montón de tiempo para nada. Sin duda atribuirán este incidente a un intento fracasado de robo, mientras que nosotros sabemos de qué se trata.

—¿Lo sabemos? —preguntó ella.

—Pues claro. Ya te he dicho que era el mismo tipo de Higgins y Hancock. Es evidente que a Marsha le ha ocurrido lo que yo temía, y los responsables, tanto si pertenecen a Higgins y Hancock como a la industria cárnica en general, me tienen miedo.

—Mayor razón para llamar a la policía —argumentó Tracy.

—¡No! —exclamó él—. No sólo no harán nada, sino que podrían crearnos problemas. Por encima de todo no quiero que me estorben en mi intento de conseguir pruebas para Kelly Anderson. A sus ojos soy un delincuente. Creen que estoy loco.

—Pero de mí no lo creen —dijo ella.

—Podría pasarte lo mismo en cuanto les cuentes que has estado conmigo.

—¿Eso crees? —Era algo en lo que ella no había pensado.

—Vamos —insistió Kim—. Vamos a por la pistola.

Tracy lo siguió al vestíbulo. Subieron las escaleras.

Ella se sentía confusa, pero por el momento se dejó llevar por la determinación de Kim. Sin embargo, la agresión del hombre del cuchillo la había aterrorizado.

—Estoy empezando a pensar que no deberías involucrarte más en todo esto —dijo.

—Pues yo no —dijo él—. Incluso me siento más comprometido que antes. Cualquier sombra de duda que pudiera haber albergado ha desaparecido ahora que sé lo que están dispuestos a hacer para proteger sus intereses.

Pasaron por delante de la puerta rota del cuarto de baño. Tracy oyó el agua de la ducha y se estremeció de nuevo al recordar la imagen del asesino separado de ella únicamente por un cristal.

En el dormitorio, él se dirigió a la mesita de noche y sacó una pequeña pistola Smith & Wesson del calibre 38. Comprobó el tambor; estaba cargado. Se la metió en el bolsillo de la chaqueta y miró la puerta abierta del armario vestidor.

—Ese cabrón debe de haberse escondido ahí dentro —dijo. Se acercó y encendió la luz. El contenido de la mayoría de los cajones estaba desparramado por el suelo. Kim examinó el cajón donde guardaba sus escasísimas alhajas—. Joder. Se ha quedado con el Piaget de mi padre.

—Kim, deberíamos olvidarlo todo. No creo que debas pedir trabajo en Higgins y Hancock.

—Ahora no me queda más remedio. No voy a renunciar al reloj de mi padre sin pelear.

—No es momento para bromas —dijo Tracy—. Hablo en serio. Es demasiado peligroso.

—¿Y qué quieres que hagamos? ¿Irnos al extranjero?

—Es una idea —dijo ella.

Kim sonrió con tristeza.

—Espera un momento —dijo—. Yo sólo bromeaba. ¿Adónde te irías?

—A algún lugar de Europa —dijo Tracy—. Kathleen me dijo que hay algunos países, como Suecia, donde la carne no está contaminada.

—¿En serio?

—Eso dijo ella. Pagan más impuestos por una inspección más rigurosa, pero han decidido que merece la pena.

—¿Y lo dices en serio lo de irte a vivir a otro país? —preguntó Kim.

—No lo había pensado hasta que tú lo has dicho, pero sí, no me importará. Después de lo que le ha ocurrido a Becky, quisiera hacerlo público, aprovechar las circunstancias para realizar una declaración sobre la situación alimentaria en este país. Desde luego, desde el extranjero sería menos arriesgado.

—Supongo que sí. —Sopesó la idea unos instantes, pero luego negó con la cabeza—. Creo que huir sería como evadirse del problema. Voy a seguir con esto hasta sus últimas consecuencias, en memoria de Becky.

—¿Estás seguro de que no lo haces para no tener que enfrentarte con su muerte? —repuso Tracy, suspirando con nerviosismo. Sabía que tocaba un tema espinoso. El antiguo Kim hubiera reaccionado con rabia. Esta vez no replicó inmediatamente, y cuando lo hizo no parecía enojado.

—Eso ya lo he admitido, pero creo que también lo hago por la memoria de Becky. En ese sentido, su legado sería evitar que otros niños compartan su destino.

Tracy se sintió conmovida. Se acercó y lo abrazó. Realmente parecía un hombre nuevo.

—Vamos —la apremió Kim—. Quítate el abrigo y vístete. Tenemos que coger todo lo que hemos comprado y salir pitando de aquí.

—¿Adónde iremos? —preguntó Tracy.

—Primero al hospital. Tienen que darme unos puntos de sutura en esta herida, o me quedará una cicatriz para toda la vida. Luego podemos ir a tu casa, si no te importa. Creo que allí nos sentiremos más seguros que aquí.

—¿Quién demonios será? —preguntó Bobby Bo Mason.

Él, su mujer y sus dos hijos se hallaban cenando filetes de solomillo, patatas al horno y bollos de pan de maíz. El timbre de la puerta principal los había interrumpido.

Bobby Bo se limpió las comisuras de la boca con la servilleta que tenía remetida en la camisa por debajo de su enorme nuez. Alzó la vista hacia el reloj. Faltaban unos minutos para las siete.

—¿Quieres que abra yo, cariño? —preguntó Darlene, que era su tercera esposa y madre de sus hijos más pequeños. Bobby Bo tenía dos hijos mayores estudiando en la facultad de agronomía.

—Yo iré —gruñó. Se levantó de la mesa, sacó mentón y se dirigió a la puerta, preguntándose quién tenía el descaro de presentarse allí a la hora de la cena. Sin embargo, imaginó que se trataba de algo importante, porque quienquiera que fuera había pasado por el control de seguridad de la verja de entrada.

Abrió la puerta. Era O'Brian, con expresión de absoluto abatimiento.

—No pareces muy contento —dijo Bobby Bo.

—No lo estoy. No traigo buenas noticias.

Bobby Bo miró por encima del hombro para asegurarse de que Darlene no le había seguido.

—Ven a la biblioteca —dijo. Condujo a su jefe de seguridad hasta allí y cerró la puerta—. Bien, ¿cuál es esa noticia?

—Acaba de llamarme Carlos —explicó O'Brian—. No ha liquidado al médico.

—Yo creía que ese idiota era una especie de as con el cuchillo —se quejó Bobby Bo.

—Eso me habían dicho —le aseguró O'Brian—. Dice que entró en casa del médico creyendo que vivía solo pero sin embargo había una mujer.

—¿Y qué? Se supone que ese capullo es un asesino. ¿Qué más le daba que hubiera una mujer?

—Al parecer ella le confundió —dijo O'Brian—. La pilló desnuda y...

—Basta —dijo Bobby Bo, alzando una mano—. No quiero oír detalles. La cuestión es que ese mamón la ha jodido bien jodida.

—Así es.

—¡Maldita sea! —Dio una palmada sobre su escritorio y empezó a pasear de un lado a otro.

O'Brian dejó que su jefe se desahogara. A lo largo de los años había aprendido que era mejor no hablar cuando Bobby Bo estaba irritado.

—Bueno —dijo Bobby Bo, sin dejar de pasear frente a la chimenea—. Todo esto demuestra que es una estupidez ahorrarse unos dólares fiándose de un novato. Y nosotros que nos jactábamos de nuestro Comité de Prevención. Llamemos al profesional de Chicago para que venga y enderece este entuerto. ¿Cómo se llamaba?

—Derek Leutmann —dijo O'Brian—, pero es caro. Creo que deberíamos dejar que Carlos lo intentara otra vez.

—¿Cuánto cobra?

—Cinco de los grandes como mínimo —contestó O'Brian.

—Joder, cinco mil es barato si evita otra retirada masiva de carne. Estamos hablando de cientos de millones de dólares, por no mencionar la viabilidad de la industria tal como la conocemos. Si llega a conocimiento del público la auténtica extensión de ese problema con el E. coli, sería mil veces peor que ver a James Garner operado del corazón tras hacer anuncios publicitarios de nuestra carne. —Rió entre dientes de su propio chiste.

—Me preocupa que el médico levante sospechas sobre la desaparición de Marsha Baldwin.

—Bueno, eso también —dijo Bobby Bo.

—¿Qué hacemos con Carlos? Está furioso. Está dispuesto a cargarse al médico por nada. Se ha convertido en una cuestión de amor propio.

—¿Cuál ha sido el resultado de ese nuevo intento fallido? ¿Han llamado a la policía? ¿Tengo que esperar un montón de estupideces en la prensa?

—Al parecer no —dijo O'Brian—. Hemos seguido la frecuencia de la policía con el escáner durante todo el día y no les han llamado.

—Menos mal que algo va bien. Te diré lo que haremos. Arregla lo de Leutmann, pero si se presenta la situación deja que Carlos lo intente otra vez. ¿Qué opinas?

—Leutmann exigirá la mitad del dinero sólo por venir —dijo O'Brian—. Y no será un dinero que después podamos recuperar.

—Pues nos ahorraremos dos mil quinientos dólares. Además, así tendremos las espaldas cubiertas. De un modo u otro nos libraremos de ese maldito médico.

—De acuerdo —dijo O'Brian—. Me pondré manos a la obra inmediatamente.

—Bien. Pero asegúrate que la próxima vez sean buenas noticias lo que me traigas.

—Esta vez me hago personalmente responsable.

—Una cosa más —dijo Bobby Bo—. Averigua todo lo que puedas sobre ese médico. Cuando llegue Leutmann, quiero que sepa cómo encontrarlo sin tener que ir haciendo preguntas por ahí.

Las urgencias del University Medical Center estaban tan abarrotadas como de costumbre. Kim y Tracy estaban sentados en la sala de espera, cerca de los que habían ocupado mientras esperaban con Becky. Kim se tapaba la herida con una gasa estéril.

—Todo esto tiene un aire familiar muy desagradable —comentó.

—Parece que haya pasado un año desde que estuvimos aquí —dijo Tracy con tristeza—. Me cuesta creer que hayan pasado tantas cosas en tan pocos días.

—En algunos aspectos parece que hace mucho tiempo, y en otros ha sido como un parpadeo. —Kim apretó los dientes—. No puedo evitar preguntarme si las cosas hubieran sido diferentes, si a Becky la hubieran examinado antes y hubieran hecho los cultivos correspondientes en la primera visita.

—Eso mismo le pregunté a la doctora Morgan —dijo Tracy—. Ella no cree que hubiera servido de nada.

—Me cuesta creerlo.

—¿Por qué no quieres llamar a alguno de tus amigos cirujanos para que te den los puntos de sutura? —preguntó Tracy.

—Por algunas de las mismas razones por las que no he querido llamar a la policía —explicó Kim—. Sólo quiero que me cosan y salir de aquí. No quiero que se arme un revuelo. Un amigo me haría preguntas, y me sentiría culpable por tener que mentirle.

—Sin duda aquí también te preguntarán qué te ha pasado. ¿Qué vas a decir?

—No sé. Ya pensaré en algo.

—¿Cuánto tiempo crees que tendremos que esperar?

—Según David Washington, no demasiado.

Casualmente habían tropezado con el jefe de urgencias del turno de noche al llegar. David Washington se había enterado del fallecimiento de Becky y les había presentado sus más sinceras condolencias. También había prometido hacer que curaran a Kim lo antes posible y no pareció preocuparle que éste quisiera usar un nombre falso.

Kim y Tracy permanecieron callados un rato, mientras contemplaban sin verlo el patético desfile de enfermos y heridos que pasaba ante ellos. Fue ella la primera en romper el silencio.

—Cuanto más pienso en lo que nos ha ocurrido, menos dispuesta estoy a permitirte que sigas adelante con tu plan. Si te presentas en Higgins y Hancock, donde ya han intentado matarte en una ocasión, sería como un suicidio.

—¿Qué quieres decir con eso de permitirme? —repuso Kim malhumoradamente; aún estaba pensando en su paso por urgencias con Becky—. ¿Piensas impedírmelo físicamente?

—Por favor, Kim. Intento mantener una conversación racional contigo. Después de lo que pasó con Becky, no estoy segura de que seas capaz de tomar decisiones sensatas. A mí me parece evidente que pedir trabajo en Higgins y Hancock es demasiado peligroso.

—Podría serlo. Pero no tenemos otra alternativa. Es la única manera de conseguir captar la atención de los medios de comunicación, porque éstos son nuestra única esperanza de que se consiga corregir esta lamentable situación.

—¿Qué esperas conseguir en Higgins y Hancock que justifique el riesgo? —preguntó Tracy.

—Eso no lo sabré hasta que entre allí. Nunca he trabajado en un matadero. No sé qué puedo esperar. Pero sí qué debo descubrir. En primer lugar, cómo enfermó Becky. Marsha Baldwin encontró algo sobre la cabeza del último animal sacrificado el nueve de enero. Espero encontrarlo yo también. En segundo lugar está la desaparición de Marsha Baldwin, sobre lo que espero oír algún chisme. Y finalmente está la cuestión de cómo la carne se contamina con E. coli. Marsha sugirió que tenía algo que ver con el modo en que matan a los animales. Quiero verlo con mis propios ojos y conseguir documentación que lo demuestre. Esa documentación bastaría para que Kelly Anderson hiciera un reportaje. Ella se ocuparía de poner al descubierto las responsabilidades del Departamento de Agricultura.

Tracy permaneció callada con la mirada perdida en la distancia.

—¿No vas a replicarme? —comentó Kim.

—Claro —dijo ella, como si saliera de un pequeño trance—. Tal como lo cuentas, suena todo muy razonable, pero te diré una cosa: no voy a permitir que lo hagas solo. Tengo que participar en el asunto de algún modo, para poder ayudarte si lo necesitas, aunque tenga que pedir trabajo yo también.

—¿Lo dices en serio? —exclamó él, asombrado.

—Por supuesto que lo digo en serio. Becky también era mi hija. No creo que debas ser el único que corra riesgos.

—Bueno, es una idea interesante. —Esta vez fue él quien dejó la mirada perdida mientras reflexionaba.

—Yo ni siquiera tendría que disfrazarme —dijo Tracy—. No me han visto nunca.

—No sé si te darían trabajo —dijo Kim—. Al menos fácilmente.

—¿Y por qué no? —preguntó Tracy—. Si te lo dan a ti, ¿por qué no iban a dármelo a mí también?

—Marsha dijo que siempre andaban cortos de personal, pero sólo para los trabajos propios de los matarifes —explicó Kim—. No creo que estés dispuesta a hacer eso.

—No, pero quizá les sirva como secretaria o algo parecido. No lo sabremos a menos que lo intente.

—Tengo una idea mejor —dijo Kim—. ¿Recuerdas a un tal Lee Cook que trabajaba para mí en el Samaritan?

—Creo que sí. ¿No era aquel técnico tan inteligente que podía arreglar cualquier aparato electrónico y que realizaba el mantenimiento del equipamiento más avanzado del hospital?

—Ése mismo —dijo Kim—. Se retiró después de la fusión. Ahora se está construyendo un aeroplano en el sótano de su casa y hace algún que otro trabajito. Estoy seguro de que podría ponerme un micrófono. De ese modo tú podrías estar en el aparcamiento, dentro del coche, escuchando todo lo que pase. Y si fuera necesario, podrías llamar a la caballería con el móvil.

—¿Quieres decir que podría oírlo absolutamente todo? —preguntó Tracy.

—Claro.

—¿Y podría hablar contigo?

—Bueno, eso no lo sé. Tendría que llevar una especie de auricular, y eso podría delatarme. No creo que haya muchos trabajadores del matadero que lleven auriculares.

—Incluso podría grabar lo que digas —comentó Tracy, acogiendo la idea con entusiasmo.

—Cierto.

—¿Y qué me dices de un vídeo?

—Eh, a lo mejor sí —dijo Kim—. Sé que ahora hay cámaras minúsculas. Quizá ésa podría ser la documentación que necesitemos para Kelly Anderson.

—¡Señor Billy Rubin! —llamó una voz.

Kim alzó la mano libre y se levantó. Tracy hizo lo mismo. Un residente de urgencias vestido de blanco los vio y se acercó. Llevaba en la mano una carpeta de clip con la hoja de admisión de Kim.

—¿El señor Billy Rubin? —repitió. Su identificación rezaba: «Doctor Steve Ludwig, residente de urgencias.» Era un tipo musculoso y risueño, y llevaba muy corto su cabello rubio, que empezaba a clarear—. ¿Sabía usted que la bilirrubina es un término médico? —preguntó.

—No —contestó Kim—. No tenía la menor idea.

—Pues lo es —comentó Steve—. Se forma como resultado de la descomposición de la hemoglobina. Bien, echémosle un vistazo a su herida.

Kim apartó la gasa. Debido a la hinchazón, la herida estaba más abierta que antes.

—¡Caramba! —exclamó el residente—. Menudo corte. Será mejor que le demos unos puntos de sutura. ¿Cómo se lo ha hecho?

—Afeitándome —contestó Kim.

Tracy no pudo por menos que reprimir una sonrisa.

16

Lunes 26 de enero

Tracy se agitó con impaciencia. Estaba cruzada de brazos y apoyada contra la pared del pasillo del piso de arriba, delante de la puerta del cuarto de baño de invitados. Llevaba allí casi cinco minutos.

—¿Y bien? —gritó a través de la puerta.

—¿Estás lista? —dijo la voz de Kim.

—Hace rato. ¡Abre la puerta!

La puerta se abrió con un crujido. Tracy se llevó una mano a la boca y dejó escapar una risita involuntaria.

Kim parecía otra persona. Llevaba el pelo cortado al cepillo, pero de manera irregular y de punta, y se lo había teñido de rubio platino. También se había teñido las cejas, que contrastaban con el vello oscuro de la barba. La herida suturada que le cruzaba el puente de la nariz, extendiéndose hacia una ceja, le daba un aire de monstruo de Frankenstein. Vestía camiseta negra bajo una camisa negra de pana con bolsillos de doble solapa, y pantalones de cuero del mismo color. Además, llevaba un cinturón de cuero y un brazalete con remaches de acero inoxidable de adorno. El atuendo se completaba con un pendiente en la oreja izquierda y el tatuaje de un lobo con la palabra «lobo», en español, en el brazo derecho.

—Bueno, ¿qué te parece? —preguntó.

—¡Vaya pinta! —exclamó Tracy—. Sobre todo con esos puntos de sutura en la nariz y la ceja.

—Creo que ése era el efecto que quería conseguir —dijo Kim.

—Desde luego no te pareces a nadie a quien yo quisiera conocer.

—En ese caso, quizá debería pasarme por el hospital. A lo mejor con este atuendo me devolverán mis privilegios sin más.

—Lo último que pensaría ahora es que eres médico —dijo Tracy con una carcajada—. Lo que más me gusta es el tatuaje.

Él levantó el brazo para admirar su obra.

—Precioso, ¿eh? —dijo—. Las instrucciones garantizan que dura de tres a cuatro días, siempre que no te duches. ¿Te lo imaginas?

—¿Dónde llevas el micrófono?

—Aquí, debajo del cuello —dijo Kim, alzando el borde del cuello de la camisa. Debajo escondía un minúsculo micrófono sujeto con un imperdible.

—Es una pena que el vídeo haya quedado descartado —dijo Tracy.

—Eh, recuerda que no ha quedado descartado del todo. Lee ha dicho que lo intentaría, y cuando dice eso, nueve de cada diez veces lo consigue arreglar. Sólo habrá que esperar unos días.

—Probemos el micrófono —sugirió Tracy—. Quiero asegurarme de que funciona tan bien como anoche en el garaje de Lee.

—Buena idea. Sube al coche y ve hasta la esquina. Con eso bastará. Lee dijo que tiene un alcance de doscientos metros.

—¿Dónde estarás tú?

—Me moveré por la casa. Incluso bajaré al sótano.

Tracy asintió y bajó al vestíbulo. Sacó su abrigo del armario.

—¡No olvides ponerte el auricular! —gritó desde el pie de las escaleras.

—¡Lo llevo puesto! —gritó Kim.

Tracy salió al aire frío de la mañana. Se había levantado viento durante la noche, desplazando las nubes de tormenta hacia el este y dejando el cielo de un pálido azul. Subió al coche y fue hasta la esquina. Aparcó a un lado de la calle y paró el motor.

A continuación abrió la ventanilla y colocó una improvisada antena sobre el techo del coche. Se puso unos auriculares estéreo conectados a un viejo magnetófono, a su vez conectado a un amplificador que, por su parte, estaba conectado a un transformador colocado sobre una batería de coche.

Un piloto rojo se iluminó en el amplificador cuando Tracy lo encendió. A través de los auriculares le llegaron interferencias, pero se disiparon rápidamente. Tracy cogió el micrófono.

Tras mirar al exterior para asegurarse de que no la observaba ninguno de sus vecinos, habló.

—Kim, ¿me oyes?

La voz de Kim sonó con tanta fuerza que ella parpadeó.

—Te oigo como si estuvieras a mi lado.

Tracy bajó el volumen y apretó el botón para poner en marcha el magnetófono.

—¿Qué tal el volumen? —preguntó—. A mí me ha sonado demasiado alto.

—El mío está bien —contestó Kim.

—¿Dónde estás?

—En la parte posterior del sótano. Si funciona desde aquí, funcionará en cualquier sitio.

—Desde luego suena muy bien.

—Bueno, ya puedes volver —dijo Kim—. Pongamos en marcha el espectáculo.

—De acuerdo —dijo Tracy.

Se quitó los auriculares y paró el magnetófono. Rebobinó la cinta para volver a oírla: la conversación se había grabado perfectamente.

Cuando volvió a la casa, Kim había sacado ya a la puerta todo lo que pensaban llevar. Habían preparado el almuerzo y un par de termos de café, teniendo en cuenta que quizá contrataran a Kim inmediatamente y que, por tanto, tendría que estar listo para entrar en acción. Él insistió en que llevara ropa de abrigo y una manta, convencido de que pasaría frío sentada en el coche todo el día.

Metieron todos los paquetes en el asiento de atrás. Luego Kim también subió atrás, dado que en el asiento de delante iba el equipo electrónico.

Tracy se puso al volante, y estaba a punto de arrancar cuando recordó algo.

—¿Dónde está tu pistola? —preguntó.

—Arriba, en la habitación de invitados —respondió Kim.

—Deberías llevarla.

—No quiero ir armado al matadero.

—¿Por qué no? Dios no lo quiera, pero ¿y si tienes que enfrentarte otra vez con ese desgraciado del cuchillo?

Kim meditó la sugerencia. Había razones para rechazarla. En primer lugar, temía que descubrieran la pistola. En segundo lugar, no la había usado jamás y no sabía si, llegado el caso, sería capaz de disparar contra alguien. Pero recordó también el pánico que había sentido al ser perseguido por el hombre del cuchillo, y que entonces había anhelado tener a mano algún arma.

—Muy bien —dijo al fin. Abrió la puerta del coche, cogió las llaves de Tracy y regresó a la casa. Minutos después, volvía a subir al vehículo.

334

Ella puso el coche en marcha e iba a dar marcha atrás cuando Kim la detuvo.

—Espera —dijo—. Para el motor.

Tracy obedeció y se volvió para mirarlo con expresión perpleja.

—¿Qué ocurre ahora?

—Estaba pensando —dijo Kim con la vista fija en la casa— que aquel desgraciado nos estaba esperando cuando llegamos anoche. No quiero que vuelvan a sorprendernos de esa manera. Podrían seguir mi rastro hasta aquí.

—¿Qué sugieres? —preguntó Tracy con un escalofrío.

—¿Tienes algún vecino especialmente fisgón? Estas casas están bastante juntas.

—Está la señora English, al otro lado de la calle —dijo Tracy—. Es una viuda mayor, y juraría que se pasa el día entero mirando por la ventana.

—Bien —dijo Kim—. Pidámosle que vigile la casa mientras estamos fuera. ¿Te importa?

—En absoluto.

—Pero eso no es suficiente. Tenemos que cubrirnos las espaldas. Hemos de estar seguros al cien por cien. ¿Cuántas puertas tiene la casa?

—La principal y la de atrás.

—¿Y el sótano?

—Sólo se puede acceder a él desde el interior de la casa.

—El tipo de anoche entró por las puertas correderas de atrás —dijo Kim, pensando en voz alta.

—Esta casa no tiene puertas correderas.

—Bien. —Bajó del coche; Tracy hizo lo mismo.

—¿Por qué no ponemos algo a las puertas para saber si las han abierto? —sugirió—. Si alguien intenta entrar, tendrá que romper una ventana o pasar por una de las puertas. Podemos revisarlas cuando volvamos.

—Buena idea —dijo Kim—. Pero, si hubiera alguien, ¿qué haríamos?

—Bueno, desde luego no entraríamos en la casa.

—¿Adónde iríamos? Tendríamos que evitar que nos siguieran.

—Supongo que a un motel —dijo Tracy encogiéndose de hombros.

—Ya sé lo que haremos —propuso Kim—. De camino a Higgins y Hancock nos detendremos en el banco. Sacaremos todos nuestros ahorros por si debemos huir. Si realmente nos preocupa que nos sigan, no deberíamos usar las tarjetas de crédito.

—Vaya, sí que piensas con anticipación. En ese caso, será mejor que llevemos también los pasaportes.

—Oye, que hablo en serio —se quejó él.

—Y yo también. Si llegamos a un punto en el que tenemos que preocuparnos tanto, quiero tener la posibilidad de huir lejos de aquí.

—De acuerdo.

Tardaron media hora en hacer todo lo que tenían en mente para la casa y otra media hora en el banco. Usaron cajeros diferentes para ir más deprisa, pero no sirvió de nada. El aspecto de Kim había dejado anonadado al cajero que lo atendía y había tenido que recurrir a un interventor para validar la firma.

—Me siento como una ladrona de bancos —dijo Tracy cuando salieron—. Jamás había llevado tanto dinero en efectivo en el bolsillo.

—Temía que no quisieran darme el dinero. Quizá me haya pasado un poco con el disfraz.

—El hecho de que no te reconocieran es muy importante.

Era media mañana cuando llegaron a la autopista en dirección a Higgins y Hancock. Altas acumulaciones de cirros empezaban a nublar un día, que había amanecido completamente despejado. Durante el invierno, en el

Medio Oeste raras veces se veían largos períodos de sol.

—¿Qué le has dicho a la señora English? —preguntó Kim desde el asiento de atrás del coche.

—No he tenido que esforzarme mucho. Se ha mostrado encantada con la tarea. Es patético decirlo, pero cree realmente que hemos dado un nuevo sentido a su vida.

—¿Cuándo le has dicho que volveríamos? —preguntó Kim.

—No se lo he dicho.

—Repasemos nuestro español del instituto —dijo él, de repente.

Sorprendida, Tracy miró el reflejo de su ex marido en el espejo retrovisor. Hacía veinticuatro horas que estaban juntos y nunca sabía cuándo hablaba en serio y cuándo en broma.

—Quiero intentar hablar con acento español —explicó Kim—. Marsha me dijo que muchos trabajadores del matadero son hispanos, sobre todo mejicanos.

Durante los minutos siguientes, hablaron en español y construyeron frases sencillas, pero ninguno de los dos recordaba demasiado vocabulario, de modo que pronto se quedaron mudos.

—Déjame preguntarte una cosa —dijo Tracy tras unos cuantos kilómetros en silencio.

—Dispara.

—Si todo sale bien, y conseguimos que Kelly Anderson haga el reportaje y destape todo el asunto, ¿qué esperas que ocurra?

—Me gustaría ver cómo se hunde el mercado para las veinticinco mil millones de libras de carne picada que se producen cada año —dijo Kim.

—¿Y luego qué?

—Bueno —dijo él, tras ordenar sus pensamientos—, querría que el público exigiera que la inspección de carne y aves, así como la aprobación de los piensos para animales de granja, le fuera arrebatada al Departamento de Agricultura. Sería mejor que se la dieran a la Administración de Drogas y Alimentos, que no tiene un conflicto de intereses. O mejor aún, me gustaría que privatizaran el sistema, de modo que la competencia sirviera de incentivo para la búsqueda y eliminación de la contaminación.

—¿No tienes demasiada fe en eso de la radiación de la carne? —preguntó Tracy.

—Joder, no. Eso no es más que una vía de escape de la industria. Permitir la radiación de la carne es como invitar a la industria a que tolere toda la contaminación que quiera durante el proceso, con la esperanza de que la eliminen con rayos gamma al final. Fíjate que, incluso con la irradiación, la industria insiste en que es responsabilidad del cliente manejar y cocinar la carne del modo en que ellos consideran apropiado.

—Ésa fue la posición de Kathleen Morgan también —dijo Tracy.

—Debería ser la posición de cualquier persona con cerebro. Tenemos que conseguir que los medios de comunicación hagan comprender al público que la contaminación no debe ser tolerada, aunque eso signifique que el producto cueste un poco más.

—Pones el listón muy alto.

—Eh, más vale apuntar alto —dijo Kim—. Y no es imposible. Al fin y al cabo, la carne y el pollo no han estado contaminados siempre. Es un fenómeno relativamente reciente.

Los corrales de ganado aparecieron en la lejanía. Dado que era día laborable, se veía a las reses pastando dentro del cercado.

—Es triste —dijo Tracy, contemplando la marea de animales—. Es realmente como si estuvieran en el corredor de la muerte aguardando la ejecución.

Tracy entró en el aparcamiento de Higgins y Hancock que, al contrario que el domingo por la mañana, estaba casi lleno. Un gran porcentaje de vehículos eran camionetas desvencijadas.

—Déjame cerca de la entrada principal —dijo Kim—. Luego vas hasta el otro extremo del edificio. Allí no se fijarán en ti y la distancia hasta la planta no supera los doscientos metros.

Tracy detuvo el coche. Contemplaron el edificio. La ventana del archivo que había roto Kim estaba tal cual. De pie, en los macizos de flores que había frente a la ventana, un hombre con mono y camisa roja de cuadros tomaba medidas.

—Me siento como si debiera ofrecerme a ayudarle —dijo Kim.

—No seas tonto —dijo Tracy.

La puerta principal se abrió. Instintivamente, ambos se deslizaron hacia abajo en sus asientos. Dos hombres traspasaron el umbral, enzarzados en una conversación, y se alejaron. Era evidente que se había iniciado la jornada laboral en la planta.

Se incorporaron, se miraron y sonrieron con nerviosismo.

—Nos estamos comportando como un par de adolescentes preparándose para gastar una broma pesada —dijo Kim.

—Quizá deberíamos pensarlo un poco más.

—Se han acabado las vacilaciones —dijo él, inclinándose para darle un beso. Era la primera vez que se besaban desde hacía más tiempo del que querían recordar—. Deséame suerte.

—No sé por qué he accedido a todo esto —dijo Tracy, mirando el edificio del matadero con recelo.

—Por responsabilidad cívica —dijo Kim con una sonrisa pícara—. Joder, si tenemos éxito, salvaremos un millón de veces más vidas que en toda una carrera como cirujano.

—¿Sabes lo que me parece más asombroso? —dijo ella, volviéndose hacia él—. Que en un par de días has pasado de ser un narcisista a ser un altruista, de un extremo al otro. Antes tenía la impresión de que la personalidad de uno no podía cambiar.

—Dejaré que vosotros los psicólogos os preocupéis por eso —dijo Kim, abriendo la puerta del coche.

—Ten cuidado —le advirtió Tracy.

—Lo tendré. —Salió del coche, pero volvió a asomarse a su interior—. Recuérdalo, sólo voy a ponerme el auricular en contadas ocasiones. Durante la mayor parte del tiempo esto será un monólogo.

—Lo sé —dijo Tracy—. Buena suerte.

—Gracias. ¡Hasta luego! —Agitó la mano para despedirse.

Tracy lo contempló dirigiéndose lentamente hacia la puerta con su llamativo disfraz, y tuvo que sonreír pese a sus recelos. Kim tenía el aspecto descuidado y desvergonzado de un vagabundo entre punki y rockero.

Puso el coche en marcha, se dirigió al otro extremo de la planta y aparcó detrás de una furgoneta. Bajó la ventanilla y colocó la antena sobre el techo. Se puso los auriculares en los oídos y conectó el amplificador. Tras la experiencia de la mañana con el volumen, lo tenía al mínimo. Lo subió con cuidado, e inmediatamente oyó la voz de Kim con un exagerado acento español.

—Necesito trabajo, cualquier trabajo —decía, alargando las vocales—. Estoy en las últimas. He oído que aquí necesitaban gente.

Tracy conectó el magnetófono e intentó ponerse cómoda.

A Kim le impresionó y le animó la velocidad con que lo habían llevado al despacho del supervisor del área de sacrificio. Su nombre era Jed Street, un hombre anodino con la barriga levemente pronunciada bajo una larga bata manchada de sangre. Sobre su mesa había un casco amarillo de plástico. Frente a él tenía un abultado montón de recibos de compra de ganado.

Jed había mirado a Kim burlonamente al verlo pero tras unos instantes parecía aceptar su aspecto, y no lo mencionó en absoluto.

—¿Has trabajado antes en un matadero? —preguntó Jed, recostándose sobre su silla y jugando con un lápiz entre ambas manos.

—No, pero siempre hay una primera vez para todo.

—¿Tienes cartilla de la Seguridad Social?

—No. Me habían dicho que no la necesitaría.

—¿Cómo te llamas?

—José —contestó Kim—, José Ramírez.

—¿De dónde eres?

—De Brownsville, Texas —contestó más con acento sureño que español.

—Ya, y yo soy de París, Francia —dijo Jed, que al parecer no se había dado cuenta de la metedura de pata de Kim. Se inclinó—. Mira, éste es un trabajo duro y sucio. ¿Estás preparado para eso?

—Estoy preparado para cualquier cosa.

—¿Tienes permiso de residencia?

—No.

—¿Cuándo estás dispuesto a empezar?

—Pues ahora mismo —dijo Kim—. Hace día y medio que no como.

—Bien —dijo Jed—. Teniendo en cuenta que no has trabajado nunca en un matadero, tendré que ponerte a barrer el suelo del área de sacrificio. Son cinco dólares la hora, en efectivo. Sin cartilla de la Seguridad Social es lo mejor que puedo ofrecerte.

—Muy bien —dijo Kim.

—Una cosa más. Si quieres trabajar, tendrás que hacer también el turno de limpieza de tres a once de esta noche. Uno de los trabajadores está enfermo. ¿Qué me dices?

—Digo que vale.

—Bien —dijo Jed, levantándose—. Vamos a equiparnos.

—¿Quiere decir que tendré que cambiarme de ropa? —preguntó Kim con inquietud. Notaba la pistola apretada contra el muslo y las pilas del micrófono contra el pecho.

—No —contestó Jed—. Sólo tienes que ponerte una bata blanca, botas, casco y guantes, y coger una escoba. Sólo tendrás que quitarte los zapatos para ponerte las botas.

Kim lo siguió por el pasillo. Entraron en uno de los almacenes a los que se había asomado el sábado por la noche. Cogió todo lo que Jed había mencionado excepto la escoba, y tuvo que conformarse con unas botas un número más grandes, pues no quedaban del suyo. Eran de goma amarilla y llegaban hasta la mitad de la pantorrilla. No eran nuevas y no olían bien.

Jed le dio un candado de combinación y lo acompañó hasta el vestuario que había junto al comedor. Aguardó allí hasta que Kim se puso las botas y guardó sus zapatos. Con el casco, los guantes y la bata blanca, adquirió el aspecto apropiado.

—Menudo corte tienes en la nariz —comentó Jed—. ¿Cómo te lo has hecho?

—Contra una puerta de cristal.

—Ya. Bueno, ¿preparado para empezar?

—Supongo —dijo Kim.

Jed lo condujo por el comedor y por el corto tramo de escaleras hasta la salida de incendios. Allí se detuvo, sacó algo del bolsillo y se lo tendió a Kim.

—Casi me olvido de esto —dijo, y dejó caer dos objetos pequeños y livianos en la palma de la mano de Kim.

—¿Qué son?

—Tapones para los oídos. En el área de sacrificio hay mucho ruido a causa de los raíles del techo y los desolladores y sierras.

Kim examinó uno de los pequeños tapones en forma de cono y de un material parecido a la gomaespuma. También eran de color amarillo.

—Escucha —dijo Jed—. Tu trabajo consiste en barrer la mierda del suelo hacia las rejillas.

—¿Mierda?

—Sí, mierda. ¿Algún problema?

—¿Mierda auténtica?

—Bueno, una mezcla de mierda de vaca, vómitos y sangre. Todo lo que caiga de la línea. Esto no es como una invitación a tomar el té. Por cierto, vigila las reses muertas que cuelgan de los raíles, y ten cuidado con el suelo resbaladizo. Caerse ahí no es como ir de picnic precisamente. —Jed se echó a reír.

Kim asintió, tragando saliva. Realmente tendría que hacer de tripas corazón para realizar aquel trabajo. Jed consultó su reloj.

—Falta menos de una hora para que se pare la línea para comer —dijo—, pero no importa, puedes empezar ahora y así tendrás oportunidad de aclimatarte. ¿Alguna pregunta?

Kim meneó la cabeza.

—Si se te ocurre algo que preguntar —dijo Jed—, ya sabes dónde está mi despacho.

—De acuerdo —dijo Kim. Le pareció que Jed aguardaba algo.

—¿No te vas a poner los tapones?

—Ah, sí. Lo había olvidado. —Se metió los pequeños y esponjosos tapones en las orejas y levantó el pulgar para indicar que todo iba bien.

Jed abrió la puerta. Pese a los tapones, en un principio Kim se sintió desconcertado por la cacofonía que estalló de repente en sus oídos.

Siguió a Jed hasta el área de sacrificio, que era un lugar muy diferente al que había visto el sábado por la noche. Creía que estaba preparado para la experiencia que le aguardaba, pero no. Inmediatamente se puso verde ante la visión de la cinta transportadora de la que colgaban las reses muertas de más de trescientos kilos de peso. Esto se combinaba con el zumbido de toda la maquinaria y un insoportable hedor. El aire cálido y sofocante estaba preñado del olor fétido de la carne, la sangre y las heces frescas.

El impacto visual fue igualmente repulsivo. Los potentes aparatos de aire acondicionado del techo, que se esforzaban en vano por bajar la temperatura de la sala, hacían que la cincuentena de reses muertas y desolladas que Kim tenía ante la vista despidieran vapor. Muchos trabajadores con batas blancas manchadas de sangre trabajaban de pie en las pasarelas metálicas, codo con codo, a medida que pasaban las reses muertas. Cables eléctricos cruzaban el espacio de manera sorprendente, como trozos de una gigantesca telaraña. Era una imagen surreal, dantesca: un infierno en la tierra.

Jed le dio unos golpecitos en el hombro, señalando el suelo. Kim bajó la vista. El suelo era, literalmente, un mar de sangre, trozos de vísceras, vómitos y heces de vacas. Jed volvió a darle unos golpecitos y Kim alzó la vista. Jed estaba a punto de darle una escoba, cuando vio el color de su rostro y que las mejillas se le hinchaban involuntariamente.

Jed retrocedió un paso por precaución, señalando rápidamente hacia un lado.

Kim sintió arcadas, pero se tapó la boca con la mano. Siguiendo el dedo de Jed, vio una puerta con un letrero toscamente pintado en el que se leía «Lavabos», y hacia allí fue corriendo. Se abalanzó sobre el lavamanos, se inclinó sobre la fría porcelana y vomitó el desayuno.

Cuando por fin terminó, limpió el lavamanos y levantó la cabeza para mirarse en el espejo sucio y agrietado. No recordaba haber estado tan pálido en toda su vida. Los ojos enrojecidos y congestionados realzaban aún más esa palidez y tenía la frente perlada de sudor.

Apoyando el torso en el lavamanos, buscó el auricular que se había metido bajo la camisa. Con dedos temblorosos, se sacó uno de los tapones que le había dado Jed y se puso el auricular.

—Tracy, ¿estás ahí? —preguntó con voz ronca—. Me he puesto el auricular. Puedes hablar.

—¿Qué ha ocurrido? —preguntó ella—. ¿Estabas tosiendo?

—Era algo más que toser. Acabo de vomitar el desayuno.

—Tienes una voz horrible. ¿Te encuentras bien?

—No mucho. Estoy avergonzado de mi reacción. Con mi experiencia como médico, no pensaba que iba a reaccionar de manera tan visceral. Este lugar es... bueno, es indescriptible. —Paseó la mirada por el lavabo de hombres más sucio que había visto en su vida. Las paredes estaban cubiertas de manchas y pintadas borrosas, la mayoría en español. Las baldosas del suelo parecían no haber sido fregadas jamás, y estaban cubiertas por una capa de sangre y otras inmundicias que resbalaban hasta allí desde el área de sacrificio.

—¿Quieres desistir? —dijo Tracy—. A mí no me importaría.

—Aún no —dijo Kim—. Pero te diré una cosa. Sólo he estado en el área de sacrificio unos veinte segundos, pero me he hecho vegetariano al instante.

El súbito ruido de la cisterna en uno de los dos retretes que había a un lado hizo que Kim diera un respingo. No había comprobado si estaban ocupados. Se quitó el auricular, se lo metió con el cable bajo la camisa y se volvió hacia el lavabo, fingiendo lavarse. A su espalda oyó abrirse la puerta del retrete con un fuerte golpe.

A Kim le preocupaba lo que aquel tipo pudiera haber oído, y por un momento no miró en su dirección. En el espejo lo vio pasar lentamente por detrás de él, mirándole con curiosidad, y a Kim el corazón le dio un vuelco: ¡era el hombre que le había atacado, primero allí mismo, en Higgins y Hancock, y luego en su propia casa!

Kim se dio la vuelta despacio. El hombre había continuado hasta la puerta, pero no la había abierto. Continuaba mirando a Kim con expresión inescrutable.

Por un instante sus miradas se cruzaron. Kim intentó sonreír, fingiendo que buscaba toallas de papel. Había una máquina expendedora, pero le habían arrancado la placa frontal y estaba vacía. Kim aventuró otra mirada hacia el desconocido, cuya enigmática expresión no había cambiado. Su mano derecha buscó el consuelo de la pistola en el bolsillo.

Los segundos le parecieron horas. Los negros ojos de aquel hombre, fríos e impenetrables, seguían fijos en él. Era como una estatua. Tuvo que hacer grandes esfuerzos para no decir algo que rompiera aquel embarazoso silencio.

Para alivio de Kim, el hombre apartó la vista de repente, abrió la puerta y salió.

Kim exhaló un suspiro. Ni siquiera se había dado cuenta de que estaba conteniendo la respiración. Agachó la cabeza para susurrarle al micrófono:

—Dios mío, el maníaco del cuchillo estaba aquí. No sé qué habrá oído. Me miró fijamente pero no dijo nada. Esperemos que no me haya reconocido.

Después de echarse un poco de agua fría en la cara y de volver a ponerse los tapones de las orejas, Kim respiró hondo y salió. Intentó respirar por la boca para evitar el olor. Sentía cierta debilidad en las piernas. Previendo que el desconocido pudiera estar esperándolo, llevaba la mano metida en el bolsillo, aferrada a la pistola.

Jed se hallaba cerca de la puerta, esperándolo. Kim buscó al desconocido con la mirada, y le pareció verle desaparecer tras una distante máquina.

—¿Te encuentras bien? —gritó Jed para hacerse oír.

Kim asintió y trató de sonreír. Jed le respondió con una sonrisa forzada y le tendió la escoba.

—Debías de tener el estómago más lleno de lo que pensabas —dijo, y le dio unas palmadas en la espalda antes de alejarse.

Kim tragó saliva y se estremeció al contener nuevas arcadas. Bajó la cabeza para no ver la línea de reses abiertas en canal, desolladas y sin cabeza que pasaba rápidamente por delante de él en su camino hacia el refrigerador. Empuñó la escoba e intentó concentrarse en barrer los despojos que cubrían el suelo hacia una de las rejillas principales.

—No sé si puedes oírme con todo este ruido —dijo con la boca cerca del micrófono—. Está claro que el tipo del cuchillo trabaja aquí, lo que, pensándolo bien, no me sorprende. Creo que será mejor que lo localice.

Se agachó cuando una humeante res abierta en canal le pasó rozando. Sin querer, se había puesto justo debajo de la cinta transportadora. Ahora su bata blanca tenía manchas de sangre, como las de todos.

Se irguió y, tras calcular la velocidad con que pasaban las reses, cruzó la línea con la intención de seguir los pasos de su agresor.

—Evidentemente me han dado el peor trabajo —comentó, esperando que Tracy pudiera oírle a pesar del ruido—. Pero al menos tengo oportunidad de moverme por aquí. Es como una especie de línea de montaje. Los trabajadores permanecen en el mismo sitio mientras las reses pasan por delante de ellos.

Kim rodeó la enorme maquinaria detrás de la cual

había visto desaparecer al hombre del cuchillo. El suelo en aquella zona estaba relativamente limpio de sangre. A la izquierda de Kim había una pared.

Siguió avanzando. Frente a él, en una zona más oscura de la sala en la que no había fluorescentes en el techo, vio a varios hombres trabajando. Un nuevo sonido se destacó sobre el ruido general de fondo. Era un sonido de percusión intermitente que le hizo pensar en un martillo de aire comprimido de los que se usaban en carpintería para los clavos.

Kim continuó barriendo, aunque apenas había restos en el suelo. Cinco metros más allá, rodeó una nueva máquina y lo descubrió.

—He llegado al lugar por donde entran los animales vivos en el edificio —dijo Kim al micrófono—. Tiene forma de embudo para que entren de uno en uno. Cuando cada animal llega frente a una plataforma elevada, un hombre le clava en la cabeza lo que parece una taladradora. Suena como una pistola de aire comprimido, y salpica tejido cerebral.

Kim apartó la vista un momento. Como médico que había dedicado toda su vida a salvar vidas, aquella incesante carnicería hizo que le fallaran las fuerzas. Tras unos instantes volvió a mirar con un esfuerzo de voluntad.

—Las vacas caen inmediatamente en un gran tambor rotatorio que las lanza hacia adelante y las levanta —prosiguió—. Luego un trabajador las sujeta con un gancho por el tendón de Aquiles, y son izadas a la cinta transportadora superior. Si surge la enfermedad de las vacas locas en este país, y surgirá, matar a los animales de este modo no será buena idea. Indudablemente produce embolias de tejido cerebral en todo el cuerpo de la vaca, puesto que el corazón aún late.

Pese a la repugnancia que le producía lo que contemplaba, hizo un esfuerzo y siguió adelante, lo que despejó su campo de visión.

—¿Sabes una cosa? —dijo—. Estos desdichados novillos intuyen lo que se les avecina. Deben de percibir el olor a muerte. Defecan unos sobre otros al bajar por la rampa. La contaminación es inevitable…

Kim se interrumpió a media frase. A su derecha, a sólo cinco metros de distancia, vio al hombre del cuchillo. Al instante comprendió su predilección por los cuchillos: era una de las dos personas que se colocaban bajo el animal recién sacrificado mientras lo izaban. Con un diestro giro de la muñeca, él o su compañero rajaban la garganta del animal y se apartaban de un salto para esquivar la ducha de sangre caliente. La sangre manaba en grandes chorros, a medida que el corazón del animal expulsaba su fuerza vital, y se vertía por una rejilla del suelo.

El corazón le dio un vuelco. Tenso como estaba por la cercanía de su agresor, su reacción al notar que alguien le daba unos golpecitos en el hombro fue exagerada. Instintivamente, alzó un brazo para defenderse.

Era Jed, y no parecía contento. La reacción de Kim le había asustado tanto como él había asustado a Kim.

—¿Qué coño estás haciendo aquí? —gritó Jed por encima del ruido. El repetido estallido del instrumento de alta presión que se usaba para matar a los animales sonaba como un maléfico metrónomo.

—Sólo intentaba orientarme —repuso Kim. Había lanzado una ojeada hacia su agresor, pero, o bien el hombre no le había visto, o no le preocupaba su presencia. Se había apartado para afilar su cuchillo con una piedra de amolar, mientras su compañero se hacía cargo de rajar las gargantas. Kim vio el cuchillo claramente. Era similar al que había usado para atacarle.

—Eh, que estoy hablando contigo —chilló Jed, irritado—. Mueve el culo y vuelve adonde están destripando. Allí es donde está la mierda y donde quiero que estés tú.

Kim asintió.

—Vamos, te lo mostraré. —Hizo señas de que lo siguiera.

Kim lanzó una última mirada a Carlos, que sostenía el cuchillo en alto para examinar la hoja afilada como una cuchilla. La luz se reflejó en ella con un destello.

Kim sintió un escalofrío y se apresuró a alcanzar a Jed.

Pronto llegaron a la línea móvil de reses muertas. A Kim le impresionaba la indiferencia de Jed que, al agacharse para pasar bajo las reses, las apartó empujándolas con la mano como prendas en una percha, en lugar de esperar a que hubiera un hueco. Kim se mostraba reacio a tocar los cuerpos calientes. Se quedó vacilante junto a la línea como un colegial esperando a meterse para saltar a la comba que movieran rápidamente dos amigos.

—¡Aquí es donde quiero verte trabajar! —gritó Jed, cuando Kim llegó por fin a su lado, trazando una curva con el brazo—. Aquí es donde se hace el trabajo sucio y donde tú y tu escoba debéis quedaros. ¿Entendido?

Kim asintió, conteniendo de nuevo las náuseas. Se hallaba en la zona donde se sacaban los órganos internos de los animales. De las reses abiertas en canal y suspendidas de los ganchos caían grandes anillos de intestinos, semejantes a serpientes, a las mesas de acero inoxidable, junto con masas temblorosas de hígados, riñones del tamaño de uvas y trozos de páncreas.

Algunos intestinos parecían atados, pero otros no. Quizá no se había atado o el nudo se había soltado. En cualquier caso, había un montón de heces de vaca en las mesas y en el suelo, mezcladas con ríos de sangre.

Kim empezó a barrer porquería hacia una rejilla. Mientras trabajaba, recordó el mito de Sísifo y el terrible destino de aquel rey cruel, pues tan pronto limpiaba una zona de porquería, volvía a caer sobre ella una avalancha de sangre y despojos.

Su único consuelo era pensar que su disfraz había tenido éxito. Estaba seguro de que el hombre del cuchillo no le había reconocido.

Hizo todo lo posible por no prestar atención a los aspectos más horribles de aquel lugar fantasmal y se concentró en la tarea que tenía entre manos. Para el siguiente paso de su investigación encubierta tendría que esperar a la pausa para la comida.

Desde el ventanal, O'Brian vio al Jumbo rodar pesadamente por la pista y alzar luego el morro con cierta vacilación. Aunque parecía ir muy despacio, levantó el vuelo y puso rumbo a su lejano destino.

Se hallaba junto a la puerta 32 del vestíbulo B, esperando el vuelo procedente de Chicago. No había sido fácil llegar hasta allí. Los encargados de la seguridad no le habían dejado entrar al vestíbulo porque no tenía billete. Dado que había concretado con Leutmann que habrían de encontrarse en la puerta, O'Brian tenía que estar allí. Desgraciamente, no le había servido de nada discutir ni intentar engatusar a los de seguridad. Finalmente, para resolver el dilema, había tenido que comprar un billete para un vuelo que no pensaba realizar.

O'Brian y Leutmann no se conocían de nada, por lo que el primero había tenido que dar una descripción de sí mismo a fin de que el segundo pudiera reconocerle. Sin embargo, para que la identificación fuera segura, O'Brian había añadido que llevaría una Biblia. El otro había comentado que le parecía un bonito toque y que él llevaría un maletín negro.

La puerta de la pasarela que conectaba con el avión de Chicago se abrió y el agente de seguridad ocupó su lugar. Los pasajeros empezaron a desembarcar. O'Brian cogió la Biblia y se levantó, observando a cada uno de los pasajeros con expectación.

La décima persona parecía prometer, aunque su aspecto no era lo que O'Brian esperaba. Era un hombre de más de treinta años, rubio, delgado y con un intenso bronceado. Vestía un traje de finas rayas y llevaba un maletín negro de piel de avestruz. Se había subido las gafas de sol sobre la cabeza cuidadosamente peinada. El hombre se detuvo al entrar en la terminal y la recorrió con sus ojos azules. Al divisar a O'Brian, se dirigió hacia él.

—¿El señor O'Brian? —preguntó con un leve acento inglés.

—Señor Leutmann —dijo éste, sorprendido. La voz de Derek por teléfono le había hecho suponer que se trataría de un individuo moreno, fornido y de aspecto imponente, pero aquel hombre parecía más un aristócrata inglés que un asesino a sueldo.

—Confío en que haya traído el dinero —dijo Leutmann.

—Por supuesto.

—¿Le importaría entregármelo ahora?

—¿Aquí, en la terminal? —dijo O'Brian, extrañado, mirando por encima del hombro con nerviosismo. Él esperaba hablar del tema del dinero en la privacidad de su coche, en el aparcamiento subterráneo. Se suponía que intentaría renegociar el precio del anticipo y de la suma total que debía pagar.

—Tenemos un trato o no lo tenemos —dijo Leutmann—. Será mejor saberlo cuanto antes para evitar malentendidos.

O'Brian sacó el sobre que llevaba en el bolsillo interior de la chaqueta. Contenía cinco mil dólares, la mitad de lo que había exigido el asesino por hacer su trabajo. Desde luego, O'Brian no pensaba regatear en público, pero vio con espanto que Leutmann dejaba el maletín en el suelo, abría el sobre alegremente y contaba el dinero. O'Brian miró en derredor con inquietud. Aunque nadie parecía prestarle atención, se sentía muy incómodo.

—Excelente —comentó Leutmann antes de guardarse el dinero—. Hay trato. ¿Y los detalles que tenía que darme?

—¿No podríamos empezar a andar al menos? —consiguió decir O'Brian con la garganta seca. La despreocupación de Leutmann le desconcertaba, más que impresionarle.

—Desde luego —dijo Leutmann, señalando hacia el otro lado del vestíbulo—. Vamos a recoger mi equipaje.

O'Brian echó a andar, agradeciendo que al menos no se quedaran quietos. Leutmann se mantuvo al frente, caminando con paso ligero gracias a sus mocasines de suela de goma.

—¿Tiene equipaje que recoger? —preguntó O'Brian. Tampoco eso lo esperaba.

—Pues claro. A las líneas aéreas no les gusta que uno lleve armas en la cabina. En mi trabajo, no se tienen muchas opciones.

Los dos hombres caminaban en medio del flujo de pasajeros desembarcados. Por su lado izquierdo un número igual de personas caminaba con prisas en dirección opuesta, enarbolando los billetes en la mano.

—Hemos puesto un coche a su disposición —dijo O'Brian.

—Excelente. Pero de momento estoy más interesado en el nombre de la presa. ¿Cómo se llama?

—Reggis. Doctor Kim Reggis. —Una vez más observó los rostros que los rodeaban. No daban muestras de interés ni de haberlos reconocido—. Aquí tiene una foto reciente —añadió, entregándosela a Leutmann. No era una foto demasiado buena. La habían fotocopiado del artículo de un periódico.

—Está muy borrosa —se quejó Leutmann—. Necesitaré más información.

—He reunido unos cuantos detalles sobre su vida —dijo O'Brian, y le entregó un papel—. Ahí tiene una descripción física del sujeto. También el modelo y el año de su coche, además de la matrícula. Está su dirección, pero tenemos razones para creer que se ha ido de allí.

—Esto está mejor —dijo Leutmann, revisando la hoja—. Sí, en efecto. Es muy completo.

—Creemos que el doctor Reggis pasó la noche en la casa de su ex mujer. Ella lo sacó de la cárcel bajo fianza ayer por la mañana.

—¿De la cárcel? —dijo Leutmann, sorprendido—. Parece que el buen doctor no se ha portado demasiado bien.

—Eso es decir poco en lo que a nosotros se refiere.

Llegaron a la cinta transportadora por la que salía el equipaje y se apretujaron entre los demás pasajeros. El equipaje del vuelo de Leutmann empezaba a salir en ese momento.

—Hay algo que creo debería saber —dijo O'Brian—. Ayer por la noche hubo un intento fallido de acabar con la vida del doctor.

—Entiendo. Desde luego es importante. Significa que ahora la víctima estará más alerta que nunca.

—Algo parecido —admitió O'Brian. Un agudo pitido hizo que, tenso como estaba, diera un respingo. Tardó unos instantes en comprender que era su busca. Sorprendido por la llamada, puesto que Bobby Bo sabía dónde estaba y lo que hacía en aquel momento, se sacó el busca del cinturón y miró el visor. Se sintió aún más confuso, pues no reconoció el número del que le llamaba—. ¿Le importa que telefonee? —preguntó O'Brian, señalando la hilera de teléfonos públicos que había en una pared cercana.

—En absoluto —dijo Leutmann mientras estudiaba la información sobre Kim.

O'Brian sacó unas monedas del bolsillo de camino a los teléfonos; al llegar a uno de ellos, marcó el número misterioso. Le respondieron a la primera. Era Carlos.

—¡El médico está aquí! —dijo el mejicano en un susurro, con excitación contenida.

—¿De qué coño estás hablando?

—Aquí, en Higgins y Hancock. Estoy en el teléfono del comedor. No tengo mucho tiempo. El médico está trabajando aquí, barriendo en el matadero, y menuda pinta lleva.

—Pero cómo...

—Tiene una pinta muy rara. Parece un viejo cantante de rock. Lleva el pelo muy corto y rubio.

—Bromeas —dijo O'Brian.

—¡Que no! —insistió Carlos—. También lleva puntos en la cara, donde le di el tajo. Es él, lo sé, aunque he tenido que mirarlo un rato para convencerme. Luego fue hasta donde yo trabajo y se plantó allí un par de minutos hasta que vino el jefe y se lo llevó.

—¿Qué jefe?

—Jed Street.

—¿Te ha reconocido el médico?

—Claro, ¿cómo no? Me miró fijamente. Incluso pensé que vendría por mí, pero no lo hizo. Si llega a venir, me lo cargo. ¿Quiere que me lo cargue? ¿Puedo ocuparme de él aquí mismo?

—¡No! —exclamó O'Brian, perdiendo la compostura. Si Carlos mataba al médico en pleno día y ante un centenar de testigos, sería un desastre. Respiró hondo y luego habló despacio—. No hagas nada. Finge no haberlo reconocido. No pierdas la calma. Yo te diré lo que debes hacer. ¿Comprendido?

—Quiero cargarme a ese tipo —dijo Carlos—. Ya le dije que no me importa el dinero.

—Es muy generoso por tu parte. Claro que fuiste tú

el que la jodió al principio, pero ésa no es la cuestión ahora. Te llamaré, ¿de acuerdo?

—De acuerdo.

O'Brian colgó. Sin apartar la mano del auricular, miró a Derek Leutmann. Se hallaba en un difícil dilema.

Unos golpes inesperados en la ventanilla hicieron que a Tracy se le parara el corazón. Durante el tiempo que había estado aparcada al final del edificio del matadero nadie se había acercado a ella. Rápidamente, se quitó los auriculares y se volvió hacia la ventanilla.

Junto al coche había un hombre horrible con un mono de trabajo lleno de manchas y un suéter sucio de cuello alto. Pegado al labio tenía un cigarrillo sin encender que se movía arriba y abajo cuando respiraba por la boca.

Tracy sintió el impulso de arrancar y pisar el acelerador, pero se abstuvo al recordar la antena que había colocado en precario equilibrio sobre el techo. Así pues, no viendo otra alternativa, bajó el cristal de la ventanilla.

—La he visto desde mi camioneta —dijo el hombre, señalando una camioneta cercana por encima del hombro.

—Ah, sí —dijo Tracy, inquieta. No sabía qué otra cosa decir. El hombre tenía una profunda cicatriz que le cruzaba un lado de la cara hasta el cuello.

—¿Qué está escuchando? —preguntó el hombre.

—Nada especial —contestó Tracy, mirando el magnetófono, que seguía funcionando—. Un poco de música.

—A mí me gusta la música country —dijo él—. ¿Es música country?

—No —dijo ella con una débil sonrisa—. Es New Age. La verdad es que estoy esperando a mi marido. Trabaja aquí.

—Yo acabo de hacer unos trabajitos de fontanería. Ahí dentro tienen más tuberías y cañerías que en cualquier otro lugar del país. Bueno, quería saber si tiene usted fuego. No encuentro mi mechero.

—Lo siento, pero no fumo y no llevo cerillas.

—No importa —dijo el hombre—. Siento haberla molestado.

—No se preocupe —dijo Tracy.

El hombre se alejó y ella exhaló un suspiro de alivio. Volvió a subir la ventanilla. Aquel episodio le demostró lo tensa que estaba. Había sido presa de los nervios desde el momento en que Kim había entrado en el matadero, y la angustia no la había abandonado desde que su ex marido había tenido que habérselas con el asesino en el cuarto de baño. También le hacía sufrir el hecho de no haber podido hablar con Kim. Quería verlo fuera de allí; sencillamente, no valía la pena correr aquel riesgo.

Tras una mirada furtiva en derredor para asegurarse de que nadie la miraba, Tracy volvió a colocarse los auriculares y cerró los ojos. El problema era que tenía que concentrarse para oír a Kim. El ruido que reinaba en el interior de la planta la había obligado a bajar el volumen considerablemente.

Kim había recorrido la zona de destripamiento y tenía ahora una visión general de todo el proceso. Veía cómo mataban a las vacas, las izaban y les cortaban la garganta. A continuación las desollaban y decapitaban, y otra cinta transportadora se llevaba las cabezas colgadas. Tras el destripamiento, las reses eran abiertas en canal con una horrible sierra, peor aún que cualquiera de las utilizadas en las películas de terror de Hollywood.

Kim miró su reloj para cronometrar la rapidez con que se mataba a los desdichados animales. Se quedó atónito. Con el mentón pegado al pecho, habló al micrófono.

—Esperemos que Lee Cook idee un sistema de vídeo apropiado —dijo—. Serviría para documentar la principal acusación de Marsha. Ella dijo que el problema de la contaminación en la industria cárnica estaba en el matadero. Dijo que sencillamente se descuidaba la seguridad para obtener mayores beneficios. Acabo de cronometrar la actividad que se desarrolla aquí dentro. Sacrifican a las reses a la increíble velocidad de una cada doce segundos. A ese ritmo, no hay modo humano de evitar la contaminación. La connivencia entre el Departamento de Agricultura y la industria se hace evidente incluso a este nivel operacional. Arriba, en las pasarelas metálicas, hay unos cuantos inspectores. Llevan cascos rojos en lugar de amarillos, y sus batas están relativamente limpias. Pero se dedican más a reír y bromear con los trabajadores que a inspeccionar. En realidad la inspección es pura farsa. No es sólo que la línea se mueva demasiado deprisa, es que esos tipos ni siquiera miran las reses muertas cuando pasan ante sus ojos.

De repente, Kim vio a Jed Street merodeando alrededor de las mesas y fregaderos de destripar. Reanudó su trabajo con la escoba, alejándose de Jed, y pronto se halló en la zona de decapitación. Esta tarea también se realizaba con una sierra. Justo antes de que el hombre que empuñaba la sierra cortara completamente la espina dorsal, otro hombre atrapaba la cabeza de más de treinta kilos de peso con un gancho que colgaba del raíl de la cinta transportadora de cabezas. Era un proceso que requería coordinación y trabajo en equipo.

Continuando con su tarea de limpieza, Kim siguió la línea de cabezas desolladas. Sin los párpados, los ojos sin vida conferían a la cabeza una expresión de curiosa sorpresa.

Siguió la cinta transportadora de cabezas hasta un punto en el que desaparecía a través de una abertura que daba a una sala contigua. Inmediatamente reconoció aquella sala como el lugar en que había sido atacado el sábado por la noche.

Buscó a Jed con la mirada. Al no verlo en medio de aquel jaleo, se arriesgó y entró en la sala de deshuese de cabezas.

—Estoy en la sala adonde van las cabezas —dijo Kim al micrófono—. Esto puede ser importante para descubrir por qué enfermó Becky. Marsha descubrió algo en el papeleo sobre la cabeza del último animal del que pudo proceder la hamburguesa de Becky. Dijo que era «repugnante», cosa que ahora me parece curiosa, dado que a mí todo este proceso me parece repugnante.

Kim contempló cómo, cada doce segundos, la cinta transportadora dejaba caer una cabeza sobre una mesa, donde era acometida por un equipo de carniceros. Con cuchillos similares a los que se usaban para rajar las gargantas, rápidamente los carniceros cortaban los grandes músculos de la cara y las lenguas. Esta carne la arrojaban a un *combo bin* similar al que Kim había visto en Carnes Mercer.

—No dejo de descubrir cosas nuevas —dijo—. Debe de haber un montón de mejillas de vaca en las hamburguesas.

Kim se fijó en que, una vez extraídas lenguas y mejillas, las cabezas eran apartadas hacia una cinta transportadora plana que las dejaba caer en un oscuro agujero que presumiblemente conducía al sótano.

—Quizá tenga que visitar el sótano —dijo a regañadientes. Tenía la sensación de que su miedo infantil a los sótanos acabaría poniéndose a prueba.

Hasta entonces había sido un buen día en opinión de Jed Street, pese a que era lunes. Por la mañana había disfrutado de un copioso desayuno, había llegado al trabajo lo bastante pronto para sentarse y tomar una taza de café con otros encargados, y había tenido que enfrentarse con menos ausencias de lo habitual. Hallar y conservar buena mano de obra era su mayor pesadilla.

Dado que ninguno de los empleados principales del turno de día había llamado para excusarse por enfermedad, Jed confiaba en que su equipo habría procesado cerca de dos mil cabezas a la hora de comer. Eso le hacía feliz, porque sabía que haría feliz a su superior inmediato, Lenny Striker.

Se quitó la bata blanca y la colgó. Se había retirado a su despacho con su tercera taza de café de la jornada con la intención de poner al día sus papeles. Se sentó frente a su mesa y, bolígrafo en ristre, se dispuso a trabajar. Cada día tenía que rellenar un número considerable de impresos.

No llevaba mucho tiempo en ello cuando sonó el teléfono. Cogió el café antes de descolgar. No le preocupó recibir una llamada a aquella hora, pues no creía que pudiera ser nada grave, aunque siempre existía esa posibilidad. Como encargado de algo potencialmente tan peligroso como el área de sacrificio de un matadero, sabía que el desastre podía sorprenderle en cualquier momento.

—Sí —dijo con énfasis. Tomó un sorbo de café.

—¿Jed Street? Soy Daryl Webster. ¿Tendría un momento para hablar conmigo?

Jed escupió el café y luego se apresuró a secar los impresos que había salpicado.

—Por supuesto, señor Webster —balbució. En los catorce años que llevaba trabajando en Higgins y Hancock, el jefe supremo jamás le había llamado.

—Me ha telefoneado un empleado de Bobby Bo —explicó Daryl—. Me ha dicho que hoy hemos contratado a un trabajador para barrer.

—Es cierto —dijo Jed, notando que le ardía la cara. Contratar extranjeros ilegales se permitía tácitamente, aunque la política oficial lo prohibía. Esperaba que no acabaran tomándolo a él como cabeza de turco.

—¿Cómo se llama? —preguntó Daryl.

Jed revisó frenéticamente los papeles que había sobre su mesa. Había anotado el nombre, pero no en uno de los impresos para contrataciones. Exhaló un suspiro de alivio cuando lo encontró.

—José Ramírez, señor —dijo.

—¿Le ha mostrado alguna identificación?

—Que yo recuerde, no.

—¿Qué aspecto tiene?

—Tiene una pinta rara —dijo Jed, desconcertado. No imaginaba qué importancia podía tener el aspecto de aquel tipo.

—¿Podría ser más concreto?

—Parece un *punk* —dijo Jed, intentando adivinar cómo lo describiría su hijo de catorce años—. Pelo teñido, pendiente, tatuajes, pantalones de cuero, ya sabe...

—¿Es un tipo alto?

—Sí, más de uno noventa.

—¿Y tiene una cicatriz en la cara?

—Pues sí —dijo Jed—. ¿Cómo lo sabía, señor?

—¿Le ha dado su dirección?

—No, no se la he pedido. Debo decir que realmente necesitaba el trabajo. Incluso ha aceptado trabajar un turno y medio.

—¿Quiere decir que trabajará esta noche? —preguntó Daryl—. ¿Como parte del equipo de limpieza?

—En efecto. Esta misma mañana ha llamado uno diciendo que estaba enfermo.

—Bien. Muy bien. Buen trabajo, Jed.

—Gracias, señor. ¿Quiere que haga algo más o que le diga algo a Ramírez?

—No, nada —dijo Daryl—. De hecho, esta conversación que acabamos de mantener es confidencial. ¿Puedo contar con usted?

—Por supuesto, señor.

Jed dio un respingo al oír que el otro colgaba precipitadamente, y miró con extrañeza el teléfono antes de colgar a su vez.

Kim no quería que lo pillaran en la sala de deshuese de cabezas, donde no había nada que barrer, de modo que volvió a la sala principal. Aún no sabía qué había querido decir Marsha al mencionar la cabeza, a pesar de que había recorrido la mayor parte de la planta. Lo único que no había visto era el destino de las cabezas una vez desaparecían por el agujero.

Kim volvió a la zona de destripamiento y siguió barriendo. Pese a los tapones, oyó de repente un zumbido estridente. Se irguió y miró en derredor. Inmediatamente vio que se había detenido el avance de las reses por la rampa y que ya no se mataba a más animales. A las desdichadas vacas se les había concedido un indulto momentáneo. El verdugo había dejado a un lado su instrumento para enrollar la manguera de alta presión.

Los animales que ya habían sido sacrificados avanzaron por la línea y todos fueron destripados. En ese momento, la línea se detuvo y un extraño silencio reemplazó el ruido atronador.

Kim tardó unos instantes en comprender que ese silencio se debía en parte a los auriculares que llevaba puestos. Se los quitó, y oyó entonces los ruidos de las herramientas eléctricas que se guardaban y el murmullo de animadas conversaciones. Los trabajadores empezaron a bajar de las pasarelas metálicas, algunos colgándose de ellas para saltar al suelo, otros haciendo uso de escaleras y escalas.

Kim paró a uno de ellos para enterarse de lo que ocurría.

—No hablar inglés —dijo el trabajador antes de alejarse apresuradamente.

Paró a otro.

—¿Habla inglés? —preguntó.

—Un poco —contestó el hombre.

—¿Qué ocurre?

—Hora de comer —dijo el hombre, y se apresuró a seguir al primero.

Kim contempló a los trabajadores que abandonaban las pasarelas por la salida de incendios en fila india. Se dirigían al comedor y las taquillas. Otro contingente de empleados llegó de la sala principal a través de la sala de deshuese de cabezas. Pese al ambiente y el hedor de la muerte, la camaradería era evidente por las risas y las bromas amistosas.

—No entiendo cómo puede comer alguien aquí —dijo Kim al micrófono.

Vio al hombre del cuchillo con su compañero. Pasaron junto a él sin mirarle para incorporarse a la hilera de trabajadores. Kim se sintió más seguro aún sobre el éxito de su disfraz.

Paró a uno de los destripadores y le preguntó cómo llegar al sótano. El hombre le miró como si estuviera loco.

—¿Habla inglés? —le preguntó Kim.

—Pues claro que hablo inglés —dijo el destripador.

—Quiero ir al sótano. ¿Cómo se va?

—Nadie quiere ir al sótano, pero se va por esa puerta. —Señaló una puerta con un resorte de cierre automático en la parte superior.

Kim siguió barriendo hasta que el último trabajador traspasó la salida de incendios. Después de todo el ruido y de la caótica actividad, se sintió extraño al hallarse solo con cuarenta o cincuenta reses muertas y suspendidas en alto. Por primera vez desde su llegada, el suelo de la zona de destripamiento quedó limpio.

Se acercó a la puerta que le había señalado el destripador. Tras volver brevemente la vista atrás para comprobar que no estaba siendo observado, abrió la puerta y entró. La puerta se cerró rápidamente a su espalda.

Lo primero que notó fue el olor, diez veces peor que el olor de la sala que antes le había hecho vomitar. Era el hedor de la putrefacción. Sin embargo, aunque sintió arcadas no vomitó. Supuso que era porque tenía el estómago vacío.

Se hallaba en un descansillo, en lo alto de un tramo de escaleras de cemento que se perdía en la oscuridad. Sobre su cabeza colgaba una única bombilla desnuda. Detrás de él, en la pared, había un extintor y una linterna de emergencia de tamaño industrial.

Kim la arrancó de su soporte y la encendió. Apuntó las escaleras, iluminando un largo tramo que descendía hasta un profundo sótano. Las paredes ostentaban grandes manchas irregulares de color pardusco. El fondo distante parecía liso y negro como un estanque de petróleo crudo.

Se sacó un guante de goma para coger el auricular y se lo puso.

—¿Me oyes, Trace? —dijo—. Si me oyes, di algo. Acabo de ponerme el auricular.

—¡Ya era hora! —contestó ella. Su voz se oía con toda nitidez, pese a que Kim estaba rodeado por paredes de hormigón reforzado—. Quiero que salgas de ahí inmediatamente.

—Vaya. ¿Por qué estás tan alterada?

—Estás dentro de ese matadero con alguien que ha intentado matarte dos veces. Esto es ridículo. Quiero que abandones esta locura ahora mismo.

—Tengo que investigar un poco más —dijo Kim—. Además, el tipo del cuchillo no me ha reconocido, así que cálmate.

—¿Dónde estás? ¿Por qué no te has puesto el auricular hasta ahora? Me estaba volviendo loca de nerviosismo.

Empezó a bajar las escaleras.

—No puedo arriesgarme a ponérmelo si no estoy solo —dijo—. Ahora estoy bajando al sótano, y no es nada agradable. Es como descender a los círculos inferiores del infierno. No tengo palabras para describir el hedor que se respira aquí.

—No creo que debas bajar al sótano —dijo Tracy—. Sería más seguro que permanecieras en grupo. Además, si te pillan, tendrás problemas.

—Todos están comiendo —dijo Kim—. Que me pillen aquí no es lo que más me preocupa.

Respirando por la boca para evitar el hedor, llegó al pie de las escaleras. Recorrió aquel vasto espacio, negro como la noche, con la luz de la linterna. Era un laberinto de grandes toneles y contenedores parecidos a los de la basura. Cada uno de ellos estaba conectado a un conducto que bajaba del techo y por el que caían la sangre, las tripas, los huesos y las cabezas.

—Aquí es donde se almacenan los despojos hasta que se llevan a la planta de procesamiento —dijo—. Por el olor, es evidente que todo se halla en diferentes etapas de putrefacción. No hay refrigeración aquí abajo. Aunque sea difícil imaginarlo, el olor debe de ser peor aún en verano.

—Qué asco —dijo Tracy—. Es increíble pensar que esos despojos puedan tener alguna utilidad.

—En la planta procesadora los convierten en fertilizante —dijo Kim—, pero también, por repugnante que suene, en alimento para el ganado. La industria ha obligado a nuestras inocentes reses a convertirse en caníbales... ¡Oh, oh! —exclamó, notando un escalofrío.

—¿Qué pasa? —preguntó una angustiada Tracy.

—He oído un ruido.

—Sal de ahí ahora mismo —le apremió ella.

Apuntó con la linterna en la dirección del ruido. En una escena extrañamente similar a la del sótano de su casa la noche anterior, vio unos diabólicos ojos rojos fijos en él. Segundos después, los ojos desaparecieron y Kim vio desperdigarse a un grupo de animales del tamaño de gatos domésticos. Esta vez no eran ratones.

—No pasa nada —dijo—. Sólo son ratas gigantes.

—Oh, ¿eso es todo? —dijo Tracy sarcásticamente—. ¿Sólo un grupo de amistosas ratas gigantes?

Kim bajó el último escalón y descubrió que el suelo del sótano no sólo parecía petróleo crudo, sino que tenía la misma consistencia. Sus botas hacían un horrible ruido de viscoso chapoteo.

—Esto es una imagen de pesadilla de la posindustrialización —comentó.

—Déjate de filosofías. ¡Vamos, Kim! ¡Sal de ahí! Por Dios Santo, ¿para qué has bajado ahí?

—Quiero encontrar el lugar por donde caen las cabezas.

Avanzó con dificultad por entre contenedores y toneles, intentando determinar dónde quedaría la sala de deshuesar cabezas. Llegó a una pared de cemento que supuso continuación de la pared de arriba. Eso significaba que lo que andaba buscando se hallaría justo al otro lado.

Iluminó la pared con la linterna hasta hallar una abertura. Se acercó a ella y se agachó para pasar al otro lado. Recorrió aquel segundo espacio con la linterna. Era más pequeño que el primero y estaba más limpio. También había en él lo que había supuesto. A su derecha había un conducto que desembocaba en un contenedor especialmente grande.

—Esto promete —dijo Kim—. Creo que lo he encontrado. Tiene el tamaño de un contenedor de los que se usan en la construcción. —Con la luz siguió el conducto hasta donde traspasaba el techo, y calculó que el diámetro debía de ser el mismo que el de la abertura de arriba.

—¡Muy bien, fantástico! —dijo Tracy—. Ahora, sal de ahí.

—Un momento. Voy a ver si puedo echarle un vistazo al interior.

Se acercó al contenedor sucio y oxidado. En aquella zona del sótano no chapoteaba al andar. En un lado del contenedor, cerca de donde desembocaba el conducto, había una pequeña plataforma metálica adosada a la que se accedía subiendo cuatro escalones. Kim los subió. Veía ahora la parte superior del contenedor. Justo delante de él había una trampilla con pestillo. Corrió el pestillo pero no pudo abrir la trampilla, al menos con una mano.

Sujetó la linterna entre las rodillas y metió ambas manos por debajo del borde de la trampilla, que levantó con un crujido. Sujetándola con una mano, alzó la linterna con la otra y alumbró el interior. Lo que vio no era nada agradable.

El contenedor estaba lleno de cabezas de ganado desolladas y putrefactas. Al contrario que en las cabezas sangrantes recién cortadas de arriba, aquí los ojos se habían consumido y los cartílagos estaban negros. En muchas cabezas se veía el agujero dejado por la pistola de aire comprimido.

Asqueado por la visión, así como por el hedor, Kim estaba a punto de bajar de nuevo la trampilla, cuando un involuntario grito de horror escapó de sus labios. La luz de la linterna había tropezado con una visión escalofriante: parcialmente enterrada por una avalancha de cabezas de vaca recientes, vio la cabeza decapitada de Marsha.

La conmoción hizo que Kim soltara la pesada trampilla, que se cerró con estrépito en aquel espacio reducido. Las distantes paredes de cemento devolvieron el eco de aquel atronador sonido.

—¿Qué ha ocurrido? —preguntó Tracy, presa de los nervios.

Antes de que Kim pudiera responder, un horrísono

chirrido torturó los oídos de ambos. La caída de la trampilla había activado una maquinaria automática.

Kim cogió la linterna y alumbró en la dirección del ruido ensordecedor. Vio una puerta de acero oxidada que se alzaba sobre su cabeza. Tracy le pedía que le dijera qué estaba pasando, pero no pudo responderle, pues no lo sabía. Tras la puerta apareció una sucia carretilla elevadora que de repente se puso en marcha como una horrible criatura mecánica futurista. Las luces rojas delanteras de la carretilla empezaron a parpadear, inundando la sala con el color de la sangre.

Tan pronto la puerta llegó a su tope, el vehículo sin conductor empezó a soltar agudos pitidos intermitentes al tiempo que avanzaba en medio de sacudidas. Aterrorizado por la colisión inminente, Kim saltó al suelo desde la plataforma y se apretó contra la pared.

La carretilla dio contra el contenedor, produciendo un ruido más atronador aún que el de la trampilla al cerrarse. El contenedor dio una sacudida y se levantó sobre el suelo. Cuando la carretilla empezó a retroceder, el conducto que iba del contenedor al techo se separó. Un segundo contenedor vacío ocupó su lugar con otro tremendo golpe. El conducto volvió a su lugar automáticamente.

La carretilla se detuvo, dio media vuelta y avanzó con estrépito, volviendo a adentrarse en la oscuridad.

—¡Tracy, no sé si me oyes, estoy bien! Sin querer, he activado la maquinaria automática de eliminación. Voy a salir.

—¿Quieres decir que vienes al coche? —preguntó Tracy, esperanzada.

—Sí —dijo Kim—, necesito un respiro.

No era que Leutmann no confiara en O'Brian, pero intuía que aquella molesta historia era mucho más complicada de lo que le habían dado a entender. Además,

Leutmann tenía su propio método de trabajo. El asesinato era un negocio en el que toda precaución era poca. En lugar de ir directamente a la casa de la ex mujer de Kim, como O'Brian había sugerido en un principio, Leutmann fue a la de Kim. Quería comprobar la fiabilidad de la información de O'Brian, además de averiguar más cosas sobre su presa.

Leutmann entró en Balmoral States y se dirigió a la casa de Kim sin vacilar. Sabía por experiencia que así despertaría menos sospechas que merodeando por el vecindario.

Aparcó en el sendero de entrada, frente al garaje, y abrió el maletín metálico Zero Halliburton que descansaba sobre el asiento contiguo. Sacó la automática de 9 mm de su funda. Con experta desenvoltura, le colocó el silenciador y luego se la metió en el bolsillo derecho de su abrigo de piel de camello. El bolsillo se había modificado para dar cabida a armas de fuego.

Salió del coche con el maletín de piel de avestruz en la mano. Echó una ojeada al garaje, que estaba vacío. Luego subió por el sendero hacia la casa, con todo el aspecto de un próspero hombre de negocios o de un elegante agente de seguros. Pulsó el timbre. Sólo entonces se permitió echar una mirada a los alrededores. Desde el porche de Kim sólo se veían dos casas.

Volvió a llamar al timbre y, al no obtener respuesta, probó a abrir la puerta, que estaba abierta. De haber estado cerrada, no hubiera supuesto una gran diferencia. Leutmann tenía las herramientas y la experiencia necesaria para abrir la mayoría de cerraduras.

Sin perder un instante, entró en la casa y cerró la puerta. Se quedó escuchando. No oyó absolutamente nada.

Con el maletín en la mano, recorrió rápida y sigilosamente el primer piso. Había platos sucios en el fregadero y parecían llevar allí varios días.

Subió al segundo piso y vio la puerta rota que conducía al cuarto de baño principal, así como la mesa consola rota. Entró en el cuarto de baño y tocó las toallas. Ninguna se había usado recientemente. Así pues, esa parte de la información proporcionada por O'Brian parecía correcta.

En el armario vestidor del dormitorio de matrimonio vio las ropas esparcidas por el suelo, y no pudo por menos que preguntarse qué había ocurrido durante el intento fallido mencionado por O'Brian.

De vuelta en la planta baja, Leutmann entró en el estudio y se sentó en el escritorio de Kim. Sin quitarse los guantes, empezó a repasar parte de la correspondencia para averiguar cuanto le fuera posible sobre el hombre por el que había tenido que dejar Chicago.

Tracy había dado marcha atrás para poder ver la puerta principal de Higgins y Hancock. Había pensado aparcar delante, pero temió hacerlo porque no habían fijado dónde se encontrarían cuando él saliera y no quería que Kim lo hiciera por otra puerta y tuviera que buscarla.

Sin embargo, pronto lo vio salir por la puerta principal y correr hacia ella. Llevaba una bata blanca y un casco de plástico amarillo. Subió al asiento trasero presurosamente.

—Nunca te había visto tan pálido —comentó Tracy—. Pero supongo que se nota más por el pelo rubio.

—Acabo de ver una de las cosas más espantosas de toda mi vida.

—¿Qué? —preguntó Tracy, alarmada.

—¡La cabeza de Marsha Baldwin! —exclamó él—. Seguramente es todo lo que queda de ella, aparte de unos cuantos huesos. Por inconcebible que resulte, me temo que en su mayor parte ha acabado convertida en hamburguesas.

—¡Dios mío! —musitó Tracy con espanto. Vio las lágrimas de su ex marido, que hicieron brotar las suyas.

—Primero Becky y ahora esto —consiguió balbucear Kim—. Me siento responsable. Por mi culpa, una tragedia ha llevado a otra.

—Comprendo cómo te sientes. Marsha obraba por su propia voluntad y hacía lo que creía que era justo. Eso no justifica su muerte, pero tampoco ha sido culpa tuya.

Tracy tendió una mano hacia Kim, que se la apretó. Durante unos instantes se estableció entre ellos una intensa comunicación sin palabras.

Tracy suspiró, meneó la cabeza con desesperación y luego retiró la mano. Puso el coche en marcha.

—Una cosa es segura —dijo, poniendo la primera—. Nos vamos ahora mismo.

—¡No! —exclamó Kim—. Tengo que volver ahí dentro. He de llegar hasta el final. Ahora es por Becky y por Marsha.

—¡Kim, se trata de un asesinato! Es hora de que llamemos a la policía.

—Sólo es un asesinato. Y un solo asesinato no es nada comparado con el asesinato de más de quinientos niños al año, del que esta industria es culpable con el único objetivo de aumentar sus beneficios.

—Puede que la responsabilidad en cuanto a los niños sea difícil de demostrar ante un tribunal —dijo Tracy—, pero el hallazgo de la cabeza de una persona lo convierte en un caso claro.

—He descubierto la cabeza, pero no sé dónde está ahora. Estaba mezclada con las cabezas de vaca, pero cuando cerré la trampilla, se activó el sistema y ahora están de camino hacia la planta de procesamiento, así que no tenemos cuerpo del delito para denunciar la muerte de Marsha. Obviamente, en estos momentos mi palabra no significa nada para la policía.

—Podrían iniciar sus propias investigaciones. Quizá encontrarían más huesos.

—Aunque así fuera —dijo Kim—, la cuestión no está en denunciar a un matón de baja estofa como el tipo que intentó matarme. Lo que quiero es cambiar esta industria.

Tracy volvió a suspirar y paró el motor.

—Pero ¿por qué quieres volver ahora? Ya has conseguido lo que querías. Has descubierto que será fácil demostrar cómo se contamina la carne. —Dio unos golpecitos en el magnetófono—. Esta cinta podría ser tan válida como un vídeo. Te aseguro que es un gran documento el modo en que describes lo que ocurre ahí dentro. A Kelly Anderson le encantará.

—Quiero volver porque trabajaré en el turno de limpieza de tres a once, como has oído tú misma. Espero poder introducirme en el archivo en algún momento durante ese lapso. Marsha encontró lo que llamó «informe de deficiencias» sobre la cabeza de un animal enfermo. Dijo que lo iba a devolver a su sitio, y oí cómo lo hacía. Quiero encontrar ese documento.

—Es un riesgo demasiado grande —dijo Tracy, meneando la cabeza con impotencia—. Que sea Kelly Anderson quien encuentre ese papel si se mete en esta investigación.

—No creo que corra ningún riesgo en este momento. El tipo del cuchillo me miró directamente a los ojos en los lavabos. Si no me reconoció entonces, es que no va a reconocerme. De hecho, ya no quiero llevar la pistola.

Kim la sacó del bolsillo con dificultad y se la tendió a Tracy.

—No; llévala —dijo ella.

—No, no la quiero —dijo ella.

—Por favor.

—Tracy, ya llevo bastante peso con todas estas pilas para el micrófono. Y creo que sería más un peligro que una ayuda.

Ella cogió el arma a regañadientes y la dejó en el suelo del coche.

—¿No hay modo de convencerte de que no vuelvas a entrar?

—Quiero llegar hasta el final —dijo Kim—. Es lo menos que puedo hacer.

—Espero que comprendas que estar sentada aquí mientras tú corres peligro me está volviendo loca.

—¿Por qué no te vas a casa y vuelves a buscarme a las once?

—¡Oh, no! —exclamó Tracy—. Eso sería peor. Al menos aquí puedo oírte.

—Muy bien. Tú decides. Pero será mejor que me vuelva. La pausa de la comida está a punto de acabar.

Kim sacó las piernas, pero volvió a inclinarse hacia el interior del coche.

—¿Puedo pedirte que hagas una cosa por mí esta tarde?

—Claro que sí. Siempre que no tenga que salir del coche.

—Llama a los laboratorios Sherring desde tu teléfono móvil. Pregúntales por los resultados de los ánalisis de la carne que les dejé. Ya deberían de estar listos.

—De acuerdo —dijo Tracy.

Derek Leutmann redujo la marcha al acercarse a la casa de Tracy. Los números de algunas casas de la vecindad no eran demasiado visibles, y no quería pasarse de largo. Cuando encontró la casa, vio el Mercedes en el sendero de entrada. No quería bloquearle la salida, de modo que hizo un cambio de sentido y aparcó al otro lado de la calle.

Comprobó el número de la matrícula con la hoja

que le había dado O'Brian. Sus sospechas se confirmaron: era el coche del médico.

Tras realizar los mismos preparativos que antes frente a la casa de Kim, Leutmann bajó del coche. Había empezado a lloviznar. Abrió un pequeño paraguas plegable antes de sacar el maletín del coche. Con el maletín en una mano y el paraguas en la otra, cruzó la calle y miró el interior del Mercedes. Le sorprendía encontrarlo allí, pues pensaba que lo tendría Kim en su consulta. De ello, claro está, dedujo que él no se hallaba en su consulta.

Leutmann sabía mucho más sobre Kim que antes. Sabía que era un cirujano cardiovascular de gran prestigio. Sabía que estaba divorciado y que pagaba una considerable pensión a su ex mujer y para la manutención de su hija. Lo que no sabía era por qué O'Brian y su jefe querían verlo muerto.

Esa misma pregunta le había hecho a O'Brian y sólo había obtenido una vaga respuesta. Leutmann nunca quería saber detalles de los tratos de sus clientes con objetivos potenciales, pero sí las generalidades. Era un modo de reducir los riesgos, no sólo mientras ejecutaba su trabajo, sino también después. Así pues, había intentado presionar a O'Brian, pero sin éxito. Lo curioso del caso era que Leutmann no había hallado relación alguna entre el médico y el negocio del ganado o de la carne de vacuno, pese a que había hallado abundante información en su escritorio.

La mayoría de los encargos de Leutmann eran resultado de problemas monetarios relacionados de alguna forma con la competencia, el juego, los divorcios y los préstamos impagados. La mayoría, tanto clientes como víctimas, no era más que basura, y así le gustaba a él. Este caso parecía totalmente distinto, pues la curiosidad se añadía a sus demás emociones. Lo que más detestaba en el mundo era que lo subestimaran y que se aprovecharan de él. No se había metido en aquel negocio a través de la Mafia, como era lo habitual, sino que había sido mercenario en África en la época en que había buenos y malos, cuando ninguno de los ejércitos nacionales estaba adiestrado adecuadamente.

Subió las escaleras del porche y pulsó el timbre. Esperaba respuesta, teniendo en cuenta la presencia del coche, pero no se produjo. Volvió a llamar. Se dio la vuelta y recorrió la vecindad con la mirada. Era muy diferente de la de Kim. Desde donde se hallaba él veía bien cinco casas, y bastante otras cuatro, pero no había demasiada actividad. Sólo vio a una mujer que empujaba un cochecito de niño en dirección opuesta.

Pese al tiempo dedicado a examinar la correspondencia y los papeles de Kim, Leutmann no había conseguido hallar prueba alguna de que el médico fuera jugador, de modo que no creía que ése pudiera ser el motivo por el que O'Brian lo había contratado. Tachó de la lista también el divorcio, puesto que la ex mujer había conseguido un buen acuerdo. Además, al parecer se llevaban muy bien. De lo contrario ella no habría pagado la fianza para sacarlo de la cárcel, como le había dicho O'Brian. Un préstamo parecía igualmente improbable, dado que en los papeles de Kim nada indicaba que necesitara dinero y, de haberlo necesitado, ¿por qué iba a pedírselo a un ganadero? Eso reducía las posibilidades a la competencia salvaje, pero ésta era la más improbable de todas, ya que Kim no poseía acciones en la industria cárnica. Realmente aquello era un misterio.

Examinó la puerta. La cerradura era de un modelo estándar, que no plantearía dificultades a su pericia. La cuestión era si había o no alarma.

Dejó su maletín en el suelo y ahuecó las manos para mirar por el cristal lateral de la puerta. No vio panel alguno. Sacó sus herramientas de cerrajero del bolsillo izquierdo y trabajó en la cerradura con rapidez. La puerta se abrió hacia dentro. Leutmann miró a lo largo del interior de la jamba. No había cables. Entró en el pequeño vestíbulo, buscando un panel en las paredes que no había divisado desde el porche. No había ninguno. Luego alzó la vista hacia la cornisa, buscando detectores de movimiento. Se relajó. No había alarma.

Leutmann cogió su maletín antes de cerrar la puerta. Recorrió rápidamente la planta baja antes de subir al piso de arriba. En la habitación de invitados encontró una pequeña bolsa con útiles de afeitar y ropa masculina que supuso pertenecientes a Kim. En el cuarto de baño encontró varias toallas húmedas.

Volvió a la planta baja y se instaló en la sala de estar. Dado que el coche de Kim estaba en el sendero y sus cosas en la habitación de invitados, Leutmann sabía que volvería. Sólo tenía que esperar.

Carlos apartó al desprevenido Adolpho y metió la ficha en el reloj antes que su compañero. Era un broma que duraba desde hacía meses.

—La próxima vez me colaré yo —bromeó Adolpho. Hablaba siempre inglés, porque Carlos le había dicho que quería aprender a hablarlo mejor.

—Sólo sobre mi cadáver —replicó Carlos. Era una de sus nuevas frases favoritas.

Era Adolpho el que le había convencido de que fuera a Higgins y Hancock, y luego le había ayudado a traer a su familia. Se conocían desde que eran niños en México, pero Adolpho se había ido a Estados Unidos varios años antes que Carlos.

Los dos amigos salieron al exterior cogidos del brazo y se encaminaron a sus respectivos vehículos junto con los demás trabajadores.

—¿Nos vemos esta noche en El Toro? —preguntó Adolpho.

—Claro.

—Tráete muchos pesos. Vas a perder mucho dinero. —Hizo el gesto de usar un taco de billar.

—Ni lo sueñes —dijo Carlos, dando una palmada en el hombro a su compañero. Fue entonces cuando vio el Cherokee negro con las ventanillas oscuras. El vehículo estaba aparcado junto al suyo y los gases manaban lánguidamente de su tubo de escape.

Carlos dio una palmada de despedida a su amigo y esperó a que subiera a su camioneta antes de dirigirse a la suya. Se tomó su tiempo y saludó a Adolpho con la mano cuando éste pasó por delante. Entonces se acercó al Cherokee por el lado del conductor.

La ventanilla bajó. O'Brian sonrió.

—Tengo buenas noticias —dijo—. Sube.

Carlos obedeció.

—Tendrás una nueva oportunidad con el médico —dijo O'Brian.

—Gracias —dijo Carlos. Sonrió también—. ¿Cuándo?

—Esta noche. Estará trabajando aquí.

—Ya se lo dije. Sabía que era él.

—Hemos tenido suerte —admitió O'Brian, asintiendo—. Y lo mejor es que va a trabajar con el equipo de limpieza esta noche. Se le asignará la limpieza de los lavabos que hay junto al archivo. ¿Sabes dónde es? Yo no. Nunca he estado en Higgins y Hancock.

—Sé dónde es —dijo Carlos—. Pero nosotros no podemos usar esos servicios.

—Bueno, esta noche sí —dijo Carlos con una sonrisa forzada—. Será tarde, seguramente después de la diez. Tienes que estar allí.

—Allí estaré —prometió Carlos.

—Debería ser fácil. Te enfrentarás con una persona desarmada, cogida por sorpresa en una pequeña habitación. Asegúrate de que el cadáver desaparece igual que el de Marsha Baldwin.

—Descuide.

—Esta vez no la jodas —advirtió O'Brian—. Me has puesto en una situación comprometida y no quiero volver a hacer el ridículo.

—No se preocupe. Esta noche lo mataré.

17

Lunes 26 de enero, por la noche

Kim se irguió con un gemido y estiró la espalda.
Abandonó la pesada fregona de mango de madera y
puso los brazos en jarras para obtener el mayor estira-
miento.

Estaba solo. Pasaba la fregona por el vestíbulo principal, empezando por la recepción. Hacía diez minutos
que se había puesto el auricular y se quejaba a Tracy de
lo cansado que estaba.

La limpieza había sido exhaustiva. Todo el equipo
había empezado limpiando el suelo del área de sacrificio con vapor a alta presión. Era un trabajo demoledor,
pues las mangueras pesaban lo suyo y tenían que izar-
se hasta las pasarelas.

Después habían pasado a las salas de deshuese. La
tarea había proseguido hasta las seis, momento en el que
se hacía una pausa para cenar. Kim había vuelto al coche e incluso había tenido estómago para comer algo de
lo que él y Tracy habían preparado por la mañana.

Tras la pausa de la cena, lo enviaron solo a limpiar
distintas zonas de la planta. Dado que los demás estaban cansados, se ofreció para pasar la fregona en el vestíbulo.

—No volveré a quejarme nunca más de lo duro que es ser cirujano cardiovascular —dijo al micrófono.

—Con la experiencia que estás adquiriendo, tendré que contratarte como asistenta —ironizó ella—. ¿También limpias ventanas?

—¿Qué hora es? —preguntó Kim, que no estaba de humor para bromas.

—Poco más de las diez. Falta menos de una hora para terminar. ¿Vas a hacerlo?

—Pues claro que sí. Hace una hora que no veo a ninguno de mis colegas. Es el momento de ir al archivo.

—¡Date prisa! —le apremió ella—. Me pondré histérica pensando que estás ahí dentro; no creo que pueda soportarlo más.

Kim metió la pesada fregona en el cubo y empujó el carro de la limpieza por el pasillo hasta la puerta del archivo. Habían cubierto el cristal roto con una delgada plancha de madera contrachapada. Intentó abrir la puerta, y lo consiguió sin dificultad. Metió una mano y encendió la luz. La habitación tenía un aspecto totalmente normal, salvo por la plancha de la misma madera contrachapada que cubría la ventana que daba al aparcamiento. Se habían llevado los cristales rotos y la piedra que él había lanzado.

En el lado izquierdo había una larga hilera de archivadores. Kim tiró de un cajón cercano al azar. Estaba tan atestado de documentos que no hubiera cabido ni una sola hoja de papel más.

—Joder —dijo Kim—. Sí que tienen papeleo. Esto no va a ser tan fácil como yo creía.

La punta del cigarro ardió con fuerza unos segundos y luego se extinguió. Elmer Conrad retuvo el humo en la boca durante unos agradables instantes y luego lo exhaló hacia el techo con satisfacción.

Hacía ocho años que Elmer era el encargado del turno de limpieza de tres a once. Su idea del trabajo era sudar como una mula la mitad del turno y luego hacer el mínimo esfuerzo. En aquel momento se hallaba en esta segunda etapa, contemplando a Sony Watchmann en el comedor con los pies apoyados en una mesa.

—¿Quería verme, jefe? —preguntó Harry Pearlmuter, asomando la cabeza desde el vestíbulo de atrás. Harry era uno de los subordinados de Elmer.

—Sí —dijo éste—. ¿Dónde está ese tipo nuevo tan raro?

—Creo que pasando la fregona en el vestíbulo principal. Al menos eso dijo que iba a hacer.

—¿Crees que ha limpiado los dos cuartos de baño de ahí fuera? —preguntó Elmer.

—No lo sé —dijo Harry—. ¿Quiere que lo compruebe?

Elmer dejó que sus pesados pies cayeran al suelo con un ruido sordo. Se levantó. Medía más de un metro noventa y pesaba cien kilos.

—Lo haré yo mismo —dijo—. Le he dicho dos veces que tenían que limpiar esos servicios antes de las once. Si no lo ha hecho, ¡lo hará! No va a salir de aquí hasta que estén terminados.

Se quitó el cigarro de la boca, tomó un sorbo de café y salió en busca de Kim. Le impulsaba a obrar así las instrucciones recibidas de la administración, según las cuales aquel mamón tenía que limpiar los cuartos de baño en cuestión, y tenía que hacerlo solo. Elmer no tenía la menor idea de por qué le habían dado esa orden, pero le daba igual. Lo único que importaba era que se cumpliera.

—No va a ser tan difícil, al fin y al cabo —dijo Kim al micrófono—. He encontrado un cajón con los informes de deficiencias, que van desde 1988 hasta ahora. Lo único que tengo que hacer es encontrar los del nueve de enero.

—Date prisa, Kim. Estoy empezando a ponerme nerviosa otra vez.

—Tranquila, Trace. Ya te dicho que hace una hora que no veo un alma. Creo que están todos en el comedor viendo un partido... Ah, aquí está, nueve de enero. Mmmm. Esta carpeta está repleta.

Kim sacó un puñado de papeles, se dio la vuelta y los colocó sobre la mesa.

—¡Eureka! —dijo alegremente—. Son los papeles de los que me habló Marsha. —Los esparció sobre la mesa para verlos mejor—. Aquí está la factura de compra a Bart Winslow de lo que debía de ser una vaca enferma.

Repasó los demás documentos hasta coger uno.

—Aquí está lo que buscaba. Es un informe de deficiencias en el proceso sobre la misma vaca.

—¿Qué dice? —preguntó Tracy.

—Lo estoy leyendo —dijo él. Al cabo de unos instantes, añadió—: Bueno, se ha resuelto el misterio. La cabeza de la última vaca se cayó de los raíles al suelo. Por supuesto, sé lo que significa eso después del trabajo que he estado haciendo hoy. Seguramente cayó sobre sus propios despojos y excrementos y luego pasó a ser carne para hamburguesas. Esa vaca debía de estar infectada de E. coli. Eso coincide con los resultados que te han dado en los laboratorios Sherring, según los cuales, las hamburguesas hechas con carne de animales sacrificados el nueve de enero estaban muy contaminadas.

En ese momento, Kim dio un respingo que le cortó la respiración: alguien le arrebató el informe de las manos. Giró en redondo y se encontró cara a cara con Elmer Conrad. No le había oído llegar mientras hablaba por el micrófono.

—¿Qué coño haces con estos papeles? —preguntó Elmer con el rostro enrojecido.

A Kim se le aceleró el corazón. No sólo lo habían pillado con las manos en la masa, sino que también llevaba el auricular en la oreja derecha. Para intentar ocultar el cable, giró la cabeza hacia la derecha y miró a Elmer con el rabillo del ojo.

—Será mejor que me contestes, chico —gruñó Elmer.

—Estaban en el suelo —contestó Kim, intentando pensar en algo desesperadamente—. Intentaba devolverlos a su sitio.

Elmer miró el cajón abierto del archivador y luego otra vez a Kim.

—¿Con quién hablabas?

—¿Estaba hablando? —repuso Kim fingiendo inocencia.

—No me vengas con cuentos, chico.

Kim se llevó una mano a la cabeza y luego hizo un gesto, pero no salió ningún sonido de su boca. Intentaba decir algo inteligente, pero no le salía nada.

—Dile que hablabas contigo mismo —le susurró Tracy por el auricular.

—De acuerdo —dijo Kim—. Hablaba conmigo mismo.

Elmer lo miró con desconfianza, casi del mismo modo que Kim lo miraba a él.

—Pues parecía que tenías una conversación muy interesante.

—Sí —admitió Kim—. Conmigo mismo. Es una costumbre cuando estoy solo.

—Eres un tipo muy extraño —dijo Elmer—. ¿Qué te pasa en el cuello?

Kim se frotó el lado izquierdo del cuello con la mano izquierda.

—Lo tengo un poco rígido —dijo—. De tanto fregar, supongo.

—Bueno, pues aún te queda. Recuerda esos dos cuartos de baño de al lado. Te dije que tenías que limpiarlos.

—Se me había ido de la cabeza —dijo Kim—. Lo siento, pero me pondré a limpiarlos ahora mismo.

—No quiero que hagas una chapuza —le advirtió Elmer—. Así que tómate tu tiempo, aunque pasen de las once. ¿Entendido?

—Quedarán relucientes —prometió Kim.

Elmer arrojó el informe sobre la mesa y recogió torpemente los papeles en un montón. Mientras lo hacía, Kim se quitó el auricular y se lo metió debajo de la camisa. Fue agradable poder estirar el cuello.

—Dejaremos estos papeles aquí, para que se ocupen de ellos las secretarias —dijo Elmer. Cerró el cajón abierto—. Ahora sal de aquí. Para empezar, no deberías haber entrado.

Kim precedió a Elmer, que vaciló en la puerta para pasear la mirada por la habitación una vez más. Sólo entonces apagó la luz y cerró la puerta. Sacó un gran llavero y la cerró con una de ellas.

Kim estaba estrujando la fregona cuando Elmer se volvió hacia él.

—Voy a tenerte vigilado, chico —dijo—. Y voy a inspeccionar esos dos lavabos cuando termines. Así que no te dejes ni un rincón.

—No se preocupe —dijo Kim.

Elmer le lanzó una última mirada de desaprobación antes de volver al comedor. Kim volvió a ponerse el auricular en cuanto Elmer desapareció de la vista.

—¿Has oído la conversación? —preguntó Kim.

—Por supuesto —dijo Tracy—. ¿Tienes ya suficiente de esta locura? ¡Sal de ahí!

—No. Quiero conseguir esos documentos. El problema es que ese idiota ha cerrado la puerta con llave.

—¿Para qué los quieres? —repuso Tracy, exasperada.

—Para mostrárselos a Kelly Anderson.

—Ya tenemos los resultados del laboratorio —dijo Tracy—. Con eso a Kelly Anderson debería bastarle para hablar del problema, y eso es lo que quieres, ¿no?

—Sí. Toda la producción del doce de enero de Carnes Mercer ha de ser retirada. Pero esos papeles demuestran también que la industria es capaz de comprar vacas enfermas, eludir la inspección y luego permitir que una cabeza de vaca caída en la inmundicia siga en producción.

—¿Crees que fue así como Becky enfermó? —preguntó Tracy, emocionándose.

—Es lo más probable —dijo él, también emocionado—. Eso, y el hecho de que su hamburguesa estuviera medio cruda.

—Todo esto me hace pensar en lo frágil que es la vida, que puede apagarse por algo tan trivial como que una cabeza de vaca se caiga al suelo y una hamburguesa no esté bastante hecha.

—También da mayor importancia a lo que hacemos aquí.

—¿Cómo vas a recuperar los papeles si la puerta del archivo está cerrada con llave?

—No lo sé, pero la puerta tiene una delgada madera contrachapada para tapar el cristal roto. Seguramente no será difícil arrancarla, pero antes tendré que limpiar un poco estos dos lavabos. Elmer vendrá por aquí dentro de poco, así que será mejor que me ponga a trabajar.

Miró las dos puertas, una enfrente de la otra a cada lado del pasillo. Abrió la del lavabo de hombres. Entró procurando no tropezar con el cubo y luego lo pasó por encima del elevado umbral. Lo empujó al interior y dejó que la puerta se cerrara.

Los lavabos eran grandes, con dos cabinas y dos urinarios en una pared y dos lavamanos con sendos espejos en la otra. En la cara interior de la puerta había una hilera de perchas. En la pared del fondo había una ventana que daba al aparcamiento.

—Al menos este lavabo no está muy sucio —dijo Kim—. Temía que estuviera igual que el de la planta de sacrificio.

Cogió la fregona y la escurrió. Luego se acercó a la ventana y empezó a fregar.

La puerta de los lavabos se abrió con tanta fuerza que el pomo hendió la baldosa de la pared. Kim alzó la cabeza como un resorte. Para su consternación se vio de nuevo cara a cara con el hombre que le había agredido ya dos veces y que, una vez más, blandía un cuchillo de matarife.

Los labios del hombre se curvaron en una sonrisa cruel.

—Nos encontramos de nuevo, doctor. Sólo que esta vez no habrá policía ni mujer para ayudarle.

—¿Quién es usted? —preguntó Kim, intentando entretenerle—. ¿Por qué me hace esto?

—Mi nombre es Carlos. He venido a matarle.

—¡Kim! —gritó Tracy por el auricular—. ¿Qué pasa?

Él se lo quitó para pensar mejor. La voz frenética de Tracy sonaba como si gritase desde la lejanía.

Carlos dio un paso esgrimiendo el cuchillo para que Kim apreciara su tamaño y su hoja curvada. La puerta se cerró de nuevo con fuerza.

Kim alzó la fregona para defenderse.

Carlos se echó a reír. La idea de una fregona contra un cuchillo de matarife le parecía ridícula.

No teniendo otra alternativa, Kim se metió en una cabina y echó el pestillo. Carlos se abalanzó sobre él y la pateó con rabia. El compartimiento se estremeció, pero la puerta resistió. Presa del frenesí, Kim retrocedió y se sentó a horcajadas sobre el váter. Bajo la puerta veía los pies de Carlos dispuestos a patearla otra vez.

A Tracy le entró el pánico y le costó arrancar el coche. Puso la primera y pisó el acelerador. El coche se lanzó hacia adelante con la velocidad suficiente para pegarla al asiento. La antena que se hallaba sobre el techo cayó y fue rebotando sobre el pavimento, sujeta por el cable.

Tracy tuvo que hacer un esfuerzo para maniobrar y hacer que el coche diera un ajustado giro. Calculó mal la distancia hasta un coche cercano y rebotó contra el costado, lo que hizo que su coche se levantara sobre dos ruedas por una fracción de segundo. El coche volvió a caer con un ruido sordo y pasó por delante de la fachada de Higgins y Hancock a toda pastilla, entre chirridos de neumáticos.

Tracy no tenía un plan, su único pensamiento era intentar llegar al lavabo donde Kim estaba acorralado, al parecer por el mismo hombre que había entrado en su casa la noche anterior. Sabía que no disponía de mucho tiempo. Aún tenía en la cabeza la horrible cara de aquel hombre cuando intentaba forzar la entrada a la ducha empuñando un cuchillo.

Por un momento, pensó en la posibilidad de estrellar el coche contra la puerta del edificio, pero decidió que quizá con ello no consiguiera nada. Tenía que entrar en aquel lavabo por sí misma. Fue entonces cuando recordó la pistola y maldijo a Kim por no habérsela llevado.

Pisó el freno y el coche se detuvo con una sacudida frente a la ventana de la habitación de los archivos. Se agachó y cogió la pistola del suelo. Salió del coche y corrió hacia la ventana.

Recordando cómo había entrado Kim, dejó la pistola y cogió una de las rocas que bordeaban el aparcamiento. Golpeó la plancha de madera contrachapada hasta que consiguió arrancarla.

Volvió a coger la pistola y la arrojó por la ventana. Luego se metió ella de cabeza. Una vez en la oscura habitación, tuvo que buscar a tientas la pistola, avanzando a cuatro patas. Mientras la buscaba, oía golpes intermitentes al otro lado del tabique derecho, como si patearan una puerta. Aquello aumentó su nerviosismo.

Por fin sus dedos rozaron el arma, que había ido a parar junto a la pata de una mesa. La agarró y luego se movió con toda la rapidez que le permitía la oscuridad hacia la puerta vagamente iluminada que daba al pasillo.

La abrió. Por la conversación que había oído entre Elmer y Kim, sabía que el lavabo tenía que estar muy cerca. Decidió seguir el ruido de los golpes. Corrió hacia la derecha y vio el letrero del lavabo.

Sin dudarlo, abrió la puerta golpeándola con el hombro. Aferró la pistola con ambas manos y apuntó al fondo del lavabo.

Carlos estaba a menos de tres metros de distancia con una pierna levantada a punto de dar una patada a la puerta de una cabina, que estaba ya combada.

Carlos se precipitó sobre Tracy en cuanto la vio, blandiendo un cuchillo, igual que la primera vez.

Tracy no tuvo tiempo para pensar. Cerró los ojos y disparó dos veces, antes de que Carlos cayera sobre ella, derribándola y haciendo que soltara el arma. Tracy notó una punzada de dolor en el pecho cuando se derrumbó bajo el peso del hombre.

Desesperadamente, intentó respirar y liberarse, pero él la tenía clavada al suelo con su peso.

Para su sorpresa, el asesino se apartó de ella. Tracy alzó la vista esperando verlo asestar una puñalada mortal, pero lo que vio fue el rostro alterado de Kim.

—¡Oh, Dios mío! —exclamó éste—. ¡Tracy!

Había levantado al asesino y lo había arrojado a un lado como si fuera un saco de patatas. Presa del nerviosismo al ver la sangre que cubría el pecho de Tracy, se dejó caer de rodillas y le abrió la blusa de golpe. Como cirujano torácico, había operado heridas de arma blanca en el pecho y sabía lo que podía esperar, pero lo que encontró fue un sujetador manchado de sangre; la piel estaba intacta. No había ninguna herida.

Kim se acercó más a Tracy, que aún no había recobrado el aliento después del choque.

—¿Estás bien? —preguntó él.

Ella asintió, incapaz aún de hablar.

Kim desvió su atención hacia el asesino, que se retorcía y gemía; había conseguido darse la vuelta y ponerse boca abajo. Kim volvió a ponerle de espaldas y se echó hacia atrás.

Ambos disparos habían dado en el blanco. Uno había atravesado el ojo derecho para salir por la coronilla. El otro le había dado en medio del pecho, lo que explicaba que Tracy estuviera cubierta de sangre. El hombre lanzaba espumarajos por la boca y tenía convulsiones. Era evidente que agonizaba.

—¿Está herido? —consiguió decir Tracy, y se incorporó con una mueca de dolor por la punzada del pecho.

—Prácticamente está muerto —dijo Kim. Se levantó y empezó a buscar la pistola.

—¡Oh, no! —gimió ella—. No puedo creerlo. No puedo creer que haya matado a alguien…

—¿Dónde está la pistola?

—¡Oh, Dios! —exclamó Tracy, sin poder apartar la vista del agonizante Carlos.

—¡La pistola! —repitió Kim con brusquedad, poniéndose a cuatro patas. Encontró el cuchillo, pero no la pistola. Avanzando hacia las cabinas, volvió a agacharse y la vio por fin detrás de la primera puerta. Extendió el brazo y la sacó. Se acercó luego a un lavamanos, cogió una toalla de papel y procedió a limpiar el arma.

—¿Qué haces? —balbuceó Tracy entre sollozos de angustia.

—Borrar tus huellas. No quiero que haya nada más que mis huellas en esta arma.

—¿Por qué?

—Porque, sea cual sea el resultado de todo este lío, yo seré el responsable. —Arrojó el arma a un lado—. ¡Vamos! ¡Tenemos que salir de aquí!

—¡No! —exclamó Tracy, lanzándose por la pistola—. Yo estoy tan implicada como tú.

Kim la obligó a ponerse en pie.

—¡No seas estúpida! Yo soy el criminal aquí. ¡Vámonos!

—Pero ha sido en defensa propia —se quejó ella entre sollozos—. Es terrible pero tiene una justificación.

—No podemos confiar en el giro legal que podrían darle los abogados a esto. Tú has forzado la entrada y yo estoy aquí bajo una identidad falsa. ¡Vamos! ¡No es momento para discusiones!

—¿No deberíamos quedarnos hasta que llegue la policía? —preguntó ella.

—Ni hablar. No pienso permitir que me metan en la cárcel mientras todo esto se soluciona. Vamos, salgamos de aquí antes de que llegue alguien.

Tracy dudaba de la sensatez de la huida, pero sabía que Kim estaba totalmente decidido, y se dejó conducir hasta el pasillo. Él miró a uno y otro lado, sorprendido de que los disparos no hubieran llamado la atención de nadie del equipo de limpieza.

—¿Cómo has entrado? —preguntó en un susurro.

—Por la ventana de la habitación de los archivos —contestó Tracy—. Por la misma ventana que rompiste tú la otra vez.

—Bien.

La cogió de la mano y corrieron hacia los archivos. Justo cuando entraban en la habitación, oyeron voces que se aproximaban.

Kim le indicó por señas que guardara silencio y cerró la puerta con sigilo. En medio de la oscuridad, se acercaron a la mesa, de donde Kim cogió los documentos incriminatorios. Luego se dirigieron a la ventana. A través del tabique oyeron un gran barullo en el lavabo de hombres, seguido de pasos que corrían por el pasillo.

Kim fue el primero en salir por la ventana, luego ayudó a Tracy y juntos echaron a correr hacia el coche.

—Déjame conducir a mí —dijo él.

Puso el coche en marcha y abandonaron el aparcamiento a toda velocidad.

Durante un rato permanecieron en silencio.

—¿Quién podía imaginar que las cosas acabarían de este modo? —dijo Tracy por fin—. ¿Qué crees que deberíamos hacer?

—Quizá tú estabas en lo cierto. Quizá deberíamos haber llamado a la policía y arrostrar las consecuencias. Supongo que no es demasiado tarde para que volvamos, aunque creo que primero deberíamos llamar a Justin Devereau.

—He cambiado de opinión —dijo Tracy—. Creo que tu primer impulso ha sido acertado. Sin duda irías a la cárcel, igual que yo, y seguramente pasaría un año antes de que se celebrara el juicio. Y luego, ¿quién sabe qué ocurriría? Después de lo que ocurrió con O. J. Simpson, el sistema legal de este país no me merece la menor confianza. Nosotros no podemos tirar un millón de dólares en honorarios de abogados como Johnny Cochrane o Barry Shenck.

—¿Qué me estás dando a entender? —preguntó Kim, lanzándole una breve mirada por el retrovisor. Tracy nunca dejaba de sorprenderle.

—Lo que hablamos anoche. Marchémonos lejos y solucionemos este embrollo desde el extranjero. Vayamos a algún lugar donde la carne no esté contaminada y podamos continuar con nuestra lucha.

—¿Lo dices en serio?

—Sí, muy en serio.

Kim meneó la cabeza. Cierto que había surgido la

idea y que incluso habían cogido los pasaportes, pero él no lo había tomado en serio. Le parecía una especie de último recurso a la desesperada, algo que no iban a considerar a menos que se hallaran en las peores circunstancias.

—Deberíamos llamar a Justine primero —añadió Tracy—. Él nos sugerirá alguna cosa, como siempre. Quizá él sepa a dónde deberíamos ir. Seguramente hay cuestiones legales referidas a tratados de extradición y todo eso.

—¿Sabes qué es lo que más me gusta de esa idea? —repuso Kim mirándola por el retrovisor.

—¿Qué?

—Que estás hablando de que lo hagamos juntos.

—Pues claro.

—¿Sabes una cosa? Quizá no deberíamos habernos divorciado.

—Tengo que admitir que esa idea me ha pasado por la cabeza.

—Quizá aún salga algo bueno de esta tragedia —dijo Kim.

—Si volviéramos a casarnos, sé que no podríamos tener otra Becky, pero sería bonito tener otro hijo.

—¿De verdad te gustaría? —preguntó Kim.

—Me gustaría intentarlo.

Volvieron a guardar silencio durante un rato.

—¿Cuánto tiempo crees que tenemos antes de que empiecen a buscarnos las autoridades? —preguntó Tracy.

—Es difícil saberlo. Si lo que quieres saber es cuánto tiempo tenemos para decidir lo que vamos a hacer, yo diría que no mucho. Creo que tenemos que tomar una decisión en las próximas veinticuatro horas.

—Al menos podremos ir mañana al funeral de Becky —dijo Tracy, volviendo a emocionarse ante el recuerdo de su hija.

Kim notó que las lágrimas afluían a sus ojos. Pese a

sus denodados esfuerzos por negar la realidad, ya no podía eludir el hecho horrible e incuestionable de que su amada hija había muerto.

—¡Dios mío! —gimió Tracy—. Cuando cierro los ojos veo el rostro del hombre al que he matado. No lo olvidaré jamás. Ese recuerdo me atormentará el resto de mi vida.

Él se secó las lágrimas y respiró hondo, entrecortadamente, para serenarse.

—Tienes que concentrarte en lo que has dicho en aquel lavabo. Estaba justificado. Si no hubieras apretado el gatillo, él te habría matado a ti, y luego a mí. Me has salvado la vida.

Ella cerró los ojos.

Pasaban de las once cuando enfilaron el sendero de entrada a la casa de Tracy y aparcaron detrás del coche de Kim. Ambos estaban exhaustos, física, mental y emocionalmente.

—Espero que pienses pasar aquí la noche —dijo Tracy.

—Esperaba que la invitación siguiera en pie —dijo él.

Bajaron del coche y se dirigieron a la casa cogidos del brazo.

—¿Crees que deberíamos llamar a Justine esta noche? —preguntó ella.

—Esperemos a mañana —dijo Kim—. Estoy tan cansado que no sé si podré dormir, pero tengo que intentarlo. Ahora mismo no soy capaz de pensar en nada que no sea un larga ducha caliente.

—Te entiendo.

Subieron los escalones del porche. Tracy abrió la puerta, entró en la casa y se hizo a un lado para que pasara Kim. Luego cerró la puerta con llave. Sólo entonces encendió la luz.

—Vaya, cuánta luz —comentó Kim, parpadeando.

Tracy accionó el regulador para bajar la intensidad.

—Estoy destrozado —admitió él. Se quitó la bata de Higgins y Hancock y la sostuvo lejos de sí—. Esta cosa debería quemarse. Seguramente está llena de E. coli.

—Pues tírala. Pero será mejor que la eches al cubo de basura que hay fuera, en la parte de atrás. No quiero ni pensar cómo olerá mañana por la mañana. —Se quitó el abrigo e hizo una mueca de dolor. Algo duro la había golpeado justo a la izquierda del esternón, cuando el hombre del cuchillo había caído sobre ella. En ese momento, el dolor había sido tan agudo que se había creído apuñalada.

—¿Estás bien? —preguntó Kim al ver su expresión.

—¿Hay algo aquí dentro que se pueda romper? —Se tocó el borde del esternón con cautela.

—Pues claro que sí. Podrías haberte fracturado una costilla, o el mismo esternón.

—¡Vaya, fantástico! ¿Qué debo hacer, doctor?

—Un poco de hielo no te haría daño. Te lo traeré después de deshacerme de la bata.

Kim se dirigió a la puerta de atrás pasando por la cocina. Tracy abrió el armario del vestíbulo, colgó el abrigo y se quitó los zapatos. Después de cerrar el armario se dirigió a las escaleras. A mitad de camino, se detuvo de repente y soltó un chillido.

Kim oyó el grito y volvió corriendo. Tracy estaba en el centro del vestíbulo, tranquila pero extrañamente paralizada por algo que había en la sala de estar. Kim intentó seguir su mirada. Al principio no vio nada pero luego también él lo vio y tuvo el mismo sobresalto.

En las sombras de la habitación había un hombre inmóvil, sentado en la butaca junto a la chimenea. Vestía traje oscuro y corbata. Sobre el respaldo de la butaca había un abrigo de piel de camello cuidadosamente doblado. Tenía las piernas cruzadas en una postura desenvuelta.

El hombre alzó una mano y encendió la lámpara de pie.

Tracy dejó escapar un nuevo gemido. En la mesita, a la vista y al alcance del hombre, había una pistola automática negra con silenciador. El hombre era la viva imagen de la serenidad, lo que contribuía a darle un aire más terrorífico. Después de encender la luz, volvió a poner la mano sobre el brazo de la butaca, con expresión severa, casi cruel.

—Me han hecho esperar más de lo que había pensado —dijo de repente, rompiendo el silencio con tono airado y acusador.

—¿Quién es usted? —preguntó Tracy, titubeante.

—¡Entren y siéntense! —ordenó el hombre.

Kim miró a su izquierda, calculando con qué rapidez podría empujar a Tracy tras la pared en arco del vestíbulo para apartarla de la línea de fuego, pero no vio modo de hacerlo con la suficiente rapidez, dado que luego tendría que salir por la puerta principal.

Leutmann respondió a su vacilación agarrando el arma para apuntarles.

—¡No me enfaden más! —les advirtió—. He tenido un mal día y estoy de malhumor. Tienen dos segundos para venir aquí y sentarse en el sofá.

Kim tragó saliva, pero su voz salió en un ronco susurro.

—Creo que será mejor que te sientes —dijo a Tracy Entraron en la sala de estar, al tiempo que él se increpaba por no haber comprobado las puertas de la casa al llegar. Había hecho el esfuerzo de prepararlo todo por la mañana para saber luego si alguien había entrado en la casa mientras estaban fuera, pero tras la muerte del hombre del cuchillo ni siquiera había vuelto a pensar en ello.

Se sentaron en el sofá que se encontraba frente a la butaca, en diagonal.

Leutmann volvió a dejar el arma sobre la mesita y se recostó en el asiento. Colocó de nuevo las manos sobre los brazos de la butaca, con los dedos ligeramente curvados, como un pistolero a punto de desenfundar. Era como si los desafiara a intentar escapar o a quitarle la pistola, dándole así una excusa para matarlos.

—¿Quién es usted? —repitió Tracy—. ¿Qué está haciendo en mi casa?

—Mi nombre no tiene importancia. El motivo de mi visita es otra historia. Me llamaron de esta ciudad para matar al doctor.

Tracy y Kim se tambalearon ligeramente, mudos de terror. Aquel hombre era un asesino a sueldo.

—Pero algo ha salido mal —dijo Leutmann—. Me hacen venir a esta ciudad dejada de la mano de Dios y luego se retractan del contrato poniendo como excusa que otro se encargará del trabajo. Incluso han tenido la desfachatez de pedirme que les devolviera el anticipo después de haberme hecho venir hasta aquí. —Se inclinó hacia ellos; sus ojos despedían chispas—. Así que no sólo no voy a matarlo, doctor Reggis, sino que voy a hacerle un favor. No tengo la menor idea de por qué esos tipos de la industria de la carne quieren verle muerto.

—Yo puedo decírselo —repuso Kim con vehemencia, más que dispuesto a cooperar, pero Leutmann lo silenció alzando una mano.

—Ahora no necesito saber los detalles —dijo—. He intentado averiguarlo, pero ya no me importa. Es cosa suya. Lo que debe saber es que esa gente ha llegado hasta el punto de contratarme para matarle. Para vengarme de ellos por aprovecharse de mí, he venido a decirle que se encuentra en grave peligro. Lo que haga usted con esa información es asunto suyo. ¿Me he expresado con claridad?

—Totalmente —dijo Kim—. Gracias.

—No tiene por qué dármelas. Esto no lo hago por

altruismo. —Se puso en pie—. Lo único que pido a cambio es que mantengan esta conversación en secreto. De lo contrario, podría volver a visitarles. Espero que eso también quede claro. Y soy muy bueno en mi profesión.

—No se preocupe —dijo Kim—. No hablaremos de esto con nadie.

—Excelente —dijo Leutmann—. Ahora, si me disculpan, intentaré volver a mi casa.

Kim hizo ademán de levantarse.

—No se moleste —dijo Leutmann, indicándole que permaneciera sentado—. He entrado solo y saldré de la misma manera.

Pasmados, Kim y Tracy contemplaron a Leutmann, que se puso el abrigo de piel de camello, recogió su arma y se la metió en el bolsillo; luego cogió su maletín.

—No habría sido tan brusco si hubieran vuelto a casa a una hora decente —dijo—. Buenas noches.

—Buenas noches —dijo Kim.

Leutmann salió de la sala de estar.

Kim y Tracy le oyeron abrir la puerta y luego cerrarla con un fuerte golpe. Durante unos segundos ninguno de los dos habló.

—Esto es increíble. Es como si estuviera en una pesadilla y no pudiera despertar —dijo Tracy al cabo.

—Es una pesadilla que no se acaba —convino él—, pero tenemos que hacer todo lo posible por conseguirlo.

—¿Qué opinas ahora de marcharnos al extranjero?

—Creo que yo al menos debería irme. Al parecer soy un hombre marcado. De hecho, no debemos quedarnos aquí ni siquiera esta noche.

—¿Adónde iremos? —preguntó Tracy.

—A un hotel, a un motel, ¿qué más da?

18

Martes 27 de enero

Tan pronto la luz del nuevo día se filtró por los resquicios de las cortinas, Kim cejó en su empeño de dormir. Abandonó la cama para no molestar a Tracy, recogió sus ropas y se metió sigilosamente en el cuarto de baño del motel Sleeprite. Cerró la puerta con cuidado y encendió la luz.

Se miró en el espejo y dio un respingo. Entre los ridículos cabellos rubios y la herida suturada alrededor de los ojos enrojecidos y hundidos, apenas se reconocía a sí mismo. Pese al cansancio, había dormido a ratos y se había despertado definitivamente poco después de las cinco de la mañana. Había pasado la noche entera reviviendo los espantosos acontecimientos del día, debatiéndose en la angustiosa duda de no saber qué hacer. La idea de que unos asesinos a sueldo le persiguieran para matarle era más de lo que podía soportar.

Kim se duchó y afeitó, agradeciendo que aquellas sencillas rutinas le distrajeran un rato. Tras peinarse, le pareció que tenía un aspecto más presentable.

Después de vestirse, volvió a abrir la puerta. Le alegró ver que Tracy no se había movido. Sabía que había dormido tan mal como él y le complacía que por fin pudiera descansar. Kim agradecía su presencia, pero sus sentimientos eran ambiguos en cuanto a permitirle que compartiera el peligro con él. Se acercó a la mesa y usó el bloc de notas que había junto al teléfono para garabatear que había ido a buscar el desayuno. Dejó la nota sobre la colcha en su lado de la cama y cogió las llaves del coche.

Cerrar la puerta de la habitación sin hacer ruido fue más difícil que cerrar la puerta del cuarto de baño, porque era metálica y tenía cadena y pestillo además de la cerradura.

Una vez fuera de la habitación, se recordó que era un hombre perseguido por asesinos a sueldo. La idea le producía cierta paranoia, pese a estar convencido de que se hallaba relativamente seguro por el momento. Él y Tracy se habían inscrito en el motel con nombres falsos y habían pagado en efectivo.

Subió al coche. Puso el motor en marcha, pero no arrancó inmediatamente. Contempló al hombre que les había atendido a su llegada, hacía seis horas, y que ahora había visto salir a Kim, pero continuaba tranquilamente con sus tareas, barriendo la entrada de la oficina. Kim quería asegurarse de que no haría nada sospechoso antes de que él dejara sola a Tracy, como correr al interior para llamar por teléfono.

Finalmente, reconociendo su paranoia, se censuró a sí mismo. Sabía que no podía perder la cabeza si no quería correr el riesgo de tomar decisiones equivocadas. Salió marcha atrás para abandonar el aparcamiento.

Tras unos kilómetros se detuvo en una cafetería. Pidió dos cafés, dos zumos de naranja y bollería variada. El lugar estaba lleno de camioneros y obreros de la construcción. Mientras esperaba en la cola de la caja, muchos de ellos lo contemplaron con ceño. Desde su punto de vista, sin duda era toda una atracción.

Se alegró de marcharse. Al bajar el bordillo de la

acera para dirigirse al coche, sus ojos captaron los titulares del periódico que había tras el cristal de un punto de venta: «¡Médico trastornado asesina por venganza!» Luego, al pie de la página, en letras más pequeñas, añadía: «El otrora respetado profesional es ahora un fugitivo de la justicia.»

Un estremecimiento recorrió su espina dorsal. Rápidamente fue hasta el coche y dejó allí lo que había comprado. Volvió al punto de venta de periódicos y cogió un ejemplar.

Todo resquicio de esperanza de que aquellos titulares no se refirieran a él se desvaneció cuando vio una foto de sí mismo debajo. Tenía varios años y en ella se le veía con su habitual melena morena.

Volvió al coche y leyó el artículo.

EXCLUSIVA PARA
THE MORNING SUN TIMES:

El doctor Kim Reggis, respetado cirujano cardiovascular, antiguo jefe del departamento en el hospital Samaritan y actualmente miembro del University Medical Center, se ha tomado la justicia por su mano. En respuesta a la trágica muerte de su hija el pasado sábado, se disfrazó tiñéndose de rubio, consiguió un empleo en Higgins y Hancock con un nombre falso y luego asesinó brutalmente a un trabajador llamado Carlos Mateo. Se cree que este asesinato se debe a que el doctor Reggis estaba convencido de que su hija había muerto por ingerir carne de vacuno procesada en Higgins y Hancock.

Daryl Webster, presidente de dicha empresa, ha asegurado al *Times* que esa acusación es totalmente ridícula. También nos ha informado de que el señor Mateo era un apreciado trabajador y católico devoto, que trágicamente deja una viuda inválida y seis hijos pequeños...

Kim arrojó el periódico con furia al asiento contiguo. Puso el coche en marcha y volvió al motel. Entró en la habitación con el desayuno y el periódico.

Tracy asomó la cabeza por la puerta del cuarto de baño. Acababa de ducharse y se estaba secando el cabello con una toalla.

—Te has levantado —comentó Kim, dejando el desayuno sobre la mesa.

—Te he oído salir —dijo ella—. Me alegro de que hayas vuelto. Tenía miedo de que me dejaras aquí con la idea de protegerme. Prométeme que no lo harás.

—Se me había ocurrido, sí —admitió él, y se dejó caer en la única silla de la habitación.

—¿Qué pasa? —preguntó Tracy. Sabía que Kim tenía muchas cosas de que preocuparse, pero lo veía más abatido de lo normal.

—Léelo —pidió él, tendiéndole el periódico.

—¿Es sobre el hombre de Higgins y Hancock? —preguntó ella, temerosa. No estaba segura de querer leer los detalles.

—Sí, y también sobre mí.

—¡Oh, no! —exclamó Tracy, consternada—. ¿Ya te han relacionado con la muerte de ese hombre?

Salió del cuarto de baño envolviéndose en la toalla. Cogió el periódico y leyó los titulares. Se sentó en el borde de la cama, volviendo la página para leer el resto.

Cuando terminó, cerró el periódico y lo dejó a un lado. Miró a Kim.

—Menudo perfil de asesino —comentó lúgubremente—. Incluso mencionan tus dos arrestos recientes y que te han suspendido de empleo y sueldo en el hospital.

—Hasta ahí no he llegado. Sólo leí los dos primeros párrafos, pero fue suficiente.

—Es increíble que haya sucedido todo tan deprisa —dijo Tracy—. Alguien debió de reconocerte en Higgins y Hancock.

—Es evidente. El hombre al que matamos no quería asesinar a José Ramírez, sino a mí. Al ver que no lo había conseguido, la gente que le pagaba ha decidido destruir mi credibilidad y seguramente enviarme a la cárcel de por vida. —Rió con amargura—. Y pensar que me preocupaban las posibles ramificaciones legales. Ni siquiera había pensado en los medios de comunicación. Eso te da una idea del dinero y el poder que posee la industria cárnica en esta ciudad, para poder distorsionar la verdad de esta manera. Porque para este artículo no se ha cotejado ningún dato. Se han limitado a imprimir lo que la industria cárnica les ha dicho. Me han convertido en un mero asesino a sangre fría y por venganza.

—Esto significa que no tenemos ni veinticuatro horas para decidir qué hacer —dijo Tracy.

—Pues no. —Se levantó—. Significa que deberíamos haberlo decidido anoche. Y para mí también significa que ya no existen dudas. Lucharé contra esta parodia de justicia, pero desde el extranjero.

Tracy se levantó y se acercó.

—Tampoco yo tengo dudas —dijo—. Nos iremos y lucharemos juntos.

—Por supuesto, eso significa que no podremos asistir al funeral de Becky.

—Lo sé.

—Creo que ella lo comprendería.

—Eso espero. La echo mucho de menos.

—Yo también.

Se miraron a los ojos. Luego Kim rodeó a su ex mujer con los brazos. Tracy lo abrazó a su vez, y permanecieron apretados el uno contra el otro como si hubieran estado separados durante años involuntariamente. Transcurrieron largos minutos hasta que Kim se apartó para mirarla a los ojos.

—Teniéndote tan cerca de mí, me siento como en los viejos tiempos —dijo.

—Muy viejos —dijo ella—. Como en una vida anterior.

Kelly Anderson miró su reloj. Era casi la una y media. Meneó la cabeza.

—No va a venir —dijo a Brian Washington.

—No esperarías que viniera, ¿no? —dijo él, ajustándose la cámara de televisión sobre el hombro.

—Él quería a su hija —dijo Kelly—, y se trata de su funeral.

—Pero hay un policía en la puerta —dijo él—. Le arrestarían en el acto. Tendría que estar loco para venir.

—Creo que está un poco loco —dijo ella—. Cuando fue a mi casa para intentar embarcarme en su cruzada, tenía una mirada enloquecida. Incluso me asustó un poco.

—Eso lo dudo. Jamás te he visto asustada. De hecho, creo que tienes hielo en las venas, de tanto como lo utilizas.

—Tú mejor que nadie deberías saber que es todo comedia. Estoy asustada siempre que salgo al aire.

—Bah.

Se encontraban en el vestíbulo de la funeraria Sullivan. Había unas cuantas personas más rondando por allí y hablando en susurros. Bernard Sullivan, el propietario, estaba cerca de la puerta. Era evidente que estaba nervioso y no paraba de mirar su reloj. El funeral estaba programado para la una y él tenía una agenda muy apretada.

—¿Crees que el doctor Reggis está tan loco como para matar a alguien como dicen en el periódico? —preguntó Brian.

—Digamos que la presión lo ha llevado hasta el límite.

—Supongo que nunca se sabe —dijo él filosóficamente, encogiéndose de hombros.

—Quiza la ausencia del buen doctor sea comprensible —dijo Kelly—, pero no puedo comprender la ausencia de Tracy. Era la madre de Becky, por amor de Dios. Y ella no tiene motivos para huir de la policía. Te lo aseguro: esto me inquieta.

—¿Qué quieres decir?

—Si realmente el buen doctor se ha vuelto majara —dijo Kelly—, no sería descabellado pensar que podría culpar a su ex mujer de la muerte de su hija, por retorcido que nos parezca.

—Joder —dijo Brian—. No se me había ocurrido.

—Ve y llama a la cadena para pedir la dirección de Tracy Reggis. Yo hablaré con el señor Sullivan y le pediré que nos llame si ella aparece por aquí.

—Eso está hecho —dijo Brian.

El cámara se dirigió a la oficina de la funeraria, mientras Kelly se acercaba al dueño. Veinte minutos más tarde, Kelly y Brian se hallaban en el coche de la primera, aparcando frente a la casa de Tracy.

—Oh, oh —dijo ella.

—¿Qué pasa?

Ese coche. —Señaló el Mercedes—. Creo que es el del doctor. Al menos era el que conducía cuando fue a visitarme.

—¿Qué hacemos? —preguntó Brian—. No quiero que nos ataque un loco empuñando un bate de béisbol o algo así.

Brian tenía razón. De acuerdo con la teoría de Kelly, era muy posible que Reggis estuviera en la casa y que retuviera a su ex mujer como rehén, o algo peor.

—Quizá deberíamos dar una vuelta y charlar con los vecinos —sugirió ella—. Quizá alguien haya visto algo.

En las dos primeras casas que probaron no contestó nadie. La tercera era la de la señora English, que respondió al timbre con prontitud.

—¡Es Kelly Anderson! —exclamó excitadamente tras reconocerla—. Es usted maravillosa. Siempre la veo cuando sale en la tele. —La señora English era una mujer menuda, de cabellos plateados, que parecía la quintaesencia de la abuela tradicional.

—Gracias —dijo Kelly—. ¿Le importaría que le hiciéramos unas preguntas?

—¿Saldré en la televisión?

—Es posible. Estamos investigando para un reportaje.

—Pregunten de todas maneras —dijo la anciana.

—Sentimos curiosidad por su vecina del otro lado de la calle —dijo Kelly—. Tracy Reggis.

—Algo raro está pasando ahí. Eso se lo aseguro.

—¿Ah, sí? Cuéntenoslo.

—Empezó ayer por la mañana. Tracy me pidió que vigilara su casa. Bueno, yo la vigilo de todas maneras, pero ella fue muy concreta. Quería que le dijera si se había acercado algún desconocido. Bueno, pues hubo uno.

—¿Alguien a quien usted nunca había visto? —preguntó Kelly.

—Nunca —confirmó la señora English.

—¿Qué hizo él?

—Entró en la casa.

—¿Mientras Tracy estaba fuera?

—En efecto.

—¿Y cómo consiguió entrar?

—No lo sé. Creo que llevaba llave, porque abrió la puerta principal.

—¿Era un hombre alto con el cabello oscuro?

—No; era de estatura media y rubio —dijo la señora English—. Muy bien vestido. Como un banquero o un abogado.

—¿Y luego qué ocurrió? —preguntó Kelly.

—Nada. El hombre no volvió a salir, y cuando anocheció ni siquiera encendió una luz. Tracy no volvió hasta tarde, acompañada de otro hombre rubio. Éste era más alto y llevaba una bata blanca.

—¿Como de médico? —preguntó Kelly, guiñándole el ojo a Brian.

—O de carnicero —dijo la anciana—. El caso es que Tracy no vino a hablar conmigo como me había dicho. Entró en la casa con el segundo hombre.

—¿Y luego qué ocurrió?

—Los tres estuvieron dentro un rato. Luego salió el primer hombre y se marchó en su coche. Un rato después salieron Tracy y el otro con maletas.

—¿Maletas de viaje?

—Sí. Pero era una hora extraña para emprender un viaje. Era casi medianoche. Lo sé porque no recuerdo haberme acostado nunca tan tarde.

—Gracias, señora English —dijo Kelly—. Ha sido usted de gran ayuda.

—¿Saldré en la televisión? —preguntó de nuevo la anciana.

—Se lo haremos saber —contestó Kelly y agitó la mano. Subieron al coche.

—Esta historia se pone cada vez más interesante —comentó ella—. No lo hubiera adivinado por nada del mundo, pero al parecer Tracy Reggis ha decidido darse a la fuga con su ex marido perseguido por la justicia. Y pensar que parecía una mujer tan sensata. ¡Me he quedado de piedra!

A las tres de la tarde, el caos de la hora punta de mediodía se había desvanecido por fin en el Onion Ring de la Prairie Highway y el exhausto personal del turno de día recogía sus cosas para marcharse, todos excepto Roger Polo, el encargado. Concienzudo como era, no se marchaba hasta asegurarse de que la transición del turno de tarde se hacía con normalidad. Sólo entonces cedía el mando a Paul, el cocinero, que actuaba como encargado en ausencia de Roger.

El encargado estaba colocando una cinta nueva en una de las cajas registradoras cuando Paul llegó a su puesto tras la parrilla y empezó a ordenar los utensilios.

—¿Mucho tráfico hoy? —preguntó Roger, al tiempo que cerraba la caja registradora.

—No demasiado. ¿Qué tal el día por aquí?

—Muy ajetreado. Debía de haber veinte personas esperando cuando abrí las puertas, y no ha parado en toda la mañana.

—¿Ha leído el periódico? —preguntó Paul.

—Ojalá. Ni siquiera he podido sentarme para comer.

—Será mejor que lo leas —le recomendó Paul—. Aquel médico chalado que estuvo aquí el viernes mató anoche a un tipo en Higgins y Hancock.

—¿En serio? —exclamó Roger asombrado.

—A un pobre mejicano padre de seis hijos —añadió Paul—. Le disparó en el ojo. ¿Te lo imaginas?

Roger no se lo imaginaba en absoluto. Se apoyó en el mostrador, sintiendo que le flaqueaban las rodillas. El golpe que le había dado el médico en la cara le había puesto furioso pero ahora se sentía afortunado. Se estremeció al pensar en lo que podría haber ocurrido si aquel tipo hubiera llevado un arma cuando se presentó en el Onion Ring.

—Cuando te llega la hora no hay nada que hacer —filosofó el cocinero. Se dio la vuelta y abrió la nevera. La caja de hamburguesas estaba prácticamente vacía—. ¡Skip! —llamó. Había visto al chico vaciando los cubos de basura que había distribuidos por el comedor del restaurante.

—¿Tienes el periódico a mano? —preguntó Roger.

—Sí. Está encima de la mesa, en el cuarto del personal.

—¿Qué pasa? —preguntó Skip, acercándose a la parte exterior del mostrador.

—Necesito más hamburguesas de la cámara —dijo Paul—. Y ya que vas allí, tráete un par de paquetes de panecillos.

—¿Puedo acabar primero lo que estaba haciendo? —preguntó Skip.

—No —dijo Paul—. Lo necesito ahora. Sólo me quedan dos hamburguesas.

Skip rodeó el mostrador, renegando entre dientes, y se encaminó a la parte posterior del restaurante. Prefería acabar un trabajo antes de empezar otro. Además, empezaba a agobiarle que todos allí le mangonearan.

Abrió la pesada puerta aislante de la cámara frigorífica y se adentró en el frío polar. La puerta automática se cerró tras él. Apartó las solapas de la primera caja de cartón a la izquierda, pero descubrió que estaba vacía y soltó un juramento. Su colega del turno de mañana siempre le dejaba cosas por hacer. Aquella caja tenía que deshacerse y cortarse para ser reciclada.

Probó entonces la siguiente caja y comprobó que también estaba vacía, de modo que cogió ambas cajas, abrió la puerta de la cámara y las arrojó fuera. Luego volvió a entrar para buscar las cajas de reserva. Rascó la escarcha formada sobre la etiqueta de la más cercana. Decía: «Carnes Mercer. Reg. O.I. LB hamburguesas, extra magras. Lote 6 partida 9-14. Producción: 12 enero. Fecha cad.: 12 abril.»

—Ahora te recuerdo —dijo Skip en voz alta. Comprobó las solapas de cartón. En efecto, la caja estaba abierta.

Para asegurarse de que no había hamburguesas de fechas anteriores, rascó la escarcha de las demás etiquetas. La fecha era la misma.

Cogió la primera caja y la arrastró hacia la puerta de

la cámara. Luego sacó una de las cajas interiores que, como esperaba, también estaba abierta.

Llevó la caja a la cocina y, metiéndose entre la nevera y Paul, que estaba ocupado en rascar los residuos de la parrilla, la guardó en el interior.

—Por fin vamos a usar aquellas hamburguesas que abrí por accidente hace una semana —dijo, cerrando la puerta de la nevera.

—No hay problema siempre y cuando las otras se hayan acabado —dijo Paul sin alzar la vista.

—Lo he comprobado —dijo Skip—. Las más antiguas se han acabado.

El gran reloj de pared que había en la sala de redacción de la WENE dio a Kelly la hora exacta. Las noticias locales se estaban emitiendo desde las cinco y media. Ella tenía que salir en antena a las seis y ocho minutos y el técnico aún no había acabado de ponerle el micrófono. Como de costumbre, Kelly tenía el pulso acelerado.

Colocaron una de las grandes cámaras de televisión frente a ella. El cámara asentía y hablaba en voz baja por su micrófono inalámbrico. Por el rabillo del ojo, Kelly vio que el director cogía su micrófono y se dirigía hacia ella. Como ruido de fondo oía a la presentadora Marilyn Wodinsky terminando de dar el resumen de las noticias nacionales.

—Dámelo —espetó Kelly, apartando la mano del técnico para colocarse el micro ella misma.

Hizo bien, ya que al cabo de unos segundos el director alzó cinco dedos y empezó la cuenta atrás, que terminó señalando a Kelly. Simultáneamente, la cámara que tenía delante empezó a funcionar.

—Buenas tardes —dijo Kelly—. Hoy les ofreceremos un amplio reportaje sobre una triste historia ocurrida en nuestra ciudad, una historia con tintes de tragedia griega. Hace un año teníamos a la familia perfecta. El padre era uno de los más prestigiosos cirujanos cardiovasculares del país; la madre, psicoterapeuta, apreciada por méritos propios; la hija, una encantadora niña de diez años, considerada por algunos como una prometedora figura del patinaje artístico. El desenlace se inició, presumiblemente, con la fusión del hospital universitario y del Samaritan. Al parecer, esto supuso una fuerte presión sobre el matrimonio. Poco después se produjo un problemático divorcio y la batalla por la custodia de la niña. Hace unos días, el sábado por la tarde, la hija murió a causa de una cepa maligna de E. coli, bacteria que ha surgido en brotes epidémicos intermitentes a lo largo y ancho del país. El doctor Kim Reggis, el padre, atormentado por la triste desintegración de su vida, consideró que la industria cárnica local era responsable de la muerte de su hija. Creyó que su hija había ingerido la toxina en un restaurante Onion Ring de la zona. La cadena Onion Ring compra sus hamburguesas a Carnes Mercer, y esta empresa se abastece en gran medida de carne de vacuno procedente de Higgins y Hancock. El trastornado doctor Reggis se disfrazó de marginado, consiguió trabajo en Higgins y Hancock valiéndose de un alias, y mató a otro empleado. El fallecido es Carlos Mateo, que deja una viuda discapacitada y seis hijos pequeños.

»Las autoridades han informado a la WENE que el arma encontrada en la escena del crimen estaba registrada a nombre del médico y tenía sus huellas. El doctor Reggis se ha convertido en un fugitivo buscado por la policía. Pero lo más sorprendente de la historia es que, según todos los indicios, su ex mujer Tracy Reggis ha huido con él. Por el momento se desconoce si ha actuado por voluntad propia o bajo coacción.

»La WENE ha entrevistado al señor Carl Stahl, presidente de Foodsmart Incorporated. Preguntamos al señor Stahl si era posible que Becky Reggis hubiera contraído el E. coli en un restaurante Onion Ring.

Kelly exhaló un suspiro de alivio. Una maquilladora apareció por detrás del decorado de fondo para retocarle unos mechones y empolvarle la frente. Mientras tanto, el rostro de Carl Stahl aparecía en el monitor del estudio.

—Gracias, Kelly, por concederme la oportunidad de hablar a vuestros telespectadores —dijo Carl con tono solemne—. En primer lugar, permíteme decir que conocía a Tracy y Becky Reggis personalmente y que estoy muy afectado por este lamentable asunto. Pero, en respuesta a tu pregunta, es imposible que la señorita Reggis contrajera su enfermedad en un restaurante Onion Ring. Nuestras hamburguesas se fríen a una temperatura interior de más de setenta grados centígrados, es decir, más alta que la que recomienda la Administración de Drogas y Alimentación, e insistimos en que nuestros cocineros comprueben esta temperatura dos veces al día.

El director volvió a señalar a Kelly y se encendió el piloto rojo de la cámara que tenía delante.

—La misma pregunta se hizo a Jack Cartwright, de Carnes Mercer —dijo Kelly, mirando a la cámara. Una vez más se relajó visiblemente cuando en el monitor apareció la imagen de Jack Cartwright.

—Carnes Mercer suministra hamburguesas a la cadena de restaurantes Onion Ring —dijo Jack—. Hamburguesas elaboradas con la mejor carne picada de vacuno, extra magra, por lo que es imposible que nadie pueda enfermar por su causa. De hecho, Carnes Mercer cumple con creces todos los requisitos del Departamento de Agricultura para el procesamiento de la carne con respecto a la higiene y la esterilización. Los restaurantes Onion Ring disponen de los mejores ingredientes que se pueden comprar con dinero y tecnología punta.

Kelly volvió a intervenir al finalizar la entrevista grabada de Jack Cartwright.

—Finalmente planteamos la misma pregunta al señor Daryl Webster, director en funciones de Higgins y Hancock.

El monitor cobró vida por tercera vez.

—Las hamburguesas de los restaurantes Onion Ring están hechas de la mejor carne del mundo —dijo Daryl Webster con tono belicoso, apuntando a la cámara con el dedo—. Y desafío a cualquiera a que lo niegue. En Higgins y Hancock estamos orgullosos de suministrar a Mercer carne de vacuno fresca. Y he de decir que considero una tragedia que uno de nuestros mejores empleados haya sido asesinado a sangre fría. Sólo me queda por esperar que ese loco sea llevado ante la justicia antes de que mate a alguien más.

Kelly enarcó una ceja al tiempo que el piloto de su cámara volvía a encenderse.

—Como pueden comprobar, la trágica muerte de una niña y este asesinato posterior han desatado las pasiones. Ha sido la historia de la familia Reggis y sus trágicas consecuencias. La WENE les mantendrá informados. Adelante, Marilyn.

Kelly suspiró y se quitó el micro. La voz de Marilyn se oyó al fondo:

—Gracias, Kelly, por esta conmovedora y triste historia. Pasamos ahora a otras noticias locales…

Kelly activó la puerta automática de su garaje y bajó del coche cuando empezaba a cerrarse. Se colgó el bolso al hombro y subió los tres escalones parar entrar en su casa.

La casa estaba en silencio. Esperaba ver a Caroline sentada en el sofá, disfrutando de la media hora de televisión que le estaba permitida, pero el televisor estaba apagado y a Caroline no la vio por ninguna parte. Lo único que oía era el débil sonido de un teclado de ordenador que procedía de la biblioteca.

Abrió la nevera y se sirvió un zumo. Con el vaso en la mano, atravesó el comedor y asomó la cabeza a la biblioteca. Ella estaba sentado al ordenador. Kelly entró y le dio un beso en la mejilla, que él recibió sin apartar los ojos de la pantalla.

—Ha sido interesante el reportaje que has hecho sobre el doctor Reggis —dijo.

—¿Lo crees de veras? —dijo Kelly sin demasiado entusiasmo—. Gracias.

—Una triste historia para todos los involucrados —añadió Edgar.

—Desde luego. Hace un año ese hombre hubiera podido encarnar la imagen del éxito americano. Lo tenía todo: respeto, una familia maravillosa, una gran casa, todo.

—Pero no era más que un castillo de naipes —dijo Edgar.

—Eso parece. —Kelly suspiró—. ¿Y Caroline? ¿Ha hecho los deberes?

—Casi todos —contestó él—. Pero no se encontraba muy bien y ha ido a acostarse.

—¿Qué le pasa? —Era raro que Caroline se perdiera su media hora de televisión.

—Nada del otro mundo —aseguró Edgar—. Unos retortijones de estómago. Seguramente ha comido demasiado deprisa. Insistió en que paráramos en el Onion Ring después de su clase de patinaje, y el restaurante estaba abarrotado. Me temo que ha comido más por gula que por hambre. Se ha zampado dos hamburguesas, un batido y una ración grande de patatas fritas.

Kelly sintió un hormigueo en el estómago.

—¿Cuál de los Onion Ring? —preguntó.

—El de la Prairie Highway —contestó su marido.

—¿Crees que se habrá dormido ya?

—No lo sé. Pero ha subido no hace mucho.

Kelly salió de la biblioteca y subió las escaleras. Su rostro reflejaba ansiedad. Se detuvo delante de la puerta de Caroline para escuchar. Una vez más, lo único que oyó fue el teclado del ordenador que llegaba desde abajo.

Con cuidado, Kelly abrió la puerta. La habitación estaba a oscuras. Abrió un poco más, entró y se acercó silenciosamente a la cama de su hija.

Caroline estaba profundamente dormida y su rostro tenía un aire angelical. Su respiración era profunda y regular.

Kelly resistió la tentación de abrazarla. Se quedó mirándola en la penumbra, pensando en lo mucho que la quería y en lo mucho que significaba para ella. Tales pensamientos hacían que se sintiera tremendamente vulnerable. La vida era sin duda un castillo de naipes.

Salió del dormitorio, cerró la puerta y bajó las escaleras. Regresó a la biblioteca, volvió a coger su vaso de zumo y se sentó en el sofá de piel. Luego carraspeó.

Edgar la miró. Conocía muy bien a su mujer y sabía que quería hablar. Apagó el ordenador.

—¿De qué se trata? —preguntó.

—De la historia del doctor Reggis —dijo Kelly—. No me satisface. Se lo he dicho al director de noticias, pero él rechaza mis objeciones. Dice que no es más que pasto para la prensa amarilla, no una noticia seria, y que no debo malgastar más tiempo en ella. Pero yo pienso hacerlo igualmente.

—¿Por qué piensas eso? —preguntó Edgar.

—Hay algunos cabos sueltos. El principal se refiere a una inspectora del Departamento de Agricultura, llamada Marsha Baldwin. Cuando Kim Reggis vino a casa el domingo, me dijo que creía que esa mujer había desaparecido, y dio a entender que quizá habían atentado contra su vida.

—Doy por supuesto que la has estado buscando —dijo su marido.

—Más o menos. En realidad no lo tomé demasiado en serio. Como te dije, pensaba que la muerte de su hija lo había trastornado, actuaba de una manera extraña y, según él, la mujer sólo llevaba desaparecida unas horas. En cualquier caso, atribuí sus acusaciones a mera paranoia.

—Así que no has encontrado a la mujer.

—No, no la he encontrado. El lunes hice unas llamadas, aunque sin ponerle demasiado interés. Pero hoy llamé a la oficina del distrito del Departamento de Agricultura. Al preguntar por ella insistieron en que hablara con el director de distrito. Desde luego que no me importaba hablar con el jefe, pero luego resulta que no me dio ninguna información. Se limitó a decirme que no saben nada de ella. Después de colgar pensé que era extraño que me hicieran hablar con el jefe de la oficina sólo para eso.

—Sí es extraño.

—Llamé más tarde y pregunté adónde la habían asignado. ¿Lo adivinas?

—No tengo la menor idea —contestó Edgar.

—A Carnes Mercer.

—Interesante. Bueno, ¿y cómo vas a seguir investigando?

—Aún no lo sé. Claro que me encantaría encontrar al doctor. Al parecer tengo que andar siempre detrás de él.

—Bueno, con el tiempo he aprendido a valorar tus intuiciones —dijo Edgar—, así que adelante.

—Otra cosa —añadió Kelly—. No lleves a Caroline a los restaurantes Onion Ring, sobre todo al de la Prairie Highway.

—¿Cómo es eso? —se extrañó Edgar—. A ella le encantan.

—Por el momento, digamos que es una de mis intuiciones.

—Pues tendrás que decírselo tú misma.

—Me parece muy bien.

El timbre de la puerta sorprendió a ambos. Kelly miró su reloj.

—¿Quién será un martes a las ocho de la noche?

—Ni idea —dijo Edgar, levantándose—. Yo abro.

Kelly se frotó las sienes, reflexionando sobre la pregunta de Edgar en cuanto al enfoque que pensaba darle a su investigación. Sin el doctor Reggis, no iba a resultar fácil. Intentó recordar todo lo que le había dicho durante su visita.

Oyó a Edgar hablar con alguien en el vestíbulo y luego que le pedían que firmara. Instantes después, regresaba con un sobre en las manos, leyendo la etiqueta.

—Es un paquete para ti —dijo, y lo sacudió. Algo se movía en el interior.

—¿De quién es? —preguntó ella. No le gustaba recibir paquetes misteriosos.

—No lleva remite —dijo él—. Sólo las iniciales K.R.

—K.R. —repitió Kelly—. ¿Kim Reggis?

—Supongo que es posible —dijo Edgar, encogiéndose de hombros y tendiéndole el paquete.

Kelly tanteó el contenido.

—No parece nada peligroso. Parece una cinta envuelta en papel.

—Ábrelo —dijo Edgar.

Ella rasgó el sobre y sacó un puñado de impresos de aspecto oficial y una cinta magnetofónica. La cinta llevaba una etiqueta en la que se leía: «Kelly, me pidió usted pruebas y aquí las tiene. Estaremos en contacto. Kim Reggis.»

—Todo esto son documentos de Higgins y Hancock —dijo Edgar—. Con notas aclaratorias.

Kelly meneó la cabeza mientras repasaba el material.

—Tengo la sensación de que mi investigación acaba de despegar.

EPÍLOGO

Miércoles 11 de febrero

La vieja furgoneta de correos reciclada tosía y se atascaba, pero el motor seguía funcionando. La furgoneta subió por una pendiente tras vadear un pequeño arroyo.

—Por todos los santos, ese arroyo nunca había llevado tanta agua desde que recorro estos alrededores —dijo Bart Winslow.

Él y su compañero, Willy Brown, circulaban por una carretera comarcal desierta, intentando volver a la carretera principal tras recoger un cerdo muerto. Hacía casi dos días que no paraba de llover, por lo que la carretera estaba inundada y los baches llenos de agua fangosa.

—Estaba pensando —dijo Bart, tras escupir tabaco de mascar por la ventanilla del conductor— que Benton Oakly se va a quedar sin granja si sus vacas siguen cogiendo diarreas, como la que hemos tenido que ir a buscar antes del cerdo.

—Y que lo digas —replicó Willy—. Pero ¿sabes una cosa?, esa vaca no está más enferma que la que recogimos hace un mes. ¿Qué te parece si la llevamos al matadero como hicimos con la otra?

419

—Supongo que sí. El problema es que tendríamos que ir hasta el matadero VNB de Loudersville.

—Ya lo sé. Esa mujer de la televisión hizo que cerraran Higgins y Hancock un par de semanas para hacer no sé qué investigación.

—Bueno, por otra parte, en VNB son menos quisquillosos que en Higgins y Hancock —dijo Bart—. ¿Recuerdas aquella vez que les vendimos dos vacas más muertas que un pavo de Acción de Gracias recién salido del horno?

—Ya lo creo que me acuerdo —dijo Willy—. ¿Cuándo crees que abrirán otra vez Higgins y Hancock?

—He oído decir que el lunes; no han encontrado nada más que un puñado de extranjeros ilegales.

—¿Y qué esperaban? Bueno, ¿qué me dices sobre esa vaca?

—Hagámoslo —dijo Bart—. Cincuenta pavos son mejor que veinticinco, lo mires por donde lo mires.

NOTA FINAL

Uno de los requisitos básicos para alcanzar la felicidad es gozar de buena salud, y el requisito mínimo para una buena salud es el agua potable y la comida sana. Como seres civilizados, los humanos nos hemos esforzado por obtener agua potable desde que empezamos a organizarnos, pero sólo la ingeniería civil moderna ha conseguido soluciones duraderas. Por desgracia, las circunstancias que envuelven el segundo requisito son diametralmente opuestas. Hemos ido perdiendo terreno debido a la demanda de una mayor calidad en los alimentos a menor precio. Las prácticas de cultivo intensivo han propiciado nuevas formas de contaminación y amenazan con producir más. Es un problema que exige nuestra atención inmediata. A aquellas personas que deseen conocer más a fondo esta grave situación y los estragos que causa, les recomiendo encarecidamente que lean el libro de Nicols Fox *Spoiled: What is Happening to Our Food Supply and Why We Are Increasingly at Risk* (Basic Books, 1997).